19,50

DE JEUGDZONDE

BASHA FABER

DE JEUGDZONDE

ROMAN

UITGEVERIJ AUGUSTUS

AMSTERDAM • ANTWERPEN

Copyright © 2002 Basha Faber en Uitgeverij Augustus, Amsterdam
Omslagfoto Julia Hetta
Foto auteur op achterzijde omslag Carla van de Puttelaar
Vormgeving omslag Judith van den Bos
Typografie Suzan Beijer

ISBN 90 457 0111 1
NUR 301

www.augustus.nl
www.boekenwereld.com

INHOUD

DEEL EEN

HET AANDENKEN

TREIN

Hij stapte de treincoupé binnen met zijn buik vooruit en zijn kaken stijf op elkaar geklemd. Onder een arm droeg hij een kartonnen koker en een aktetas. Na enige keren heen en weer lopen vond hij een zitplaats die hem aanstond. Behoedzaam legde hij de aktetas in het bagagerek. De koker smeet hij erachteraan.

Hij ging zitten, sloot zijn ogen en zakte langs de rugleuning onderuit om zich over te geven aan een diepe slaap. Langzaam ademde hij in en uit, alsof zijn deinende borstkas hem in slaap kon wiegen. Het lukte niet. In een ooglid klopte een spier en op zijn schoot balden de handen samen tot vuisten.

'Koek, thee, koffie?' In het gangpad liep een jongen met versnaperingen langs. Zijn karretje ratelde oorverdovend. 'Koffie, thee, koek!' herhaalde hij luid.

Verslagen opende hij zijn ogen. 'Graag koffie.' Hij betaalde te veel. 'Laat maar zitten.' Met beide handen om de papieren beker nam hij traag kleine slokken.

Buiten gleden de weilanden voorbij. Gifkleurig. Obsceen groen. Onnatuurlijk. Dijken, hekjes, knotwilgen; en een enkele boerderij ingeperst tussen de snelweg en de spoorbaan. Nederland alsof hem niets was overkomen. Nederland alsof er niets veranderd was. Voorbij Utrecht raakte het landschap steeds aangekleder met hier en daar een glooiing, meer bomen en minder van dat groene gras. Bij Ede bloeide de hei al purper.

De trein minderde vaart zodra ze het station van Oosterbeek naderden. Over de ventweg reed een BMW gelijk op. Hij kwam overeind en leunde met zijn voorhoofd tegen de ruit. Achter in de grote, zilverkleurige auto zat een nog jonge man met twee vingers op een laptop te tikken. De man zei iets tegen de chauffeur en tikte weer verder.

Zo had hij zelf ook vaak gezeten. In zo'n BMW. Van vergadering naar vergadering. Aan het werk.

De trein stopte. Zijn hand zocht in het rek, reikte over de koker heen en pakte de aktetas. Hij schudde er aan. Tegen beter weten in. Geen geschuif, geen gekraak, geen enkel geluid. Leeg. Hij haastte zich de trein uit.

OP ZIJN KANT

Niemand vormde zo'n willig publiek voor Annabel Block als Annabel zelf. 'Dat heb je knap gedaan,' zei ze luid en haar hand aaide een applaus over de plastic hoes waarin de antieke kaart had gezeten. 'Je schrik verbergen en je schoonzus dusdanig inpakken dat ze vergeet waarvoor ze komt en weggaat met een peperdure landkaart van Willem Blaeu. Bestemd als afscheidscadeau voor Cas, voor knappe, geslaagde Cas die nu heeft afgedaan. Pas vijftig en opeens is zijn leventje van over de wereld vliegen, van tonnen verdienen en iedereen bevelen geven over, op, uit.' Annabels vingers aaiden steeds driftiger over de hoes, tot ze hard als trommelslagen op het plastic roffelden.

'Voortaan heeft hij niets anders om handen dan dag in dag uit thuis op de bank zitten en naar jouw kaart aan de wand staren. Dat zal broerlief niet meevallen. Niet gewend dat de dingen uit de hand lopen. Nooit eerder meegemaakt dat het leven bokt en schopt en dwars gaat liggen.'

Een kreet ontsnapte aan haar lippen, knerpte door de zolderkamer en stierf weg in een benauwde snik. Ze schrok ervan en begon ogenblikkelijk haar andere ik weer luidkeels toe te spreken. 'Krijsen we nu van vreugde of van angst, mevrouw Block? Was dat zoëven een oproep tot de strijd of slaan we alsnog jammerend op de vlucht? Zegt u het maar. U kunt nu nog kiezen.'

Annabel hield ervan hardop gesprekken met zichzelf te voeren. Het geluid van haar stem werkte als graadmeter voor haar gevoelens. Met in stilte denken kwam ze daar niet achter. Al was het alleen maar doordat gedachten alle kanten op stuiven, terwijl hardop praten dwingt tot ordenen: woord na woord na woord. Het gesproken woord bevorderde rechtlijnigheid.

De strijd, de aanval, was dat wat ze wilde? Paste dat niet oneindig beter bij Cas? Voorwaarts mars, niet omkijken, stug doordouwen, het had zijn lijfspreuk kunnen zijn. Alles en iedereen moest voor hem wijken. Gebeurde dat niet, dan raakte haar grote broer van slag. En zijn vrouw kennelijk ook. Achttien jaar lang lieten ze zich niet zien, en opeens stond Bonnie op de stoep.

Bij het binnenkomen struikelde ze half over de deurmat, stak geen hand uit ter begroeting, zei geen dag. Ze merkte niet dat Annabel haar ontzet aangaapte. 'Ik ben gekomen om bij te praten,' begon ze zonder omwegen.

'Daar heb je dan lang over gedaan,' stamelde Annabel. 'Ik had de hoop al opgegeven.' Haar schoonzus ging er niet op in. Ze was oud geworden. Een renaissance vrouw had vader haar ooit genoemd. 'Te mooi om naar te kijken,' had hij vaak verzucht. 'Mijn zoons witte Venus met vlammend rode haren.' Nu viel er niets meer te verzuchten. Nu waren haar wangen roder dan haar haren en was de godin vervallen tot een moeke dat hijgerig op adem kwam.

'Heb je al gehoord wat ons is overkomen?' barstte Bonnie los. 'Hoe moet dat nou verder?'

'Hoe moet wat?'

'Waar gaan we nu wonen? Moet ik soms in Holland blijven? Ik spreek de taal niet eens goed.' Ze sprak gejaagd, bits, met wat een kijf-stem zou zijn als ze niet tegelijkertijd zo hulpeloos met haar armen had staan maaien.

'Je spreekt anders heel aardig Nederlands. De laatste keer dat ik je zag sprak je geen woord. Hoe lang is dat alweer geleden?' De snier ging aan Bonnie verloren.

'Veel te lang. Aan mij lag het niet. Dat van toen... nou ja, wat zal ik zeggen. Maar je kent Cas. Die ziet niks door de vingers.'

Jij soms wel, dacht Annabel. Ik heb jou anders vóór vandaag ook niet langs zien komen. 'Weet hij dat je hier bent?'

'Nee. Ik wilde met je praten. Voor hem zou het ook goed zijn, hij heeft nu familie nodig.'

'Waarom juist nu?'

Bonnie gaf geen antwoord. Ze plukte onzichtbare haren van een zwart linnen mantelpak dat te strak om haar buik spande. 'Hoe moet dat financieel? Je broer doet niets om zich teweer te stellen. Ik dacht dat hij een vechter was. Daarom hield ik van hem, hij ging ertegenaan, hij zou het maken in de wereld. Maar sinds april, sinds zijn ontslag, herken ik hem niet meer. Hij is een vreemde geworden.'

Ontslag? Cas ontslagen? Het woord klonk haar onzinnig in de oren. Het paste niet bij hem.

'Hij zegt niks, dus jij bent de enige aan wie ik iets kan vragen. Daarom ben ik hier. Ik moet het weten. Waarom knokt hij niet? Waarom is hij zo apathisch?' Ze klonk woedend, alsof ze in de startblokken stond het gevecht aan te gaan dat Cas niet oppakte. 'Hoe was hij als kind, liet hij het er toen ook zo bij zitten?'

'Aanvallen ja, dat kon hij, maar voor iets knokken nee. Dat heeft Cas toch nooit hoeven doen.' Annabel had haar minachting het liefst recht in Cas' gezicht gezegd. Nu moest ze genoegen nemen met haar schoonzus als tussenpersoon. 'Alles kwam hem gewoon aanwaaien.'

'In het New York waar ik vandaan kom, knokt iedereen altijd voor alles. Anders kom je er niet. Mag ik?' Bonnie wees op de keukenstoel en veegde de zitting af voor ze neerplofte. 'Weet je dat die schoften van de American Candy Company hem eerst een mes in de rug hebben gestoken om daarna aan mij, zijn vrouw, te vragen of ik hun afscheidscadeau wil uitzoeken? De gore lef. Ik mag van de Company maximaal twintigduizend gulden besteden en dat zal dan ook tot op de laatste cent worden uitgegeven.' Ze was niet meer te stuiten. Minutenlang raasde ze maar door, haar stem schril en verongelijkt.

Annabel, niet gewend dat iemand even snel en lang kon praten als zijzelf, deed er het zwijgen toe. Ze lette vooral op Bonnies rode wangen en driftige gebaren: een standwerkster in mantelpak. Ondertussen zon ze op een idee. Ze ging haar schoonzuster een kaart aansmeren. De duurste die haar antiquariaat op voorraad had. Als blijvende herinnering kreeg Cas een afscheidscadeau dat bij haar gekocht was.

Dat zou dan bij hem thuis aan de wand hangen, als indringer, als onruststoker, als haar plaatsvervanger. De kaart zou zich van zijn taak kwijten en haar broer voortdurend koel en verwijtend gadeslaan. Tenslotte zou hij alleen nog maar met neergeslagen ogen langs die muur durven sluipen.

Ze liep naar een archiefmap waarin ze losse kaarten bewaarde en haalde er de Willem Blaeu van Amerika uit. 'Dit is waar je naar op zoek bent,' zei ze toen Bonnie uitgesproken was. 'Het afscheidscadeau bij uitnemendheid.' Met overdreven zorg legde ze de kaart voor haar schoonzus op tafel. 'Omdat Cas zo lang in Amerika heeft gewoond, omdat de Company Amerikaans is. Kijk eens hoe fraai? Onbeschadigd. Originele kleur. Uit 1662. Kaarten van Amerika zijn erg in trek. Mensen houden van de heldere kleuren en de versieringen langs de randen. Een kaart om trots op te zijn.'

'Is hij duur?' vroeg Bonnie gretig.

Annabel knikte. Zou Cas waarderen wat hij als afscheid kreeg? Of verwachtte hij van die protshorloges en leren mappen met goud op snee om ondertussen stiekem te azen op een luisterrijke afvloeiingsregeling? 'Twintigduizend is wel vijf meer dan de gangbare prijs,' zei ze. 'Je kunt ze ook voor vijftienduizend krijgen als je genoegen wilt nemen met een minder fraai exemplaar. Maar ja, jullie zijn vast niet aan de bedelstaf. Ontvangen niet alle hotemetoten...'

Bonnie keek gekwetst. Blijkbaar had ze wel degelijk goed Nederlands geleerd, anders kon ze zo'n woord niet begrijpen.

'... directeuren zoals Cas, krijgen die geen gouden handdrukken waarmee je de hongerige kindertjes in India drie jaar lang kunt voeden?'

'Zeker kun je dat, het zijn gewoonlijk fikse bedragen,' zei Bonnie. 'Alleen heeft Cas zo'n gouden handdruk niet gekregen. De American Candy Company heeft hem een loer gedraaid. Hij heeft er ook niet hard genoeg voor gevochten.' Grimmig van wraaklust tekende ze de onnodig hoge check. 'Hoe duurder hoe beter,' zei ze. 'Zij betalen. Als ik durfde zou ik er vijfentwintigduizend gulden van maken. Bovendien, laat jij ook eens voordeel hebben van je broer.'

'Dat heb je inderdaad knap gedaan,' zei Annabel nogmaals met een laatste tevreden klopje op de lege hoes. Daarna rekte ze zich langdurig uit en liet haar blik over de zolder glijden. Toen ze deze verdieping betrok, had ze wekenlang verf van de balklaag en de spanten afgekrabd, had ze geschuurd, meer geschuurd en opnieuw geschuurd tot eindelijk het laatste restje verf verdwenen was. Nu glom het eikenhout van de kilo's bijenwas die ze erin had gewreven. De zolder lachte haar toe, koesterde haar in de beschutting van tientallen houten armen. Een dak als een omgekeerd scheepsruim, een ark, een nest ver boven het lawaai en de mensenmassa beneden op straat.

Onder de daknok, in het middengedeelte van de zolder stond de kast met de atlas die ze van haar vader had geërfd. De kast stond daar onhandig en blokkeerde alle doorloop. Maar de waardevolle inhoud moest zo ver mogelijk vandaan blijven van de bij westerstorm lekkende kozijnen in het schuine dak. Lange mensen zoals zij waren daardoor gedwongen kruip-door sluip-door onder het dak langs te schuiven.

Voorovergebogen schuifelde ze naar de ladekast waar Cas' kaart in had gelegen. Veel zat er niet meer in. Ze moest dringend de voorraad aanvullen. Een breker had ze nodig, een atlas die al onvolledig was en waar antiquairs de overgebleven kaarten uit haalden om stuk voor stuk te verkopen. Geplaagd door de vraag wat ze met de twintigduizend gulden moest doen, begon ze weer hardop te praten. 'Nou mevrouw Block, wat doet u? Rotte ramen laten herstellen, een breker aanschaffen, of aandelen kopen en kijken of u daar rijk mee kunt worden. Hebt u geen flauw idee, mevrouw? Dan laten we het lot bepalen.' Ze diepte een gulden uit haar broekzak op.

'Kop of munt?' De gulden schoot schuin omhoog, beschreef een bocht door de lucht en viel. Ze raapte hem geërgerd op. 'U bent een kluns, mevrouw! Waar zijn die magische handen gebleven die een stapel munten kunnen opgooien zonder er een te laten vallen?' Ze probeerde het nog eens, ving met een hand en klapte die boven op de andere. Het was kop. Ze was vergeten te bepalen waar dat voor stond. En waarom was het kop geworden? Dat had betekenis, anders was munt wel bovengekomen. Het stoorde haar dat ze drie manieren had geopperd om het geld te besteden. Dat was er één te veel wanneer je alleen de keus hebt tussen kop of munt. Tenzij het haar lukte een munt op zijn rand te laten staan. Dan waren er drie mogelijkheden. Ze ging ervoor op de grond zitten. Haar zwarte haren vielen voor haar ogen en benamen het zicht. Met beide handen vlocht ze er een streng van en knoopte die tot een lus op haar rug. Daarna rolde ze de mouwen van haar sweatshirt op en toog aan het werk. De gulden moest loodrecht op zijn kant worden gezet. Telkens rolde hij om wanneer ze losliet. Vast niet recht en stil genoeg gehouden. Een munt woog immers aan beide zijden evenveel, dus hoefde hij niet om te vallen en kon volgens alle wetten van de zwaartekracht rechtop blijven staan.

Na enkele minuten kreeg ze er genoeg van. Het ging niet, om de eenvoudige reden dat zij Annabel Block was, de vrouw bij wie juist datgene mislukte waar ze haar best voor deed. Van simpele dingen als zo'n stomme munt de baas worden, tot iets wezenlijks als het mooiste antiquariaat van Amsterdam bezitten. Pas als ze ergens niet over nadacht en er nog minder om gaf, ging het vanzelf. 'Geeft niks. Je doet het toch leuk in deze wereld...' Annabel sprak niet langer hardop met haar andere ik. Mevrouw Block was van u gewoon jij geworden. '... jij verkoopt via het web. Dat deed je al voordat iemand anders eraan toe was. Dus lang leve de virtual reality van jouw niet bestaande winkel.'

Nogmaals zette ze de munt op zijn kant en gaf hem een duwtje. Hij leek de vrijheid te ruiken en rolde meters weg, voor hij opgetogen de bocht nam en onder een kast verdween.

FREUD

Al bij de deur riep ze: 'Hoe ging het? Was het leuk je surprise-party? Je had niets in de gaten, hè? Wat vind je van je cadeau? Waar is het?' Ze nam de aktetas van hem over, schudde eraan. 'Zit het hierin?'

'Die is leeg.'

'Waarom loop je er dan mee rond?'

'Uit gewoonte, Bonnie, wat anders. Ik kan niet zonder de attributen van een werkend man. Dus...' hij aarzelde, voelde zijn ogen opbollen van verbijstering nu hij besefte wat hij had gedaan. Automatisch sloeg hij direct zijn ogen weer neer. Jaren van onderhandelingen voeren waarschuwden hem niet te tonen wat hij voelde. Geen tijd hebben om na te denken plaatste je in het nadeel in welk gesprek dan ook, zelfs wanneer je praatte met je eigen vrouw. '... dus doe ik gewoon alsof,' voltooide hij de zin. Hij pakte haar de aktetas af en stelde een tegenvraag. 'Waar is Dirk?'

'Feesten. Sinds zijn eindexamen doet hij niet anders. Dat weet je best.'

'Uiteraard.' Cas' blik gleed langs de trap omhoog naar de kamer van hun zoon, hechtte zich aan de deur. Daarachter zag hij de verlaten ruimte, leeg ook al stond het afgeladen vol. Ergens vierde Dirk het feest van de bevrijding. Duizend meter of duizend kilometer verderop, het maakte niets meer uit. Dirk keerde zich van hen af met het gemak waarmee water uit een omgevallen emmer stroomt.

'Ik zei toch dat hij er niet is. Hoe was jouw feest? Je afscheidsfeest? Ze hebben je toch wel iets als aandenken gegeven?' Ze trok opgewonden aan zijn mouw.

'In de trein laten liggen,' zei hij kortaf. Eromheen draaien had geen zin.

'Wat?' Bonnie leek zijn antwoord niet te begrijpen.

'Een kaart. Ze hadden me een antieke kaart gegeven. Van Amerika...'

Een paar seconden bleef Bonnie roerloos staan. Ongeloof kroop als een zenuwtrek over haar gezicht en kleurde haar ogen dieper groen. Poelen waarin de twijfel trilde. Zo aarzelend leek ze opeens weer jong. Hij strekte zijn hand uit om haar wang aan te raken.

'*I can't believe it!*' ontplofte ze met een Amerikaans accent dat harder dan ooit in zijn oren snerpte. 'Heb je het zomaar laten liggen? Een antieke kaart nog wel? Wat een Freudiaanse Fehlleistung. Wil je geen cadeaus? Vond je het niet mooi? Dat kan je toch niet maken!'

Niet maken? Van alle mensen die hij kende, kon hij zonder overdrijving stellen dat hij zorgvuldiger was dan wie ook. Anderen lieten voortdurend steken vallen. Maar hij? Hij kon zich de tijd niet heugen dat hij iets had gedaan dat niet deugde.

'Je moet de NS bellen, wie weet heeft iemand de kaart gevonden.'

'Hè?'

'Je moet gevonden voorwerpen bij de NS bellen.'

Pas na ettelijke keren dezelfde zin te horen drong het tot hem door. Bonnie loodste hem de keuken in waar een telefoon stond, duwde hem voorzichtig op een stoel. Het liefst zou hij haar opzijduwen. Hij had genoeg om over na te denken, Fehlleistung met recht. Dat onderbewuste, die uitvinding van meneer Freud, was aardig bezig zich een weg naar boven te banen. Ongewild drongen de beelden zich op van zijn ouders toen die in Salamanca – als altijd zonder stemverheffing en met weinig woorden – vastberaden langs elkaar heen praatten.

Op een zondoorstoven middag terwijl de hele stad siësta hield, hadden ze in de oude bibliotheek gestaan. Ze waren er de enige bezoekers. Nu nog, zevenendertig jaar later, voelde Cas de huiver van die hoge zaal, van de koelte binnen de dikke muren. Hij zag de ruimte weer voor zich: de kromgetrokken stroken van het parket, een vensternis die reikte tot de zoldering, langs alle wanden boekenkasten met kippengaas en rode gordijntjes waarvan de huiselijkheid op zijn lachspieren had gewerkt. In het midden van de zaal: de globe.

'De aarde als een bol. Voor het eerst de wereld rond,' had zijn vader gezegd.

'Gedreven door macht, door hebzucht,' zei zijn moeder.

'Welnee, Popje, door nieuwsgierigheid, zin in avontuur. Misschien wel alleen domweg door lef,' vond zijn vader. 'Dit is een van de oudste bewaard gebleven exemplaren. Van Galilei.' Vader had hees van bewondering geklonken.

Een koord van meer dan vijf centimeter dikte schermde de aardbol af. De bol glom alsof iedere dag iemand hem voorzichtig oppoetste. Donkere lijnen kronkelden rond bronsgroene werelddelen. De zeeën glinsterden onder een boterkleurig vernis. Cas had blauw verwacht. Op een standaard achter het koord stond een bord met een waarschuwing. Zijn vader vertaalde: 'Verboden de globe aan te raken, te beschadigen of te vervreemden op straffe van excommunicatie.' Zijn moeder, als goed katholiek meisje, legde uit wat dat was. 'Door de paus in de ban worden gedaan, uitgesloten zijn van alle sacramenten.'

Het zei Cas niets. Hij stapte over het koord in de lichtbaan die door het raam naar binnen viel en sloop op zijn tenen naar de aardbol. Zijn wijsvinger zocht Europa. Die ene vinger was voldoende om Galilei's wereld rond te laten tollen. Geschrokken probeerde dezelfde vinger de aarde ook weer te doen stoppen.

'Ben je nou helemaal gek geworden?' riep zijn vader vanachter het koord. 'Met ongewassen handen! Er zitten vetten en zuren in je huid. Die maken vlekken en tasten het materiaal aan.'

'Cas?' vroeg zijn moeder. 'Waarom trek je je niets van dat bordje aan?'

Een vinger gleed over de boterkleurige zee. Zo van dichtbij vertoonde het zeeoppervlak kleine haarscheurtjes. Onderhuidse stroompjes. Meedrijven, meeglijden, wegvaren. Cas tilde zijn wijsvinger op vlak voor hij de kust van Amerika bereikte. De matrozen van Columbus waren daar bang geweest had hij op school geleerd. Al wekenlang waren ze verder en verder westwaarts gevaren zonder land te zien. Toen hield het water op met stromen en moesten hun schepen door dik botergeel water klieven. Ze waren bij het einde van de wereld gekomen, meenden ze, nu zouden ze snel over de rand vallen.

'Cas!' riep zijn moeder. 'Hoor je me? Er staat toch dat het niet mag.'

Het was zeewier geweest. Wier en algen, een teken dat ze land naderden.

'Daarom juist,' antwoordde hij. 'Als je je overal aan houdt, kom je nergens.' Hij greep de bol. Zijn hand lag op het westelijk halfrond toen de wereld tot stilstand kwam. Een vreemd, half af Amerika. 'Voor wie maakten ze deze dingen?'

'Voor zeelieden, voor vorsten en pausen. Het was een gebruiksvoorwerp. In Galilei's tijd geloofde geen ontwikkeld mens meer dat de wereld plat was en het middelpunt vormde van het heelal. Ook de paus niet, al zei hij van wel zoals pausen vaker liegen om hun kudde in toom te houden. Zelfs Columbus een halve eeuw daarvoor wist al dat de aarde rond was voor hij westwaarts voer.' Vader klonk alsof hij mee had willen varen. 'Geweldige tijd, geweldige mensen. Zo ondernemend, zo reislustig. Die mensen hadden lef, ze zeilden rond Afrika, veroverden Azië, Amerika.'

'Onzin.' Alleen zijn moeder met haar kinderstem kon zo'n woord vriendelijk laten klinken. 'Het was pure hebzucht wat de mensen dreef.'

'Dat lijkt zo, maar je hebt het mis,' antwoordde zijn vader. 'Hebzucht is voor de verwrongen geest. Een gezond mens, iemand die het leven in zich stromen voelt... Ach, niets trekt zo als het onbekende. Hang naar avontuur. Iets doen wat niet kan of niet mag of dat nog door niemand is gedaan, alleen maar om aan te tonen dat het jou zal lukken. Dat soort nieuwsgierigheid dreef...'

Vader werd onderbroken door een suppoost. Ze werden niet in de ban gedaan, wel de bibliotheek uit gestuurd.

Dat was de laatste vakantie met beide ouders. Bij terugkomst in Nederland verliet Cas' vader de papierfabriek waarvan hij directeur was, zei dag tegen vrouw en zoon, ging samenwonen met een beeldhouwster en begon een antiquariaat in globes, atlassen en antieke kaarten.

Na de scheiding verdiende zijn moeder haar geld als handwerklerares. Een uitstervend beroep. 'De laatste brei-juffrouw van Nederland,' noemde Cas haar. 'Je hoeft trouwens niet uit werken te gaan, mam, je kunt alimentatie vragen.'

Daar wilde ze niets van weten. 'Je vader had een ruim inkomen als directeur. Nu met dat kaartenzaakje dat niet loopt, weet hij niet hoe hij de eindjes aan elkaar moet knopen. En zijn vriendin verdient ook nauwelijks iets.' Zijn moeder was niet haatdragend. Ze zei nooit een kwaad woord over iets of iemand, zelfs niet over Else, de vrouw die haar man had afgepakt. Ze wekte de indruk uitsluitend beminlijke gedachten te koesteren. Tot vervelens toe. Bol, blond en blozend was ze als een overjarig zusje, geen moeder. Vanaf zijn dertiende nam Cas alle beslissingen.

'De NS,' zei Bonnie vastberaden. Ze draaide het nummer en reikte hem de hoorn aan.

Een stem dreunde in Cas' oor. De stem herhaalde zichzelf. 'Bent u een bandje of bent u echt?' vroeg Cas. 'Hallo?' Hij voelde hoe dom hij naar de gaatjes van de hoorn staarde. Naast hem stond Bonnie te popelen om het over te nemen.

'Al onze medewerkers zijn in gesprek, blijft u nog even aan de lijn,' zei de stem voor de zoveelste keer. Als Bonnie niet naast hem had gestaan, zou hij de hoorn op de haak hebben gesmeten. Alsof ze dat bij de NS aanvoelden, veranderde de zin in: 'Waar kan ik u mee van dienst zijn?'

'Juffrouw, wat een genoegen zomaar een echt levend mens aan de lijn te krijgen.'

De juffrouw raadde aan over een paar dagen nog eens te bellen. Nee, er was echt niets gevonden. Een bruine kartonnen koker, zei meneer? Kon meneer langskomen om een formulier in te vullen? Wat zat er in die koker? Hoeveel was het waard?

'Veel,' fluisterde Bonnie aan zijn elleboog. 'De vrienden die je over hebt in de Company zijn erg vrijgevig geweest.'

'Het eh... het was een oude kaart, zeventiende eeuw, van Amerika, juffrouw. Omdat wij daar lang gewoond hebben. Eh... gewerkt hebben. Het was een cadeau, een cadeau bij mijn afscheid, omdat ik geheel ten onrechte...' Secondenlang bleef hij met wijd open mond naar adem happen. Wat stond hij hier uit te leggen aan een wildvreemde. Smile. For God's sake smile, man! En Cas glimlachte, zoals hij al maanden had geglimlacht. Dat leerde je in Amerika: wangspieren overstrekken tot de dichtgeperste mond vaneen scheurt. Trek je lippen op en parel je tanden bloot! Toon de wereld de gevechtsklare, bijtgrage, witte wapenrusting van je ziel! Dat had je nodig in een Amerikaans bedrijf. In elk bedrijf. In deze platte wereld.

Bonnie kneep in zijn arm, pakte de telefoon uit zijn hand. 'Dank u, juffrouw, ja dat zullen we doen.' Ze hing op en leidde hem naar de zitkamer. Hij glimlachte opnieuw als blijk van waardering voor de moed waarmee ze zijn humeur verdroeg. Zijn wangen voelden dik en stroef als gummi.

'Wil je koffie?'

Het kostte hem moeite zijn aandacht bij Bonnie te houden, bij de keuze tussen koffie en iets anders... Wat anders? Zijn gedachten dwaalden af. Haar bezorgde blik veranderde in zijn moeder die haar rond kindergezicht naar hem ophief. Dwars door Bonnies woorden heen hoorde hij zijn moeders stem. 'Kun je niet wat aardiger zijn tegen Annabel? Ook al is ze je halfzusje, ze is het enige zusje dat je hebt en misschien ooit zult krijgen.'

'Annabel,' zei hij hardop. 'Waarom kochten ze een antieke kaart en dan uitgerekend bij haar? Heb jij soms...?'

Ze knikte instemmend. 'Dat met Annabel en je vader, dat is toch al zo lang geleden. Ik dacht ze is familie. Je vereenzaamt, Cas, zo zonder werk en zonder vrienden. Maar ja, als ik geweten had dat je er zo op tegen was dat je er zelfs je kaart voor in de trein liet liggen...'

Hij zag zichzelf weer uitstappen, kijken of de BMW nog ergens op de ventweg reed en daarna langzaam het perron aflopen met de aktetas stevig in zijn hand. Achter hem lag een bruine verrekijker in het bagagenet. Met een witte dop als lens die hem bespiedde en zijn verleden terughaalde. De lens schroeide een gat tussen zijn schouders. Hij versnelde zijn pas.

Een aandenken van zijn vrienden. Van de weinige vrienden die hij had overgehouden in de Company.

Eén van hen had hem uitgenodigd voor een gezellige lunch met zijn tweeën. In het Amstelhotel, in La Rive. Het beste restaurant was immers niet goed genoeg voor Cas, voor trouwe Cas, hardwerkende Cas. En toen stonden ze daar allemaal in de hal hem op te wachten. Zijn keel begon dik te voelen zodra hij ze zag staan. De hal wolkte om hem heen in steeds nauwere cirkels. Haastig zoog hij naar adem. Hij moest extra lucht inslaan. Als dan de muren op hem zouden vallen, kon hij stil onder het puin blijven liggen tot hij gered zou worden. Door George. Hij graaide om zich heen. George was er niet.

'Jezus, het gaat hier fout,' riep iemand. Ze duwden hem het cadeau in handen, hielpen hem uitpakken. Bonnie en hij mochten er samen een lijst bij uitzoeken. 'Een kaart van Amerika, Cas. Dat leek ons erg toepasselijk. Maar New York staat er nog niet op. Zelfs niet Nieuw Amsterdam. Toch is het een kaart uit die tijd, gemaakt door een landgenoot van jou. Kijk maar.'

'Het hele westelijk halfrond! Wat meer dan prachtig, wat een vorstelijk cadeau. Dat hadden jullie niet moeten doen.' Zijn woorden verstomden toen hij het etiket aan de achterkant bemerkte. 'A. Block. Antiquariaat.' Even begreep hij het niet. Wiens naam was dat? Zijn eigen naam, die van zijn vader? De verwarring duurde slechts een ogenblik. De ovalen mond van het etiket lachte hem uit. De letters straalden: A. Block.

Annabel!

Hij had de kaart weer omgedraaid en de fraaie versieringen langs de rand hardop bewonderd. Ze hadden met zijn allen bekende plaatsen opgezocht en moeten lachen om Friesland als eiland pal naast Groenland, om de onherkenbare kustlijn van Noord-Amerika ter hoogte van wat nu New York was. Hij hoorde zijn eigen stem vals in zijn oren schetteren. Hoe langer ze praatten, hoe beter hij erin slaagde zijn zus naar de uithoeken van zijn geest te bannen.

Dat zijn eigen vrouw Annabel weer binnen had gehaald. Dat ze met haar eeuwige regeldrift en bemoeizucht weer eens iets tegen zijn zin in had bekonkeld.

'Moest dat nu per se bij mijn halfzus?' vroeg hij met veel nadruk op 'half'. 'Weinig kies van je.'

'Ze wilden weten wat ze je moesten geven, en je hebt alles al. Een kaart leek me leuk. Van Annabel helemaal, omdat zij het werk van je vader voortzet. Ja toch, je hield toch van je vader...' Ze praatte snel, zeker bang dat hij kwaad zou worden.

'Ik heb geen enkele behoefte aan contact.'

'Het is achttien jaar geleden. Ze is terug uit Italië en woont weer in Amsterdam.'

'Hoe weet je dat?'

'Dirk is op haar website terechtgekomen. Je moet dat oud zeer nu maar eens vergeten.'

'Daar heeft het niets mee te maken,' zei hij op een te bruuske toon.

'Geloof je het zelf?'

'Als ik die meid niet wil zien, dan zie ik haar niet.'

'Dat hangt er maar van af. Als ze bij de NS de kaart niet terugvinden, zul je wel moeten.'

'Ik moet helemaal niets.' Hij hoorde hoe hij als een klein kind zat te dreinen.

'O nee? Het is anders een cadeau van de Company, niet van Annabel. Ooit zullen je vrienden hier komen en dat ding willen bewonderen.'

Grommend liep hij verder en verborg zich in de luie stoel voor de televisie, drukte op de afstandsbediening en zapte van kanaal naar kanaal.

'Wilde je nu eigenlijk koffie?' Bonnie stond in de deuropening.

Koffie? Geen koffie? Daar ging het om de laatste tijd, met de hoeveelheid kopjes die ze inschonk als maatstaf voor haar liefde. Zorgen voor en zorgen maken om waren Bonnies sterkste kanten geworden. Zap, zap ging zijn duim terwijl hij verder en verder onderuitzakte. De volumebalk op het televisiescherm schoot naar rechts. Krijsende muziek. Zap. Meer muziek. In plaats van de beelden op het scherm te zien volgde hij de beelden in zijn hoofd. Daar kroop een boeteling op zijn knieën langs een keienpad omhoog. Net als al die boetelingen in de ontelbare bedevaartsplaatsen waar hij op zakenreizen doorheen was getrokken. Spijt welde op in zijn keel. Zilt als zeewater proefde dat berouw. Bebloede knieën waren niets, hij zou van hier naar de noordpool kruipen als hij er de tijd mee kon terugdraaien. Hij zou... godbetert, hij kreeg de misselijkmakende gewaarwording van overstag gaan en van alles toe te willen geven... Alles... Kuipen wou hij... kuipen... hielen likken... alles om maar weer hoofd van International te mogen zijn.

Zap, zap. De afstandsbediening haperde op een kinderprogramma. Een deuntje sprankelde door de kamer en een jongetje legde voor de camera uit hoe hij een zelfwassende-fiets-cum-tuinsproeier in elkaar had gesleuteld. Cum autowasser, vulde Cas aan, of krolse-katwegjager. Slim jongetje. En een slimme headhunter zou hem nu al benaderen voor een toekomstige baan met een dikke vette *sign-on* bonus in het vooruitzicht. Al zou dat kind daar niet voor vallen, zijn ouders misschien wel. Cas knikte het bemoedigend toe. Blijf jij maar mooi met je eigen droommachines spelen.

De gedachte monterde hem op. Hij hoefde niet per se terug naar de Company. Hij kon zich op andere markten storten dan die van snoep en geconfijte vruchten. Hij was immers al gelukkig zodra hij een koffer inpakte en de kerosine van een vliegtuig rook. Als hij maar iets kon doen waar hij goed in was, iets, al was het maar lucifers verkopen in een poolnacht of kameeldrijver worden in Mongolië. Dan zou hij in een mum van tijd een winstgevende luciferfabriek op poten zetten of kortere karavaanwegen uitknobbelen.

De telefoon ging in de keuken. Hij hoorde Bonnie opnemen. 'Met mevrouw Block. Ha, George.'

Alsof er een veer in hem losschoot sprong Cas overeind. Hij schudde de loomte uit armen en benen en rende erop af. 'George,' schalde zijn stem terwijl hij Bonnie de hoorn afpakte.

'Hoe ging je afscheidsfeest?' George, het enige directielid van de Company dat hem trouw was gebleven, belde uit New York. 'Goed idee van Bonnie, vind je niet, om het cadeau bij jouw zus te kopen. In moeilijke tijden heeft een mens zijn familie meer nodig dan ooit. Sterkte, kerel, en ik houd mijn ogen open voor een geschikte nieuwe baan. In september kom ik naar Europa en dan zoek ik je op om bij te praten en die kaart te bewonderen.'

September! Dat was over twee maanden. Als de koker onvindbaar bleef, kon Cas er niet meer omheen, want je kon er donder op zeggen dat George het pronkstuk op een ereplaats aan de muur wilde zien hangen. Dan moest hij Annabel benaderen voor precies zo'n zelfde kaart.

'Zo erg is dat toch niet,' zei Bonnie later. Ze zette twee bekers met koffie op de keukentafel. 'Kom zitten. Ik heb cake gebakken. Volgens mij is hij oneetbaar geworden.'

De cake smaakte voortreffelijk. Bonnie reikte hem een tweede plakje. 'Ik vond je zus heel aardig. Wie weet vind jij dat nu ook, je hebt haar al zolang niet gezien.'

'Aardig?' Het jongetje met zijn sproeifiets flitste voorbij. Georges stem bromde weer bemoedigend in zijn oren. Hij veegde de cakekruimels bijeen in de palm van zijn hand en likte ze op. 'Lekker.' De verwarring gleed uit hem weg en voor het eerst die dag keek hij Bonnie werkelijk aan. Haar gezicht was te groot en te wit en hij kreeg bijna medelijden met de vuurrode wangen van de inspanning waarmee ze haar getergde en gewonde man voor verdere stommiteiten wilde behoeden. 'Waar is je mensenkennis,' zei hij en bijna was hij doorgegaan op hoe slecht Bonnie en hij elkaar kenden. 'Annabel was van kind af aan al niet te harden. Bijdehand als de neten en ze kon geen seconde haar tater houden.'

'Overdrijf je niet een beetje?'

'Geen sprake van.' Hij vertelde hoe zijn moeder de kleine Annabel elke zomer te logeren vroeg.

Met drie jaar had Annabel haar blijvend voor zich gewonnen door naar de dorpskerk te wijzen en te kraaien: 'Das goetiek, das oud.'

Zijn moeder begreep onmiddellijk wat het kind bedoelde. 'O ja?' vroeg ze, 'is die kerk gotisch? Waar zie je dat dan aan?' Dat wist de dreumes niet tot Cas' opluchting. Als zestienjarige had hij geen flauw benul van het verschil tussen gotiek en wat voor bouwstijl dan ook.

Vanaf die zomer groeide moeders liefde voor Annabel gestaag. 'Ze is niet alleen jouw halfzusje, ze is ook een beetje van mij. Getrouwd is getrouwd en de kerk staat een scheiding niet toe. Dus is ze ook mijn dochtertje.' Ze moederde met overgave, sloofde zich uit in het bedenken van meisjesspelletjes: poppen aan- en uitkleden, koken op een minifornuisje, papieren kleedjes knippen. Zijn halfzusje speelde nauwelijks mee. Ze hing tegen moeder aan en duimde, zelfs toen ze al een groot kind was. Af en toe aaide ze over moeders arm. In zijn herinnering waren het de enige momenten waarop Annabel stil was.

Tegen hem praatte ze, altijd. Het kwam Cas voor of zijn zomervakanties getekend waren door haar niet te stoppen woordenstroom. Nog voelde hij hoe ze als tentakels haar zinnen om hem heen sloeg. Hoe ze hem uitdaagde en triomfantelijk alle stammen van Israel opdreunde of de nummers van The Beatles afratelde in de juiste volgorde van uitgave. Als hij 'laat dat of ik ram je in elkaar' brulde, stapte ze over op de grachtenpanden van Amsterdam en je zou zweren dat de stadsbouwmeester aan het woord was. Alles wist ze te vertellen over de geschiedenis van het huis waar hun vader met die beeldhouwster woonde. Cas wilde daar niet komen. De nieuwe vrouw van zijn vader fladderde er rond in idiote werkkielen omdat ze zich verbeeldde kunstenares te zijn. Schijtwijf! Zijn moeders gebreide truien waren net zo goed een kunststuk.

Soms staarde de dochter van dat schijtwijf hem secondelang aan met ogen die onzeker maakten. Geen beeld van buiten dat in die grijze poelen weerspiegeld werd, zelfs niet wanneer hij dichtbij kwam om de weerkaatsing van zichzelf te zoeken. Niets. Roofdierogen. Een tijger, een panter, alhoewel dat te veel eer was. Met haar zwarte pluisharen en magere pootjes leek ze eerder op een kat. Een zwarte straatkat. Op een nacht droomde hij dat achter die ogen hersens gulzig wachtten op alle indrukken van buiten. Dat die spleten van pupillen monden werden die alle beelden naar binnen zogen zonder te hoeven kauwen. Monden zonder slokdarm, zonder maag. Alle voedsel stroomde rechtstreeks naar de hersenen, die zo vraatzuchtig waren dat ze groeiden en groeiden tot ze er onpasselijk van werden en alles in woorden uitbraakten.

'Als je nu een beetje meewerkt en wat terugzegt worden jullie later de beste vrienden,' raadde zijn moeder hem aan toen hij zijn beklag bij haar deed. 'Het is een verrukkelijk kind.'

27

Het verrukkelijke kind verscheen juist op dat moment om de hoek van de kamerdeur. Zodra ze hem zag begon ze weer. 'Wist jij dat...' In één adem noemde ze het geringe aantal jongen dat Abessijnse katten werpen en de meer dan een miljoen soldaten die waren gesneuveld in de slag bij Stalingrad.

'Waar ligt Stalingrad?' vroeg hij geërgerd om zoveel ongerijmde kennis.

'In Rusland.'

Die rotmeid liet zich niet vangen.

Zo plotseling als de neiging om over Annabel te praten was opgekomen, zo snel overviel hem ook de ergernis. Alsof zij de hoofdrol speelde in zijn afscheidsfeestje. Hij stond op om naar boven te gaan. Hij kon nog net iets mompelen als 'nee ik wil geen avondeten, ik zit nog vol van mijn afscheidslunch en je heerlijke cake,' of de tranen schoten hem opnieuw in de keel. Een dik gevoel, een keelontsteking waarbij slikken pijn deed. Hij slikte en perste de zoute smaak tot hoog achter in zijn neus en hoopte op een alles wegvagende huilbui, op een stortvloed van water waarin zijn onrust zou verdrinken. Hij kleedde zich uit en ging op bed liggen, benen gespreid, armen langs zijn lijf.

Het trilde in zijn hoofd. De trilling zwol en dreunde dof tegen de binnenkant van zijn schedel. De druk nam toe en spreidde langzaam over zijn rug tot onder in zijn benen. Elk bot en elk spiertje deed pijn. Zijn lichaam gloeide en zijn huid leek hem niet langer te kunnen bevatten. Maar de zo verlangde uitbarsting bleef uit. In plaats daarvan smolt de pijn en ebde de druk weg. Het voelde alsof zijn spieren mee oplosten en als hete, dikke zweetdruppels in de lakens sijpelden. Klam en week bleef hij liggen. De kamer draaide. Ook met wijd opengesperde ogen bleef het plafond traag opzijdrijven. Wanneer zou het openschuiven en hem blootstellen aan de wolken boven het huis? Een huis zonder dak zou onaangenaam zijn, het regende buiten.

Het regende buiten!

Eindelijk een nuchtere gedachte. Hij had een feit vastgesteld. Zo herkende hij zichzelf weer. Plafonds schoven niet open als autodaken, hij had geen keelpijn en hij huilde niet. Hij moest ophouden met die onnutte gedachten. Ze maakten dat hij verder en verder weggleed van zijn vertrouwde gezond-verstand-wereld. 'Hou je kop erbij.' Vreemd dat je je hoofd, het belangrijkste deel van je lichaam, niet kon zien. Hier lag hij naakt op bed en kon zichzelf bekijken: de blonde haren op zijn borst, de buik waaronder nog net een stuk van zijn opzij gegleden pik zichtbaar was, stevige benen, ballonkuiten en onverwacht magere en pezige voeten. Hij was het helemaal, een vaststaand feit, een zichtbaar gegeven, met eigen ogen aanschouwd. Behalve zijn hoofd, dat kon hij niet zien.

Een lichaam zonder hoofd.

Koppen moesten rollen.

Cas Blocks kop moest rollen en het schavot kreeg bij de Company de vorm van een vergadertafel. De beulskap werd een donkergrijs pak. Zijn beulen overlegden van te voren, feliciteerden elkaar, klopten elkaar op de schouder. Ze zeiden: 'Block heeft een kranig stuk werk geleverd. Een ander had het niet zo snel voor elkaar gekregen. Maar nu moet hij weg. International heeft het nog nooit zo goed gedaan, maar in Rusland gaat het slecht. De roebel herstelt zich niet. Onze Moskouse distributeurs kunnen hun rekeningen niet meer betalen. Bij wie zullen we de verantwoordelijkheid neerleggen? Bij Cas Block! Aha! Op naar het schavot met die man!' Zo hadden ze gedacht voor ze hem in suikerzoete bewoordingen uitnodigden zijn vonnis aan te komen horen. Cas voelde wat hem boven het hoofd hing. Alles wat ze zeiden was bedoeld als stervensbegeleiding.

Maar een veroordeelde is nog niet gestorven. Hij kan de hakbijl tegenhouden.

Toen Cas de zaal binnenstapte, zat de voltallige Raad van Bestuur klaar. De glanzend houten vergadertafel weerspiegelde hun ernstige gezichten. Een nog onberoerd oppervlak, glad als een vijver op een zomeravond. Stil in afwachting van de ontlading.

Cas wachtte niet af; hij nam het woord. 'Waarde directie, waarde collega's, zoals de prognoses er nu uitzien blijft de roebel zwak. Er zit niets anders op dan de uitstaande rekeningen als *bad debt* af te schrijven...' Hij werd onderbroken door Dave Kernshaw, zijn baas in de Raad van Bestuur.

Dave wees de anderen erop dat de gebeurtenissen ernstige gevolgen voor de aandelen van de Company konden hebben, dat de commissarissen zoiets niet zouden toejuichen en de aandeelhouders nog veel minder. Iedereen knikte instemmend. Iemand opperde dat vooral de pers gevreesd moest worden. Ze knikten nog driftiger hun bijval. Cas wist dat er een toneelstuk werd opgevoerd, dat alle zinnen al van te voren vaststonden. Toch luisterde hij. 'Er moet bloed vloeien,' zei Dave met een gespeeld verontschuldigend knikje in Cas' richting. 'Ik vind dat uiterst spijtig voor jou, Block, maar de pers heeft dat nodig, anders kan ons verweten worden dat we niet op tijd melding hebben gemaakt van de op handen zijnde verliezen.' Het gezelschap mompelde instemmend, behalve George. George zweeg met van kwaadheid strakgetrokken lippen. 'Het zou verstandig zijn Block te verzoeken ontslag te nemen,' vervolgde Dave.

In Cas' kop knapte de smeltdraad van gezond verstand. Hij voelde het breken alsof er een ader barstte. Zijn hand vond de thermoskan. 'Niet dan over mijn lijk,' zei hij en sloeg met de kan op tafel. 'En voor het geval je dat een aantrekkelijk voorstel lijkt, Dave, bedenk dan even wat ik de pers over jou kan vertellen.' Weer liet hij de zilveren kan met kracht op tafel neerkomen. 'Bijvoorbeeld iets over de eindejaars vrachtauto's uit de tijd dat jij nog verantwoordelijk was voor verkoop.' Hij bleef slaan, bij elke zin een dreun. 'Je weet wel, die vrachtauto's die op eenendertig december de poort verlieten. En waarmee, waarde collega's?' Cas keek de kring rond. De stilte in de vergaderzaal knisperde. Ze zaten onbeweeglijk. Ze loerden alleen. George hield zijn ogen gesloten. 'U raadt het al, u wist het al, alleen doet u er het zwijgen toe. Nu en ook toen. Herinnert u het zich weer, heren, die vrachtauto's volgeladen met niet bestelde bestellingen? De pers zal ervan smullen. En... als ik me even echt opwind, kunt u ervan verzekerd zijn dat me meer saillante details te binnen zullen schieten.'

Dave hief zijn handen.

Nu Cas eenmaal met praten was begonnen, stapelde hervormingsdrang zich op verontwaardiging en wenste hij door niets en niemand meer gestopt te worden. De verstilde gezichten rond de tafel vormden zijn ademloos publiek. Hij zou ze niet teleurstellen. Hij zou ze net zo lang bewerken tot de begrippen goed, fout, ethisch en immoreel in hun ziel gegrift stonden. Cas praatte en praatte. Over rekeningen aan klanten die niets hadden besteld. Over de vrachtauto's die rondjes in de buurt reden om op vier januari weer voor de poort te staan met teruggestuurde goederen die de klant zogenaamd had geweigerd. Daarover en over nog veel meer manieren waarop managers als Dave hun omzetcijfers haalden en de Company te schande maakten.

George opende zijn ogen. 'Als ik dit alles zo beluister, collega's,' zei hij en Cas meende een zweem van een lach in zijn stem te horen, 'hebben wij als bedrijf eerst nog wat huiswerk te doen en ons te bezinnen op onze procedures en praktijken. Dank je voor je gloedvol betoog, Cas. Het was leerzaam. Ik stel voor dat we hiermee de vergadering beëindigen.'

Cas' tegenaanval op Dave en de steun van George hadden slechts uitstel van executie opgeleverd. Je kunt de hakbijl tegenhouden, eens valt hij toch. Nu was hij wel ontslagen. Om een reden van niets, om zakendoen met Libië. De flauwekul! Alle grote bedrijven deden zaken met landen waar een handelsboycot voor bestond. Dat deed je via derden. Zoals hij het via een Italiaanse bank had geregeld. De bank van het Vaticaan. Netter kon niet, zou je denken. Bovendien was hij niet eens degene geweest die dat omweggetje had bedacht. Dave was ermee begonnen. En de Raad van Bestuur wist er alles van. Al jaren. Ook al ontkenden ze dat nu. Nee, de werkelijke reden voor zijn ontslag was nog steeds de Rusland-affaire. Die had Dave hem niet vergeven.

Kop op, hadden zijn medewerkers vanmiddag op zijn afscheidsfeest in het Amstelhotel gezegd. Ze waren op hem af gelopen met wijdgespreide armen en tot hartelijkheid verwrongen gezichten. Onder de plooien van een glimlach verstopten ze hun ongemak. In hun ogen glinsterde medelijden. Telkens wanneer zijn blik die van een van hen kruiste las hij hun gedachten:

'Het gaat niet eens om Libië.'

'Ze hebben de verkeerde weggestuurd, zo'n manager krijgen we niet gauw terug.'

'Die goeie Cas is ten onrechte de lul geworden. Waarom smijten ze Dave Kernshaw er niet uit, die was eindverantwoordelijk.'

'Man o man, wat heb je het onhandig gespeeld. Was dat nou nodig je eigen baas zo te schofferen?'

Cas had op zijn lippen moeten bijten om het niet uit te schreeuwen, had zichzelf moeten dwingen om ook te glimlachen. Terwijl hij handen schudde en op schouders klopte groeide het besef dat dit zijn dag des oordeels was. Alles was goed gedaan, alles was fout gegaan, hij had vrienden gemaakt en nog meer vijanden. Hij had macht gehad en was tegelijkertijd machteloos geweest.

De tranen waren hem in de ogen geschoten. Om hem niet in verlegenheid te brengen hadden ze toen onmiddellijk die kaart aangeboden. Niet zomaar een kaart: ze hadden hem zijn leven overhandigd. Zijn bestaan gesymboliseerd in een pas veroverd land. Een aandenken als een brandmerk, bewijs van goed gedrag en onvermogen. Of erger nog, van net niet sterk en goed genoeg bevonden worden. Het heden afgedaan en daarachter de toekomst die gaapte als een groot niets, als braakliggend terrein. Nieuw, lokkend, zelfs dat, ondanks alles. Op de achterkant stond zijn naam: Block. Met de voorletter A. Annabel Block. Maar het kon ook vader zijn: Arnold Block.

Voor hij het laken over zich heen trok om te gaan slapen, richtte hij zich op om in de spiegel zijn beeltenis te zoeken. Een brede, blonde kop staarde terug. Zijn hoofd. Hij leefde nog.

DIRK

'Mijn hele leven hard gewerkt,' zei de buurman tegen Cas, 'en opeens kom ik dan thuis te zitten met een kapotte knie. In de WAO! Om je de waarheid te zeggen, dat valt niet mee.' Hij leunde over het tuinhek, draaide wat met het pijnlijke been en trok een zuur gezicht. Dirk stond in de oude appelboom vlakbij en zaagde dode takken af.

'Jij ziet er anders patent uit,' zei de buurman tegen Cas. 'Het bevalt je kennelijk goed.'

Dirk zaagde verder, gooide een tak naar beneden die op het hek belandde.

'Kijk eens uit, jongeman,' riep de buurman.

De zon verscheen vanachter een overdrijvende wolk. De stralen brandden als schijnwerpers op Cas' hoofd. Hij kreeg het benauwd. 'Ik geniet van mijn vrije tijd. Dat zul jij ook gaan doen, let maar op.' De buurman moest een hart onder de riem gestoken worden. 'Mijn bezorgde vrienden denken dat ik kapotga aan dit gedwongen nietsdoen, en dat hebben ze mis. Of ze zijn jaloers, of ze kunnen gewoonweg niet geloven dat het helemaal niet moeilijk is om niet te werken.'

De zaag hield op met zagen.

'Nu ben ik bijna vier maanden thuis en heb meer tijd voor mijn vrouw en zoon. Je moet het eigenlijk aan die twee vragen, maar ik denk dat zij ook blij zijn dat ik tot rust kom. Ik heb tijd om te wandelen, te lezen, te genieten van de natuur. Ik leer de vogels beter kennen; vroeger wist ik geen spreeuw van een merel te onderscheiden.' Hij veegde zweet van zijn voorhoofd. 'Het zijn allemaal dingen die ik aan het inhalen ben. We zetten geen wekker meer en het is een genot dat je 's ochtends kunt blijven liggen. De druk is van de ketel, ik hoef niet meer zo nodig. Het is een vakantiegevoel en ik geniet met volle teugen. Straks ga ik golf spelen, dat wil ik leren. Dat zou jij ook kunnen doen, langzaam lopend of in een karretje. Gaan we samen.'

'Werkelijk?' vroeg Dirk hem later bij de achterdeur.

'Hé, hé, moet dat nou?' Cas wees naar het modderspoor dat Dirk op de tegelvloer achterliet.

'Ja dat moet. 'Ik vroeg je wat. Weet je dat niet meer?'

'Zeker, je vroeg 'werkelijk', maar waar slaat het op?'

'Of je het werkelijk meent, verdomme, wat je allemaal stond te vertellen daar aan dat hek.'

'Natuurlijk meen ik wat ik zeg.'

'Dus je geniet. Je hebt meer tijd voor mam en mij. Daar heb ik anders niets van gemerkt.' Dirk trapte zijn kaplaarzen uit en smeet ze in een hoek.

'Nou, nou.'

'Klopt het dat je geniet van je rust, van het feit dat de druk van de ketel af is? Klopt het dat je je patent voelt, zoals de buurman zei?'

Er zat vuur in die zoon van hem.

'Als dat zo is,' schreeuwde Dirk, 'waarom pakken wij je dan met fluwelen handschoenen aan. Waarom doen wij hier net of we een zieke in huis hebben en wringen we ons in duizend bochten om jouw ziel en ego op te lappen. Na wat ik nu net heb gehoord, baal ik daarvan.' Zijn zoon trok hem aan een arm mee.

Bonnie was op het lawaai afgekomen. Ze greep zijn andere arm. 'Cas, niet op die bemodderde schoenen.' Als zwaan-kleef-aan slierden ze gedrieën door het gangetje naar de hal. Daar duwde Dirk hem op een stoel. Hij liet zich gedwee duwen en wachtte af wat er ging gebeuren.

'Zo,' zei Dirk. 'Nu wil ik er het mijne van weten en een eerlijk antwoord horen. Hoe voel je je?'

'Op dit ogenblik allereigenaardigst. Mijn zoon staat hier...'

'Dat bedoel ik niet. Hoe voel je je de laatste tijd, de afgelopen maanden?'

'Goed, ja goed.' Hij maakte aanstalten om overeind te komen. Dirk drukte hem terug. Cas keek op, het uitzicht op Dirks gezicht werd belemmerd door zijn arm en oksel. Een vochtplek groeide daar, zweet greep om zich heen met een snelheid of de arm het omhoogpompte uit bakken vol stinkende woede. De kaak, Cas wilde de kaak zien en de spieren die daar van nijd konden opbollen tot kabels. Hij drukte de arm weg. In Dirks hals schroeiden rode vlekken.

'Laat dat, ik praat tegen je. Als het werkelijk goed met je gaat, als je dat tegen mij durft te zeggen...' Dirk stopte, slikte en begon opnieuw. 'Als je aan mensen kunt vertellen hoe goed het is dat je nu tot rust komt. Dat... dat je altijd al tijd wilde hebben voor andere zaken dan werk.' Zijn woorden klonken scherp en schamper. Hij hijgde. 'Als bezorgde vrienden en familie – je familie, weet je wel, die mensen die ook in dit huis wonen – als die... als die denken dat je kapotgaat aan dit gedwongen nietsdoen, omdat ze niet kunnen geloven dat je het helemaal niet moeilijk vindt om niet te werken. Als dat, als dat... Je kunt nu wel mooi weer spelen, maar zulke leugens pik ik niet en omdat mam te weinig voor zichzelf opkomt spreek ik nu ook namens haar. Toch, mam?' Dirk keek haar aan en Bonnie deed niets. 'Wat hebben we ons vergist. Wij maar blij zijn wanneer je eens een dag niet over je ontslag praatte. Je hebt ons suf geluld met je verhalen over de goede oude tijd bij de Company, over je gloriedagen, over hoe het gegaan is. Steeds maar weer opnieuw over hoe-het-gegaan-is en wat-je-nog-allemaal-had-kunnen-bewerkstelligen.' Dirk sprak steeds nadrukkelijker. Zijn stem joeg niet meer. Cas voelde hoe zijn zoon hem ontglipte.

Onder de woorden, achter de beheersing zocht hij naar tekenen van de kleine Dirk. Die was er gisteren nog geweest, zoëven nog, zo vreselijk kort geleden.

'Als jij nu de waarheid spreekt, Dad, dan kots ik op je. Mijn leven lang was jij aan het werk. Jij was de workaholic. Dat je geld moest verdienen, akkoord, daar heb ik ook van geprofiteerd. Dat je genoot van geld verdienen, nog beter. Maar nu te moeten horen dat je je werk niet mist. Dat je makkelijk zonder kunt. Dat...dat...' Dirks adem was opgebruikt. Hij wreef met zijn hand langs zijn neus en snoof luid. Bruusk rechtte hij zijn rug en staarde strak voor zich uit.

Dat rukje om de rug te rechten! Die hand! De hand veranderde in het mollige kindervuistje waarmee een kleuter over zijn wangen boende. Terwijl snot en tranen nog over zijn gezichtje liepen stak hij dapper zijn hoofd omhoog. 'Ik ben flink hè? Het deed niks geen pijn.' Dirk zei iets. Het drong niet tot Cas door. 'Erg leuk dat ik helemaal voor niets geen vader heb gehad,' herhaalde Dirk. Cas zag hoe het rood was weggetrokken uit Dirks hals, hoe boven de hals de huid over het kaakbeen spande. Een stevige kaak al, een mannenkaak. Daarboven de wang, nog kinderlijk rond onder het begin van baardgroei. Als hij nu opstond en dat vel aanraakte, zou het aanvoelen als dons. Hij boog naar voren, stak zijn hand uit, aarzelde. De jongen had recht op zijn woede. Cas zakte terug op de stoel.

'Doe maar sullig. Blijf daar maar zitten als een zoutzak. Tot vandaag had ik medelijden met je. Vond ik het zielig dat ze hadden afgepakt wat je het liefste deed: je werk. Nu is het over. Ik blijf hier geen handje vasthouden van een vader die zich voortreffelijk amuseert, die geniet. Kom op Mam, wij gaan naar Hawaii. Hij wil daar toch niet naar toe. Wij wel.'

Niet doen, schudde Bonnies hoofd. Niet doen, zeiden haar lippen geluidloos.

Maar Dirk stopte niet. 'Wil jij ook al niet? Hij heeft heus geen moederkloek nodig. Híj, hij kan het alleen wel af.'

Dirks vinger priemde boven zijn hoofd. Jij, zei die vinger. Jij. Zo had Cas zelf ook gestaan. In zijn vaders winkel. Zo had zijn eigen vinger Annabel aangewezen. Annabel aan vaders bureau, in vaders stoel. Annabel die tergend langzaam over het paars van haar nagels wreef. 'Jij,' had hij geschreeuwd. 'Jij bent de oorzaak van alle ellende!'

'Barsten jullie maar met z'n tweeën.' Dirk rende de trap op naar zijn kamer.

Boven klonk het geschuifel van voeten. Een kastdeur kraakte. Een luide bons. Zacht vloeken. Even later verscheen Dirk boven op de overloop met een jack aan en een weekendtas in de hand. Zonder een woord te zeggen daalde hij de trap af, stapte vlak langs hen heen en verdween door de voordeur.

Die nacht kwam Dirk niet thuis. De volgende nachten evenmin en geen van zijn vrienden wist waar hij uithing.

ZATERDAGAVOND

Annabel leunde op de vensterbank en keek naar buiten. Aan de overkant liep een weldoorvoede kat tussen twee daken door, een luie bergbeklimmer die klauteren vermeed en slechts door valleien slenterde. Zo anders dan in het haar vertrouwde Rome waar de daken platter en de katten fel van de honger waren. Vanaf de straat steeg het geluid van langsrijdende auto's omhoog. Een fietsbel tingelde. Daar beneden moesten mensen lopen, maar vanaf haar hoogte hoorde en zag ze niemand. Honderdduizenden bewoners telde deze stad. Ze liepen onzichtbaar onder haar raam door of hielden zich verborgen achter muren. Daar sliepen ze, aten ze en peuterden het vuil onder hun nagels vandaan, net als alle mensen overal ter wereld; en toch, ondanks alle bekende gebaren, waren hun slaap, hun eten en hun vuil haar vreemd. Ergens in al die huizen, onder de steile daken die in een plat Nederland een berglandschap probeerden na te doen, moesten zich ook haar zaterdagavondvrienden bevinden. Straks zouden die zich allemaal overgeven aan hun ritueel van tanden poetsen, andere kleren aantrekken, extra armbanden en kettingen omhangen en vooral van minutenlang met elkaar bellen om zeker te zijn niemand mis te lopen. Ze konden er niet tegen eenzaam te zijn. Annabel wel. Zij vond het heerlijk alleen. Thuis waande ze zich een ruige kat in ruste; één die slechts de straat op kwam wanneer ze jagen wilde.

Voor de gelegenheid trok ze een rok aan en verruilde haar katoenen onderbroek voor een hoogopgesneden zijden slip waarin haar benen tot haar middel reikten. Rok en zijden slipje hoorden bij het uitgaansritueel. Net als de kroegengang die ze zou volgen. Zelfs de drankjes die ze drinken ging stonden van tevoren vast. Op zaterdagavond veranderde de wilde kat in een troeteldier met vaste voedertijden. Op zaterdagavond verbaasde Annabel zichzelf.

Het was nog steeds warm buiten, al was het bijna middernacht. In de eerste kroeg dronk ze twee glazen bier. Bij de volgende wierp ze een blik naar binnen of haar vaste scharrel er al zat. Hij was er niet. Ze fietste verder en deed nog drie kroegen aan. In de laatste trof ze – op afspraak – een stel vriendinnen. Een kwartier lang zat ze zich mateloos te ergeren aan de gesprekken rond de bar. Of er een stelletje schizo's aan het praten was. Haar vriendinnen klonken nog het stomst van allen. De wijn smaakte ook al niet. In de bolling van haar glas zag ze zichzelf zitten, vooraan, vertekend en als enig mens in beeld. Ieder ander was naar achteren geschoven, weggegleden tegen de ovale omtrek van het glas. Ze keerde haar vriendinnen de rug toe en zocht de wc op.

Ze zat er met haar kin in het fonteintje en haar knieën tegen de deur. De plas kletterde de pot in, het laatste beetje lekte warm langs haar dijen. Ze voelde eraan. Voor de vorm poetste ze met nat wc-papier en hees haar slip op, schoof hem daarna weer naar beneden en stopte hem in het rugzakje. Voelde strijdlustig, blote billen. In de spiegel toonden haar ogen broeierig groot. Groter dan ze in werkelijkheid waren. Met eyeliner zette ze ze nog eens buitensporig zwaar aan. Lekker ordinair, zoals paste bij haar zaterdagavondse verschijning. Haar lippen kregen smeer na smeer. Het teveel aan lipgloss plantte ze met een zoen op de pruilmond van haar evenbeeld.

Ze nam afscheid van haar vriendinnen, kuste hartelijk de lucht naast ieders wangen en deelde mee dat ze terug moest omdat ze een afspraak had. De vriendinnen deden of ze niet begrepen waar ze het over had.

Na alle drank viel het niet mee de bruggen op te komen. Ook al begon ze vol vaart en stond ze op de trappers, bij de laatste brug lukte het niet meer. Als een kwade stier boog de fiets door de voorpoten, bokte en duwde het stuur als horens in de straatklinkers. Ze viel. Strompelend naast haar fiets en met een pijnlijk kruis bereikte ze voor de tweede keer de kroeg waar haar scharreltje moest zitten. Als hij er nu niet was ging het over, dan werd er niet geneukt vanavond. Ze deden het altijd haastig tussen de jassen aan de kapstok of rechtop in de wc tussen het fonteintje en de pot. De relatie verdroeg niets anders; lui liggen en praten zou alles bederven. Zolang ze hun mond hielden rolden ijs en lava over hun huid en pookten tongen en vingers een vulkaan tot leven. Die zaterdagavondacrobatiek was een maatstaf geworden voor het zuivere werk. Puurder kon niet, vrijen om het vrijen zonder de stoorzender van alledaagsheid die elke wellust smoort. Iedere keer wanneer ze op het punt stond hem weer te ontmoeten, vreesde ze dat die lust opeens dood zou zijn. Dat ze de jongen zou aankijken en dat haar lijf niets zou voelen. Geen statische lading, geen schok die hoorbaar tussen hen knetterde. Maar stond ze eenmaal in het gangetje achter de bar, dan werkte alles als vanouds. Hitte en spanning borrelden op, bruisten en loeiden tot ze beiden knisperend en vonkend tegen de deur van de bezemkast aan vielen.

De kroeg begon al leeg te lopen. Piet de barman stond achter de tap glazen schoon te wrijven. Hij hield ze tegen het licht en poetste opnieuw met een todde van een glazendoek die meer vegen moest achterlaten dan weghalen. 'Hé, dag schoonheid.' Piets witte walrussnor trilde van blijdschap en de kale schedel glom als zijn gepoetste glazen. Zijn woorden schalden door de bar. Ze rechtte haar rug. Wat zoëven nog bruin had geleken lichtte op tot roze en wat dof was geweest blonk. 'Ben je daar, me kind. Kan je niet zonder me?' Zonder vragen tapte hij een biertje en schoof het over de bar naar haar toe.

Annabel keek om zich heen.

'Je vrijer is er niet. Niet geweest ook vanavond,' zei hij met een lachje. Een gluiperig lachje dat ze niet pikte, van niemand, zelfs niet van Piet.

'Bemoei je met je eigen zaken.'

'Sorry, dame.'

Nu was ze ook al schoonheid af. Haar uitgaansgevoel van zwoel en zwevend door het leven scheren sloeg om in de besmuikte gewaarwording van betrapt te zijn op niets. Leuke nietsjes mochten niet benoemd worden door anderen, dan werden ze iets en dat verdroeg ze niet. Haar scharrel had een consumptiewaarde honderd en een eeuwigheidswaarde nul en daar was niets mis mee. Niets, hield ze zichzelf voor, integendeel. Voor altijd bestond niet eens. Altijd ging kapot. Of het nu na één of na tien jaar was. Dat had ze in Italië wel geleerd. Die stomme Piet had met zijn opmerking een winkelhaak in haar plezier gescheurd. De lol van het kleine en steelse was door het gat geglipt.

Voortaan bleef ze thuis op zaterdagavond; en als er al gescharreld moest worden, dan met een kraakzindelijke zakenman tijdens zijn lunchpauze of met een huisman wanneer zijn kinderen buiten speelden. Het was mooi geweest voor vanavond, ze verlangde naar haar nest.

'Je bent een klootzak,' vertelde ze Piet terwijl ze opstond en geld op de toonbank knalde.

'Nou heb ik het gedaan. Je vergeet je bier, schoonheid,' riep hij haar achterna.

Ze was weer zijn schoonheid.

Om twee uur 's nachts waren de straten nog even vol als overdag. Het gonsde van de blije stemmen. Af en toe schoot er een hoge lach of een enkele verstaanbare zin bovenuit. Annabel trapte ingespannen een brug op, schepte bijna een vrouw.

'Waar gaan we nu naar toe?' hoorde ze de vrouw aan haar metgezel vragen.

'Naar bed,' riep Annabel terwijl ze haar voeten van de trappers lichtte en wijdbeens van de brug naar beneden zoefde. Haar rok woei hoog op. Ze voelde zich als een godin te paard, te kijk, te pronk, ter aanbidding. Een godin van de liefde, van de kleine scharrelliefde, een piepgodinnetje in haar blote kont. Van het lachen moest ze afstappen en uithijgen langs de kant van het water. Zelfs de zwanen bleken nog wakker te zijn. Statig dobberden ze voorbij. Annabel trok haar slip uit de rugzak en wuifde ze toe. De lange halzen golfden onaangedaan op en neer. Geen gevoel voor humor, besloot ze. Ze gooide de zwanen het zijden broekje achterna.

Op het trapje voor haar huis zat een jongen. Met zijn groezelige sneakers, zijn weekendtas en ongeschoren kin hield ze hem voor een junk.

Maar toen hij opkeek en het licht van de straatlantaarn op hem scheen kreeg ze een schok. Voor haar zat de volmaakte schoonheid. Een jonge god, rechtstandig afgedaald uit de hemel en neergestreken op haar stoepje. Ze raakte er onrustig van, gedreven, doenerig. Als ze beeldhouwer was geweest zou ze ogenblikkelijk aan de slag zijn gegaan, al had ze hier de blauwstenen traptreden met haar nagels moeten uithakken.

De jongen keek haar doodmoe aan. Toch een zwerver, een van die Serviërs of Albanezen die afgemat en hangerig om geld bedelden. Hij leek volwassen, maar de neusvleugels trilden te zenuwachtig voor een man en de handen hadden kootjes die dunner waren dan de hare. Hij had de volle lippen van een kind. Daar zou hij last mee krijgen. Als andere mannen zich niet op hem zouden storten, dan vrouwen wel.

Ze klom de trap op naar de voordeur. Hij bleef zitten. Van zo dichtbij zag ze dat hij niet alleen maar meisjesachtig lieflijk was. Dikke koperbruine krullen lagen als krakelingen om zijn hoofd. De nek stond kort en stevig op brede schouders. Te breed. Daar moest hij uren sporten en gewichtheffen in hebben gestopt. Ze hield niet van mooie, stoere jongens. Ze verdacht ze ervan lekkerbekkend voor de spiegel te oefenen.

'Ga eens opzij. Ik kan er zo niet door.'

Hij staarde haar met bloeddoorlopen ogen aan en bewoog niet.

'Hé, rot eens op.'

'Ik wacht hier tot het ochtend wordt,' zei hij met een Amerikaans accent. Een toerist dus. Voor de vorm schoof hij iets op om haar door te laten. Ze zou zweren dat hij onder haar rok gluurde.

'Dan heb je een lange zit.'

'Geeft niet.' Hij praatte met de lijzige stem van iemand die nauwelijks wakker is of dronken. Die stem paste niet. Een jonge god hoorde welbespraakt te zijn en met omfloerste stem versregels over de wereld uit te strooien.

'Moven. Ga ergens anders zitten.'

Hij leek te ontwaken. 'Woont u hier? Kent u mevrouw Block?'

Mevrouw Block. Dat moest zij zijn. 'Wat moet je van haar?'

'Ze is mijn tante. Ik ken haar niet, maar ik weet wel dat ze hier woont.' Hij draaide zich om en wees op de bovenste bel. 'Daar staat haar naam.'

'Je kent haar niet en opeens wil je midden in de nacht bij haar aanbellen? Zal ze leuk vinden.' Annabel zocht in de rugzak naar haar sleutels. Onvindbaar. Ze plantte haar voet op de traptree en zette de tas op haar knie om de inhoud van dichterbij te kunnen bekijken. Haar vooralsnog onbekende neef mocht er dan kinderlijk mooi uitzien, zo met haar knie vlak boven zijn hoofd en de gapende vork van haar dijen ruim in zicht sloeg hij zijn lange wimpers beslist niet neer.

'Nou vertel eens,' beval ze terwijl haar vingers ijverig verder zochten.

'Watte?' Hij was afgeleid.

'Of je mevrouw Block uit haar bed wilt bellen.'

'Dat heb ik een uur geleden al geprobeerd. Aangebeld bedoel ik. Ze is er niet. Dus blijf ik wachten. Mijn geld is op en pinnen gaat niet meer. Ik heb alles al uitgegeven wat ik vandaag trekken kan.' De mengeling van Nederlandse woorden met een Amerikaans accent klonk aandoenlijk. 'Ik moet van iemand lenen. Toen ik hier op de Bloemgracht belandde en het nummer me te binnen schoot, besloot ik dat het zo heeft moeten wezen, dat ik mijn langverloren tante, het zwarte schaap van de familie, moest bezoeken.'

Rammelend trok Annabel de sleutelbos uit haar tas en zwaaide er vervaarlijk mee. Het daagde bij de jongen. 'Dus u bent mijn tante? Ik had me u veel ouder en niet zo mooi voorgesteld.'

'Schat van me,' zei Annabel. Ze streek haar rok glad, boog voorover en kuste hem vol op de lippen. De jongen weerde haar af. 'Gaan we preuts doen?'

'Nee, maar ik ben niet bepaald fris.' Hij wees op zijn mond.

'Je mag wel boven bij mij tanden poetsen.'

'En douchen?'

Ze knikte, deed de deur van het slot en schakelde het alarm op haar verdieping uit. Ze rende de vier trappen op zonder een ogenblik te stoppen en hoopte dat hij moeite had haar bij te houden. Eenmaal boven moest ze uithijgen, terwijl hij binnen een seconde koel en onbekommerd achter haar stond. Om op adem te komen vroeg ze: 'Hoe heet je?' Dat was gespeeld want ze wist dat deze neef Dirk heette. De tanterol paste niet bij de manier waarop ze elkaar aankeken: te lang en zonder werkelijk iets te zien. Een kijken dat eerder betastte dan waarnam. Liever was ze hem 'de jongen' blijven noemen. 'Laat maar,' zei ze terwijl ze worstelde met de drie sloten op de massieve deur. Ze ging hem voor naar haar heilige der heiligen waar nooit jonge jongens kwamen en waar ze zelden of nooit met iemand vree. Een druk op de schakelaar toverde alle bekoringen van de zolderverdieping tevoorschijn. Diep haalde ze adem. Dit was haar domein. De boekenkasten vol atlassen en oude boeken. In het midden de lage afgesloten kast met traliewerk ervoor waarin de elf delen van de Blaeu atlas lagen. Lagen, want het olifantformaat was te groot om rechtop te kunnen staan. Een bronzen lamp die ook van haar vader was geweest hing erboven en bescheen deze liefste en kostbaarste van haar bezittingen.

Dirk speurde om zich heen. Niets in zijn gezicht of houding verried dat hij de aanblik van al dit moois waardeerde. Deze zolder, haar trots, waar slechts een enkele uitverkorene mocht komen, deed hem niets. Zelfs de archiefkasten met hun laden als breed glimlachende monden lokten hem niet naderbij. Hij verzette geen voet. Tot nu toe was het niemand gelukt hier binnen te stappen met de onverschilligheid waarmee je een doorzonwoning in Amstelveen betreedt. Behalve dan haar familie, die stomme familie lukte het uitstekend. Eerst haar schoonzus, die ze hier om onverklaarbare redenen had toegelaten, en nu deze uit de lucht gevallen neef, deze Dirk. Daar stond hij wijdbeens met licht gebogen hoofd haar zolderverdieping op te nemen. Een ader zwol in zijn hals en de spieren spanden. De kop helde nog iets verder naar voren.

Ze glimlachte opgelucht, hier stond geen familie, geen koper en geen kijker. Hier nam een jong veldheer het terrein van de op handen zijnde verovering in ogenschouw. Hij waande zich inderdaad reeds de overwinnaar en heerste al terwijl hij nog te gast was. Hij wachtte weliswaar af, zo leek het tenminste, maar hij nam wel alle ruimte in beslag. Ze had de gewaarwording dat de hele zolder de adem inhield, dat de lampen schenen met als enig doel hem in meerdere glorie en schoonheid uit te tekenen. De wens om voor hem op de grond te vallen duizelde door haar heen en maakte haar knieën week. Als een lappenpop gleed ze onderuit.

'Ga zitten,' zei ze haastig en klopte met de palm van haar hand uitnodigend op de vloer. Dan kan ik mijn armen om je benen slaan, wilde ze eraan toevoegen. Of mijn gezicht in je kruis drukken en je langzaam uitkleden om te kijken of je inderdaad zo mooi bent als ik denk. Jonge stiergod.

Het lijkt wel de aanbidding van het gouden kalf, spookte het door haar hoofd. 'Tweede boek van Mozes, genaamd Exodus,' zei ze hardop. 'Hoofdstuk tweeëndertig. *"Staet op, maeckt ons goden die voor ons aengesichte gaen."'* Moeiteloos verscheen de bijbeltekst tegen de binnenkant van haar oogleden. Niet dat ze de woorden daar onmiddellijk kon lezen. Eerst zoemden er tonen door haar hoofd die aanzwollen tot zinnen. Daarna klonterden de klanken samen tot gedrukte letters en was het alsof haar vaders oude statenbijbel opengeslagen voor haar lag: *"En zij hebben haer een gegoten kalf gemaeckt ende zij hebben haer voor 't selve gebogen ende hebben 't offerande gedaen..."*. Haar geheugen rispte op waar het zin in had. Ze had er geen sturing over en ze wist ook niet wanneer de versregels weer zouden verdwijnen. 'Kss,' siste ze om ze weg te krijgen.

Dirk keek haar verbluft aan.

Ze begon te lachen. Onbedaarlijk. Hees hijgden de uithalen door de kamer. Hij liep op haar af. Ze greep zijn pols en trok hem verder naar zich toe. Zijn gezicht verstarde. In het blauw van zijn ogen had eerst nog de herinnering gehangen aan de naaktheid onder haar rok. Nu dreef er twijfel en zelfs erger. Die is gek, zeiden de tot loodgrijs verharde ogen.

'Ga douchen,' zei ze, en krabbelde overeind. Ze merkte dat ze nog steeds zijn hand vasthield. Die had hij tenminste niet afgeschud. Zo leidde ze hem de badkamer binnen. 'Dan kun je dagen en nachten drank en vrouwen wegwassen.'

'Tanden poetsen.' Dirk glipte langs haar de kamer weer in, kwam terug met de weekendtas waar hij een tandenborstel uit opdiepte en blij de lucht in stak. 'Jij eerst of ik?' vroeg hij met een knikje naar de douche.

'Wat vind je van samen?'

Als antwoord pakte hij haar tandpasta, kneep een slurf wit van voor naar achter over de borstel uit en schrobde net zo lang tot Annabel haar schoenen wegschopte en het T-shirt over haar hoofd trok. Daarna haakte ze haar beha los. Ondertussen hield ze hem in de spiegel goed in de gaten. Hij zuchtte. Ze wachtte tot hij zijn mond had gespoeld. Het grijs van zijn ogen lichtte op tot blauw toen ze de beha liet vallen. Van voorpret of van schrik? Haar borsten waren groot, te groot voor de rest van haar lichaam dat lang en sprieterig was. Ze liet zich tegen hem aan vallen, haar tepels in zijn rug, haar mond in zijn nek. Dikke nek, stierennek. Haar gouden kalf.

Opnieuw prikkelde de lachbui in haar keel en ze moest hijgen en zoenen om het lachen de baas te worden. Zijn huid voelde koel en dun aan met vlak eronder spieren en botten. Niets gaf mee onder de druk van haar lippen. Dirk stond stram. Was er geen vlees of vet om mee te geven of wilde de jongen niet? Nu moest er iets gebeuren. Ze zou er toch niet een te pakken hebben waarbij zij al het werk moest doen?

'Je bent mijn tante,' fluisterde hij.

'Wat dan nog?' lispelde ze met haar gezicht tussen zijn schouderbladen. Het bleef stil aan de andere kant van zijn rug. Ze stapte achteruit. 'Niks tante.' Je lijkt niet eens op je vader, dacht ze. Of toch wel, maar dat wil ik al helemaal niet weten. 'Je kent me niet eens,' vervolgde ze. 'Ik ben geen tante en ik wil het niet zijn ook.'

Hij stopte zijn hoofd onder de kraan. Secondelang liet hij het koude water stromen, daarna greep hij een handdoek en droogde zich af.

'Nee, natuurlijk niet,' zei hij met nadruk. 'Natuurlijk niet,' zei hij nog eens tegen haar spiegelbeeld. Natte krullen dansten nee nee heen en weer. Waterdruppels vlogen in het rond. Hij begon zijn kleren uit te trekken zonder enig vertoon van haast, met het gebrek aan verwachting waarmee je je voor een gymles omkleedt. Langzaam vouwde hij alles op en legde het in een hoek op een stapel. Met dezelfde trage aandacht begon hij ook aan haar. Alsof ze materie was, geen mens. Een voorwerp dat bestudeerd moest worden. Zijn handen tastten haar lichaam af, niet met de vingertoppen, maar met vlakke handpalmen. Ze draaiden achtjes om haar borsten en wonnen vaart, voerden duikvluchten uit langs haar ribben, rond haar buik tot diep tussen haar benen en schoten weer naar boven om opnieuw bij haar hals te beginnen.

Door het schuine raam viel het eerste morgenlicht de badkamer binnen. Zilvergrijs met iets van roze. Het zou weer een warme dag worden. Annabel volgde de handen over haar huid. Speelgoedautotjes in de bocht, remmen en weer vooruitschieten, slippen en zich vastdraaien in schaamhaar. Dit keer lachte ze heel beheerst, ze klokte zacht en toegeeflijk. Toegeeflijk kijken naar spelende handen. Minzaam lachen. Welwillend knikken. Klokken als een moederkip. Als een ouder. Ze voelde haar opwinding inzakken en haar huid en borsten zakten mee. De dag overgoot hem met roze en haar met grijs. Tranen van woede sprongen in haar ogen. Ze was zijn tante en ze was zevenendertig en zoveel lelijker dan dit prachtexemplaar van achttien. "Laat dat," zei ze bijna. "Kleed je maar weer aan, het wordt ochtend en het licht door dat zolderraam is meedogenloos. Je zult schrikken. Je bent vast van die jonge strakke lijven gewend en mijn benen zijn wel dun, maar mijn buik bolt al en mijn tieten hangen."

Ze gleden beiden op de grond, klem tussen de wasbak en de tegelwand.

Het was niet te harden, die slapende jongen in haar bed. Daar lag hij half op zijn buik, half op zijn zij, een knie opgetrokken, een arm gestrekt, de ander bij de elleboog gekromd. Alsof hij horizontaal een berg beklom. Alsof iemand hem tegen de witte ijswand van haar bed had gekwakt en hij zich vastklampte aan de richels van de lakens.

46   Ze stond op om de ramen wijder open te duwen. Ook al was het nog vroeg, het was nu al warm en benauwd onder het dak. Ze kreeg de neiging aan hem te trekken en te sjorren om hem zo over de rand van het bed op de vloer te kieperen. Zonder twijfel zou hij gewoon doorslapen. Hij ademde zo diep en regelmatig als een

pomp. Op neer, op neer verademde hij de tijd. Haar tijd. In zogen zijn longen haar kostbare frisse lucht, uit persten diezelfde longen de geur van slaap en vrijen. Straks hing hier niets anders meer. Dan kon ze werken wel vergeten. In verpeste lucht en tijd stierf haar aandacht. Hij moest verdwijnen. Op de grote tafel lag werk te wachten. Daar lokte het onderzoek naar de verschillen tussen kaarten gemaakt voor het grote publiek en die voor de handelsondernemingen.

Anders dan andere wetenschappers op cartografisch gebied, beschreef zij meer dan wat strikt noodzakelijk was. Als rebel in kaartenland, als de onaangepaste die voordat enig antiquair daaraan dacht haar catalogus al via internet verspreidde, hield ze ervan kennis van zaken te verpakken in onwetenschappelijke huis- tuin- en keukentaal. Haar website was een gruwel voor zowel de wetenschapper als de handelaar. Wetenschappers verachtten alles wat geen bewezen feit was en collega's beseften jaloers dat klanten haar anekdotes en achterklap van eeuwen her met genoegen lazen. Dat ze hun eigen wereld herkenden. Dat er heuse mensen achter die kaartenmakers staken. Mensen met talent en hersens die desondanks diefstal en plagiaat pleegden. Die smeergeld betaalden of aannamen. Die huwelijken met weduwen van de concurrent niet schuwden. En dat alles louter en alleen om rijk, rijker, rijkst te worden.

Maar die stijl van schrijven moest ze opgeven; de wetenschapper in haar verlangde naar erkenning. Naar eindelijk erkenning.

'Koffie?' vroeg ze. Hij bewoog niet. 'Wil je koffie!' riep ze keihard in zijn oor.

'Jezus.' Dirk schoot overeind, sloeg met zijn schedel tegen haar neus. Voorzichtig betastte ze haar neusbeen. Dirk wreef met beide handen over zijn gezicht. 'Sorry, ik ben allergisch voor mensen die schreeuwen of je koffie wilt.'

'Heb je een vriendin gehad die dat deed?'

'Was het maar waar. Nee, zo schreeuwt mijn moeder tegen mijn vader wanneer ze het niet meer ziet zitten.'

De zin bleef secondelang tussen hen in hangen. Annabel schuifelde ongemakkelijk achteruit naar de tafel. Dirk deinsde terug tegen de muur met een kracht of hij erdoorheen wilde verdwijnen. 'Ik ga naar Amerika. Liefst nog morgen,' zei hij. 'Ik ben achttien en wil op eigen benen staan.'

Ze vouwde haar armen over elkaar en leunde tegen het tafelblad. 'En ik wil werken en jij moet weg.'

Als de jongen al schrok of zich beledigd voelde, dan liet hij dat niet merken. Hij gleed van het bed af, rekte zich uit en liep naar de douche. Halverwege draaide hij zich om en wees op zijn erectie. 'Vind je dat niet zonde dan?'

'Verleidelijk, maar nee dank je.'

Tien minuten later verscheen hij in de gekreukelde kleren van de avond tevoren met daarboven glad geschoren wangen en natte gekamde haren. 'Mag ik je nog een gunst vragen voor ik ga?'

'O ja, je had geld nodig. Hoeveel?' Terwijl ze in een la naar de sleutel van de kluis zocht, besefte ze opnieuw dat ze alle rollen door elkaar haalde. Een vriend zou ze zo geld geven, maar Dirk was geen vriend. Een dierbaar familielid zou ze waarschijnlijk ook steunen, alleen werd je wel geacht je familie wat langer dan een nacht te kennen. En de onbekende jongen met wie je net het bed had gedeeld een paar honderdjes in de hand frummelen leek te veel op betalen voor geleverde diensten.

'Alsjeblieft niet,' zei onverwacht Dirks stem vlak naast haar. 'Dat was niet de hoofdreden om gisteravond op jouw stoep te zitten.' Hij pakte de sleutel af en legde hem terug. 'Ik eh, ik heb een enorme aanvaring met mijn vader gehad.'

Dat hoort erbij wanneer je achttien bent, dacht Annabel. Ga me nu niet vervelen met je puberteitsproblemen. 'Komen uithuilen bij je tante zeker,' zei ze. 'Als dat het plan was, heb je er wel een zootje van gemaakt.' Ze wees op het bed, op zichzelf.

Het korte rukje van zijn nek verraadde dat hij kwaad werd. 'Mens, zeik niet. Ik ben niet gewend aan vrouwen die voor het gemak hun onderbroek thuislaten, of ze nu mijn tante zijn of niet.'

'En ik ben niet gewend aan mannen die onder mijn rokken kijken, of ze nu mijn neef zijn of niet.'

'Altijd het laatste woord. Niet stil te krijgen. Zo heeft mijn vader jou beschreven. Dus je wilt me niet over hem vertellen? Want daarvoor kwam ik eigenlijk.'

'Ik moet aan het werk.'

'Wist je overigens al dat hij zijn afscheidscadeau in de trein heeft laten liggen? Die kaart die van jou afkomstig is?'

'Mijn mooie Blaeu! Is die kaart weg? Ik had hem nooit aan jullie moeten verkopen. Wat een rotfamilie.' Wrevel en woede draaiden ineen tot een harde bal achter haar middenrif. 'Dat heeft die klootzak van een vader van jou expres gedaan.'

'Dat zegt mijn moeder ook,' zei Dirk verbaasd. 'Geen toeval, zegt ze. Maar hoezo? Waarom?'

'Het gaat je geen pest aan.' Ze wendde zich af en pakte een map met kaarten van de tafel, bladerde erin. 'Ga alsjeblieft weg.'

'Sorry hoor dat die kaart kwijt is. Mij laat het koud, maar mijn moeder kan er niet over uit. Ze bestookt mijn vader met allerlei listige psychologische vragen. Daardoor kruipt die lul nog meer in zijn schulp.' Achter haar rug klonk Dirk vrolijk, alsof lul een eretitel was. Of misschien vond hij het leuk dat zijn moeder zijn vader op de nek zat.

Ze deed of ze ernstig de kaarten bestudeerde.

Dirk moest op bed zijn gaan zitten, zijn stem kwam tenminste opeens uit de diepte. 'Mijn moeder is eigenlijk best lief. Af en toe zeurt ze, dat doen waarschijnlijk alle moeders. Maar mijn vader... ik denk weleens... Mijn vader is gewoon net zo'n lul als al die andere lullen: altijd maar hard werken. Die man weet niet wat leven is. En nu is hij zijn baan kwijt en meestal zit hij maar wat voor zich uit te staren en het volgende ogenblik staat hij opgewekt te kwekken met de buurman; allemaal even vals, hij weet zelf niet meer wie of wat hij echt is. Ik kon hem wel vermoorden toen hij zei dat hij nu gelukkig was. Van mijn leven word ik niet zo'n workaholic als hij. Mijn vader was gek om zich zo uit te sloven voor een bedrijf en een baas, dat zie je nu hij is ontslagen. Ik ga later nooit in loondienst, of ze moeten me direct een ton bieden, voor minder ga ik niet van negen tot vijf mijn vrijheid opofferen.'

'Dus voor een ton wel,' zei Annabel afwezig. Op een van de kaarten had ze net een gedrukt krasje gevonden. Uit de tafella pakte ze een loep, tuurde erdoorheen naar het streepje in de afdruk. Inderdaad, over de hele kaart liepen uiterst lichte horizontale lijntjes. Dat betekende... dat betekende... halleluja, stel dat ze gelijk had, dan was deze kaart een van de eerste die was gedrukt, nog voor de groeven in de koperplaat waren dichtgelopen met drukinkt. Iets wat al na het afdrukken van een kaart of tien gebeurde. Dan was deze kaart ouder dan ze had gedacht. Waardevoller. Of...? De detective in haar bedacht koortsachtig wat voor verklaringen er nog meer konden zijn. Ze wilde Dirk haar vondst laten zien, bedacht zich, de jongen zou er niets belangwekkends aan vinden. 'Nou, dan ben je helemaal een loonslaaf of een hoer als je voor geld te koop bent,' zei ze met haar rug naar hem toe.

'Vroeger kon ik naar mijn vader kijken als hij thuis aan het werk was. Als hij schreef of telefoneerde. Dan had hij net zo'n volstrekt-van-de-wereld-houding als jij nu. Ja verdomd zeg,' Dirk sprong op van het bed, kwam naast haar staan, pakte haar bij haar schouders.

'Laat dat,' riep ze. 'Zie je niet dat ik bezig ben.'

'Precies hetzelfde,' joelde Dirk. Hij ging op de tafel zitten, bijna boven op de kostbare kaarten, trok zijn kin in en bromde op de toon waarmee je een geliefde hond toespreekt wanneer die tegen je opspringt. '"Laat dat, Dirk, zie je niet dat ik bezig ben. Straks heb ik tijd voor je." Straks, jazeker. Soms was er inderdaad zo'n straks. Vaak niet. Mijn vader was niet veel thuis en zelfs dan was hij druk doende met de Company. Als hij het goed vond zat ik bij hem op zijn studeerkamer. Hij achter zijn bureau en ik op een stoel met een boek. Daar heb ik heel wat afgelezen en ondertussen lette ik op hem.'

Een kind dat zijn vader gadesloeg. Het hoorde omgekeerd te zijn.

'Als ik naar hem keek, wilde ik weten wat hij dacht. Als hij zo bezig was, moest hij vast aan verre landen denken en hele werelden aan zich voorbij zien trekken. Wanneer hij telefoneerde in de een of andere taal, hoorde ik hem minutenlang praten, maar begreep geen woord. Hele vergaderingen, en mijn vader maar knikken en advies geven met die kalme stem van hem, en van alles en nog wat bekoksto-

ven met niets anders dan zo'n stomme telefoon tot zijn beschikking.'
Dirks gezicht lichtte op van verbazing. 'Ik weet opeens precies wat hij
dan voelde. Hij was... verdomd, wat was die man toen intens gelukkig. Weet je,' Dirk lachte verlegen. 'En ik, ik, echt waar...' Hij schudde
zachtjes zijn hoofd. 'Ik houd van die vent wanneer hij aan het werk
is.'

Dirk was weg en in plaats van verder met haar onderzoek te gaan,
stond ze naast de telefoon te weifelen. Ze zou Cas kunnen opbellen
en hem vragen waarom hij die kaart had kwijt gemaakt. Dan kon ze
er mooi aan toevoegen: 'En à propos, ik ben met je zoon naar bed geweest.' Vergeefse moeite. Alsof het wat zou uithalen. 'O,' zou hij zeggen. Of hooguit: 'gatdamme.' Of hij zou de wenkbrauwen in die be-
renkop van hem optrekken en opnieuw besluiten dat ze niet helemaal toerekeningsvatbaar was.

Ze pakte een van de oude in leer gebonden bijbels uit de kast. 'Nu
moet je eens goed naar me luisteren,' fluisterde ze. Ze opende het slot
en zocht de versregels over het gouden kalf. 'Jouw stomme gewoonte
om te pas en te onpas teksten voor te dragen moet afgelopen zijn. Die
arme Dirk is zich dood geschrokken. "Staet op, maeckt ons goden die
voor ons aengesichte gaen," heb je gezegd. Geen wonder dat die jongen
je aankeek of je een heilssoldaat was, uit op zijn bekering.'

Gewoontes nam je met je mee, verlangens ook. Je kon verhuizen
wat je wilde, weggaan naar Italië en weer terugkomen, maar sommige dingen bleven. Ze herkende het beurse gevoel van weemoed, van
verlangen naar mensen om bij te horen. Niet zomaar alle mensen.
Die mochten beneden op straat blijven lopen. Die had ze niet nodig.
Haar verlangen was kieskeurig, had zelfs een naam: familieziek. Ze
was nog altijd familieziek. Tegen beter weten in. Daarom liet ze Dirk
hier binnen, luisterde ze naar Bonnie. Daarom zocht ze in haar vaders bijbel naar teksten die ze allang uit haar hoofd kende.

Haar vader was een harde leermeester geweest. Hij had meer van
haar geëist dan bijbelteksten spuien. 'Een goed geheugen is niet goed
genoeg. Je moet willen uitblinken en iedereen de loef afsteken.' Toen
vader zich opmaakte voor die redevoering had hij op een keukenstoel

in zijn winkeltje gezeten, met zijn duimen in de armsgaten van een wollen vest gestoken. 'Let op mijn woorden: een mens is pas echt gelukkig als hij iets dermate graag wil, dat hij witheet van begeerte er alles en iedereen voor offert.' Hij overdreef wel vaker. 'En dat lukt in dit keldertje? Ik ben blij te horen dat je hier witheet gelukkig zit te zijn.'

'Vergis je niet. Ik mag de indruk wekken stil te zitten, maar ik race, ik ren, ik haal een achterstand in. Ik ben een man zonder opleiding, iemand die krabt en schraapt om de kennis van eeuwen naar zich toe te halen. Ik lees en lees en kan er niet genoeg van krijgen.'

'Ik ook niet,' had Annabel gezegd. 'Later word ik antiquair, net als jij.'

'Jij moet het beter doen dan ik. Voor mij is zo'n leven tussen stof en oud papier niet erg. Ik heb de hele wereld al gezien. Ik heb de beest al uitgehangen. Jij niet, jij moet nog. Vooruit Annabel, toon wat je kunt.' Hij had haar een krant in de hand geduwd. 'Kijk, daar.' Hij wees op een kleine advertentie. "*Universiteit van Amsterdam, Casimir Arnoldus Block, doctoraal examen in de chemie, summa cum laude.*" Jouw broer, de knapste kop van zijn jaar. Wat een discipline, wat een verantwoordelijkheidsgevoel.' Zijn stem sloeg over van bewondering en verlangen. Hij miste Cas, want Cas vermeed bij hen aan huis te komen. 'Ik gaf er wat voor als jij zo hard werkte, Annabel. Jij floddert maar wat af. Zonde. Cas is als Saul die zijn duizenden heeft verslagen. Versla jij je tienduizenden.'

'Eerste boek van Samuel,' had Annabel geantwoord.

Nu legde ze de bijbel weg zonder na te kijken of ze toen gelijk had. Dat was immers niet nodig. Ze wist precies wat ze toen had gezegd en nu zou lezen. Tijdsbesef als een mallemolen. Alles door elkaar. Alles hetzelfde. Wat ze vroeger deed, zei, voelde. Wat anderen zeiden, deden, voelden. Allemaal al geweest, allemaal weer opnieuw in aantocht. Alleen was het verleden na al die tijd als een verrekijker in elkaar geschoven en, samengedrukt, geschiedenis geworden. Daarom hield ze van geschiedenis, van toneel en van romans. Die waren zoveel gemakkelijker te begrijpen dan je eigen leven, waarin je je een weg moest banen door al die minuten van elke dag, door al die uren van elke nacht, al die dagen, maanden, jaren. Pas dan tekende een duidelijke lijn zich af en wist je achteraf wat de essentie was geweest. De gedachten fladderden door haar hoofd zonder ergens neer te strijken. Ze ging voor het raam staan, leunde met beide handen op het kozijn en legde haar voorhoofd tegen het glas. Gedachten op glas te slapen leggen.

In de blauwe lucht zwermde een groep spreeuwen onrustig van een en weer naar elkaar toe, opgejaagd door een enkele verdwaalde meeuw. Beneden op straat rammelde onzichtbaar een auto voorbij. Het moest een zware vrachtwagen zijn; helemaal hierboven op de vierde verdieping trilde het huis. In de verte belde een tram op de Rozengracht.

WANDELEN

In huis hing een stemming van gelatenheid. Of was het van gelouterde rust? De vogels floten, maar ze zongen gesmoord. Wanneer Cas de wc doortrok klonk de waterval weliswaar oorverdovend, maar daarna werd het stil, stiller dan ervoor. Op de overloop probeerde hij uit of het parket nog kraakte. Eerst stampte hij eroverheen, daarna liep hij op de punten van zijn tenen. Hoe zachter hij sloop, hoe luider het kraken in zijn oren knerpte.

En toch bleef het stil in huis, met een indringendheid die hem uitholde. Het huis, de mensen, alles spande samen om hem tot nadenken te dwingen. Een mens, zeker een gestruikeld mens, moest proberen wijs te zijn. Daar moest hij de tijd voor nemen. Gerijpt zou hij uit deze fase van zijn leven tevoorschijn komen. Vooral anderen meenden dat.

'Maak de balans op. Ga eerst eens goed na wie je werkelijk bent en wat je werkelijk wilt,' had de huisarts gezegd.

'Misschien bent u geen manager, misschien moet u iets heel anders gaan doen,' zeiden de headhunters. 'Neem er de tijd voor.'

De valsheid van hun goede raad gierde hem door de oren. Hij doorzag ze best. Ze geloofden geen ogenblik dat hij ooit weer een baan van betekenis zou vinden. Wanneer de bodem eenmaal uit je bestaan was gedonderd, viel je. Onherroepelijk. Oude mensen breken als ze vallen. Met vijftig was hij oud als zakenman.

Zijn voet landde met kracht op de houten vloer. In plaats van meer tijd aan zichzelf te besteden, moest hij juist meer aandacht in zijn zoon stoppen. Hij had altijd in de veronderstelling geleefd dat hij daar zeeën van tijd voor zou hebben. Vroeger had hij allerlei plannen bedacht. Toen Dirk nog maar een peutertje was dat nauwelijks twee blokken op elkaar kon stapelen, had hij de kastelen al op het strand gezien die ze samen zouden bouwen, compleet met slotgracht, aanvoerwegen en een brug. Toen Dirk elf was en als echt Amerikaans kind jengelde om met de auto naar de brievenbus te rijden die nog geen tweehonderd meter verderop stond, bezwoer Cas dat hij zijn zoon zou trainen om samen een voettocht door de Rocky Mountains te maken. Nu was het zeven jaar later en er was niets van gekomen. Nu kwam er niets meer van. Dirk was weg.

Het pad stond vol plassen en het natte zand glinsterde als mica. Zijn voetstappen lieten deuken na die zich direct met water vulden. De stammen van de berkenbosjes hadden hun witgouden gloed verloren. Alleen het geel van afgewaaid blad brandde vrolijke spikkels in het grauw. De hei lag er koud en bruin bij. Cas boog voorover om nog paars tussen de verrotte bloemen te vinden. De regen had de stengels taai gemaakt. Het viel niet mee een boeket te plukken. Wat hij uiteindelijk in zijn hand hield waren korte takjes zoals een kind ze plukt.

Eind augustus en nu al was de herfst in aantocht. De tijd raasde aan hem voorbij. Sinds hij niets te doen had slonk zijn tempo met de dag. Hij besteedde zijn tijd aan slapen, aan koffie drinken met Bonnie, aan postzegels kopen in het dorp en daar een praatje maken met mensen die hij vroeger nooit had gekend. Het leven van een oude man. De weken vlogen om, terwijl hij had gedacht dat ze kruipen zouden. Daarom had hij geen vakantie willen nemen, ook al hadden Dirk en Bonnie daar eerst op aangedrongen.

'Ver weg van die hele klerezooi hier,' had Dirk kort na Cas' ontslag in april gepleit.

Met zweet in de handen had Cas toen naar Dirks voorstel geluisterd. Zijn nekharen hadden recht overeind gestaan wanneer hij zich die hel voorstelde: een strand met palmen, de hemel blauw als van een KLM-advertentie en duizenden mijlen oceaan tussen hem en waar het werkelijke leven plaatsvond. Strafkolonie, verbanningsoord waar hij op een strand moest liggen onder een zon die hoog in de hemel tergend langzaam voorbijkroop. Ook hij zou zichzelf daar moeten voortslepen, van zand naar zee, naar barkruk, naar avonddis. In het begin was hij wel actief geweest. In april en mei had hij honderden e-mails beantwoord en geschreven, talloze telefoontjes gepleegd met vrienden, urenlang met advocaten en headhunters gepraat. Maar zonder macht of positie zakte je, sneller dan je ooit vermoed had, weg in een oceaan van bodemloze onbeduidendheid. Alles wat je ooit had gedaan, leek van nul en gener waarde. Achter je sloot zich het leven als een spiegelglad wateroppervlak. Je had er net zo goed niet geweest kunnen zijn. Niet alleen headhunters lieten het afweten, ook al die mensen die je vroeger wel wisten te vinden. Ze bleken niets anders dan lijkenpikkers te zijn. Zodra ze je eenmaal kaal hadden gevroten en er geen sappig stukje roddel of leed meer te halen viel, bleven ze weg.

Het leek zo lang geleden en had toch niet langer dan een ogenblik geduurd. De ene na de andere dag gleed nu voorbij in een grauwe opeenvolging van naar de televisie staren, slapen en toch moe blijven, tien keer dezelfde bladzij lezen en wandelen, stevig wandelen, want dat was goed voor een mens. Hij keek de uitgebloeide hei erop aan, zomaar van paars bruin worden zonder hem te waarschuwen. Hier liep Cas Block, onder een tinkleurig hemeldek in schemerlicht waarin de zomer al gestorven was, te jammeren over wat en wie hij had verloren. Hij wentelde zich in verloren tijd met de overgave van een hond die zijn rug schurkt in het zand. Straks had hij op een dag in de sneeuw gewandeld zonder te merken dat er een jaar voorbij was gegaan.

Met een klap sloeg hij de voordeur dicht. Stevig stampte hij door de hal. Het dreunde van zijn voetzolen tot in zijn kruin. Zijn hele lichaam moest voelen dat hij weer bij de levenden verkeerde.

'Ben jij het?' riep Bonnie vanachter haar bureautje. 'Ik schrik me rot. Wat doe je hier zo vroeg, het is... het is...'

'Tien voor twaalf.'

'Hoezo ben je nou al terug?' Ze typte even druk verder, draaide zich toen om op haar stoel. 'Is er iets?' vroeg ze verstoord. Hij legde de takjes tussen haar papieren. 'Kijk uit. Je maakt alles drijfnat hier.' Ze schoof de hei opzij. Zijn blik viel op een vel waarop met dik viltstift stond geschreven: *geen boterham minder, luxe probleem* en in nog vettere letters: *de onttroonde koning*.

Het was Bonnies trots dat ze eindelijk weer eens was benaderd voor een artikel in het Amerikaanse tijdschrift *Woman's World*. *'Did your husband loose his job? How to avoid chaos in the family'*. Zo moest het artikel heten. 'Ik moet schrijven over hoe je als liefhebbende echtgenote je man helpt weer overeind te krabbelen,' had ze gezegd. 'Zonder zijn zelfvertrouwen aan te tasten. Zonder zijn gekwetste ego in gevaar te brengen. O ho, zo lang als manlief maar heel blijft. Vraag nou maar niet verder, dat dient nu nergens toe.'

Zoveel had ze hem erover willen vertellen. Voor de rest stopte ze haar schrijfsels weg. Maar hier lagen haar gedachten: onttroonde koning.

Alsof hij het zo hoog in de bol had gehad. Alsof hij zich ooit had laten voorstaan op zijn functie bij International, terwijl dat best had gekund met een omzet van zeshonderd miljoen dollar en drieduizend man die aan je rapporteren. Luxe probleem! Wat dacht ze eigenlijk wel! Hij had het niet cadeau gekregen. Als werkloos zijn nu geen financieel probleem vormde, kwam dat doordat hij zich zijn leven lang rot had gewerkt, had gespaard en belegd. Hij pakte de takjes hei weer op, hield ze boven haar laptop en kneep. Geen druppel kwam eruit. Bonnie zweeg. Terecht! Ze had immers volop van zijn geld genoten. Nooit zou haar eigen salaris toereikend zijn geweest om in dezelfde stijl te kunnen leven – al was ze nog zo'n goed journaliste geworden. Niet dat dat haar ooit gelukt zou zijn. Te veel gif en te weinig doorzettingsvermogen.

Hij liet de takjes vallen, spreidde ze met twee handen uit over het toetsenbord. Op het scherm marcheerden krullen, sterren en verdwaalde letters door haar tekst. Ruw klapte hij de deksel naar beneden.

57

'Waar ben jij mee bezig?' Bonnie duwde zijn handen weg.

'Wat denk je?' hijgde hij.

Als hij nu zijn woede niet stopte, zou hij doorsuizen tot alle energie was opgebrand. Rustig, rustig, maande hij zichzelf. Zijn blik hechtte zich aan een bak met floppy's. Hij telde ze zorgvuldig. Het waren er tien. Het telde opnieuw, zeven grijze en drie blauwe.

'Ik ga die headhunter bellen,' zei hij op een volstrekt kalme toon. Ze hoefde niet te vragen welke headhunter, voor welke baan. De laatste weken was er zo weinig gebeld, dat toen gisteren de telefoon rinkelde ze er beiden naar toe waren gerend. Cas had de baan afgeslagen: directeur van een Nederlandse koek- en deegwarenfabriek die wilde gaan exporteren. Een veel te klein bedrijf om een uitdaging te vormen. Nota bene aangeboden door een zoveelste rangs banenboer.

'Kijken of die baan er nog is.' De zin proefde wrang op de tong.

'Dat is een goed idee,' zei ze.

'Het is wel een baan in Holland.' Zijn stem trilde.

Bonnie kreeg een kleur als vuur. Ze verborg haar gezicht in haar handen. 'Dat is goed.'

'Je bent erg lief.' Hij plantte een zoen op de kruin van haar hoofd. Ze verstilde onder de aanraking. Haar lichaam bedelde om meer. Hij kon niet. Zijn hoofd stond er niet naar. Al maanden niet. Hij liep naar beneden om te bellen.

Iemand morrelde aan de voordeur. Buiten klonk een plof en wat geschuifel. Een sleutel draaide in het slot en werd er met een raspend geluid weer uit gehaald. Een knie bonsde tegen de deur. Dirk! Alleen Dirk kwam zo binnen.

Zijn zoon bleef op de deurmat staan. Hij keek Cas aan, Cas keek terug, hun blikken haakten in elkaar. Cas liet als eerste los. Hij pakte de weekendtas van Dirk over en zette die op de grond met een voorzichtigheid of er glaswerk in zat. Dirk wachtte af, rustig, zonder zich een houding te geven, zonder te praten. Zichzelf. Blijdschap zwiepte door Cas heen. Hij jodelde een vreugdekreet, sloeg zijn armen om zijn zoon, omhelsde hem, klopte hem op zijn rug, kuste hem op zijn haren. Ook al moest Dirk naar adem happen, hij bleef staan en liet zich het geweld met knalrode wangen welgevallen.

'Bonnie,' gilde Cas naar boven. 'Hij is terug.'

Bonnie wervelde de trap af en stortte zich op hen.

ZOETSTOF

'Zit je hier?' klonk Dirks stem op de overloop. Omzichtig glipte hij Cas' studeerkamer binnen. 'Kun je dat niet stoppen?' vroeg hij, en wees over zijn schouder naar een plek in huis waar Bonnie bezig moest zijn. Sinds Dirk had aangekondigd dat hij al over twee dagen naar Amerika vertrok, omdat hij dan goedkoop kon vliegen, was Bonnie in een regelstuip geschoten. Ze belde iedereen in New York die iets voor hem kon betekenen. Ze waste, verstelde en streek al zijn kleren. Ook wat hij niet mee wilde nemen.

'Je moeder geniet.'

'Houd jij eigenlijk van haar?' vroeg Dirk.

'Natuurlijk.' Cas sloeg zijn armen over elkaar, begon over zijn mouwen te wrijven. Ondertussen liep hij terug naar de werktafel. 'Is het hier zo koud?'

Dirk bleef bij de deur staan in de schaduw van de hoge archiefkast. Het was donker in de studeerkamer. Alleen op het bureau brandde een lamp. 'Wat ben je aan het doen?'

'Opruimen, spullen weggooien.' Het antwoord waar zijn zoon om had gevraagd, bleef hem in de strot steken. Hij kon niet met Dirk over Bonnie praten. Wat moest hij zeggen?

Dat ze getrouwd waren omdat zij kinderen wilde, ook al beweerde ze zoals bijna iedereen van hun generatie tegen het huwelijk te zijn. Dat ook hij na een eenzame jeugd kon verlangen naar een huis vol lawaai en vrolijkheid. Naar voor altijd Bonnie met haar groene ogen vol ontevredenheid. Naar haar stem die omhoogschoot in woede of in uitgelaten lachen. Maar vooral naar haar lichaam, dat altijd prestaties wilde leveren en werkte tot het omviel of vree tot het was uitgeput. Dat ze in hem zinderde als een zeer dat hij probeerde te verzachten door te trouwen.

Moest dat? Een biecht bij wijze van afscheid?

Zijn blik dwaalde naar de armstoelen bij de balkondeuren. Daarin had Dirk vaak gezeten, met beide benen over de rand, een dozijn lege colablikjes om zich heen en een boek op schoot. En dan af en toe die lach, de lach van Bonnie. Een verrukkelijke hoge uitschieter die tegen de muren op klaterde. 'Ssst, Dirk, ik ben aan het werk.' 'Sorry, ik zal stil zijn.'

Onder de vloer begon iets te brommen. Het gezoem zwol aan en zette het huis aan het trillen. Ze luisterden beiden. Het was de wasmachine die de zoveelste lading met Dirks kleren rondslingerde. Bonnies hakken klikten over de tegels in de hal richting bijkeuken.

'Dus je houdt niet van haar,' stelde Dirk vast.

Hij had toch niet hardop gesproken?

Dirk stond nog steeds bij de deur. Dit keer klaagde hij zijn vader niet aan met een wijzende vinger. Dit keer trok er alleen een frons over zijn gezicht. Van minachting, meende Cas. Hij zocht steun bij het bureau, leunde erop met een hand. Rustig staan en tonen dat je de situatie meester bent. Maar zijn hand balde samen, opende zich weer en griste willekeurig een stapel papieren weg. De kwaadheid liet zich niet onderdrukken. Het was afgelopen met zijn eeuwige beheersing. Hij accepteerde geen minachting, van niemand en zeker niet van zijn zoon. De lust om Dirk met de paperassen om de oren te meppen was overweldigend.

'Is het interessant? Voor mij?' Dirk stak zijn hand uit. Verbluft reikte Cas hem de stapel.

De papieren moesten inderdaad de moeite waard zijn. Dirk bladerde er uitvoerig in, van voor naar achter en weer terug. Geluidloos vormden zijn lippen de scheikundige formules die hij tegenkwam. Alsof hij ze dan beter begreep. Hij liep naar een luie stoel, knipte een lamp aan en bekeek een aantal bladzijden nogmaals aandachtig. 'Dit zijn de berekeningen voor de zoetstof die jij hebt ontwikkeld, is het niet? Ik kan het eigenlijk best volgen. Leuk.' Hij ging zitten en wenkte Cas dichterbij. 'Waarom wilde je die moleculen juist op die plaats afbreken. Dat is toch vreemd, want je zou verwachten dat ze zich direct weer hergroeperen.'

'Daarom juist.' Cas legde het uit. En meer.

In 1979 kocht de Company een zoetwarenfabriek in Brazilië om goedkoop aan rietsuiker en arbeidskrachten te komen. Tegelijkertijd wilden ze experimenteren met het konfijten van exotischer vruchten dan de gebruikelijke abrikoos of kers. Cas zag veel in papaya, ananas en zoete pompoen. In die jaren lag hij nog zo goed bij de Raad van Bestuur dat ze hem aanstelden als directeur. Dat hij de taal niet sprak, chemicus was en alleen levensmiddelentechnologen in het lab had aangestuurd hinderde niet. Managen was een kwestie van gezond verstand en het Portugees moest hij dan maar leren.

De eerste dag dat Bonnie en hij in hun nieuwe eetkamer dineerden aan een tafel waarover je de schalen met een duw naar de andere kant moest schuiven, zat Bonnie er met rode konen bij. Ze vroeg niets aan de bediende die in een roze met wit gestreept jasje en handschoenen aan roerloos achter haar wachtte. Iedere keer dat zij elkaar de schalen doorgaven vertrok zijn gezicht. 'Ik geloof dat we zijn werk doen,' zei Cas. 'Daar is hij helemaal niet blij mee.'

'Dit is walgelijk,' fluisterde Bonnie. 'Dit riekt naar misbruik van armoede, naar kolonialisme. Ik ben dit niet gewend.'

De laatste zin klonk het eerlijkst, maar haar weerzin trok snel bij. Al binnen een week was ze honderdentachtig graden omgedraaid. Hoe meer mensen ze in dienst namen, hoe meer vaders, moeders, kinderen, neefjes en nichtjes voor de hongerdood werden behoed. Ze gaf de ene na de andere cocktail-party, want waarvoor had je anders al dat personeel. 'Voor jou is het ook goed,' zei ze. 'Je hebt de connecties nodig.'

Maar op die feesten zagen ze meestal dezelfde gezichten en iedereen was Amerikaan. De enige Brazilianen die er rondliepen waren bediendes. Over een koloniaal leven gesproken.

Het werk op de fabriek verliep minder glad. De eerste dag stapte Cas overmoedig binnen, verwachtte uitgestoken handen en een warm welkom. De Company had dit bedrijf immers van de ondergang gered. Maar het hoofd Personeelszaken lag ziek thuis en de receptioniste wist niet wat ze doen moest. Ze woof hem naar een stoel, gaf hem zoveel tijdschriften dat hij zich afvroeg hoe lang ze wel dacht dat hij zou blijven wachten.

Vijf minuten gingen voorbij. Tien. Dat was zijn uiterste grens, of hij nu bij de dokter zat of bij een potentiële afnemer, hij stond dan op en maakte een nieuwe afspraak. Alleen viel hier geen nieuwe afspraak te maken. De afspraak was nu. Hij was hier directeur per vandaag. Dan maar geen welkom en geen rondleiding. Kennelijk zat niemand hier om hem te springen en dat wilden ze hem laten voelen ook. In wat voor mijnenveld was hij terechtgekomen?

Ruim een uur dwaalde hij door de fabrieksgebouwen. Hij liep langs snijmachines die verroest waren en langs reusachtig grote zeven die met metalen verstelstukjes zorgvuldig waren opgelapt. In de vijf minuten waarin hij naast een lopende band stond te kijken, haperde die drie keer en viel één keer de klep uit de vergaarbak. Kilo's grauwgekleurde suiker stortten op de grond. Arbeiders stonden al met bezems klaar en veegden zonder een woord te wisselen de boel bijeen. Iemand anders repareerde de klep met een schroevendraaier en een harde klap tegen de bak. De band liep weer. Ze bleven met hun gereedschap staan wachten tot het volgende misging. Niemand besteedde enige aandacht aan Cas.

In dat eerste uur werd de blauwdruk voor de begintijd getekend. Iedere ochtend wanneer hij binnenstapte sidderde de spanning langs zijn ruggengraat omhoog. Hij rende of sloop door het gebouw en als hij met mensen moest praten wurgden de zenuwen zijn woorden tot een hees gefluister. Het klonk zachtmoedig, maar Cas haatte zijn eigen stem, zijn dikke keel, zijn angst. Achter elke deur verwachtte hij een aanval op zijn onwetendheid. Achter elke beleefdheidszin vermoedde hij een bom. Aardige medewerkers deden te stroperig en de stuggen volhardden in het ratelen van hun lokaal dialect. Hij speelde directeur, zat achter een bureau in maatpak met zijden das en leerde de kunst van het waarnemen.

Hij keek en wachtte tot hij de taal beter beheerste. Hij bestudeerde de archieven, nam de boekhouding van jaren door en lette op wie met wie sprak en welke mensen bij elkaar naar binnenstapten. Hij registreerde en deed niets tot zijn hersens de puzzelstukken in elkaar wisten te passen.

Op een van Bonnies cocktail-party's sprak een gast hem aan. 'Wel jammer dat u uzelf uit de markt hebt geprijsd,' zei de man die voor een grootwinkelbedrijf inkocht. 'Wij zagen ons genoodzaakt onze gekonfijte vruchten elders te betrekken. Helaas, meneer Block, we waren liever bij u gebleven, want de Company biedt de beste kwaliteit en de mooiste verpakking. Maar te duur, veel te duur.'

Cas wist wat hem te doen stond. In de volgende dagen vond hij de bevestiging van zijn vermoedens. Toch draaide hij er nog een week omheen, lag 's nachts wakker van het spookbeeld iemand valselijk te beschuldigen.

Ten slotte vroeg hij de financieel directeur bij hem te komen. Hij had post gevat in een hoge stoel achter het bureau en wees de kleine Texeira naar de lagere stoel aan de overkant. Cas schoof hem stukken toe. 'Kunt u me misschien helpen en me uitleggen hoe dit zit? Deze prijslijsten en orders begrijp ik niet.'

Texeira liet zich niet imponeren door een baas die boven hem uittorende. Snel stond hij op, spreidde de stukken uit over het bureau. Nu was hij groter. Cas bedwong de impuls ook te gaan staan. Hij schoof zijn stoel achteruit en wachtte af met gevouwen handen over zijn buik. Glimlachend begon Texeira alle cijfers te verklaren. Met veel gebaren en nog meer woorden en de stroperige vriendelijkheid die Cas had leren haten.

'En dit?' vroeg Cas. 'En dit?' Na vijftien minuten kwam hij met veel vertoon overeind en liep zogenaamd weg. Het drong tot Texeira door dat zijn baas niet overtuigd was. Hij lachte van oor tot oor, wierp zijn armen breed uit. 'Iemand heeft er hier een potje van gemaakt. Maar dat zoeken we wel uit, maakt u zich niet ongerust.' Hij wilde Cas de hand schudden en vertrekken.

'Nog even,' zei Cas. Uit een archiefkast haalde hij de rekeningen die de inkoper van het grootwinkelbedrijf hem had gegeven, legde ze op het bureau. 'Vergelijk dit eens met de bedragen in onze administratie. Ik ben benieuwd welke versie verkoopboek en bankboek u me straks zult laten zien.'

Texeira's lach gleed van zijn gezicht. 'Hoe komt u hieraan? Wie heeft ze u gegeven? Arlindo Carvalho zeker.' Hij aarzelde, moest beseffen dat hij zich versproken had. 'De verschillen zitten ongetwijfeld in slordigheden van de boekhouders. Die mensen maken ook zoveel vergissingen. Ik heb Carvalho al vaker op zijn vingers moeten tikken. Het kan ook de bank zijn. Hebt u al met de bank gesproken? Bij banken werkt toch zulk dom volk.'

'Dus u denkt dat het aan anderen ligt,' zei Cas, die bank en administratie allang had nagetrokken en wist dat Arlindo Carvalho onder bedreiging van Texeira moest knoeien met de boeken. Hij wist ook hoeveel geld Texeira in eigen zak had gestopt. Maar hij wilde geen risico lopen iets over het hoofd te zien. 'Binnen twee uur ontvang ik een verklaring van u over de gang van zaken, gedocumenteerd en wel, of ik...'

'Of u wat?' vroeg Texeira. 'U bent hier in Brazilië, u kent onze wetten niet. U kunt me niet eens ontslaan. Stel je voor dat een yank het hier voor het zeggen zou hebben.'

Even vond Cas het flink dat iemand die bijna twee koppen kleiner was, het op durfde nemen tegen een buitenlandse directeur die meende orde op zaken te moeten stellen. Even maar, daarna werd hij driftig. Deze suikerfabriek was bijna failliet gegaan. Heel Latijns Amerika ging failliet dankzij frauduers zoals dit misbaksel hier. Voor hij het wist stond hij naast het mannetje, greep hem bij zijn kraag en broek en zette hem buiten de deur. In zijn allerbeste Portugees schreeuwde hij de man na: 'Je bent ontslagen. En ik ben geen Amerikaan, ik ben een Hollander. Wie hier liegt en bedriegt breek ik zijn poten.'

Uren later stond hij nog op zijn benen te trillen.

Tegen de avond stapte de productiechef binnen. De man greep Cas' beide handen en toen hij dat niet genoeg vond klopte hij hem vele malen op de schouder. 'Sorry,' zei Cas. 'Onvergeeflijk dat ik zo uit mijn slof schoot. Wat een waardeloze zaak. Dit is de eerste en de laatste keer dat iemand mij mijn geduld ziet verliezen.'

'De Heer verhoede dat,' riep de productiechef stralend. 'Iedereen hier is opgetogen. "Hé, de baas is toch van vlees en bloed. Hij heeft ballen," zeggen ze op de werkvloer. 'Bravo. We houden hier van een beetje temperament.' Die gebeurtenis vormde het keerpunt. De mensen groetten hem op de gang en Cas' angst voor heimelijk verzet achter elke glimlach was verdwenen. Hij klopte vrijelijk op ieders deur, stelde vragen, kreeg antwoorden of niet, toonde belangstelling. Zijn bewondering voor wat men hier voor elkaar kreeg met een minimum aan middelen en een maximum aan vindingrijkheid, groeide met de dag.

Op een van zijn rondzwervingen trof Cas een vervallen voorraadschuur achter de fabriek aan. Verrast bleef hij op de drempel staan. Het schemerde er. De ruimte werd slechts verlicht door banen zonneschijn die tussen de kieren van gesloten luiken naar binnen vielen. In het halfduister onderscheidde hij een wand met zuurkasten vol reageerbuizen en distilleerkolven. Op open stellages stonden glazen potten met witte stof gevuld naast koperen weegschalen in mahoniehouten ombouwen en glazen deurtjes ervoor. Hij was in een laboratorium uit grootvaders tijd terechtgekomen.

Pas toen zijn ogen gewend waren, zag hij de mannen achter in de schuur. Ze hingen over een tafel en verhitten glazen schaaltjes met wit poeder boven branders. Een van hen hield op een schoolbord iets bij dat Cas op afstand een temperatuurcurve leek.

Het rook naar een laboratorium, naar de proeven die hijzelf in zijn studententijd had uitgevoerd. Hij haalde diep adem en liep op hen af. De schuur met zijn strepen licht als vrolijke banieren, zijn brandlucht en de vertrouwde attributen voegde zich om hem heen als een oude, geliefde jas.

De mannen keken op. 'Hallo,' zeiden ze en verstijfden. In een flits zag Cas de glans in hun ogen doven en de aandacht in hun over de tafel gebogen lijven knakken.

'Ga door.' Hij stond nu aan de rand van de tafel, snoof nog eens de geuren in. 'Alsjeblieft.' Hij legde zijn handen op de ruggen van de twee mannen ter weerszijden en duwde ze zowat terug met hun neus op het werk. Het liefst was hij direct aangeschoven om mee te doen, al wist hij niet waaraan.

In een van de schaaltjes smolt wit poeder tot de kleur en consistentie van vloeibare honing. Daarna verdikte het tot bruine stroop. Cas rook eraan en begon te hoesten. De lucht van verbrande gekarameliseerde suiker sloeg tot diep in zijn keel. In de schaal ernaast kleurde het witte poeder geel. Iemand roerde erin en trok draden die op plastic leken. Op het bord stonden formules geschreven. Een ervan was natrium-2,3dihydro-benzothiazool-3on-1,1dioxyde. Als er benzoisothiazool gestaan had, was het gewone sacharine geweest, maar de zwavel en de stikstof waren omgedraaid. Ernaast stond een formule die op aspartaam leek.

'Laten we maar inpakken, mensen,' zei een van de mannen. 'Dit is de nieuwe directeur en het ziet ernaar uit dat hij snapt waarmee we bezig zijn.'

'Hoezo, inpakken? Uitpakken! Doorgaan, bedoel ik. Laat me zien wat jullie aan het doen zijn.' Als ze al met een zoetstof bezig waren, dan was het geen sacharine en geen aspartaam. Wat was het wel? Bijna wilde Cas dat ze het niet zouden zeggen en dat hij het zelf kon raden. Toen won de nieuwsgierigheid. 'Zoetstof nietwaar?' Hij knikte er bewonderend bij. 'Jullie durven.'

Ze wezen naar de geblindeerde ramen. Hun werkzaamheden moesten in het geheim plaatsvinden. Zoeken naar een nieuwe zoetstof om vruchten in te conserveren was door New York uit den boze verklaard. De gekonfijte vruchten van de Company waren puur natuur en zoetstof was chemisch. Dat zou dus de hele positionering in de markt bederven.

Maar Cas was daar nog niet zo zeker van. Consumenten wisten best dat je morsdood kon gaan aan puur natuur: aan vingerhoedskruid, goudenregen of vliegenzwammen. En dat levensmiddelen niet rechtstreeks van het land in hun eigen mond belandden, maar in fabrieken een bewerking moesten ondergaan. Bovendien won caloriearm voedsel marktaandeel en deed de Company er goed aan niet zo afhankelijk te zijn van 's werelds suikerprijzen. Nee, Cas geloofde in de toekomst van zoetstof.

Hij pakte het schaaltje met de plastic draden, schepte ze met een spatel op de tafel. Ze plakten. Hij voelde hij eraan. Ze klonterden samen, werden hard en verpulverden in zijn hand. Hoe zouden vruchten smaken wanneer ze met zoetstof werden geconserveerd? Kon je met zoetstof conserveren? Zou de textuur van de buitenkant nog aangenaam knapperig zijn? Tot welke temperatuur kon je de zoetstof verhitten voor het afbrak? Waar zouden ze zoetstof nog meer voor kunnen gebruiken?

'Ik doe mee.' Hij zag hoe de mannen gelijktijdig hun mond ontspanden en hun adem de vrijheid gunden.

'Zo is het gekomen,' zei Cas tegen Dirk. 'Ik ging regelmatig poolshoogte nemen. Thuis werkte ik er ook aan, want ik geloofde heilig in de mogelijkheden. Volstrekt bij toeval bleek uiteindelijk mijn formule het best te voldoen. Na een jaar hadden we het prototype ontwikkeld en binnen drie jaar was onze vruchtenreep het meest winstgevende product van de Company geworden.'

'Dus jij had het helemaal gemaakt,' zei Dirk.

'Het tegendeel was waar.' Cas grinnikte bij de herinnering aan hoe dat gelopen was. 'De voorzitter van de Raad van Bestuur bedankte me weliswaar hoogstpersoonlijk en stelde me een bonus in het vooruitzicht, maar ondertussen zag hij eruit of hij gif gedronken had. "Maar toch, maar toch," mopperde hij vermanend. "De Raad van Bestuur maakt zich zorgen. Ernstige zorgen, want het gaat niet aan dat een directeur van de Company productontwikkeling stimuleert die tegen het beleid ingaat. U bent te bedachtzaam, te nauwgezet en wetenschappelijk, anders zou ik u een ongeleid projectiel hebben genoemd."'

'Vond hij dat van jou? Hoe kwam hij daarbij?' vond Dirk. 'Jij lanceert jezelf uitsluitend met de precisie waarmee een lange-afstandsraket wordt afgevuurd.'

'Die missen hun doel weleens. Zie mijn ontslag.' Cas lachte nu voluit. Het voelde goed zijn buikspieren te laten samentrekken en schokken van pret, en zo de ernst uit dat stomme ontslag te schudden. 'Had ik maar meer gelachen. Was ik maar ongeleider geweest. Wat heb ik me, achteraf bekeken, laten sturen door de Company! Om me beter in de gaten te kunnen houden, gaven ze me een promotie en haalden me terug naar New York.'

'Maar in Brazilië was je juist gelukkig,' riep Dirk. 'Het moet ook geweldig zijn om zo'n klapper in de markt te zetten. Jouw vruchtenreep heeft de Company geen windeieren gelegd. Miljoenen heb je voor die lui verdiend. Wat zijn het toch een rotschoften. Je had hun held moeten zijn.'

'Het ging om het doen van die uitvinding,' zei Cas zacht.

'Mag ik ze hebben nu jij ze toch weg wilt gooien?' Dirk klopte op de stapel papieren, wreef erover. 'Iets echt nieuws,' zei hij gretig. 'Dat lijkt me cool. Dan beteken je wat in de wereld.'

'Dat betwijfel ik. Het had meer weg van dromen najagen. De Company hield niet van mijn dromen. Einde droom. Einde Cas Block.'

Dirk leunde over de stoelleuning, gaf hem een por tegen zijn schouder. 'Ouwe lul, dan vind je toch een nieuwe droom.'

'Alsof die voor het oprapen liggen.'

SOLLICITATIEGESPREK

De koekfabriek was vele malen groter dan hij zich had voorgesteld. Vorkheftrucks reden af en aan. Mannen maakten aantekeningen in blocnotes. Zouden ze hun voorraadlijsten hier nog handmatig bijhouden in deze tijd van automatisering? Dat moest hij navragen. Navragen! Als hij hier de baas was en er kwam iemand opdagen die zijn huiswerk niet had gedaan, zou hij zeggen: 'Ach meneer, ik denk dat u eigenlijk te weinig belangstelling hebt...' Nee, dat zou hij anders formuleren. 'Ach meneer Block, u bent duidelijk overgekwalificeerd voor wat wij u te bieden hebben. U zult ergens anders ongetwijfeld beter tot uw recht komen.' Cas lachte tevreden; net op tijd ontwaakt.

Aan de muur in de receptie hingen memo's, faxen en ansichtkaarten met 'Groetjes uit Bergen aan Zee' en 'Viva España'. Naast de ansichtkaarten hing een bord met namen die van 'in' naar 'uit' en terug konden worden geschoven. De mannen die Cas ging spreken waren binnen. Berghuis, het hoofd Personeelszaken, moest door de receptioniste worden omgeroepen. In wat voor achterlijk bedrijf was hij terechtgekomen?

Berghuis bleek een vrouw te zijn. Wat fout van de headhunter dat niet te zeggen. Ze had de trage bewegingen van iemand die lang in het vak zit, een soort sussende deingang en een stem die alle gemoederen tot bedaren brengt. Cas liep achter haar aan de trappen op, na de lift te hebben afgeslagen, naar een kantoor dat nog het meest weg had van de kamertjes die wetenschappelijk medewerkers in oude universiteitsgebouwen bewonen. Prachtig bewerkte plafonds en alles wat daaronder zat was armoe. Verwarmingsbuizen en stopcontacten

69

midden op muren, ijzeren tafels, ijzeren ladeblokken en gammele stellingen voor het archief. Maar de zuinige aankleding kon ook een bedrijfscultuur verraden van geen-onzin-hard-werken en daar was niets mis mee.

Mevrouw Berghuis nodigde hem uit plaats te nemen, vroeg hem wat hij drinken wilde en maakte een gebaar dat hij van wal moest steken.

Cas haalde adem, gooide zijn bovenlijf naar voren, hief een hand ter ondersteuning en merkte tot zijn stomme verbazing dat er geen woord over zijn lippen kwam. 'U hebt een mooie lokatie,' zei hij tenslotte. 'Erg veel wateroverlast gehad in deze slechte zomer?'

'Niet meer dan in andere jaren.'

Hij vroeg hoe lang ze al zonder directeur zaten.

'Twee maanden,' zei mevrouw Berghuis. 'U bent Nederland zeker ontwend? U hebt toch lang in het buitenland gezeten?'

Cas opende zijn mond om over het buitenland te beginnen. Ze wilden immers iemand die daar verstand van had.

'Hebt u werkervaring in Nederland? Hebt u ooit leiding gegeven aan een Nederlands bedrijf?'

'Een korte periode om hier brand te blussen.' Dat blussen was overigens een Annabel aangelegenheid geweest.

'Wanneer was dat, meneer Block?'

'Begin jaren tachtig, ja, want in 1983 is Dirk geboren. Mijn zoon,' verklaarde hij en begreep niet waarom hij de dubbelfout beging van te benadrukken hoe lang geleden dat was en in dezelfde adem door te gaan over zijn privéleven. Er zat niets anders op dan het meest positieve gedeelte uit zijn foute antwoord pakken en daarop voortborduren.

Met gloed beschreef hij die Hollandse periode. 'Een Hollander blijft uiteindelijk toch een Hollander. Het is een verademing terug te komen in een cultuur waar rechtdoorzee zijn en zeggen waar het op staat hoog in het vaandel staan. Dat mis je in het buitenland.' Met verbazing hoorde hij zijn eigen kolder aan. Hier gebeurde iets geks, hij zat aan de verkeerde kant van de tafel. Hij staarde naar de grijze krulletjes van mevrouw Berghuis en praatte. Iedere zin sleepte een nieuwe achter zich aan.

Mevrouw Berghuis leek te ontdooien. Ze schoof haar stoel tenminste dichterbij. 'Dat is een belangrijk punt. Ik was namelijk bang dat u slechts in naam een Nederlander bent. Wij zijn geen internationaal bedrijf, ziet u, nog niet. Dat willen we wel worden.'

Dus hij zat hier omdat ze gingen internationaliseren.

Het volgende gesprek liep van een leien dakje. Van Essen was een dertiger vol zelfvertrouwen. Weliswaar iets te glad naar Cas' smaak, maar verklaarbaar doordat de man mede-eigenaar was en getrouwd met de dochter van de oprichter. De Raad van Bestuur had hem aangesteld om een nieuwe directeur te vinden, een die nieuwe markten aan kon boren. Al gauw zaten ze druk te praten aan weerszijden van Van Essens bureau, dat niet rechthoekig of van ijzer was, maar van een lichtgekleurd hout in de vorm van een wanstaltig ei. Te groot, te modern en te duur. Mocht Cas hier directeur worden, dan zou hij het design ei aan de vuilnisman meegeven.

Van Essen vertelde over de plannen voor uitbreiding, over investeringen in nieuwe machines, over de voorzichtige pogingen om in Polen en Rusland een voet aan de grond te krijgen, over de moeilijkheden van een klein bedrijf te midden van giganten. Cas kon ervan meepraten. Al was de Company vele malen groter dan Van Essens bedrijf, het was een kleuter vergeleken bij de Ferrero's, Nestlés, Cadbury's en Marsen van deze wereld. Ja, inderdaad vreemd dat alleen die laatste een Amerikaans bedrijf was. De andere succesvolle spelers waren alle van Europese oorsprong. Nee, Amerikaanse zakenlieden hadden zelden verstand van Europa of van welk buitenland dan ook.

Het gesprek raakte op dreef. Van Essen vertelde anekdotes over Amerikanen. Cas droeg bij met het verhaal van de Amerikaanse senator die op de vraag of hij ervoor voelde Spaans als tweede taal op school verplicht te stellen, had geantwoord: '*I don't see the need. Since our Lord Jesus Christ himself spoke English, I guess that English is good enough for me.* Echt waar eerlijk gebeurd, een senator die oprecht meent dat Christus Engels sprak,' zei Cas.

'Niet te geloven zo'n naïviteit.'

'Ik kan het je nog sterker vertellen,' bood Cas aan. 'Wij zouden ooit een nieuw product op de markt brengen in de Volksrepubliek

China. Prachtig product, geheel aangepast aan de Chinese smaak, zeiden ze in de Verenigde Staten. Mijn internationale managers kwamen over uit Hongkong voor een productpresentatie op ons hoofdkwartier. Nou, je kent dat, iedereen werd ingepakt met diashows en proeverijen. Er was ook een meneer die ons kwam uitleggen hoe goed het marktonderzoek had uitgepakt en wat een succes ons te wachten stond. De Chinese consumenten waren verrukt, zei hij. In één woord verrukt. Wat bleek, ze hadden het onderzoek in Chinatown van San Francisco uitgevoerd. Houd je zoiets voor mogelijk, Van Essen?'

Van Essen schoot onderuit van het lachen.

In de trein van Alkmaar naar Amsterdam groeide Cas' stemming van gematigd positief tot opgetogen. Hij tintelde van de opgedane energie. Het jubelde in elke vezel van zijn lichaam. Wat een verademing weer eens op kop van je eigen bestaan te lopen in plaats van loom achter jezelf aan te sjokken.

Zelfs al zeikte het van de regen en had hij – ondanks of juist door Bonnies aandringen – geen paraplu meegenomen, in Amsterdam stapte hij uit om voor zijn genoegen door de stad te slenteren, een hap te eten en een museum te bezoeken.

Op de Dam waar het nationaal monument wit en zwaar het plein verpestte en het paleis nog altijd zwart zag van de vuiligheid, sloeg hij rechtsaf richting Jordaan. Annabel woonde op de Bloemgracht. IJzer smeden wanneer het heet is, gebruik maken van je eigen vaart, niet uitstellen tot morgen wat je vandaag kunt doen. Zo had hij altijd geleefd en die eigenschap was alleen deze laatste maanden zoekgeraakt.

In de huidige hallelujastemming van herwonnen slagvaardigheid kon hij lachen om zijn weerzin tegen Annabel. Die was overjarig geworden. Haar opzoeken moest er toch van komen, de verloren Blaeukaart zou wel niet meer gevonden worden. Hij nam zich voor niet over hun verleden te praten. Alleen over nu en kort geleden. Dat leverde meer dan genoeg gespreksstof op.

Ondertussen was hij bij de Westerkerk aangekomen. De kerk waarvan een zevenjarige Annabel had weten te vertellen dat hij door

Hendrick de Keijzer was gebouwd. Dat de toren vijfentachtig meter hoog was, de hoogste van Amsterdam. Dat Rembrandt er begraven lag maar niet heus, want dat na elke paar generaties de ruimte onder de plavuizen vol raakte en de beenderen werden opgegraven en weggegooid. Onnutte, maar toch niet helemaal oninteressante informatie, moest hij toegeven.

Hij vroeg haar nummer aan, toetste het in op zijn mobieltje.

Geen gehoor, alleen de voice-mail.

DEEL TWEE

EDELMAN, BEDELMAN

TERRA INCOGNITA

Op weg van de bibliotheek naar huis fietste Annabel een ex-vriendje van de sokken. Hij schold haar uit voor teringwijf en tierde 'kan je niet uitkijken' voor hij in de gaten kreeg dat zij het was. 'Sorry, schat,' zei ze met de kirstem die ze bewaarde voor het bezweren van opkomende straatruzies. Ook zij herkende hem eerst niet. Had hij er een jaar geleden al vaak ongebruikelijk bij gelopen, nu leek hij te willen wedijveren met de travestiethoeren in de haven: ringen in zijn oren waar er vroeger geen gezeten hadden, geblondeerde haren, een paars T-shirt met glitters dat amper tot zijn middel reikte. Ze barstte in lachen uit. 'Sorry hoor, maar je ziet er niet uit.' Dat was niet waar, hij was juist prachtig op een omgekeerde-wereld-manier: over het middenrif dat had moeten pronken met glad vel, kronkelde donker haar; de ademsappel schoot op en neer in een te vrouwelijk halsje en de witblonde lokken staken schril af boven het bijna zwart verbrande gezicht. Of ze een negatief bekeek.

'Dit?' vroeg hij onzeker en haalde een hand over zijn hoofd. 'Net terug van vakantie. Helemaal gebleekt. Vind je het niet mooi?' Ze knikte heftig van wel. De jongen had bemoediging nodig. Hij praatte door over Ibiza en over mensen van wie ze niet wist wie het waren. Ondertussen stond hij haar kleverig aan te staren en verschenen er kleine druppels op zijn huid. Geil beest, dacht ze. Het beest keek naar de lucht. 'Het gaat harder regenen,' zei hij. 'Ik ga ervandoor.'

Niks te geil zweten door haar bijzijn. Bang voor een beetje regen, zo zat het.

Kwaad op de jongen en kwaad op het weer zette ze haar fiets op slot tegen een lantaarnpaal en stapte het enige overdekte terras aan het Spui op. Met een jas aan en godzijdank een trui eronder probeerde ze te doen of het warm was. Voor haar geestesoog toverde ze zonniger oorden tevoorschijn: de Azoren, Brazilië, Costa Rica, Mexico. En de andere kant op: Goa, Maleisië, Australië. Nee, in Australië was het nu winter.

Het baldakijn boven haar hoofd zakte plotseling te diep door en liet als een vermoeide blaas zijn overtollig water lopen. Het kletterde op de grond en spatte tegen haar benen. 's Zomers hoorden mensen buiten in de zon te lopen, hoorden ze veel en uitbundig te lachen, ijsjes te eten en krachten op te doen voor alle maanden daarna die eigenlijk alleen voor winterslaap geschikt zijn. De ozonlaag was officieel de schuldige, maar zij keek de weergoden erop aan. Die hadden gaten in het hemeldek gepeuterd. Nu keken ze daardoor naar beneden en lachten zich een ongeluk dat poolkappen smolten, winden rond de aardbol gierden en regens de oogsten lieten verrotten. 'Hebben jullie erwtensoep?' vroeg ze aan de ober.

Met slechts het geluid van autobanden op het natte wegdek en bijna niemand op de fiets was het stil in Amsterdam. Op het aanpandige terras waren stoelen schuin tegen tafels aan gezet of opgestapeld met een ketting over de zittingen. Alsof iemand die plastic ellende zou willen stelen. Jammer genoeg was het nog te vroeg voor de meute heren in pak die daar na hun werk een biertje kwamen drinken. Hun luidruchtigheid zou welkom zijn geweest. Ze deden Annabel aan haar vader denken, met hun Nederlands dat diep aangeblazen door een toegeknepen keel en losse lippen naar buiten stroomde. Een openluchtvoorstelling van Amsterdamse we-hebben-het-helemaal-gemaakt-acteurs die hard op hun uitspraak hadden geoefend. Vol levenslust, vol eigenwaan, de kneuzen net zo goed als de met succes bekroonden.

Haar mobieltje piepte. Ze zocht in haar jaszakken, in haar tas en tegen de tijd dat ze het te pakken had was er al een boodschap ingesproken. 'Hallo, met Block. Je bent er niet, maar bel me terug als je wilt.' De stem van vroeger gaf een nummer. De stem van haar vader.

Ze hield het toestel van zich af, keek er verdwaasd naar. Nogmaals luisterde ze de boodschap af. Ze koesterde zich in klanken die ze verloren had gewaand. Keer op keer drukte ze het knopje in om opnieuw de stem te horen. 'Hallo, met Block. Je bent er niet.' Geleidelijk ebde vader weg en kwam Cas ervoor in de plaats. Ten slotte begreep ze niet dat ze Cas' stem niet direct had herkend, ook al praatte hij nu bedachtzamer dan vroeger. Hij klonk zo weloverwogen dat ze de vrouwen benijdde die in de luwte van die rust mochten schuilen. Wanneer haar vader zijn wijsheden met diezelfde rust te berde had gebracht, hoorde zij daar vaak de ongerijmde uitschieters in: de rand van hardheid rond een woord, een zin die opstoof maar weer stil viel voor het iemand opviel. Vader had vlagen van verraderlijke overmoed verstopt onder groot vertoon van zelfbeheersing.

Haar neus prikte. Met een rukje legde ze haar hoofd in haar nek en slikte. Als ze flink doorslikte, hield ze de tranen binnen. Daar was ze goed in geworden: snuiven, slikken en een huilbui achterdoor langs haar keel naar beneden laten glijden. Zo snel mogelijk weer doorgaan met praten en vrolijk zijn. Dat hielp. Zelfbeheersing zat kennelijk in de familie; ieder verborg zijn eigen gebreken.

Zou Cas op vader lijken, was hij niet alleen maar de kalme, rechtschapen, succesvolle man waarvoor hij zich altijd had uitgegeven? Had hij iets fouts gedaan, dat hij ontslagen was? Je verongelukte niet zomaar in het zakenleven. Het had in alle kranten gestaan, had Bonnie gezegd. Het was zelfs op het nieuws geweest. Ook de pers moest aan vuil spel hebben gedacht, anders besteedden ze er geen aandacht aan. Slecht nieuws werkte immers beter dan goed nieuws. Welke misstap was haar broer noodlottig geworden?

Nu had hij gebeld. Wat moest hij van haar? Zou hij veranderd zijn? Zelfs een paar woorden waren genoeg om te weten dat haar broer was gerijpt met de jaren. Een stem als mooie wijn, stevig bij aanvang, rond en met een fluwelen naklank.

Wel anders dan toen ze hem voor het laatst hoorde. Toen had die stem vaders lof gezongen met dreunende bastonen die fel uithaalden naar degenen die vaders goede naam in opspraak wilden brengen. Dat zijn verontwaardiging in feite alleen haar betrof, had beschamend luid door alles heen geklonken. Na de begrafenis en zijn voortreffelijke toespraak was Cas direct teruggereisd naar Amerika. Het had net zo goed een andere planeet kunnen zijn. Brieven bleven onbeantwoord. Aan de telefoon lukte het haar niet hem tot meer dan twee antwoorden te verleiden. Hij hing steevast op. Van de notaris hoorde ze dat de erfenis hem niet interesseerde en dat moeder en zij de boel mochten verdelen zoals ze wilden. Zelfs toen hem werd meegedeeld dat de *Atlas Major* van Blaeu en het volledige antiquariaat naar Annabel toe gingen, liet hij niets van zich horen. 'Uit dank en ter compensatie' stond in de laatste wilsbeschikking die vader een paar dagen voor zijn dood had opgemaakt. Wat dat betekende had Annabel aan niemand uitgelegd.

'Het lukt je niet ze van je af te schudden,' fluisterde ze. 'Begin er niet weer aan, Annabel Block. Zet er een streep onder.' Ze wiste de boodschap, luisterde naar het gerommel van de ober, huiverde in de klam geworden regenjas. Ondertussen hoorde ze in haar hoofd zijn stem het nummer zeggen. Steeds maar weer zijn nummer. Gretig tikten haar vingers de toetsen in. 'Ja, met mij. Je had gebeld.'

Haar broer bleek op de Westermarkt te lopen. Vlakbij. Over een kwartier zouden ze elkaar ontmoeten op de Bloemgracht. Ze stapte op de fiets en trapte. Eerst opgewonden vrolijk en vol verwachting. Toen gespannen en steeds minder hard. Zodra de Westertoren in zicht kwam stapte ze af. De wijzers van de klok blikkerden schichtig in het grijze regenlicht. Nog tien minuten. Haar hartslag galmde door tot in haar schedel, haar kuiten voelden als ijs. Kwart voor vier had Cas gezegd. Met geen mogelijkheid kon ze dan thuis zijn. Hij had de tijd genoemd. Een precies tijdstip nauw omgrensd door een marge van een paar minuten te vroeg of te laat. Een bewegingsvrijheid van amper vijf minuten stond in geen verhouding tot achttien jaar doodzwijgen. Ze zou zelf beslissen hoe laat ze thuiskwam, en in ieder geval werd dat niet om kwart voor vier. Elk ander tijdstip, zolang hij het maar niet had afgedwongen. Dit was een moment dat omzichtig moest worden aangepakt. Een moment dat het recht niet had zo belangrijk te zijn. Ze zou het klein krijgen. Fluitend zou ze een krantje kopen en dat met haar rug tegen een boom op haar gemak lezen. Daarna zou ze naast de fiets via een omweg naar huis slenteren. Ze zou doen alsof ze iemand anders was.

Haar handen zochten naar het mobieltje. Ze moest hem bellen en zeggen dat ze het niet haalde. Dat een uur of zo later na achttien jaar niets uitmaakte. Ga maar een ijsje eten in de tussentijd en als je dat te koud vindt met de regen, neem dan frieten. Hier vlakbij verkopen ze de beste Vlaamse friet van Amsterdam. Haar vingertoppen aarzelden over de knoppen. Block, Block, geen Cas, wel Bonnie.

'Hij heeft me opgebeld. Net, nog geen twee minuten geleden. Heeft hij nu opeens wel behoefte aan familie?'

'Ben jij het Annabel? Over wie heb je het? Waar vandaan heeft hij gebeld? Hij had een sollicitatiegesprek in Alkmaar. Heeft hij gezegd hoe het ging?'

'Hij komt bij me langs.'

'Eindelijk. Ik weet niet hoe ik dit zeggen moet, maar die stomkop heeft zijn cadeau, jouw Amerika-kaart, in de trein laten liggen en hij wil een nieuwe. Precies dezelfde. Kan dat?' Bonnie klonk of ze een auto wilde inruilen. Alsof een meer dan driehonderd jaar oude kaart een wegwerpartikel was.

'Om die zeker opnieuw kwijt te maken.'

'Niet zeggen hoor dat ik het je al heb verteld. Dat moet hij zelf uitleggen. Doe maar net of je van niks weet.'

'Is dat wat je wilt? Dom hoor,' zei Annabel zoetsappig. 'Liegen en bedriegen komt toch altijd uit volgens mijn rechtschapen halfbroer? Zeker wanneer híj zijn best doet de waarheid te achterhalen.'

Aan de andere kant van de lijn lachte Bonnie. 'Het zit je nog steeds dwars, hè? Waarom bel je eigenlijk?'

Dat wist Annabel zelf niet. 'Zomaar. Om je te laten weten dat Cas komt.'

'Sorry als ik kortaf klink, maar Dirk...'

Dirk zou zijn moeder toch niet hebben verteld van hun ontmoeting? Zo'n moederskind zou hij toch niet zijn? 'Dirk?' vroeg ze.

'Mijn zoon. Die moet ik zo terugbellen.'

'Ah ja. Gaat het goed met hem?' Zou ze vragen hoe oud de jongen nu al was of ging die onnozelheid te ver?

'Het gaat erg goed met hem. Uitstekend zelfs. Hij zit nu in New York en gaat daar studeren.'

'Wat geweldig. Jij gaat nu zeker ook terug. Je had het toch niet zo op Nederland.'

'Ik weet niet of dat kan. Zelfs niet voor een vakantie. Cas is zo kwetsbaar sinds zijn ontslag.'

Cas kwetsbaar? Eindelijk kwetsbaar! Een dolle blijdschap sloeg door Annabel heen, een rauw, meedogenloos gevoel dat in niets leek op de vrolijkheid die je met anderen kon delen. Ze zou het stiekem koesteren, diep wegstoppen en alleen tevoorschijn halen als ze er in alle rust en eenzaamheid van kon genieten.

'Hij is net een groot dier dat geschrokken van zijn eigen sterkte zijn klauwen inhoudt,' vervolgde Bonnie. 'Dat ontroerde me vroeger.'

'Vroeger?' In dat woord zag Annabel een kans. 'Ik zou maar gaan als ik jou was,' fleemde ze. 'Het wordt tijd dat je ook eens aan jezelf denkt.'

Ze hadden elkaar een dienst bewezen. Welke dienst wist Annabel niet. Een woordspel van blind oversteken. Ze was dol op spelletjes. Bij blindemannetje moest je doen of je niet alleen niets meer zag maar ook niets hoorde, dan kwam je tegenstander overmoedig te dicht bij en kon je hem zo pakken. Als Bonnie zich liet pakken kwam Cas alleen te zitten.

'Het noodlot een handje willen helpen! Hoe krijg je het in je kop,' hield ze zichzelf voor toen Bonnie had opgehangen. 'Zoiets is niet voor mensen weggelegd, dat is de goden voorbehouden. Om die kern draaien alle Griekse tragedies, weet je nog Block?' Ze kneep haar ogen half dicht en loenste door haar oogleden. Alsof aan de andere kant van haar wimpers de toekomst af te lezen viel.

Na jaren stilte vroeg hij haar te zien. Hij ging haar vragen of ze hem aan eenzelfde kaart kon helpen. Helpen zou ze hem. Van hot naar her zou ze hem slepen. Cas Block overgeleverd aan zijn zusje.

Het carillon van de Westertoren begon te spelen. Ze neuriede de deuntjes mee. De klokken galmden de tijd. Het was vier uur. 'Het leven is een strijdtoneel,' zong ze zacht haar eigen deuntje. 'Elk zuigt eraan, elk krijgt zijn deel.' Dat klopte niet. Het liedje ging anders. Opnieuw. Niks strijdtoneel, houd die agressiviteit maar voor je. Lief doen. Een pijp kaneel, zei het versje. Elk krijgt zijn deel. Zelfs Cas.

Thuis stond er geen Cas op de stoep. Toen ze halverwege de trap was, rinkelde de bel. Ze rende door, draaide de bovendeur van het slot en haastte zich naar het zolderraam. Voor dit soort gevallen lag daar een rood zakje met een huissleutel klaar. Rood stak goed af tegen het grijs van de bestrating. Ze leunde uit het raam. Vanaf die hoogte was haar broer minder groot en indrukwekkend dan in haar herinnering. Hij stond te tandakken op de stoep. Bij elke beweging zwaaide de lange regenjas heen en weer. Annabel verlustigde zich in de aanblik van een broer die niet alleen ongeduldig leek, maar ook zenuwachtig.

'Hé!' riep ze. Beneden op straat draaide Cas naar links en naar rechts zonder omhoog te kijken. Zo te zien was hij niet dikker of ouder geworden, hij had nog steeds krulhaar dat breed uitwaaierde en een slordigheid tentoonspreidde die niet paste bij de trenchcoat en de conservatieve schoenen. 'Van onderen, meneer Block!' Cas keek omhoog. 'Vangen en de trap op tot je niet verder kunt.'

Bij het binnenkomen stootte hij zijn hoofd tegen een balk. Hij paste niet op haar zolderverdieping, hij was te groot. Net als vroeger overdonderde hij alleen al door zijn maat. 'Ga zitten' zei ze niettemin. Hij liep naar het midden van de zolder waar de kast stond met Blaeus *Atlas Major*. Annabel hield haar adem in of hij de elf delen zou herkennen. Ze waren groot genoeg, olifantformaat, groter dan menig ander boek.

Cas ging op het bed zitten. Als hij de atlas al had gezien, liet hij dat niet merken. Het voelde als een belediging, alsof hij niets te maken wilde hebben met dit allerprachtigste exemplaar compleet met zeshonderd handgekleurde kaarten, zonder enige beschadiging en met een huidige waarde van tegen het miljoen. Ze wees ernaar. 'Vaders erfstuk.' Hij knikte, keek een andere kant op en deed er het zwijgen toe.

'Fijn dat je er bent,' zei ze liefjes. 'Na achttien jaar doe je me daar een groot genoegen mee.'

Cas wreef met zijn handen langs de matras en hakkelde een onverstaanbaar antwoord. Hij snoof. Snoof nog eens. Het kon toch niet waar zijn dat het hier na weken nog naar Dirk rook? Naar zijn zweet, zijn zaad, haar klaarkomen. Dat zou geweldig zijn. Geuren riepen de diepste instincten op. Reuk werkte in op het onderbewustzijn. Hij zou helemaal in de war raken van zoiets. Jammer dat ze krap in haar lakens zat en ze al minstens twee keer had gewassen.

'Wat brengt je hier? Geniet je van de Blaeu-kaart?' Goed gedaan, Block, prees ze zichzelf. Bonnie mocht tevreden zijn. 'Je boft met zo'n cadeau,' zei ze. 'Kaarten van Amerika zijn erg in tegenwoordig, halen ongehoord hoge prijzen bij verzamelaars en rijke Amerikanen die niet weten wat ze met hun geld moeten doen. Looking for their roots, weet je wel. Zoeken naar hun geschiedenis, die voor een deel onze geschiedenis is, die van ons Hollanders. Jij had toen geleefd kunnen hebben, met je handelsgeest en je gereis.' Ze zocht tussen de mappen naar iets om hem te laten zien. Ondertussen praatte ze maar door. 'Wist je dat wat nu Manhattan is, werd gevonden toen onze West-Indische Compagnie een noordelijke doorgang naar Azië zocht? En weet je wat nou zo boeiend is, Manhattan staat niet op jouw kaart. Is je dat opgevallen?'

'Eh,' zei Cas.

Hij had de kaart niet eens goed bekeken! Hij verdiende zo'n juweel niet. Laat mensen met geld maar eerst een toelatingsexamen kennis en waardering afleggen alvorens ze iets van 's werelds erfgoed mochten kopen.

'Het was je dus niet opgevallen? Jouw kaart, alle kaarten uit die tijd, vormden een mengeling van wetenschap en avontuurlijke dromen, van nauwkeurig informatie weergeven en opzettelijk bedriegen. Neem nu Vuureiland onder aan jouw kaart. Willem Blaeu tekende dat in het jaar 1617 of het vastzat aan Argentinië en Australië. Aan Terra Australis Incognita dat zich uitspreidde tot over de zuidpool. Waarom deed hij dat? Wij Hollanders waren al jaren daarvoor door de Straat van Magelhaen gevaren en Blaeu wist dus best dat het een eiland was.' Achter haar rug hoorde ze Cas zacht zuchten. In plaats van zuchten, moest die oen juist ademloos luisteren. Zoiets boeiends hoorde hij niet elke dag. Ze griste de kopie uit de map en verhief haar stem. 'Jouw exemplaar is van 1662 en komt uit de atlas van zoon Joan.'

'Komt uit een atlas?' onderbrak Cas haar. Zijn grote kop deinde sullig op zijn nek en dat vertederde, maar in zijn stem klonk als vanouds de afkeuring.

'De Blaeus maakten die kaarten zowel voor losse verkoop als voor gebruik in hun atlassen,' zei ze, tevreden met haar antwoord dat geen antwoord gaf. 'Nergens op de hele wereld had iemand toen zo'n omvangrijke atlas geproduceerd.' Nog steeds deed Cas of hij de elf dikke delen die van vader waren geweest niet opmerkte. 'Kun je je voorstellen wat dat voor een karwei was? Wist je overigens dat hun huis en werkplaats hiernaast lagen? Het gebouw mat vijfenzeventig bij honderdvijftig voet, het...'

'Wist jij dat ik hier op tijd was en twee keer een blokje om moest lopen?'

'Wat ellendig voor je met die regen.'

'Niets veranderd, je kakelt nog steeds non-stop.' Rond Cas' ogen verschenen lachrimpels. 'Voor je opnieuw van wal steekt, ik ben zo stom geweest die kaart te verliezen en daar heb ik verduveld de pest over in. Als het enigszins kan wil ik hem vervangen en precies dezelfde kopen. Dat is aardiger dan mijn vrienden te moeten zeggen dat ik hun cadeau ben kwijtgeraakt.'

Het brandde Annabel op de lippen om te zeggen dat ooit lang geleden een fatsoensrakker haar had verteld dat liegen en bedriegen altijd uitkwam. En leugens om bestwil zijn ook leugens.

'Kun je me daarbij helpen?'

Cas die inderdaad vroeg of ze wilde helpen. Ze wendde zich snel af en kuste haar vingertoppen.

'Ik heb die kaart niet,' zei ze. 'Ik had hem je graag nog een keer verkocht.'

'Denk je dat je er aan kunt komen via een andere antiquair of van een veiling?' vroeg hij. 'Zo half september moet ik hem hebben.'

'Dat is drie weken van nu! Dat zal niet eenvoudig zijn. In Amsterdam zijn er maar een paar handelaren die in aanmerking komen.'

'We zijn toch niet aan Amsterdam gebonden?'

'Of aan Nederland.' Annabel zag al reisjes naar het buitenland in het verschiet. Ze graaide in een la. 'Hier, kijk jij deze catalogi door. Zoek naar alles wat Blaeu heet en waar Amerika achter staat. Dan bel ik nu een paar collega's en verstuur wat e-mails naar het buitenland. Dezelfde Latijnse versie dus?'

Na enig zoeken, zei ze: 'Misschien is dit wat. Bij Jenssens in de Molsteeg. Als we er voor sluitingstijd willen zijn moeten we rennen.'

Ze liepen over straat. 'Hoe voelt het om onttroonde koning te zijn?' vroeg Annabel op het moment dat ze net door rood en voor een tram langs overstak.

Bonnies uitdrukking! Cas bleef op de vluchtheuvel staan. Dat had Annabel van haar! Wat had Bonnie nog meer tegen zijn zus gezegd toen ze die kaart uitzocht namens George en de anderen?

Zodra hij Annabel had ingehaald, zei hij: 'Ach, 't hoort erbij hè. Op directieniveau is dat schering en inslag. Kijk maar hoe vaak bij een Nederlands bedrijf als Philips de top verandert. Trouwens, tegenwoordig blijft niemand meer zijn leven lang bij hetzelfde bedrijf. Deze verandering is zelfs goed, ik wil graag iets volstrekt nieuws doen.'

Annabel snelde voor hem uit en hoorde hem niet eens. Haar rug was mager, de schouderbladen staken uit en deden denken aan de stompjes van vleugels die waren afgevallen. Nu hij zo achter haar aan liep kwam zijn zusje hem teer en zenuwachtig voor. Met een zucht stroomde de behoefte aan bluf uit hem weg. 'Ren eens niet zo. Eigenlijk weet je niet wat je overkomt,' zei hij tegen de vleugelstompjes. 'Je denkt, nee dit kan niet, ze zijn gek geworden, ze kunnen niet zonder me. Maar ja, er zijn altijd mensen die dwarsliggen, die niet meegaan met je ideeën.'

Annabel hield in. 'Dus je had het niet voor het zeggen?'

'Mmmm,' zei Cas die aandacht nodig had om amsterdammertjes te omzeilen. Zijn zus had daar geen last van. Haar armen en benen moesten voorzien zijn van radar. Ze maaiden alle kanten op en vermeden toch feilloos elke hindernis. 'Ik had bepaalde vrijheden, daar houd ik van. Ruimte om doelen te verwezenlijken.'

Ze kwam naast hem lopen. 'Dat is toch macht?'

Haar stem klonk nieuwsgierig, zelfs vriendelijk en toch hoorde hij haar oordeel: macht was onethisch, macht corrumpeerde en elke manager was aan macht verslaafd.

'Ben je er nog?' Annabel porde hem in de ribben. 'Had jij macht?'

'Veel verantwoordelijkheden, dat wel. Dat zou je macht kunnen noemen.' Wanneer hij aan macht dacht, was dat juist niet in termen van gezag of kracht, maar in de afwezigheid ervan. Dan dacht hij eerder aan machteloosheid, aan verspilde energie, aan verlammingen en verstoppingen, aan gebarricadeerde doelen en beren op de weg, aan schreeuwers en intriganten die geen flikker uitvoerden. 'Rotwoord macht. Ik gebruik liever begrippen als energie, momentum, massa.'

'Je spreekt in raadsels.'

'Mensen en zaken in beweging zetten. Ervoor zorgen dat die dan in de juiste richting rollen. Daar krijg ik een kick van: aftrappen, vaart maken en je dan rot werken. Het liefst in een nieuwe markt met een nieuw product. Wat een genot, geen gebaande paden en geen beproefde procedures, je reinste avontuur.'

'Jij en avontuur,' mompelde Annabel. 'Tss.'

Een plotselinge hoosbui veranderde de loopplank langs de opgebroken gracht in een glibberpad. Alle aandacht was nu op overeind blijven gericht. Werklui hielden op met werken en de bestuurder van een grijpmachine stapte net uit zijn cabine. Voor hen wankelde een oude dame. Ze dreigde met rolwagentje en al in de drie meter diepe afgraving te glijden. Annabel schoot vooruit, haar sprinkhaanarmen grepen mevrouw en wagentje.

'Hé,' raasde ze tegen de bestuurder. 'Haal die grijper weg.'

De man was zo goed niet of hij klom weer op zijn stuurstoel en draaide de schep zo'n allerakeligst klein slagje opzij dat de mevrouw amper omhooggetrokken kon worden. 'Meer doe ik niet,' zei hij. 'U moet zelf weten of u hier lopen wil. Het is op eigen risico.'

'Ik mag lijden dat je eigen moeder erin blijft,' wenste ze de man tot afscheid. Ze schoof Cas het wagentje in handen en gebaarde dat hij het verder duwen moest, terwijl zij zich ontfermde over de mevrouw. Dat deed ze door haar uit te leggen hoeveel meters ijzer er in de damwal waren geslagen, hoeveel een riool kostte per strekkende meter en meer van die wetenswaardigheden. Nu Cas niet zelf onder spervuur lag, vermaakte hij zich niet alleen, hij vrolijkte ervan op. Het leek wel of hij blij was haar weer te zien. Het verleden hoefde niet opgerakeld te worden. Na zoveel jaar was het zijn scherpte kwijt.

Zodra de mevrouw vast plaveisel onder de voeten kreeg, griste ze het karretje uit zijn handen en krabbelde haastig weg.

'Ik heb thuis geleerd om dank u te zeggen,' riep Annabel haar achterna.

De mevrouw keerde zich om en stotterde verdwaasd: 'Ik ook.'

'Wat ga je nu doen,' pakte Annabel de draad weer op. 'Thuis zitten bij Bonnie?'

'Niet zo lang meer. Ik zoek een topbaan in de zin van nuttig bezig zijn, van een organisatie helpen de goede koers te bepalen. Vanochtend heb ik een gesprek gehad met een bedrijf dat me wil hebben als directeur. Maar ik moet de boel niet overhaasten. Iedereen raadt me aan eerst nauwkeurig bij mezelf na te gaan waar ik goed en slecht in ben.'

Hij schrok van de manier waarop ze erbovenop sprong. 'Was je dan niet goed? Was het terecht dat ze je ontsloegen?'

'Het was een ploertenstreek. Weet je hoe het ging? Tegen mijn voorkant zeggen "goed gedaan" en me belonen. En van achteren een mes in mijn rug steken, dat stevig ronddraaien om me dan bezorgd in de ogen te kijken en met een stalen snuit te vragen of het wel goed met me gaat.'

'Arm broertje. Ik sterf van medelijden.'

'Lazer op,' zei Cas minzaam. Hij had spot in haar stem gehoord, geen venijn.

Naast elkaar liepen ze door. Zijn zus hield zowaar vijf minuten haar mond. Dat was voorbij zodra ze het antiquariaat binnenstapten. Een ouderwetse winkel, volgestouwd met stellingen, houten tafels, ijzeren ladekasten en een aftandse kopieermachine. Het rook er naar beschaving, moeite hebben om rond te komen en wars zijn van alles wat op luxe leek. Geen duur mahonie of glazen vitrines te bekennen. Klanten trouwens evenmin.

Annabel legde hun komst uit. Antiquair Jenssens krabde aan zijn hemdsmouwen en kauwde op zijn woorden voor hij ze zorgvuldig uitspuwde. Het grootste deel van het gesprek ging langs Cas heen. Het was duidelijk dat ook dit een vak betrof met termen die alleen toegankelijk waren voor ingewijden. Jenssens bleek inderdaad kaarten te bezitten waar Amerika op voorkwam. Voorzichtig legde hij de ene na de andere op tafel, gaf toelichtingen in vertraagde zinnen. Annabel had de beleefdheid haar vakbroeder in zijn eigen winkel aan het woord te laten. Af en toe benadrukte ze wat Jenssens zei door ijverig te knikken en te gaan glimmen bij een extra fraai exemplaar.

De reiziger in Cas werd wakker. Hij verloor zich in de weergave van de gebieden waar hij zelf was geweest. Verbaasde zich hoe nauwgezet de werkelijkheid soms was afgebeeld, om twee centimeter verderop de waarheid zwaar geweld aan te doen. 'Hoe komen ze erbij om het zo te tekenen? Wisten ze niet beter en raadden ze er maar naar, of probeerden ze op aanwijzingen van anderen toch zo goed mogelijk iets op papier te krijgen?'

'Dat komt allemaal voor. Vaak zijn het fantasieën met een eigen logica,' zei Jenssens. 'Neem de Blaeu-kaart die u zoekt, waar ik hier een vroegere versie van heb.' Hij tikte op de onderkant van de kaart waar in een blanco gebied de woorden Terra Australis Incognita stonden. 'Hier tekenden kaartenmakers een grote landmassa in de veronderstelling dat de wereld in evenwicht gehouden moest worden.'

Beleefd wachtte Annabel af of Jenssens meer zou zeggen. Toen dat niet gebeurde vulde ze aan: 'Het is een mythisch gebied. Niemand had er ooit voet aan wal gezet. Niemand. Moet je mij horen.' Met een overdreven gebaar gooide ze haar handen in de lucht. 'Geen westerling bedoel ik. Wie weet zijn honderden reuzen uit Patagonië of aboriginals uit Australië wel degelijk afgedreven naar de zuidpool om er vervolgens dood te vriezen tussen de pinguïns. Zou best kunnen. Dat weten we alleen niet. Ze hebben niets op schrift nagelaten en ook hun rotstekeningen vertonen geen vogels die in pandjesjas staan te kleumen boven hun eieren. Zegt nog niks, wie weet wilden ze zulk dof vogelleed niet afbeelden.'

Jenssens trok zijn kin op zijn borst, staarde naar de kaart. Annabel werd weer ernstig.

'Kijk, een platte wereld blijft mooi liggen. Maar zodra onze voorouders wisten dat de wereld rond was kregen ze een probleem. Een bal gaat immers rollen, zeker wanneer die bal topzwaar is. Ze kenden Groenland, hadden op Nova Zembla overwinterd en nergens was open zee gevonden. Benoorden de poolcirkel was ijs en nog eens ijs en daaronder vermoedden ze land. Maar wat had je aan tegenwicht op het zuidelijk halfrond? Het smalste stuk van Afrika, de staart van Zuid-Amerika en wat Indische eilanden. Van Australië kenden ze toen alleen delen van de westkust, omdat schepen soms per ongeluk uit de koers raakten en daar verongelukten. Doordat de aardas scheef in het heelal hing zou de wereld zonder gewicht van onderen zeker over de kop rollen. Dus speelden ze eeuwenlang voor God de Schepper, lieten de wateren samenvloeien en maakten land: een werelddeel dat vanaf Vuureiland over de zuidpool liep tot Nieuw-Guinea. Zorgvuldig legden ze hun bemoeizucht vast op papier, ze tekenden kaart na kaart met Terra Australis Incognita erop. Ze hadden stevigheid aan de onderkant geschapen en zo voorkomen dat de aarde om zou vallen.'

In zijn verbeelding bewoog Cas met zijn hand over de aardbol en tekende ook hij kustlijnen, lege continenten en schiep orde in de wereld.

Ondertussen had Jenssens een boek op tafel gelegd. 'Hier ziet u een van de zeeatlassen die vader Willem Blaeu maakte.'

Annabel raakte in vervoering. Ze stond te wiebelen op haar voeten, opende en sloot haar mond in stomme aanbidding. 'Dit, dit is pas wat... Dit is geen luxe uitgave voor de sier, dit is een echt boek dat echt werd gebruikt. Opgebruikt. Versleten. Er zijn er maar weinig van over. Ge-, geniet hiervan, Cas,' stotterde ze in sneltreinvaart. 'Dit is *Het Licht der Zeevaart*, een eerste druk uit 1608. De heer Jenssens bewijst je een eer het je te tonen, zo zeldzaam is het. Ik heb er maanden over moeten doen voor ik er zelfs maar bij in de buurt mocht komen.'

Jenssens kauwde weer op zijn woorden. 'Op deze zeekaarten werd de echte kennis van de cartografen weergegeven. Alleen schippers en regenten van de Oost- en West-Indische Compagnieën kregen ze in handen.' Hij knikte trots en tevreden. 'Die echte kennis kwam nooit in commerciële uitgaven als de *Atlas Major* van zoon Joan terecht.'

'Waarom niet?' vroeg Cas.

'Veel te riskant. Overal lagen concurrerende handelscompagnieën op de loer om aan die informatie te komen. Ze hadden al genoeg te lijden van alle teleurgestelde, weggelopen of ontslagen bevelhebbers die hun diensten elders gingen aanbieden.'

'Je ziet dat je dus niet uniek bent,' zei Annabel onverwacht scherp. 'Wellicht een idee voor jou? Je kunt nog altijd voor de concurrent gaan werken en bedrijfsgeheimen verkopen. Of ben je daar soms te netjes voor?'

ETENTJE

'Geen schijn van kans, in de zomer staan alle veilinghuizen zowat op non-actief.' Ze boog over het restauranttafeltje naar voren en keek hem triomfantelijk aan. Zijn kleine zus had weer eens een bijdehante grap uitgehaald. Net als vroeger sperde ze daarbij haar ogen wagenwijd open. 'Dat wordt zoeken in New York, Düsseldorf of Londen.' 'New York,' zei Cas. Dan zag hij Dirk.

Tegen halftien zaten ze nog te wachten op het hoofdgerecht. Eén meisje moest alle tafeltjes bedienen. Ze zag eruit of ze nooit at en het eten van de kok verafschuwde. Bij het serveren hield ze de borden zo ver mogelijk bij zich vandaan en ze kwakte ze op tafel, blij ervan af te zijn. De kalfsoester die Annabel tenslotte kreeg voorgeschoteld verzoop in opgewarmde tomaten uit blik. Cas staarde naar zijn eigen bord. Omstandig prikte hij in de pasta, wurmde strengen in en uit elkaar en legde zijn vork neer.

Tussen twee happen door stak Annabel een arm uit en trok zijn bord naar zich toe. 'Geef maar hier. Valt tegen, hè, nu je met de rest van het klootjesvolk gewone kost moet eten. Gewend om veel geld uit te geven, nietwaar? Jouw Bonnie trouwens ook. Die Blaeu-kaart was de duurste die ik op voorraad had.' Annabel poetste met een servet over haar mond. Ze leek op een kat die grijnzend haar snorrebaarden likte. 'Hoe duurder hoe beter. Was je zo belangrijk of moest die Company van jou aan alle kanten dokken om je te laten oprotten?' Voor Cas zijn hand in een nou-nou-zo-kan-ie-wel-weer-gebaar kon opheffen, vervolgde ze: 'Nee, serieus. Die kaart, de Blaeus, de West-Indische Compagnie, het sterft van de parallellen met jouw leven, van omgekeerde overeenkomsten. Het verleden als spiegel voor het heden. Dat vond Bonnie ook en daarom leek het haar zo'n goed cadeau.'

Wat hadden die twee allemaal besproken op de dag dat Bonnie de kaart kwam uitzoeken? 'Jouw kaart dateerde uit de begintijd van het kapitalisme, nu zijn we aan het eind. Toen trok Europa westwaarts en ontdekte Amerika. Nu trekt Amerika oostwaarts en ontdekt de Europese Unie en de voormalige Sovjetlanden, om die vol te stouwen met hun producten en *the American way of life*. Daar voeren ze zelfs oorlogen voor. Geloof jij als aangetrouwde Amerikaan ook in die onzin?'

Voor hij daar op inging, wilde hij eerst weten waar ze op aanstuurde. Hij bromde wat vaags als antwoord.

'Vroeger veroverden ze landen en vestigden koloniën,' vervolgde Annabel. 'Nu markten. Alles komt op hetzelfde neer: geld, positie, macht. Bonnie had een leuke uitdrukking voor jouw bezigheden. O ja, ik weet het weer: "Arme landen plat schieten met westerse consumptiegoederen als snoep en suikergoed. Wanneer je er echt op uit bent een cultuur te vernietigen, moet je met name dat doen. Het werkt beter dan militair geweld."'

Bonnie. Hij had het kunnen raden. Altijd klaar met een oordeel over neokolonialen als hij, over westers expansionisme, over de macht van het geld. Bonnie in haar rol van bevlogen journaliste voor zo'n dweil van een damesblad waarin alles politiek-correct moest zijn. Ondertussen had ze wel met overgave vrouw van de baas gespeeld. Of dat nu in Brazilië, in het Midden-Oosten of hier in Nederland was geweest. Recepties geven en tutten voor een spiegel! Dat deed ze voor hem, zei ze; ze haatte alle verplichtingen van een *corporate* echtgenote. Waarschijnlijk geloofde ze het zelf.

'Oude kolonialist,' zei Annabel en klopte hem op zijn hand. 'Veel geld verdienen en vroeg met pensioen in het vaderland. Ook dat is geheel in stijl. Jou lukt ook werkelijk alles.'

Het lawaai in het restaurant, de ene flakkerende kaars op tafel en Annabels gezicht vlak bij het zijne benevelden hem. Een roes nestelde zich onder zijn schedel. Zijn hoofd voelde als een ballon die zachtjes deinde op een veel te dunne nek. Annabels mond bewoog. Hij moest liplezen om haar te volgen, maar hij wilde niets meer volgen. Ze mocht haar spot of vleierijen, of wat het dan ook moest voorstellen, over hem uitstorten. Hij zou al die klanken als een suszachte deken over zich heen trekken.

'Nog even bij de les blijven,' zei zijn zusje luid en scherp. De plotselinge verheffing van haar stem trof hem als een draai om zijn oren. Ze greep zijn armen en hees hem overeind. 'Juffrouw,' riep ze. 'Een dubbele espresso voor meneer.' Gehaast kauwde ze op een paar laatste happen, slikte en stond op. Ze pakte de stoel beet, schoof die een halve meter achteruit en ging erop zitten. 'Zonder onbescheiden te willen zijn, moet ik bekennen dat ik gezegend ben met een groot aantal talenten. Gaven is een te zwaar woord. Ik ben meer dan gemiddeld slim; uiteraard. Maar mijn voornaamste talent is een uiterlijk talent: ik ben fors gebouwd en niet onaantrekkelijk.' Met beide duimen in haar broekband gehaakt, bromde ze op een toon waarin Cas vaag zichzelf herkende. De dingen kwamen me aanvliegen. Nooit hoefde ik ergens voor te knokken. School ging vanzelf. Studie ging vanzelf. Meisjes gingen vanzelf...'

Aan de rand van zijn vermoeidheid begon de achterdocht te trillen en zich een weg naar zijn bewustzijn te banen. Hij werd wakker. Zo wakker zelfs dat het restaurant opeens hel verlicht leek. Annabel kwam scherp in beeld temidden van de tafeltjes. Geen van de andere eters luisterde mee. Zonder merkbaar te verschuiven spande hij de spieren in zijn nek.

'Dat talent zit me dwars,' vervolgde Annabel met een uitgestreken gezicht dat hem eerder aan hun vader dan aan hemzelf deed denken. 'Want ik wens op eigen kracht te varen en niet om mijn uiterlijk te slagen. Daarom doe ik boertig en bot bij het leven. Verder bezit ik nog iets, eens kijken... ja, analytisch vermogen en vasthoudendheid. Dan ben ik ook nog uiterst betrouwbaar en rechtschapen. Bij nader inzien kom ik terug op wat ik eerder zei. Niet mijn berenlijf, maar mijn rechtschapenheid is mijn grootste kapitaal. Daar bouwen bedrijven en families op.'

'Er is een komiek aan je verloren gegaan,' zei Cas effen. Hij klampte de serveerster aan en bestelde meer wijn. 'Ooit overwogen clown te worden?'

'Dat is me te droefgeestig. Het poëtisch leed dat zulke mensen achter rode neuzen en witgeschminkte wangen verbergen gaat me te diep. Maar treurspelen neerzetten, dat lijkt me wel wat. Rechtdoorzee-tragedies. De mens als lieveling der goden, de mens in opstand tegen het lot, de mens ten onder. Da's mooi. Van die overzichtelijke drama's. Koningsdrama's. Man, daar kan ik van genieten.' 'Dat is me duidelijk.' Zonder verder een woord te zeggen liep hij naar de wc. Het was haar gelukt. Werkelijk iedereen sloofde zich uit om aan te tonen dat hij niet tegen verlies van macht en status kon. Dat deden ze subtiel. Ze knuffelden hem dood met complimenten, vermeend inzicht en steken onder water. Nu ook zijn zusje. Wanneer hij met de koppigheid van een kompasnaald steeds maar weer terugkeerde bij dat ene onderwerp: werken voor de Company, dan lokten zij dat uit. Zijn kwaadheid maakte dat hij slordig piste. Met opzet spoot hij nog meer pis op de rand van de wc-pot. Een mooi geel rivierenlandschap met meren en watervallen overstroomde het wit en droop langs het porselein naar beneden. Hij ritste de gulp dicht, hees zijn broek op en rekte zichzelf uit tot volle lengte. Voor de spiegel ontblootte hij zijn tanden. Grrr, snauwde hij. Het leek nergens op. Hoektanden van niets, veel te vriendelijk en te keurig in de rij.

Terug aan tafel leunde hij achterover, trok zijn wangen tot een grijns en schoof buik en kruis vol in het zicht. Het restaurantstoeltje kraakte. Ook hij wist hoe je een vertoning moest opvoeren. De pupillen in Annabels ogen bloeiden zwart op. Ze waren het enige aan haar dat bewoog. Hij wees naar het tafeltje. 'Stel je voor dat dit een groot en spiegelglad bureau is. Zo'n tien keer deze maat, met een flinke afstand tussen het bureau en de deur zodat iedereen die bij mij aanklopt eerst in stilte meters vloerkleed af moet leggen. Zo zit het toonbeeld van de manager in het bolwerk van zijn glorie: zijn kantoor. Laat niemand ooit een seconde aan je sterkte twijfelen.' Hij duwde nog eens zijn onderbuik nadrukkelijk naar voren, merkte dat zijn onderbroek ook nat was geworden tijdens het pissen en zakte beschaamd wat in elkaar. 'Vroeger lette ik nooit op zulke dingen. Wist ik veel, maar verdomd als het niet helpt. Zo veroveren koningen in spe hun kroontjes.' Als ze niet in een restaurant hadden gezeten, had hij het voorgedaan. 'Niet alleen breeduit zitten in een uitgekiend kantoor, maar ook brullen als een scheepsboei, voortbewegen met de gestage vaart van een tank en iedereen imponeren. Dat is het gereedschap van de man-die-het-helemaal-gaat-maken. Althans in Amerika. Althans bij de Company. Zo gedroeg ik me ook, net zo goed als alle anderen. Toen kreeg ik International. Eindelijk kon ik al die flauwekul overboord zetten. Ik verheugde me als een kind. Ik geloofde in een verenigd Europa en in de goede wil van iedereen om daaraan mee te werken. Dat wordt een eitje, dacht ik, dat doe ik uit de losse pols. Niemand in de Company is zo multicultureel als ik. Nou, proost. Op mijn onnozelheid.' Cas hief het glas, nam een slok, zakte verder in elkaar. 'Ik had er zoveel van verwacht.'

Ze staarde naar haar wijn zonder het glas te heffen. Lange vingers met paarse nagels tikten een roffeltje op het tafelblad. Hij had een hekel aan paars. Net geronnen bloed. Ze dronken de laatste slokjes. 'Je moet de tiramisu hier proeven,' zei ze tenslotte. 'Die is verrukkelijk.'

Hij gaf geen antwoord. In zijn hoofd draaide een reuzenrad dat duikelingen maakte naar het verleden. Hij zag zichzelf met schokken terugvallen in de tijd en tot stilstand komen bij zijn allereerste dag als hoofd van International. Vol verwachting voor het eerst na jaren weer in Nederland.

Vanaf zijn aankomst op Schiphol tot in de grote presentatiezaal van de Company bij Arnhem leek het land een aaneenschakeling van welvaart. Niets dan welvaart. Snelwegen zonder gaten, auto's in goede staat, nieuw opgetrokken woonwijken aan weerszijden. En als altijd de onberispelijk zwart-witte koeien in keurig afgemeten weiland.

Hij stapte de zaal binnen en zag de wanden vol kunst en de rijen peperdure stoelen. Ze verwelkomden hem, leidden hem naar het podium. Iemand sprak een inleidend woord en toen was hij aan de beurt. Alle ogen waren op hem gericht. Ogen die slechts bomen tot in de hemel zagen reiken en van hem wilden horen dat de hemel eeuwig is.

Hij begon zijn peptalk in Amerikaanse stijl en juichte luidkeels over verhoogde efficiëntie. Al het overtollige vet weg. Eén grote organisatie voor de hele Europese Unie en één enkel distributiecentrum voor het geheel in plaats van één per land. Wat zouden ze een papieren rompslomp en een geld besparen.

De mensen begonnen te mompelen.

Cas sprak verder over de harde kern van medewerkers die de Company zou tillen naar de eenentwintigste eeuw. Hij zette een stem op als een scheepsboei en nam telkens slokjes water. Een rilling van ongenoegen schokte door de zaal. Wantrouwen golfde hem tegemoet. Een man in trui en spijkerbroek stond op. Hij plantte zijn benen wijd voor hij zijn vraag stelde. 'Meneer Block, mag ik de dingen bij hun naam noemen? Uw afslanken noemen wij mes in eigen vlees zetten. Uw *lean and clean machine* heet op zijn Hollands gewoon de buikriem aanhalen. Dat kennen we allemaal.' De zaal gonsde van instemming. 'Wat hier de gemoederen bezighoudt, is of er ontslagen zullen vallen,' vervolgde de man. 'De vraag is dus simpel: gaat u mensen ontslaan?'

Hoe eerlijk is eerlijk? Hoe volledig moet de waarheid zijn op de eerste dag van je aantreden? Cas kwam achter de lessenaar vandaan. Einde toespraak. Nu kon alleen een samenspraak de dag nog redden.

In de maanden daarna opperde hij allerlei flexibele en ongebruikelijke oplossingen, maar het ludieke Nederland van zijn jeugd had de geest gegeven. De cultuur die hij aantrof was er een van je hoofd niet boven het maaiveld uitsteken, van geen initiatief nemen. Wie dat wel deden, handelden zelden uit moed of visie. Ze klaagden en noemden het kritisch zijn. Dan fluisterden ze hem andermans geheimen in het oor, in de hoop zichzelf daarmee onmisbaar te maken bij de nieuwe baas.

Uiteindelijk vielen er toch ontslagen. Onder de meest kwetsbaren, onder degenen die te oud waren of niet meer wisten hoe ze moesten omschakelen. Hij zag ze voor zich: afgeknipte bladeren die opstoven en rondtolden, voortgeblazen door de wind.

Tegenover hem stortte Annabel zich op haar toetje. 'Had je zoveel verwacht dan?'

'Ja,' zei hij en schoof terug aan tafel. Hij legde zijn kin op zijn gevouwen handen. 'Alleen niet dat ik zoveel mensen moest ontslaan.'

'Het zal je niet geliefd hebben gemaakt,' zei ze met volle mond.

'Ik werd de beul genoemd, maar eerlijk was ik wel. Ik heb nooit iemand iets wijsgemaakt. Een jaar later was de recessie voorbij, had ik de Company op de rails en schreeuwden we juist om nieuwe mensen. Dan voel je je geen beul meer, maar een moordenaar. Als ik daarmee bij mijn baas Dave Kernshaw aankwam, vond hij me onnozel. Dat zal dan wel zo zijn.' Cas merkte hoe zijn handen zich openden en sloten. De toppen van zijn vingers voelden ijskoud. Hij wilde stoppen, maar er was vanbinnen iets losgetrild dat zich niet meer liet bedwingen. 'En nu is het dan met mij ook zover. Ik had nog zoveel kunnen doen. Ik was nog lang niet klaar.'

'Je bent kwaad, hè?' vroeg Annabel liefjes. Haar sluwe blik logenstrafte het kinderstemmetje. 'Ik weet het weer,' riep ze opeens. *'De wereld is een speeltoneel. Elk speelt zijn rol en krijgt zijn deel.* Zo gaat het rijmpje. Voor jou geldt het vast ook.'

Hij vloekte. 'Ik ben verdomme de geestelijk vader van het best lopende product. Daar verlang ik erkentelijkheid voor. Wat zeg ik: blijvend krediet. Maar nee, rimpelloos, naadloos sluit de organisatie zich aaneen nadat je bent vertrokken. Alsof je er niet bent geweest, er nooit iets hebt betekend.'

De mensen aan de tafels naast hen wierpen zijdelingse blikken in zijn richting. Hij staarde terug. Nog even door blijven loeren en hij zou ze vertellen wat hij van ze dacht. Wat hij van de hele wereld dacht. Ze wendden hun blik af.

'Dat mis ik,' zei hij, 'zichtbaar zijn. Iemand moet toch de pijn voelen dat ik er niet meer ben. Ik wil de wonden zien die ze hebben opgelopen toen ze mij wegsneden. Toekijken hoe ze creperen.'

'Doen ze dat? Gaan ze kapot?'

'Was het maar waar.'

'En dat kun je niet hebben.' Annabels kattenogen lichtten op. 'Het brandt een gat in je ziel.'

BONNIES RUG

Bonnie deed of ze hem niet hoorde binnenkomen en bleef de vaatwasmachine uitladen. Ze hield een schaal verdacht lang in haar handen. Cas stelde zich op achter de beschutting van de bloemen op de
keukentafel en wachtte af.

'Zeg je niets? Dat blijft doodgewoon de hele avond weg. Dat komt
en gaat en als je nu denkt dat ik ga vragen hoe het met je sollicitatie is
verlopen, heb je het mis. Dan had je vanmiddag maar moeten bellen.'
Langzaam kwam ze overeind. Haar bovenlip beefde van ingehouden
drift.

'Sorry.'

De neergaande lijn van haar mond toonde dat ze dit vaker had gehoord.

'Sorry, ik...'

'Laat maar zitten, het interesseert me niets wat jou is overkomen,
hoe het gegaan is. Dirk had gelijk, je zoekt het zelf maar uit.' Ze wendde zich van hem af en pakte serviesgoed uit de rekken. Het viel hem
op dat ze breed was geworden sinds... Hij wist niet sinds wanneer. De
rand van haar beha trok een vore dwars over haar rug en duwde een
vetrolletje omhoog. Een vestingwal die de aai van een hand kon tegenhouden. Opgeworpen reserves.

'Sta niet zo boven op me. Ga weg of doe wat.'

Hij pakte een schoon kopje uit het rek, tikte ermee tegen het vet
rond zijn eigen middel. Ook hij vertoonde zulke plooien van gestolde
welvaart. Of had het daar niets mee te maken en keek hij naar de
treurnis van gestremde energie en jeugd? Vet als de ringen van een
boom, dat beeld beviel hem beter. Allebei elk jaar een beetje dikker en

op het laatst zou alles wat ze zeiden langs de oren afglijden en verzinken in het zachte pantser van hun vet.

'Vertil je niet. Dirk heeft gebeld. George heeft toch die beurs voor hem bemachtigd.' Ze klonk gespannen, niet eens blij, en daardoor duurde het even voor het goede nieuws tot hem doordrong.

'Hoe heeft hij dat voor elkaar gekregen! Het kan niet eens, weet je. Tussen de Company en Columbia University bestaan weliswaar afspraken over toelating, maar die gelden alleen voor kinderen van zittende directieleden. Daar komt Dirk niet meer voor in aanmerking. Klopt het wel? Heb je ook met George zelf gesproken?'

'Ik?' Ze keek hem vreemd aan. De tranen rolden over haar wangen. 'Ik was zo bang vanavond. Ik heb je zo gemist.' Het volgende ogenblik lag ze in zijn armen. Ze eindigden in bed. 'Hoe wist je dat ik wilde neuken?'

Ze struikelde nog steeds over de Hollandse gewoonte de dingen bij hun naam te noemen. De nadruk die n-n-neuken daardoor kreeg wond hem op. Ze vreeën of ze er de kou van maanden mee moesten verdrijven.

Hij opende zijn ogen in een ijle wereld. In een pas geboren bleek bestaan waar de lucht fris en het licht zilver om hem heen golfde. De koelte trok smalle repen kippenvel over zijn lijf. Hij rilde zonder te bewegen, daas gelukkig met nog een hoofd vol slaap. Voor het raam bolden en zwenkten de vitrages. Buiten neuriede de regen een wiegelied. Af en toe plopte een druppel lawaaiig in de goot. Om Cas heen gloeide het wit. Witte gordijnen, muren, deuren. Witte dekens, lakens... Wit-lichte wereld met daarin... Zijn hand vond haar rug, gleed onder de oksel naar haar borst. Hij kroop zijn hand achterna, drukte zich tegen Bonnie aan met zijn dijen onder haar billen en zijn kin op haar hoofd. Ze verdween in de omhelzing van zijn lijf. Of was het een omheining? Op het getik van de regendruppels telde hij af, ja, nee, omhelzing, omheining. Ze houdt van me, ze houdt niet van me. De druppels tikten traag en bij elke tel zakte zijn hoofd dieper weg in de geur van Bonnies haren.

Toen hij opnieuw wakker werd lag hij vlak onder een steile muur.

De muur kantelde en bleef schuin boven hem hangen. Op zijn rug schoof Cas dichterbij, tot hij niet verder kon. Vlak voor hem doemde een klif op. Een scherpe vulkaankegel, een ijsschots? Wat het ook was, het rook heerlijk. Hij snoof diep en herkende de lucht van Bonnies huid. De slaap week uit zijn lijf. Zijn wang wreef langs haar rug en zijn neus snuffelde tussen haar schouderbladen. Natuurliefhebber in een landschap van marmer. De ruggewervels een bergkam en het schouderblad een glanzende gletsjer. Hij schoof achteruit om haar beter te bekijken.

Mooi lag ze daar.

Even wit en monumentaal als vijfentwintig jaar geleden.

Terwijl hij niets, maar dan ook niets van haar begreep, hunkerde hij ernaar dat volmaakte wit te betasten en te begraven onder zijn gewicht. Nooit had hij een vrouw gezien die naakt zozeer de volmaaktheid benaderde. Op haar huid was geen oneffenheid of moedervlekje te bespeuren, geen schaafwondje, geen litteken, geen sproet, geen smet. De enige onderbreking van al dat wit vormden de aderen die als onderhuidse stroompjes onder de ijslaag kronkelden.

Hij maakte haar ouderwets het hof, omwierf haar met grote en kleine zorgen en kon niet wachten tot hij opnieuw met haar in bed zou liggen. Hij dacht aan weinig anders, zou de wereld ervoor de andere kant op hebben laten draaien, verwaarloosde zijn baan, zijn vrienden. En dan, wanneer ze zich na afloop omdraaide en hij het nakijken had op de ongerepte uitgestrektheid van haar witte rug, wanneer hij staarde naar de gebeeldhouwde kolom van ruggenwervels onder de dunne huid, sloeg wellust om in kale woede. Hij zwoer nooit meer zich zo te laten onttakelen, nooit meer zo ziek te zullen zijn van verlangen om te bezitten, te aanbidden en door elkaar te schudden.

Hij durfde er met niemand over te praten, zelfs niet met George. In hun New-Yorkse kringetje van moderne jongeren was verliefd-zijn zelfexpressie en waren bindingen taboe. Je vlinderde het ene bed in en het andere bed weer uit en de enige die je geacht werd daar te vinden was jezelf. Zelfs toen zijn obsessie maakte dat hij dingen zag die een minnaar liever niet ziet, hield hij ontdaan zijn mond.

Het gebeurde tijdens een paasvakantie op Long Island. Vier vrienden bij elkaar: George en Alice, Cas en Bonnie. De dagen waren al warm maar kort en de zee was te koud om in te zwemmen. Op de veranda zat Alice te zonnebaden met haar borsten bloot. Zo gedurfd in Amerika dat het Cas vertederde hoe Bonnie haar best deed niet Alices kant op te kijken, hoe haar adem zacht door haar lippen floot en ze haar gezicht vastberaden naar de zon keerde om te tonen dat ze niets bijzonders zag.

'Straks krijg je witte strepen waar je bikinibandjes hebben gezeten. Trek dat stomme ding toch uit,' vond Alice.

'Niet nodig,' zei Bonnie, 'ik word nooit bruin.'

'Je schaamt je toch hopelijk niet voor mij?' vroeg George. 'Ik weet heus wel hoe je eruitziet.' Hij bloosde.

'Wat een onzin,' zei Bonnie. 'Ook al slaap ik naakt, dan hoef ik nog niet bloot op een strand te paraderen. Ik droom er ook niet over, mijn borsten zijn mooier in een beha.'

Die avond trokken ze truien en jacks aan om toch buiten te kunnen eten. Volgens Cas speelden ze vals, want in plaats van met houtskool en lucifers aan de slag te gaan, gebruikten ze de gasbarbecue, voorzien van tank, blaasbalgen en temperatuurknop. 'Werkt prima,' vond George terwijl hij intens tevreden om het gevaarte heen liep, hier aan een hendel trok en daar wat extra op het vuur blies. 'Zo goed?'

'Nee, nog even.'

Boven aan de weg toeterde een auto. Koplampen flitsten aan en zonden hun lichtbundels tot in zee. Georges schaduw zwol op tot monsterlijke afmetingen. Een grote kobold met kromme rug stond uitgetekend naast een nog grotere reus. Het geluid van wielen die zich vastdraaiden in het zand knerpte door de avondlucht. Schril in de duisternis. De lampen knipten uit. Nu pas zagen ze de zwarte Volkswagen. Uit het open dak steeg Christus op. Lange haren, baard, een witte kaftan zweefden boven het zwart. Cas' ogen wenden aan het donker. Blote voeten in sandalen zochten houvast op de rand van de auto voor de man op de grond sprong.

'Sal,' gilde George. 'Je hebt het gevonden.' Alle vier ploegden ze door het zand naar de nieuwkomer toe. 'Dit is Dirwan Ram Dash. Vroeger heette hij Sal Lederman en gingen we samen naar sjoel. Nu is hij boeddhist en laat ik hem zijn eigen gang gaan. Hij komt hier om te mediteren. Of om jullie les te geven als je dat zou willen.'

'Wat zijn jullie mooi om mee te werken,' zei Dirwan Ram Dash met een vissenmond van ronde, starre lippen die naar lucht hapten. Hij woof met zijn armen. 'Zo mooi.' Verwonderd tuurde hij naar zijn handen alsof hij ze voor het eerst zag. Het hoofd met de lange haren dreef achter de blik aan. Daarbij boog Dirwan Ram Dash zo ver naar voren dat zijn handen nog verder weg fladderden. Hij tuimelde languit op de grond.

Cas merkte dat de meisjes veel werk van Dash maakten. Bonnie wilde hem interviewen voor een artikel en Alice voedde hem hapjes zoals je een zieke vogel voert. 'Hij is bijzonder,' zei Bonnie. Het enige bijzondere dat Cas kon ontdekken was dat de man urenlang in lotushouding voor zich uit staarde. Vaak zat Bonnie in een hoekje op de grond, pen in de aanslag voor het geval de goeroe zou gaan spreken.

Dat gebeurde, bij vollemaan. Dirwan Dash kwam uit zijn kamer, zette zich aan Georges voeten en sloeg wartaal uit. Over eten, over harmonie, over goddelijk zijn en het lichaam dat kan kiezen welke stoffen het opneemt of afscheidt.

'Luister maar goed,' vond Bonnie. 'Er zijn meer verklaringen dan onze westerse wetenschap kan leveren.'

'Zeker,' zei Cas. 'Alleen is het geen kennis en geen wetenschap. Het is geloof. En dat bezit ik niet.'

'Jij onderschat jezelf,' zei Dirwan Dash. 'Jij bent blauw en glanzend licht. Jij hebt de gave. Kijk met het oog dat in je is. Jij bent God, God is jou.' Hij hief zijn handen als in een zegening.

'Dank je. Fijn.' Dat George er zulke vrienden op na hield.

George greep in. 'Zeik niet, Sal. Je zit Cas te vervelen. Mij ook. Je bent nog even verknipt als altijd.' Hij trok hem overeind. 'Ga nou eens gewoon in een stoel zitten zoals wij allemaal.'

Alice sprong op. 'George, rustig.' De ronde vissenmond van Dirwan Ram Dash begon te trillen. Vissentranen rolden over zijn wangen. 'Geeft niets,' moederde Alice. 'We houden allemaal van je.'

'Dat zeg je alleen om mij te troosten. Jullie houden van elkaar. Ik voel het. Er hangt hier zoveel liefde in de lucht. Jij houdt van Cas en George houdt van Bonnie. Jullie houden met zijn vieren van elkaar.' 'Zo is het precies,' riep Alice vrolijk. Cas verbaasde zich. Die Dash. Alice en hij hielden immers voor iedereen verborgen dat ze af en toe samen het bed in doken. 'En ook van jou,' vertelde ze Dash bemoedigend.

Dash zakte op zijn knieën en sloeg zijn armen om haar heupen. Hij drukte zijn gezicht in haar buik. 'Maar ik durf niet van jou te houden. Van jou of van Bonnie.'

Als Bonnie haar blocnote bij de hand had gehad zou ze zijn gaan schrijven. Ze rook een verhaal. 'Hoe zo niet?'

'Ik durf niet van vrouwen te houden,' piepte de stem in Alices schoot. 'Wel van allemaal, wel van alle vrouwen. Maar ik durf me niet te hechten aan één vrouw.'

'Dan zit je tegenwoordig helemaal goed,' vond George. 'Wij hebben psychiaters en praatgroepen nodig en moeten jaren lullen voor we onszelf ontdaan hebben van die door vrouwen zo gehate bezitsdrang. Jij bent al van nature zover.' Zachtjes trok hij zijn vriend van Alice los, draaide hem recht op zijn stoel en klopte hem op de rug. 'Toe nou maar, zo kan ie wel weer.'

'Het kan helemaal niet. Ik kan helemaal niet.' Dash' vissenmond bibberde. 'Ik ben zo bang een dochter van haar ouders af te pakken. Dat mag niet. Dat zou stelen zijn. Daarom kan ik nooit een vrouw bezitten, want elke vrouw is iemands dochter. Ik kan toch niet door het leven gaan mensen hun kind af te pakken.'

'Dat is al jaren zijn probleem,' zei George met zijn arm nog steeds om Dash en zijn hulpvaardige accountantsblik op de anderen gericht. 'Daar zat hij al mee toen hij nog Sal Lederman heette. Geen psychoanalyse heeft hem van die dwanggedachte kunnen afhelpen.'

104   'Ik weet het anders heel eenvoudig gemaakt,' zei Cas tegen Dash. 'Bonnie zou ideaal voor je zijn. Al je problemen meteen uit de wereld...' Bonnie keek op. '... want zij heeft geen ouders; ze is wees.'

Bonnie wendde haar gezicht af. Ze moest vlak voor het eten hebben gedoucht, een paar haarslierten waren nog nat. Ter weerszijden van de nekwervels groeiden twee banen korte haartjes, overblijfsels uit de tijd toen mensen nog over hun hele lijf behaard waren en mannen hun vrouwen wel mochten bezitten. Toen ze ze ongeremd besprongen en juist op die plek in hun nek beten. Cas zuchtte en boog voorover om haar daar een kus te geven. 'Niet doen!' riep Dash. 'Nu niet. Kijk uit! Hij trok Cas terug. Maar de kortsluiting sloeg al in als een steekvlam. Cas voelde de hitte gloeien door zijn hele lijf. Van de ene op de andere seconde overviel hem het gevoel van vervreemding, van uittreding. Hij had zijn eigen lichaam verlaten en was Bonnies hoofd binnengestapt zoals je een park binnenwandelt. Een lusthof van haar gedachten. Hij zag haar staan, met wapperende rode haren, naakt tussen de bomen. Ze hield een blocnoot in haar hand en maakte aantekeningen. Wat eerst een rijtje bomen had geleken veranderde in een rij mannen. Vreemde mannen. Ze hadden geen lijven. Cas zag een broek, een been, een paars gerimpeld scrotum. Een zegelring en mannenvingers om een pols. Bonnies pols. Alle beelden trokken als brokstukken voorbij. Beelden met gerafelde randen. Ze verschoven, werden foto's die in razend tempo langsflitsten. Bonnie liep heen en weer en wiegde met haar kont.

In de verte hoorde hij haar smalen. 'Ben ik in de aanbieding, denk je dat?'

'Nou nou, zo grof bedoelde hij het niet,' bromde George' stem in zijn oren.

'Ik kies nog altijd zelf mijn mannen.'

Cas herkende niets en niemand. Een bed onder een raam, een stad, gras rond de voet van een boom. Niets bewoog, niets verried een op handen zijnde actie en toch voelde hij haar twijfel bij het bed, haar tranen in het gras, de lachbui van geluk bij de hand.

'Voorzichtig, voorzichtig,' hoorde hij Dash vaag jammeren. 'Ik zei het toch, Cas is zo mooi, zo krachtig.'

Het werd stil om Cas heen. Hij hoorde en zag niets meer. In hem welde de spanning op die zij voelde, daar brandden haar tranen en smeulde haar tederheid. Hij was een geigerteller geworden, de willoze stralingsmeter van Bonnies liefde voor andere mannen.

Dat was vijfentwintig jaar geleden geweest. In die kwart eeuw hadden ze vele malen gevreeën en de keren dat haar hoofd van hem vervuld was geweest, waren op een hand te tellen. Hij had van lieverlee afgeleerd haar gedachten te kunnen zien. Nu lag ze daar, haar hoofd afgewend en haar rug breder en zachter dan vroeger. Cas reikte over haar heen, pakte het glazen sneeuwkoepeltje dat op haar nachtkastje stond sinds ze met Pasen naar Parijs was geweest in de week voor hij werd ontslagen. Hij schudde eraan. 'Het sneeuwde er echt, Cas. Met Pasen, kun je je dat voorstellen?' Witte vlokken dwarrelden over een vijf centimeter hoge Eiffeltoren. Bonnies rug was witter.

Voor zijn geestesoog verscheen Rembrandts schilderij van Bathseba in bad. Een melkwitte Bathseba met een wulps lichaam waar koning David zich in verlustigde. Voorbij. Hij hunkerde niet meer naar Bonnie met haar witte huid. Ze was nog steeds even mooi, maar haar schoonheid kwelde hem niet meer. Zijn liefde was pijnloos geworden.

Hij schoof rechtop in de kussens. Aanvallen, verdedigen, veroveren. Hun liefde was geen vrolijk spel geweest, geen lustoord voor de zinnen. Het had gaten in zijn ziel geslagen. Hij was het veroveren moe. Ze waren van elkaar bevrijd. In hem daalden de kalmte en het welbevinden van voorbij verlangen.

Voor hij opstond plantte hij kleine kusjes op de donshaartjes in haar nek.

Die avond zaten ze met een bord op schoot te kijken hoe een nieuw meisje stuntelig het weer aankondigde. Lukraak gebaarde ze over de kaart van Europa. Ze sprak over aanstormende regenwolken vanaf de Atlantische Oceaan en wees ondertussen naar de Alpen. Cas kreeg medelijden met het kind, zo star van angst stond ze daar. Bonnie klakte met haar tong, schudde haar hoofd. 'Kunnen ze dat mens nou niet eerst wat meer houding en zelfvertrouwen bijbrengen? En dan die kleren. In zoiets zou ik me ook ongelukkig voelen. Wat zijn jullie toch een onelegant volk. God, wat snak ik ernaar even een vleugje New York te proeven, even wat stijl en luxe in te ademen. Ik heb het hier helemaal gehad.'

Cas legde zijn arm om haar heen. 'Dat waren anders perfecte Hollandse zinnen, kan niet Hollandser: *Ik heb het helemaal gehad.*' Hij drukte haar tegen zich aan.

'Kijk uit, mijn eten glijdt van het blad af.' Bonnie wurmde zich onder zijn arm uit, schoof naar de hoek van de bank. 'Ik meen het hoor. Ik ben die regen zat. Noem je dat zomer?...' Haar stem draaide lussen om hem heen, ze dreigde en paaide en hij had de woorden niet nodig om te raden waar ze op af stuurde. 'Gisteren aan de telefoon. Dirk heeft me wel twee keer gebeld...'

Een uitgelaten Dirk die twee keer belde! Terecht. Hij moest George direct mailen of bellen om te vragen of het inderdaad klopte van die beurs, en hoe hij dat voor elkaar had gekregen.

'... om me te vragen of ik kom.'

Een gewaarwording van verschrompelen en verdwijnen en van niet aanwezig zijn bekroop Cas. De bank waar ze op zaten dijde uit, de meter tussen hen groeide per seconde. Hij zat in een cirkel waarvan de rand steeds verder weg week, om hem achter te laten in het oog van de stilte.

'Zeg je niets?' vroeg Bonnie uit de verte. Nog gaf Cas geen antwoord, hij moest zijn best doen om de uitschieter die hem op de tong lag in te slikken. Was hij maar thuis geweest. Had hij Dirks telefoontje maar op tijd opgenomen. Had hij zelf Dirk maar gebeld om hem te zeggen dat hij zowat een nieuwe baan had en dat hij even langskwam voor het werkende leven weer begon.

Als hij verstandig was, zei hij nu opgetogen tegen Bonnie: Doen, ik ga mee.

Maar Dirk had zijn moeder gevraagd te komen.

'Dat lijkt me een goed plan,' zei hij, wee van moedeloosheid om die klootzak die zijn vrouw de liefde van hun zoon misgunde. 'Je moet er gauw achterheen. Het is zomer, alle vluchten zullen overvol zijn. Zal ik ervoor zorgen?'

'Hoeft niet. Ik heb de frequent flyer helpdesk al gebeld, maar heb nog geen ticket kunnen krijgen. Toen ik het nummer van mijn platinum kaart opgaf en een business stoel bestelde gebeurde er iets geks. Ze vertelden dat de pas ongeldig was, dat we geen airmiles hebben. Hoe kan dat nou? Weet jij daarvan?'

'Het zijn de airmiles van de Company. Ik heb ze uiteraard teruggegeven. We hebben daar geen recht meer op.'

Het blad steigerde op Bonnies knieën.

VERLANGLIJSTJE

Dagenlang stopte ze stapels kleren in koffers die al uitpuilden. Alsof ze vijf maanden wegging in plaats van slechts drie weken. Extra truien voor Dirk – straks kwam de winter – en een bontjas voor zichzelf. 'Bonnie in godsnaam! Het is hartje zomer in New York.' 'Ja, maar hier in Nederland kan ik zo'n ding nooit dragen. Zeur nou toch niet, ik heb het allemaal nodig.' Hij bracht haar naar Schiphol in hun nieuwe auto. 'Hadden we de BMW nog maar,' zei ze beschaamd om het touw waarmee hij de overvolle kofferbak had dichtgebonden. Ze omhelsden elkaar, gaven goede raad en vermaningen mee en tot slot – blij dat het afscheid nemen voorbij was – bleven ze overdreven lang wuiven. Meestal was Cas degene die op reis ging en zich omdraaide voor een laatste groet. Nu was het Bonnie. Toen ze langs de douane stapte en bijna in het gewoel verdween, sloeg even de verwarring toe. Hij zag de onzichtbare lijn die zijn ogen met haar rug verbond. Als hij de lijn binnenhaalde kwam ze terug. Als hij vierde zou ze verdwijnen.

De weifeling duurde slechts enkele seconden. Al voor hij door de draaideur naar buiten stapte overviel hem de lust iedereen toe te lachen, naar de auto te rennen en in volle vaart ervandoor te gaan. Zijn neus achterna, de snelweg op, de eerste afslag weer af, over het vlakke land van de Haarlemmermeerpolder de einder achterna jagen en dan gierend remmen in een dorpje om zijn kop te stoten tegen het dak omdat hij een verkeersdrempel te hard nam.

Op de snelweg bonkte en roffelde zijn hart tegen zijn ribben. Ruimte, beweging, het najagen van niets, nergens om, nergens voor, zomaar. De teller wees honderdtien, honderddertig, honderdvijftig.

Bij honderdzeventig kilometer per uur hoopte hij op een bekeuring. Laten ze me maar pakken. Nog dieper trapte hij de gaspedaal in en vervloekte de auto die maar niet wilde accelereren als de Lamborghini van zijn dromen. Daarmee zou hij met tweehonderd zeventig kilometer per uur over de Autobahn jagen, richting Italië om de knalgele Lamborghini Diablo even de lucht te laten ruiken van zijn vaderland, even de uitbarsting te gunnen van een door verkeersregels beknot temperament. Auto's, echte auto's, bestonden uit meer dan metaal alleen. Ze bezaten een ziel en konden heimwee krijgen in het natte slome noorden. Cas trapte nogmaals op het gas, de naald bleef bij honderdzeventig kilometer hangen. De Diablo moest een droom blijven. Daar was geen geld meer voor.

Vijf minuten later belemmerden werkzaamheden aan de weg alle vaart. Hij moest aansluiten achter een lange rij auto's. Af en toe schoven ze een tiental meters op en kwamen dan weer tot stilstand. In de auto voor hem zwaaiden kinderen vanaf de achterbank. Cas zwaaide terug. Ze zwaaiden nog eens en staken hun tong uit. Cas stak ook zijn tong uit en verdween via de vluchtstrook naar de volgende afrit. Uit protest toeterde een half dozijn auto's achter hem. In opperbeste stemming bereikte hij het strand van Langevelderslag.

Aan zee woei een warme wind. De geuren van zondoorstoofde landen, van Franse bossen en mediterrane kusten dreven zijn neus binnen. Richting zuiden zou ooit, als je maar doorliep, Afrika opdoemen. Hij meende zelfs de scherpe warmte van een Sahara-storm te ruiken. Na een uur bewogen zijn benen vanzelf en deinde zijn lichaam mee in een moeiteloos ritme. Losjes stappen, zwieren, dansen; zó dat gedachten geen woorden nodig hadden en gevoelens vanzelf op hun plek vielen. Niemand die iets van hem verwachtte of op hem wachtte. Niet op kantoor, niet thuis. Hij kon gaan waar hij wilde, doen wat in hem opkwam. Zorgeloosheid vlijde zich luchtig om hem heen, omhelsde hem als een liefkozing.

Pas drie uur later stapte Cas weer in de auto. Hij wilde niet naar huis. Nog lange niet.

De dag liep al op zijn einde toen hij via de Jan van Galenstraat over de Bloemgracht Amsterdam binnenreed. Het was een gouden avond.

Het zonlicht brak onder het wolkendek door en scheerde laag over de stad. Het baksteen van de huizen, de bootjes op het water, het water zelf, de toren van de Westerkerk – alles bloosde van verliefd zijn op de ondergaande zon. Hij stopte midden op de gracht, stapte uit om de warmte van die kleuren in zich op te zuigen. Zijn blik zocht Annabels huis, kroop langs de gevel omhoog. Zou ze die verdomde kaart al hebben gevonden? Achter hem toeterde een auto. Hij stapte weer in en reed door.

Thuis leefde hij van honingdrop en chips, van knakworst met klodders mayonaise en potten vol oranje namaakkaviaar. 's Ochtends nestelde hij zich op de bank en lachte tot huilens toe om Asterix en Obelix. Daarna fietste hij in een T-shirt en korte broek door de regen naar de supermarkt, stampte met modderpoten door de gang, legde alle gezonde aankopen als sla en vlees zo ver mogelijk achter in de ijskast en ging aan de keukentafel zitten om nog meer drop en chips in zijn mond te proppen. De afwas stapelde zich op, ook al hadden ze een vaatwasser. Dagelijks begroette hij de grijsbestofte vloeren en de verrotte etensresten op het aanrecht als wapenbroeders in de strijd. Samen zouden ze die nette, alles-willen-kunnen-beheersen Cas Block een lesje leren.

's Avonds kroop hij verlekkerd in een bed dat er nog net zo onopgemaakt bij lag als hij er was uitgestapt. Daar hield hij in een notebook zijn kleine en grote wensen bij. Streepte weg wat hij al gedaan had en voegde nieuwe plannen toe. Een kind met een verlanglijstje. Een rechtlijniger marketingplan bestond niet. Wat wil je hebben, en bij welke oom of tante maak je de meeste kans. Glasharde kinderlogica die met een beetje fijnslijpen een heel leven mee kon. Het notebook kiepte telkens van zijn knie. Een kantoorstoel was handiger, maar lang niet zo wellustig als een bed vol kussens. Cas typte verder: *poffertjes eten, vaders oude reisboeken lezen die hij bij Annabel had zien staan, zwemmen in de Rijn, eindeloos met George of Dirk ouwehoeren, naar Rome gaan...*' Daar aarzelden zijn vingers boven de toetsen, want hij had niet geweten dat hij Rome wilde terugzien. Vlak voor vaders dood waren ze er samen geweest.

Cas sloot het notebook. Er deugde niets van zijn lijstje. De toekomst ontbrak volledig. Alles had te maken met het verleden, met stilstaan en omkijken. Het wensenlijstje van een mens met achterstallig onderhoud. Zijn vader zou dat niet overkomen zijn. Die had op middelbare leeftijd zijn lier aan de wilgen gehangen, nee gezegd tegen zijn status van directeur, nee tegen een saai huwelijk en was een nieuw leven begonnen. Die man had lef gehad.

Voor Cas in slaap viel fladderde de gedachte door zijn hoofd dat hij zijn lessen in zorgeloosheid wel heel erg plande.

Na een week was hij vijf kilo aangekomen. Tijd om fase één van de inhaalslag af te ronden met een feestmaal van gebraden biefstuk, sla, gebakken eieren, spek en de beste wijn die er in de kelder te vinden was. De tien jaar oude Barolo smaakte zo goed dat hij spijtig bedacht hoeveel beter de wijn zou smaken als hij tien jaar langer had gelegen. Na afloop deed hij de vaat. Met de hand, want geen vaatwasmachine kon de aangekoekte troep wegwassen.

Daarna belde hij Annabel. 'Heb je die kaart al?'

'Zo vlot gaat dat niet. Maar wellicht wordt er een aangeboden op een veiling in Düsseldorf. Ga je dan mee? Ik bel je wel. Groeten aan Bonnie.'

'Die zit in Amerika.'

'Mis je haar niet vreselijk?'

Onbegrijpelijk hoe aardig en aangepast Annabel was geworden.

'Nu je zo alleen op een houtje zit te bijten, ga je morgen mee naar het Mauritshuis? Dat moet je zien met jouw Brazilië-verleden.'

'Is dat wel leuk?' vroeg Cas afwezig. Hij had het druk met bedenken of hij zijn dorst zou lessen met een tweede fles Barolo of met iets anders.

LA MAISON DU SUCRE

Ze stonden nog maar net in de hal van het Mauritshuis of Annabel brandde los. Zijn vraag "Waarom moest die Johan Maurits zo nodig Brazilië op de Portugezen veroveren, de Tachtigjarige Oorlog ging toch tegen de Spanjaarden?" vormde de aanleiding. Vanaf dat moment was de spraakwaterval niet meer te stoppen. 'Spanje en Portugal waren toen onder één kroon verenigd, vandaar. Wij Hollanders onderschepten hun volgeladen boten op zee. Sommigen noemen dat piraterij, maar dat is onzin, ons grootste wapenfeit was Piet Heyn die de zilvervloot veroverde. In een oorlog pak je je vijand waar je hem pakken kunt, lijkt me zo. Dat deed jij toch ook met je concurrentie? Maar transporten onderscheppen is zoiets als room van de melk halen. Je kunt beter de koe inpikken. Dus stuurden de Heren Negentien Johan Maurits erop af met een legertje. Die moest Brazilië veroveren. De levens van mannen zoals hij moeten jou op het lijf geschreven zijn.'

'Loop nou maar door,' zei Cas, en duwde Annabel langs het loketje waar hij kaartjes kocht en waar haar verhandeling alle verkeer had lamgelegd.

'Mevrouw weet er heel wat van,' zei de kaartverkoper terwijl hij Cas zijn wisselgeld gaf. 'Veel genoegen. Dat zal wel lukken met zo'n gids.'

Annabel straalde. 'Weet je, of het nu veroveraars uit de gouden eeuw of van nu betreft, ik zie geen verschil. Vroeger vestigden ze koloniën, maar in wezen ging het erom markten te veroveren of goedkope arbeidskrachten te verwerven. De mentaliteit van de mannen erachter is hetzelfde.' Ze liepen langs de statige trappen naar boven.

'Jullie zijn kerels waar ik met verbazing naar kijk en niet weet of jullie bewierookt of verguisd moeten worden: Cas Block, Bill Gates of Pieter Stuyvesant, een Cor Boonstra, of een volksheld als Piet Heyn.' Ze gooide hem de namen toe als strooigoed. Hij kreeg de indruk dat hij ze op moest rapen om te proeven welke hij het lekkerst vond. Een kinderspel dat hij niet mee wilde spelen. Op de eerste verdieping dwaalden ze van zaal naar zaal. Overal hingen schilderijen. Murenvol. Hij had een huis verwacht, het huis van een koloniaal vol Braziliaanse spullen. 'In ieder geval ben jij niet zo kunstminnend aangelegd als Johan Maurits,' klonk Annabels stem naast hem. Hij luisterde niet echt. 'Je kijkt tenminste nauwelijks naar de schilderijen hier. Alleen wat zijdelingse blikken. Begrijpelijk, zakenmensen houden nu eenmaal meer van geld dan van kunst, of het moest zijn vanwege de goede investering.' Ze danste een kwartslag voor hem uit. 'Johan Maurits was een uitzondering, die was alles: strateeg, vechtersbaas, wetenschapper, liefhebber van kunst. Wat wil jij zijn? Ik denk dat jij 's nachts droomt van winnen en waardering krijgen.' Ze stoof op een schilderij af, tuurde een seconde ongemakkelijk voorovergebogen naar het doek en rende daarna terug om hem bij een mouw te grijpen. 'Kom kijken.'

Cas kreeg de neiging zijn arm om haar magere schoudertjes te leggen en 'rustig nou maar' te fluisteren.

'Jij bent zeker het liefst een held en wilt bewonderd worden als Piet Heyn.'

Hij slikte. Zat ze hem te stangen of moesten dit liefdevolle complimenten voorstellen? Hij knikte maar wat.

'Piet Heyn, Piet Heyn, Piet Heyn zijn naam is klein. Zijn daden benne groot... Kom vooruit Cas, zing dan mee.' Nu moest hij ook nog zingen. Zacht vervolgde Annabel het liedje. 'Hij heeft gewonnen de zilveren vloot. Hij heeft gewonnen, gewonnen...!' Haar stem schoot uit en de suppoost keek op.

'Ssst,' zei Cas.

'Waarom? Niemand die zich eraan stoort.' Inderdaad stond de suppoost te grinniken. 'Ze boeien me mateloos: de ondernemers en de generaals, de kapiteins en kolonisten, de fortuinzoekers, de avonturiers en dan natuurlijk niet te vergeten de bankiers en regenten die thuis achter hun bureau bleven zitten en de centjes telden.'

'Dat doen die laatsten nog steeds.'

'Toen ze jou nog niet ontslagen hadden en jij directeur was voor de Company, wat paste toen bij jou? Regent of kapitein? In ieder geval geen avonturier. Daar ben je veel te bedachtzaam voor. En juist daarom vraag ik me af welke steken zo'n voorzichtig man als jij hebt laten vallen dat ze je ontslagen hebben.'

Wijdbeens stevende Cas op het schilderij af, bestudeerde het van heel dichtbij. Vijftiende-eeuws. Een kruisafname. Einde Christus. Huilende mensen eromheen. In de verte, waar de lijnen van het perspectief bijeenkwamen, waren minuscule mensjes geschilderd die het land bewerkten. Terwijl op de voorgrond de wereld gered en verloren werd gewaand, ging op de achtergrond het leven gewoon door, zonder enige aandacht voor offer of verlossing. Als dat geen blijde boodschap was.

'Rogier van der Weijden,' zei Annabel met een knikje naar het doek.

Cas tikte op het bordje ernaast. 'Dank je. Ik kan lezen.' 'Sorry! Waar was ik gebleven. O ja. Laten we naar het trapportaal gaan, daar hangt het portret van Johan Maurits. Wist je...?'

Uren wandelen of dagen achter elkaar doorwerken waren niet half zo vermoeiend als met zijn zus dit museum bezoeken. Hier liep hij langs een keurcollectie schilderijen, zag Hollands Gouden Eeuw gloreren in portretten van rijke matrones in zwartzijden kleding, in winterlandschappen en ijstafereeltjes, in pastorales van meer dan levensgroot vee naast kussende paartjes, in stillevens van gebroken hazenogen en groenglazige druiven. Mooi, ontegenzeggelijk mooi, maar Annabels gekakel claimde alle ruimte in zijn hoofd. Brazilië. Wat had deze collectie daarmee te maken? Waar was zijn Brazilië?

'Wist je dat Johan Maurits inheemse handwerkslieden inhuurde en prachtige huizen en meubels liet vervaardigen? Bahiase kasten zijn nog steeds wereldberoemd. Dat hij schilders en wetenschappers meenam uit Nederland en honderden en nog eens honderden Braziliaanse planten, insecten, vogels en vissen liet verzamelen, beschrijven en schilderen. Frans Post en Eckhout moeten hier ook ergens hangen. Ben jij net zo nuttig geweest voor het nageslacht?' Ze hapte naar adem. Een hand wreef zenuwachtig over de andere. Zijn zus maakte zich zo druk dat ze er zelf uitgeput van raakte. Waar was het voor nodig, al die woorden, al die armgebaren? Niet te stuiten. Niet te stelpen. Stelpen... In Cas' verbeelding verscheen een rode draad die steeds breder werd. De draad zwol tot een stroom bloed. Een stroom die niet in te dammen was, maar die gestelpt moest worden. Geen zandzakken of betonnen wanden, maar gaas en zachte doeken. Voorzichtig, liefdevol, door hem. Hij schudde zijn hoofd, schudde het beeld van zijn netvlies.

'Ik bedoel, een vruchtenreepje bedenken is natuurlijk niet niks, maar toch. Of denk jij dat de generaties die na ons komen nog steeds jouw gekonfijte vruchtjes willen eten?'

'Hou eens je kwek,' verzocht Cas. 'Ik moet even bijkomen.' Voor hij ergens een bankje had gevonden, sleepte ze hem al mee naar een portret dat op de overloop naast de trap hing.

'Hier moet je gaan zitten. Kijk, dit is Johan Maurits.'

Een schraal mannetje staarde hem aan. Miezerig blond, zuinige mond en sluwe oogjes. Cas knikte hem toe. Was het handig geweest er zo onooglijk uit te zien? Had je dan het voordeel dat ze je aanvankelijk onderschatten? Zoals hij zijn superbaas Dave Kernshaw had onderschat, hem gluiperig had gevonden en niet kon geloven dat zijn mededirectieleden dat slangachtige gedraai voor alert en dynamisch hadden aangezien. Of onooglijke George, super talentvol, maar klein van stuk en voor niemand bedreigend. Daardoor lukte het hem iedereen te helpen en iedereen moeiteloos zo ver te krijgen dat ze hem wilden helpen.

Annabel kwam naast hem zitten. 'Ik vergelijk jou eigenlijk het meest met hem.'

'Wat? Qua uiterlijk! We lijken niet op elkaar.'

Haar klaterlach schalde door het trapportaal. 'Je bent ijdel. Wat heerlijk. Eindelijk een menselijke zwakte bij je gevonden.' Ze plantte twee stevige zoenen op zijn wang, sloeg een arm om zijn schouders.

'Ik ga even alleen rondlopen,' zei Cas.

Ze sprong op. 'Verveel ik je met mijn uiteenzettingen? Ik kan het niet laten, ik ben dol op al die dooie mensen die ooit net zo springlevend waren als jij en ik. Steeds weer dezelfde mens die hetzelfde voelt en denkt met het sausje van zijn eigen tijd eroverheen. Johan Maurits' motto was *Qua patet orbis* – tot het einde van de wereld. Dat is toch ook jouw droom? Wist je dat Johan Maurits er ook uit is gegooid net als jij? Nou ja, teruggeroepen dan. Wist je ... '

Hij kwam overeind, knoopte zijn jas dicht en duwde haar terug op de bank. 'Blijf hier nu even rustig zitten. Kun je op adem komen. Tot over een halfuur buiten op het plein.'

Onverwacht hing daar Frans Post. Onopvallend in een zaal vol drinkgelag en naakte Griekse goden. Het was een eenvoudige afbeelding van een strand met wat mensen en paarden, de zee en aan de andere kant van het water een eiland met een rijtje pietepeuterige palmen. Aardig, lief, meer niet. Hij was er al voorbij toen het schilderij hem alsnog pakte en hij terugliep. Dat strand, dat water in een bleek grijsgroen. Daarachter het eiland. Cas had Brazilië herkend. 'Gezicht op het eiland Itamaraca.'

Post moest het bij avondlicht hebben geschilderd. Het zilte zand glinsterde in de schaduw van een zon die al achter de horizon was verdwenen. De mannen op het strand hadden eerst platte poppetjes geleken, nu hij langer keek groeiden ze uit tot een haarscherpe typering van het leven in Brazilië. Van toen, van nu.

Een blanke man bereed een paard; van opzij bezien oogde hij groter dan de andere mannen. Naast hem stonden negerbediendes die spullen droegen. Ze hadden geen gezichten meegekregen. Rechts hield een man zich iets afzijdig. Zijn kleine zwarte hoofd en diepzwarte rug staken sterk af tegen een witte broek. Een rug vol trots en eenzaamheid. Cas kende de rug. Hij had ze gezien in Brazilië, in Rusland, in vele landen. Ruggen van mensen met een waardigheid die schrijnt en aanklaagt, juist omdat ze stom blijft. Cas' blik gleed van de zwarte rug naar de te grote witte onderbroek. Het smetteloos wit ontroerde hem. Ook dat had hij in het echt gezien.

Zijn chauffeur had slim willen zijn door een sluiproute te nemen en was verdwaald geraakt. Na een zijweg en steeds weer een zijweg reden ze tenslotte dood op een zandpad. Ter linker- en ter rechterzijde schermde prikkeldraad woningen af die de naam huis niet verdienden. Cas had een druk programma voor die dag en een plotselinge confrontatie met een van Braziliës sloppenwijken stond niet op de agenda, stond nooit op de agenda voor buitenlanders. Hun Brazilië moest het land van dynamiek en welvaart blijven. Hooguit nam Cas af en toe een kijkje in winkels van arme buurten of slenterde langs markten om te zien wat daar aan suikergoed lag aangeboden. Dan trok hij oude kleren aan en nam een taxi. Deze keer zat hij in de grootste opschepauto van de Company, zilverkleurig met standaard, spoilers, vleugels en chauffeur, op weg om indruk te maken op een potentiële handelspartner. De lust overviel hem zijn jasje uit te trekken, zijn das af te doen, zijn Bulgari-horloge onder de bank te schuiven en uit te stappen om de onderkant van de wereld te bekijken. Tegelijkertijd met de prikkel van nieuwsgierigheid voelde hij ook wrevel over een belangstelling die niets kwam of kon bijdragen. Hij was de gluurder die zich ging vergapen aan andermans bestaan.

Naast de weg stond een vrouw voor de opening van haar huis. Eerst dacht Cas dat ze uitzonderlijk groot moest zijn, want het huis reikte slechts tot haar middel. 'Rij langzaam, ik wil dit zien.'

De chauffeur drukte op de rem. Hij had niets opgemerkt dat de moeite van het bekijken waard was. Integendeel, voor hem bestond er juist alle reden flink gas te geven.

'Zie je dat?' vroeg Cas. 'Die vrouw daar. Haar huis is nauwelijks groter dan een kippenhok.'

'Ze is nog gunstig af, er bestaat heel wat erger. U moest hier eigenlijk niet zijn, meneer Block. Het spijt me dat we hier terecht zijn gekomen. Dit is geen buurt voor u.'

Achter de vrouw dook een meisje op. Een meisje met kroeshaar als een stralenkrans en een huid van donkerpaarse zijde. Ze droeg een jurk zo blinkend wit als hij voor onmogelijk had gehouden in een omgeving waar alles vies en grauw was. Het meisje rekte zich uit nadat ze gebukt door de deuropening was gestapt. Ze lachte in haar witter dan witte jurk. De moed, de hoop, de waardigheid waarmee ze het voor elkaar had gekregen die jurk zo wit te krijgen, zonder schoon water, omgeven door stof en vuil, beschaamde hem.

Het meisje werd zijn madonna van het vuile water en de witte jurk. Ze verdiende dat hij voor haar op de knieën viel.

Ook deze man op het schilderij, met zijn eenzame rug en te grote onderbroek, bezat de moed zich in zijn schemerende wereld in zuiver wit te hullen en pal rechtop te blijven staan. Cas herkende wat hij al in het meisje aangekondigd had gezien. Voor het schilderij van Post sloot hij even zijn ogen. Hij had zijn altaarstuk gevonden.

Al op de trappen naar de uitgang overviel Annabel de lust keihard te schelden. Hoe harder haar stem door het trapportaal zou galmen, hoe liever. Als Cas het ergens boven zou horen en zich zou schamen, nog mooier. Maar dat stuk graniet zou vast onverstoorbaar doorlopen of hooguit zijn schouders ophalen. Dat stampte botweg langs wanden vol schilderijen zonder enige aandacht voor de verrukkelijke brokjes kennis die ze hem tot leringe ende vermaak aanbood. Zelfs wanneer hij af en toe zijn stem temperde in onvermoede bescheidenheid, dan nog raapte hij uiteindelijk alle onzekerheid weer bij elkaar en boetseerde daar een weloverwogen slotzin van. Hij ademde rede en rechtschapenheid. Nog steeds. Hij moest er vol mee zitten zoals een gewoon mens vol zit met bloed en water. Hij pompte het rond, hij piste het uit, hij rook ernaar. Als ze een gat in zijn lijf kon rammen, zouden redelijkheid en fatsoen er bij bakken uitstromen.

Achter haar hoorde ze iemand de trap afdalen. Zware voetstappen. Ze voelde de aanwezigheid van een groot persoon steeds dichterbij komen. In een opwelling stak ze haar been uit en zag Cas al naar beneden storten.

Een man greep haar bij haar arm. 'Neemt u me niet kwalijk mevrouw, ik heb u toch geen pijn gedaan. Ik zag niet dat u een stap opzij maakte.'

Geschrokken trok ze haar been in.

Ze hees haar jas hoog op en sloeg de panden stevig om zich heen. Baan weg, Dirk weg, Bonnie weg. Ze sjokte de treden af. Op zijn minst had ze tekenen van ontreddering verwacht. 'Ik heb toch zulke leuke dingen gedaan de laatste tijd,' was echter het eerste geweest wat hij vanochtend zei. Daar had hij onhebbelijk stralend bij staan lachen.

Op het plein buiten vielen de laatste druppels van een regenbui. Een helwit wolkendek lag gevangen in het nat van de straatklinkers. Het licht blikkerde en trilde erin, elk keitje leek een zilveren vleugel klaar om weg te wieken. Annabel ging op haar tenen lopen, voorzichtig van steen naar steen om het schichtig glanzend dier niet te verstoren. Onder het glimmend oppervlak school venijn, de keitjes duwden terug, hun randen beten in haar voetzolen. Ze probeerde van kei naar kei te huppen zonder de randen te raken. Het ging een paar meter goed, toen glipte een schoen uit en zwikte ze door haar enkel.

De schoen lag op de keien in het draaipunt van een stenen waaier. Elke waaier spuugde meer waaiers uit. Ze stroomden voort als wassende manen in een uitdijend en voortvluchtig heelal. De schoen bleef liggen, afgedankt en eenzaam zonder de voet die erin hoorde, zonder mee te kunnen rennen met de vooruitstuivende waaiers. Ze raapte de schoen op, veegde hem af. Al haar pogingen mislukten. Haar schoen en zijzelf, tweeling in onvermogen. Niets maakte indruk op haar broer. Hij bleef even onverschillig, of ze nu steken onder water gaf of hem probeerde in te pakken met vleierijen. Alleen lawaai maken ergerde hem. Toen ze luid dat liedje zong, had hij niet ssst gezegd, maar ksst gesist zoals je een hond wegjaagt. Ze was nog steeds dat smerige hondje dat hij achttien jaar geleden met de neus in eigen stront had gewreven om het een lesje te leren.

Van achter een drankje op het terras vroeg ze of hij de schilderijen van Frans Post had gevonden. 'Eentje maar? Dan ligt de rest in opslag. Thuis heb ik een aantal kaarten van Brazilië waarvan hij de cartouches heeft geëtst. Die moet je zien, dat zijn juweeltjes...' Terwijl haar bewondering voor Post op volle sterkte uit haar longen stroomde, zag ze dat Cas zat ingesponnen in gepeins. Hij had zijn lippen tot een trompet getuit. De lippen bewogen. Bedachtzaam proefden ze woorden die ronddraaiden en weer inkeerden naar de mond die ze niet gesproken had. Zijn oogleden waren half dichtgeknepen. Vanuit de ooghoeken dropen plooien langs de wangen. Hij zag er grauw en vermoeid uit. Een reuzenschildpad wiens hoofd op en neer dobberde onder de druk van onnavolgbare gedachten.

Ze was de draad van haar verhaal kwijt geraakt. Alsof haar hersens pas weer op gang konden komen door het uitspreken van een toverwoord, ratelde ze stom woorden af om het aanknopingspunt te vinden: post, kaarten, wraak, paleis, suiker... 'Dit paleis,' zei ze, 'weet je wel dat...?' Daar had je alweer dat verdomde 'weten'. '... Jammer dat het Mauritshuis in niets meer op het vroegere huis van Johan Maurits lijkt. In zijn tijd noemden ze het *la maison du sucre*. Het suikerhuis.' Cas hief zijn hoofd. Zijn lippen schoten terug op hun plaats, onderlip breed en vol, bovenlip strak over de voortanden getrokken. 'Ze zeggen dat hij het heeft betaald met privéverdiensten uit de Braziliaanse suiker of door Compagnie-gelden ten eigen bate aan te wenden. Niet helemaal koosjer volgens zijn vijanden. Konden jullie dat ook doen bij jouw Company, je eigen spaarpot spekken?' Een glimlach krulde Cas' mondhoeken. 'Toen jij in Brazilië werkte, of later, heb jij toen ook deals kunnen sluiten voor jezelf? Een soort privézaakje ernaast aanhouden? Zelfs als je het niet zou willen, dan toch bedragen onder tafel toegeschoven krijgen? Ik heb me laten vertellen dat bijna overal ter wereld zo zaken wordt gedaan. Dat je er niet aan ontkomt, ook al is het tegen de regels. Tijdens dat etentje twee weken geleden vertelde je met zoveel vuur hoe je corruptie haatte. Het klonk me allemaal net iets te naïef in de oren voor mijn intelligente broer.'

'Over naïef gesproken,' zei Cas. 'Hier zit je de vreselijkste beschuldigingen te uiten vanachter je glaasje cola. Net een kind dat een vriendje vraagt of hij echt-echt waar geld uit moeders huishoudbeurs heeft gestolen. Alsjeblieft Annabel, zullen we het over iets anders hebben.'

Rustig ademhalen en niet zo koste wat het kost hem snel onderuit willen halen. Ze moest niet zoveel praten, daar kon haar broer niet tegen. Dan stapte hij op. 'Die schilderijen van Post liggen trouwens maar gedeeltelijk in opslag. Johan Maurits heeft er twaalf aan Lodewijk de Veertiende verkocht. Vlak na het rampjaar toen de Zonnekoning de Nederlanden binnenviel. Vreemd, vind je niet? Het riekt naar collaboreren met de vijand. Het zal zijn neef, onze stadhouder Willem de Derde, niet lekker hebben gezeten.' Zo, dat wetenswaardigheidje had ze tussen neus en lippen toch gespuid. Overigens wist ze niet of Johan Maurits een collaborateur was geweest. Het leek hoogst onwaarschijnlijk na alles wat ze van en over hem had gelezen. Een man van hoog aanzien, hoger dan dat van zijn bazen. Een onkreukbaar man. Leuk dat jongleren met de feiten. Een wetenschapper zou het een hypothese noemen. Het werd spannend wanneer de onkreukbaarsten toch onderuitgingen.

'Klopt, ik haat corruptie,' zei Cas, 'en ik ga graag op je aanbod in.'

'Aanbod? Welk aanbod?'

'Naar jouw tekeningen van Frans Post kijken. Dan kan ik meteen een aantal van vaders reisboeken lenen.'

'Steekt het je dat ik zijn bibliotheek heb gekregen? Lijkt je dat onterecht? Had ik ze niet verdiend...?'

'Annabel! Dat is voorbij. Het heeft geen zin daarover te praten.'

'En waarom niet? Wat niet in het leven past schrappen we gewoon, denk je dat soms? Jij denkt nog steeds te kunnen bepalen hoe de zaken lopen moeten? Zodat jij je eigen rechte weg kunt vervolgen.'

Cas nam bedaard een slok van zijn bier. Als hij daarmee doorging, zou ze dat glas uit zijn hand slaan. Een... twee... drie... Ze strekte haar arm en zag dat hij beefde. Cas zette zijn glas neer. Annabel duwde de arm tussen haar dijen en klemde hem vast. 'Maar dat je anderen daarmee van de weg af duwt, deert je niet. Je merkt het niet eens. Misschien is het zelfs nog erger met je gesteld en ben je er juist trots op.' Ze trok haar arm los en leunde achterover. Nu beefde niet alleen die arm, ze trilde van onder tot boven. 'Opzijgeschoven, afgedankt. Krijgt mijn grote broer even zijn trekken thuis!'

'Het lijkt me tijd om op te stappen.' Cas kwam overeind. 'Als je het goed vindt zet ik je op de trein. Het is voor mij een grote omweg om via Amsterdam naar Oosterbeek te rijden.'

'Lekker makkelijk is dat. Niet over praten, niet over denken en als je zus een pijnlijk onderwerp aansnijdt dan zet je haar gewoon op de trein. Ook al waren jullie samen uit. Ook al slooft ze zich rot om jou aan een nieuwe kaart te helpen.'

Hij zette haar af voor het station en bedankte afgemeten voor een fijne middag. Ze stapte uit. Alvorens de deur dicht te slaan stak ze haar hoofd naar binnen.

'Ik heb van het schilderij van Post het meest genoten,' zei Cas nog voor ze iets kon zeggen. Hij sprak tegen zijn handen op het stuur. De huid krampte over zijn knokkels. Ze vormden kleine pieken van spanning. Opeens een zucht en het berenlijf veerde naar voren. Zijn haren zwiepten mee, zo krachtig schoot hij overeind. Ze schrok van de heftigheid. 'Overigens denk ik wel na,' zei hij zacht. 'Veel zelfs, de laatste tijd. Vader is meer dan ooit in mijn gedachten.'

Die toon, die stem! Hij had het recht niet zo te klinken. Haastig trok ze haar hoofd terug, bang dat hij haar verwarring zou merken. Ze hief haar kin en slikte. Langs de binnenkant van haar keel kropen de tranen langs hun sluipweg naar beneden.

'Misschien komt erover praten ook nog,' vervolgde Cas. 'Kom, stap weer in. Dan rijd ik je naar huis.'

'Nee, dank je.' Ze maakte dat ze wegkwam voor ze toe kon geven aan de neiging hem over zijn wang te aaien.

HET WERELDJE

In de trein naar huis bestudeerde ze de catalogus van het veilinghuis Brunnenmeier und Sohn uit Düsseldorf. De aantekening van Helma Vogel viel eruit: 'Lieve Annabel, kijk even naar nummer 51. We dachten dat het iets voor jou zou zijn. Sterker nog, het is helemaal jouw kaart.' Helma's handschrift was als een zelfportret in zwarte inkt. Alle neergaande lijnen waren dik, de opgaande lijnen ragdun en de rondingen leken met een minuscuul passertje te zijn getrokken. Behalve bij de laatste letter van elk woord. Daar schoten krullen zwierig onder en boven de regel uit. Het leek of de woorden van geen ophouden wilden weten. Zoals Helma schreef, zo ging ze gekleed en zo zou haar geest ongetwijfeld ook zijn. Prachtig strak en uiteindelijk niet in de hand te houden. Een vrouw om bij in je schulp te kruipen, net als bij haar zuster.

Toen Annabel een jaar geleden de zussen Vogel in Keulen voor het eerst ontmoette, had ze vrouwelijke versies van de gemiddelde antiquair verwacht. Haar vakbroeders droegen het liefst truien en ribfluwelen broeken en verborgen hun gezichten achter brillen en baarden. Ook degenen die fortuinen verdienden of vermaard waren. Het was of die tekenen van wereldvreemdheid bij het wezen van het vak hoorden. Dus had ze zich onbewust voorbereid op twee oudere dames met fluisterstemmen, kinderogen en zelfgebreide vestjes aan.

De taxi reed haar van het station in Keulen naar een industrieterrein en stopte voor een fabriekshal. Zodra ze binnenstapte wist ze dat 'De Gezusters Vogel, Antiquairs' anders zaken deden dan wie ook in kaartenland. Boven haar hoofd welfde een ijzeren constructie van minstens dertig meter hoog. De verdiepingen bestonden uit open galerijen vol metalen boekenkasten. Langs de wanden zigzagden ijzeren brandtrappen naar boven. Op de begane grond bevonden zich rekken met hangmappen, zo onhandig her en der geplaatst in de ruime hal dat Annabel ze eerst voor tentoongestelde kunstwerken aanzag. Halverwege de fabriekshal stond een bureau, even verdwaald als de rekken, ware het niet dat een smetteloos roze loper het met de voordeur verbond.

Klik klak, klonk het boven haar hoofd. Ergens liep iemand onzichtbaar rond. Hakken tikten op metaal, venijnig als castagnetten. Daarna stilte. Annabel kwam in beweging. Het dikke moquette van de loper dempte het geluid van elke stap. Een vreemd gesuis deed haar opschrikken. Van opzij kwam een machientje aanzoeven. Het had wat weg van een onbestuurde stofzuiger. Zodra het tot op tien meter was genaderd, zag ze dat het meer op een brandweerautootje voor kleuters leek. Er zat tenminste een samengevouwen staketsel bovenop dat een ladder kon zijn. Het stevende voortvarend op haar af. Ze sprong opzij. Het stopte, hief een metalen arm en met bedachtzame grijpers pakte het een map uit een rek.

Aan het einde van de loper lachte iemand gesmoord. Annabel ontdekte een hoofd dat net boven het bureau uitstak. Ze rechtte haar rug en liep erop af. Het hoofd was volgens de laatste mode gekapt. Korte zeegroene plukken van ongelijke lengte, omhooggehouden door liters gel. Van achter het bureau rees een vrouw overeind die korte metten maakte met het bescheiden uiterlijk dat paste in het vak. Om haar hals hing een kraag van edelstenen. Of halfedelstenen. In ieder geval was al dat geflonker geen geslepen glas. Toen de vrouw op haar af liep, rammelden de juwelen en deinde het vlees eronder.

'Helma Vogel,' zei de vrouw. 'U bent zeker Annabel Block. Goede reis gehad?' De handdruk was kortaf en zakelijk, de glimlach daarentegen van gesmolten honing. 'Der dumme Hans heeft u aan het schrikken gemaakt, zag ik.'

'Wie?'

'Ons robotje.'

'Kan hij ook stofzuigen?' vroeg Annabel met een rapheid die haar schrik om Hans verborg. 'Dat zou handig zijn hier.' Ze wuifde vaag naar de galerijen en de meterslange loper. Haar vader had de zussen Vogel gekend in armere tijden. Hij zou onder de indruk zijn geweest van wat ze hier hadden opgebouwd.

'Misschien gaat dat uiteindelijk zijn taak wel worden. We zijn niet helemaal tevreden over hem. Der dumme Hans gaat af en toe wat ruw om met boeken die dicht op elkaar in de vakken staan.'

'Zet ze er wat losser in. Plaats genoeg.'

'Ach, precies uw vader, ook zo praktisch.' Helma liep naar de trap. 'Ruth,' riep ze naar boven. De hakken klikklakten naderbij. Helma rekte en draaide haar nek in bochten om het geluid te volgen. 'Ruth! Kom eens beneden. Hier hebben we Arnolds dochter. Arnold Block.'

Veel mensen hadden haar vader gekend. Ze wist nooit of dat een aanbeveling was of niet.

'Ruth!' De borsten in Helma's strakleren jasje puilden uit. Nog maar twee knopen rond het middel zaten vast. Zo iemand zou maar eens erg dol op je raken en je aan haar boezem prangen. Dan zou ze eerst je neusbot breken op die edelstenen en je daarna verstikken in het ruime vlees. Annabel bekeek haar eigen borsten, die vrij spel hadden in een blouse zonder beha. Ze zag hoe sjofel haar tuinbroek afstak bij al het roze moquette en roestvrij staal.

Langs de trap rende iemand zo snel naar beneden dat de rok wijd uitwaaierde en er daarboven niets te zien viel. Het moest de castagnettenmevrouw zijn, hoge hakken roffelden over de metalen treden. Beneden gekomen stak ze twee gulle handen uit. 'Ach, Arnolds dochter, wat een genoegen u eindelijk te mogen begroeten. Die Arnold, zo'n goede vriend van ons. Ja, dat is lang geleden. Kom, wij gaan dit weerzien vieren. Dat is toch een beetje een weerzien niet, wanneer men de dochter ontmoet? U zit ook in het vak. Ja, wij kennen uw website. Erg interessant en zelfs een beetje ondeugend. Zo ziet u er ook uit.' Ze monsterde Annabels tuinbroek en zijden blouse zonder verder commentaar. Zo stevig als haar zuster Helma eruitzag, zo elferig en in een staat van bijna wegvliegen verkeerde deze Ruth.

De zusters wilden niets weten van meteen aan het werk gaan en atlassen bekijken. Geen sprake van. Het was lunchtijd. 'Ben je met de auto gekomen?'

'Met de trein.'

'Dat is zeer verstandig. Uw vader reisde ook altijd eerste klasse,' zei Ruth.

Onnozel liet Annabel haar kaartje tweede klasse zien.

'Gaan we met onze auto,' zei Helma. In een glanzend witte limousine reden ze naar een kasteel ver buiten de stad. Voor de ingang stond een boomstronk midden op de oprijlaan. 'Kijk uit!' gilde Annabel, maar de boomstronk zakte al naar beneden. Zodra hij in de grond was verdwenen reden ze verder. Door de achterruit zag ze hoe hij weer langzaam omhoogsteeg.

'Beton,' zei Helma.

'Wat een kitsch. Waarom niet een gewone slagboom?'

'Dit is juist leuk. Namaak zet mensen op het verkeerde been,' zeiden Helma en Ruth in koor. 'Jij dacht toch ook dat het een echte boomstronk was?'

Die voorliefde van de zusters voor krulletters en namaak was Annabel altijd bijgebleven. Ze vertrouwde de dames Vogel niet. Ook nu in de trein niet. *Kijk even naar nummer 51. We dachten dat het iets voor jou zou zijn. Sterker nog, het is helemaal jouw kaart.'* O ja, hoezo? Behalve op haar kennis, vertrouwde ze blind op haar eigen achterdocht, instinct en voorgevoel. Daar kwam je ver mee in de kaartenbusiness.

Het was een eigenaardig wereldje. Anders dan welke handel ook. Om te beginnen hield het zichzelf in stand; handelaren draaiden rond in een incestueus kringetje. Want zodra je je specialiseerde waren er bijna geen gewone kopers meer voorhanden. Voor topproducten bestond de markt uit een man of twintig en uit een handjevol musea en instituten en dat was het dan wereldwijd. Het was niet ongebruikelijk na een aantal jaren weer dezelfde kaart terug te kopen voor aanzienlijk meer geld dan waarvoor je hem oorspronkelijk had verkocht. In de verwachting natuurlijk er mettertijd weer een nog hoger bedrag voor te kunnen krijgen. Zo schroefden ze met vereende krachten de prijzen op en bleef de ballon die marktwaarde heette in de lucht. Die opwaartse spiraal moest wel instorten als er niet af en toe soelaas kwam van een rijke buitenstaander die voor tonnen per jaar een verzameling opbouwde en daarmee nieuw geld het systeem in pompte.

Annabel had zo'n klant. Hij verzamelde maar één onderwerp: kaarten en atlassen uit de periode van de jezuïeten in Japan. In de zeventiende eeuw werden die het land uitgezet en wie niet snel ging eindigde op de brandstapel. De Oost-Indische Compagnie keek lachend toe en stapte in het gat dat de orde der jezuïeten achterliet. Annabel hield lezingen over de Nederlandse atlassen uit die tijd, die het qua nauwkeurigheid niet haalden bij de jezuïetenkaarten, maar toen wel als warme broodjes over de toonbank gingen. 'Kennis of geld, wetenschap of handel', zo heette haar lezing en een ervan had haar de verzamelaar opgeleverd.

Ze bladerde weer door Brunnenmeiers catalogus, op zoek naar het door Helma aanbevolen nummer 51. Daar werd een kaart van Japan beschreven. *Uniek exemplaar in het Latijn, door Blancus, uitgegeven in 1617 te Rome.*

De catalogus gleed van haar schoot. Annabel onderdrukte een geeuw. Haar huid prikte en haar ogen voelden loodzwaar. Het bezoek aan het Mauritshuis had haar afgemat. Gesloopt door haar eigen tegenstrijdigheid. Ze had zich verkneukeld bij elke steek die Cas leek te raken. Maar ze had kunnen janken toen ze een arm om zijn schouders legde en hij die afschudde, opstond en buiten ging wandelen. Een huilbui van drift, net als vroeger: jengelen om aandacht van je grote broer.

Ze vloekte binnensmonds en griste de catalogus van de vloer. De gele kaft zat onder het stof en er plakte een klodder kauwgom aan. 'Dat smerige kloteding flikker ik het raam uit,' zei ze hardop. De meneer tegenover haar bleef onverstoord in de krant lezen. De twee schoolmeisjes aan de andere kant van het gangpad giechelden, maar dat deden ze de hele rit al. Niemand had iets gehoord. Je kon tegen de wanden op krijsen en niemand zou iets horen. Glimlachen, dat konden ze. En voor zich uit staren. Kwebbelen en niemand zien. Om droevig bij te worden. Annabel klopte het stof van de catalogus, pulkte het kauwgom los, veegde haar handen aan haar tuinbroek af en begon te lezen. 'En nou opletten,' siste ze, 'en je werk doen.'

Eenmaal thuis ging ze op onderzoek uit. Alle naslagwerken die mogelijkerwijs konden helpen werden uit de kast gehaald. Na een paar uur had ze genoeg aanwijzingen dat óf de Brunnenmeiers een vergissing hadden begaan en het jaartal niet klopte, óf dat hier iets bijzonders werd verkocht dat aan hun aandacht was ontsnapt. Bovendien, wie was Blancus? Annabel kende hem niet en ze zat toch al lang in het vak. Was hij een Nederlandse meneer De Wit die zijn naam verlatijnste zoals zovelen deden? Barlaeus, die in het dagelijks leven als van Baerle door het leven ging, de kaartenmaker Hondius, die eigenlijk De Hond heette, en ga zo maar door. Maar ook dat stelde haar voor een raadsel. Nederlandse kaartenmakers hadden rond 1617 in een periode van twintig jaar geen kaarten van Japan uitgegeven. Er was haar tenminste geen kaart bekend. En de Portugezen hadden juist voor die tijd hun kaarten gemaakt. Daarna kregen ze het te druk met het terughalen van priesters die anders op de brandstapel zouden eindigen.

Hoe langer Annabel naar aanvullende informatie zocht, hoe meer haar benen trilden van opwinding. Ze was iets bijzonders op het spoor. Voor de zekerheid controleerde ze of ze alle bekende kaarten van Japan rond 1617 had gescand en opgeslagen in haar laptop. De Brunnenmeiers vroegen zestigduizend mark. Voor een kaart met een foutief vermelde datum was dat waarschijnlijk te veel, voor een unicum te geef. Wie weet was het de vondst van de eeuw, die ze voor een betrekkelijk laag bedrag kon kopen. Op zulke meevallers zaten alle antiquairs en verzamelaars te azen. Wie kennis van zaken bezat, kon het geluk een handje helpen, die herkende wat geen ander had gezien.

Ze e-mailde haar klant, vertelde dat ze niet precies wist om wat voor kaart het ging, vroeg hoe ver ze met haar bod mocht gaan. Hij antwoordde binnen het uur. *'Is onmisbaar voor mijn verzameling. Je kunt gaan tot wat je redelijk acht. Ik vertrouw op je oordeel.'*

Bij de rest van haar e-mails zat er een van Cas. *'Sorry zusje, ik meende het zo kwaad niet. Het spijt me oprecht dat ik je met de trein heb laten gaan. Hoe kan ik het goed maken? Cas.'* Een schuldbewuste Cas. Het begon erop te lijken. De Brunnenmeiers veilden geen Blaeu-kaart van Amerika en juist daarom moest hij mee op een voor hem tot mislukken gedoemde zoektocht. Dan kon hij teleurgesteld staan toekijken hoe zij wellicht de vondst allertijden deed.

Ze zag zich al staan op de veiling. Hij zou indruk maken op haar vakbroeders met zijn houding van 'trek-je-van-mij-niets-aan' die ondertussen alle ruimte opeiste. Dat zat in de familie. Vader was er ongehoord goed in geweest en ook Dirk had zich zo op haar zolderverdiepinkje gedragen. Misschien moest ze doen of Cas haar nieuwe minnaar was. Dan hield het clubje meteen op medelijden met haar te hebben. Toen vorige zomer haar relatie in Italië stukliep, hadden haar vakbroeders liefdevol troost geboden. Te liefdevol met de laat-mij-het-voor-je-goed-maken-versierpogingen van zowel collega Benson McGuire als van zoon Brunnenmeier. Ze verwenste hun medelijden. Medelijden holde uit, het tastte de grondvesten van tien jaar leven aan door de veronderstelling dat die vent toch nooit van plan was geweest zijn vrouw en kinderen te verlaten. Ze haatte zulke dertien in een dozijn steunbetuigingen. Het waren goede jaren geweest, ze had ze immers zelf geleefd.

ZOVER ALS DE WERELD REIKT

De brievenbus aan het hek bevatte reclamemateriaal, bankafschriften en een ansichtkaart van Alex Wolff uit Moskou. Die bleef hem tenminste trouw. Geen bericht van de headhunter over de koekjesfabriek in Alkmaar. Wat deden ze hier in Nederland lang over het nemen van beslissingen.

De buurman schuifelde zijn voordeur uit, ook op weg naar de brievenbus. Snel schoof Cas de post onder zijn arm en liep met vaste tred over het grindpad terug naar huis. Gehaast, alsof hij iets te doen had. 'Ha, buurman, hoe is het met de knie?' Zonder het antwoord af te wachten trok hij de voordeur achter zich dicht. Hij zwaaide nog even voor de aardigheid.

Naast de telefoon in de hal stond een stoel. Daar ging hij zitten. Hij zou de telefoon dwingen te gaan rinkelen. Iemand moest hem willen bellen. Bonnie. Nu was zij aan de beurt, tot nog toe had hij haar elke dag gebeld. George? Dirk? Veel te vroeg; die sliepen nog. Geheel onnodig keek hij toch op zijn horloge. Elf uur hier, vijf uur 's ochtends in New York. De headhunter dan.

Cas legde de post op de grond, rechtte zijn rug, plantte zijn benen wijd en steunde zijn handen op zijn knieën. Breeduit zat hij daar. De koning wachtte tot de wereld zijn opwachting kwam maken. In plaats van op een troon zat hij op een eenvoudig stoeltje met biezen zitting. 'Eenvoudig? Je lijkt wel gek,' hoorde hij Bonnie zeggen, 'het is Amerikaans antiek, een echte Shaker stoel.'

Hier zat een grote kerel te wachten op vrienden, op post, op een telefoontje, op zijn familie tot die weer thuis wilde komen. Hij staarde voor zich uit en zag niets. Hij dacht na en bedacht niets. Niets nieuws tenminste. Hij wilde dat zijn hersens ophielden met die rondedans van steeds hetzelfde. Hij wilde orde op zaken stellen en zich niet zo hulpeloos heen en weer geslingerd voelen door zijn stemmingen. Hij wilde weer gewoon gelukkig zijn, een baan hebben, luisteren naar Dirks schaterlach en 's nachts in bed dicht tegen Bonnies rug aan kruipen. Ze moest maar gauw terugkomen uit Amerika. Geweldig land. Land met die regel in zijn grondwet, die regel vol naïviteit en wijsheid, een regel vol geloof. Daarom alleen al kon hij van de Verenigde Staten houden. Welk ander land gaf zijn burgers het recht geluk na te streven? *The pursuit of happiness.*

'*Enjoy, be happy,*' zeiden ze in Amerika en hij had dat een lachwekkende opdracht gevonden. Nu was hem duidelijk dat hij het nooit goed had begrepen. Het zat hem immers niet in gelukkig moeten zijn. Het ging erom geluk na te streven. Om erachteraan te lopen als achter een meisje. Om te mogen dromen en verlangen en een beeld voor ogen te houden waar je in geloven kon. Een beeld dat ontroerde en dat zich in je geest verankerde. Dat je niet meer losliet en een baken werd waar je je op richtte. Niet omdat het moest, maar omdat je het wilde.

Hij zag weer de schuur in Brazilië, de hoge ramen en de vier mannen rond een tafel. Hoe ze opkeken bij zijn binnenkomst en wijs geworden snel hun blik afwendden. Dat beeld van op voorhand teleurgesteld zijn en toch het vuur in de ogen dragen had voor altijd een brandmerk in zijn ziel geslagen. Op dat moment, nog voor hij wist wat ze daar deden, voelde hij dat er iets bijzonders was uitgedacht, iets waarvan hij deel wilde uitmaken. Zij, het kleine in het geheim werkende groepje levensmiddelentechnologen, en hij, de buitenstaander en net nieuwe baas, sloten een verbond. Ze onderzochten en rekenden en moesten al hun zelfbeheersing aanwenden om niet uit liefde voor hun geesteskind de onderzoeksresultaten positiever uit te leggen dan ze waren. Het duurde lang voor Cas medestanders vond in New York, maar van opgeven was geen sprake. Als hij het beeld maar vasthield en niet van zijn netvlies vallen liet. Als hij maar volhield, dan zou ooit de tijd aanbreken waarop ook de Raad van Bestuur meeging. Een simpel beeld dat sterk genoeg was geweest om het denken vlot te trekken.

Maanden later, toen ze productconcepten testten, ging Cas' voorkeur uit naar diepdonkerrode vruchten in een mandje. Zo'n mandje waarin bruidsmeisjes bloemblaadjes of rijst ronddragen. Maar dat werd het niet. Te onhandig, te ouderwets, geen markt voor. Het met zoetstof gekonfijte vruchtje onderging meer gedaanteveranderingen dan een toneelspeler in een heel leven op de planken. Uiteindelijk rolden er gele vruchtenrepen van de lopende band. Kissy Face heette het product na lang en rijp beraad en na tonnen marktonderzoek. Het leek Cas eerder een merknaam voor cosmetica dan voor een snoepje. Kissy Face zat in plastic folie verpakt en niet in een mandje. En diepdonkerrood konden de repen ook niet worden. Alle goedkoop te bewerken vruchten bleken geel te zijn, van bleekgeel tot oranje, van ananas tot mango. Gaf niets. Cas was nuchter genoeg om te aanvaarden dat in elke verwezenlijking van een droom de droom verloren gaat. Wat hem niet belette het beeld te bewaren van een gekonfijt vruchtje, rood, in een mandje verpakt en geboren aan die tafel waar vier Braziliaanse levensmiddelentechnologen hem een secondelang het vuur in hun ogen hadden getoond.

Achter een droom aanrennen. Geluk het hof maken. '*Enjoy, be happy.*'

'Ik zit er weer,' schreef Alex Wolff op de ansichtkaart uit Vladivostok. 'Het is er niet half zo leuk en boeiend als toen met u. Toen maakten we tenminste plannen.'

Cas hield al van Rusland lang voor het IJzeren Gordijn viel en hij de verantwoordelijkheid over dat gebied kreeg. Wat hem betrof was niet Amerika, maar de voormalige Sovjet Unie het land van de onbegrensde mogelijkheden.

In 1969 stokten de exporten naar Rusland. De groothandelaar in Moskou wilde niets meer inkopen en het kantoor van de Company aldaar kon weinig doen. Ze waren in Moskou zwaar onderbezet. Uit principe. Bevel van hogerhand. De Company hing nog steeds het idee van *the lean and clean machine* aan waarbij een minimum aan mensen een maximum aan werk moest verrichten.

Op een dag verscheen Alex Wolff onaangekondigd bij Cas op de kamer. 'Zo gaat het niet,' blafte hij direct na binnenkomst in strak aangedraaid Duits. De jongen dacht zeker dat hij in Nederland Duits kon spreken. Engels was nog altijd wel de voertaal van de Company. 'Ik heb van alles geprobeerd. Maar er worden geen trucks meer geladen of gelost. Onze groothandelaar is tegelijkertijd onze transporteur en detaillist, dus alles zit muurvast. Er moet extra gedokt worden, anders mag niemand rijden.'

'Van wie niet?' vroeg Cas om hem de gelegenheid te geven meer stoom af te blazen. Deze productmanager zag er erbarmelijk jong uit. Had hun beleid van een *lean and clean machine*, van de uitgeklede organisatie, er ook al toe geleid dat ze ervaren en dus dure krachten vervingen door kinderen?

'Dat is toch duidelijk. De Russische maffia. Ik heb New York gebeld en om extra geld gevraagd.'

Cas keek de jongen scherp aan. Er zaten twee niveaus tussen Wolff en de top in Amerika: zijn directe baas Andrei Prokopov en Cas zelf als hoofd van International. Achter de rug van je bazen omgaan is zelden verstandig, dat wist Cas maar al te goed. Wat bezielde dit kind?

'Fout natuurlijk, meneer Block, maar ik wist niet hoe ik het aan moest pakken met Andrei, mijn baas, in het ziekenhuis. Ik had natuurlijk u eerst moeten bellen. "Laat ik duidelijk zijn," heb ik tegen New York gezegd. "We praten hier over smeergeld. Als dat niet doorkomt, blijven alle spullen in dat pakhuis liggen."'

'Wat verwacht je van mij?'

'Me uit de nesten helpen. Ik geloof dat New York me wil ontslaan. Ik heb donderpreken over me heen gekregen: de Company doet niet mee aan corruptie, de Company betaalt geen smeergeld, nooit, en de Company stelt geen prijs op medewerkers die daar anders over denken.'

'Ethiek is een schone zaak,' zei Cas.

'Zoals u weet is handeldrijven in Rusland geen schone zaak,' zei Alex Wolff.

De jongen praatte tenminste niemand naar de mond.

Bij navraag bleek dat New York hem inderdaad wilde ontslaan. 'Daar ga ik nog altijd over. Doe me een lol en hou je voorlopig in,' zei

Cas pissig tegen Dave Kernshaw. 'Ik ga zelf poolshoogte nemen.'
Wat begon als een bliksembezoek aan de Moskouse groothandel
liep uit op een marktverkenning van weken die Cas van Moskou tot
Korea bracht.

Sinds de val van het IJzeren Gordijn was hij niet meer in Rusland geweest. Het verschil was al meteen na landing merkbaar. Sheremetye-
vo luchthaven zelf was weliswaar weinig veranderd, maar weg waren
de Kalashnikovs en de hongerige jongetjes die zich ten tijde van de
sovjets erachter teweer hadden gesteld. De paspoortcontrole in hun
rij verliep net zo tergend traag als vroeger, maar vlak naast hen was
het nieuwe Rusland aan het werk. De ene na de andere reiziger zoefde
daar langs het loket. Even naar papieren laten kijken en doorlopen.
'Kost zestig dollar,' siste Alex. 'Geen steekpenningen, orders van de
Company; dus staan we hier.'

Eenmaal buiten kreeg Cas het gevoel in de verkeerde stad te zijn
beland. Het had net geregend en de namiddagzon kleurde de gebou-
wen in tinten brons en oker. Hij herkende niets. Moskou was niet langer grijs. Niet qua kleur, niet qua leeftijd, niet qua tempo. De jeugd
liep rond alsof ze een modeshow ten beste gaf: slobberblouses en ha-
rembroeken, schijnbaar direct op het lijf gespoten textiel, hotpants
tot halverwege de billen. Toen Cas naar een meisje wees dat voort-
sprintte op meer dan vijftien centimeter hoge hakken, snoof Alex
verachtelijk: 'Maffia drel.'

Het leek of iedere Moskoviet een auto uit het Westen had aange-
schaft, ongeacht hoe oud of gammel. Het verkeer raasde rond met
een pak-me-dan-als-je-kan geestdrift en zigzagde heen en weer over
alle stroken. Slechts één auto hoefde een andere te raken en alles zou
in een onontwarbare kluwen boven op elkaar storten.

Onderweg naar het hotel raakte Cas overdonderd door overal
schreeuwend felle reclameborden ter grootte van een halve tennis-
baan. De verwestersing had toegeslagen. Hij zag hoe de Russen werden aangezet tot het kopen van make-up, cola, draagbare telefoons
en Calvin Klein-onderbroeken. Ook de Company hing er tussen met
Kissy Face: een metersgrote mond prijkte boven het plaveisel, parel-

witte tanden gaven een o zo sexy beet in sappig geel vruchtvlees. 'More fruit, more joy, no sin' zei de tekst in het Engels. Daar was over nagedacht door copywriters uit verschillende landen. 'Vooral niet meer uitleggen, vooral in het Engels. Ja, ook in Rusland, of men het nu begrijpt of niet. Engels staat symbool voor het vrije Westen, voor verboden land afgeschermd met prikkeldraad. Gekonfijte vruchten zijn verboden fruit, te duur, te veel calorieën. Maar met onze zoetstof zijn de vruchtenrepen niet alleen toegestaan, ze zijn zelfs goed want je wordt er niet zo dik van als van gewoon snoep en je eet nog gezond fruit op de koop toe. Snapt u hoe knap alles in elkaar grijpt, meneer Block?' Zeker. Hij was niet gek. Bij de tiende grote mond met parelwitte tanden keek Cas een andere kant op.

Als eerste bezochten ze het pakhuis waar de Company-producten lagen opgeslagen. Daar bleek dat alle verkopen van de afgelopen kwartalen in feite geen verkopen waren geweest. Tonnen Kissy Face-repen stonden te smelten. En weeïg zoet te geuren. En grijzig uit te slaan. De groothandelaar, die in Rusland ook voor vervoer en verkoop aan de consument zorgde, zei dat hij zo lang mogelijk aan zijn contract met de Company had willen voldoen. Hij was blijven inkopen, ook al kreeg hij de spullen niet meer weg. Nadat de man met honderdduizend loze beloften afscheid had genomen, bleven Cas en Alex verder rondkijken.

Op het terrein stonden ettelijke vrachtauto's te wachten. Al weken, zei Alex. Er liepen meer buitenlandse leveranciers rond. Ieder had een eigen manier om zijn gemoed te luchten. De een foeterde de vrachtwagenrijder uit, de ander ijsbeerde op en neer in machteloze woede. Allen wreven onophoudelijk met een mouw of zakdoek over hun gezicht. Het was bloedheet. Overal hing de lucht van zweet en urine.

Cas zag er bekenden van Nestlé en van Mars rondlopen. Hij maakte kennis met een concurrent die hij altijd had benijd. Zijn bedrijf had jaren geleden al geïnvesteerd in trucks en vrachtrijders teneinde de eigen distributie en verkoop te verzorgen. Maar zelfs hun vrachtauto's stonden nu niets te doen. Ook zij konden niet om de maffia heen en moesten enorme sommen betalen als ze hun smeltende chocoladerepen wilden redden. 'Gelukkig nemen ze het in dit land niet zo nauw met de uiterste consumptiedatum,' zei de man. 'Ik ben in onderhandeling en als we hier binnen een week kunnen inladen, verkopen we de boel nog wel. De gemiddelde Rus kan heus niet te kieskeurig zijn. Ook beschimmelde chocola is een tractatie. Ze happen er smakelijk in.' Hij schaterde. Het klonk niet van harte. 'Wat kan ik anders doen,' verontschuldigde hij zich, 'het is toch om te huilen.'

Broederlijk gingen de westerse concurrenten 's avonds samen uit eten. Iedereen had Russische medewerkers meegenomen. Een tip van de sluier van Ruslands noodtoestand werd opgelicht toen die begonnen te praten. De een woonde met vrouw, kinderen en schoonfamilie in een tweekamerflat. Iets groters konden ze niet bekostigen. De ander was een astro-fysicus die na de val van het communisme voor zijn kennis geen emplooi meer vond. Nu tolkte hij wat en speelde voor chauffeur. De derde was violist, maar waar vroeger de staat de orkesten betaalde, moest dat nu door het publiek gebeuren. Een musicus moest wel uitzonderlijk goed en geliefd zijn wilde hij niet van de honger omkomen. 'En aangezien ik niet aan grootheidswaanzin lijd, ben ik in de leer gegaan voor marketeer,' zei de violist.

'Wel een grote overstap,' zei Cas.

'Voor mij niet meer dan voor een ander,' vond de man. 'Zaken als prijsstellingen, kosten berekenen, winst maken of een merknaam opbouwen zijn allemaal even nieuw voor ons. Ongeacht uit welk beroep we komen.'

Deze Russen waren stugge drinkers. De meeste buitenlanders stopten na een wodka of drie, vier. De Russen gingen gewoon door. Het maakte ze niet loslippiger. Integendeel, ze werden grimmiger. De kwaadheid die ze eerst hadden verstopt onder lachen en gastvrijheid borrelde naar boven. Ze lachten nog wel en ze vertelden moppen, maar de stemmen kraakten en af en toe sloeg iemand met zijn vuist op tafel. 'Onder het communisme hadden we het stukken beter. Toen was ons land een wereldmacht, toen hadden we te eten. Nu wordt alleen het zwarte circuit rijk,' smaalde de man die was meegekomen om zijn flat van zestig vierkante meter vol kinderen en schoonfamilie te ontvluchten.

'Als jullie daar niet snel wat aan doen,' zei Alex, 'zijn ook wij buitenlanders hier weg. Dan houden we op met in dit land te investeren. Dan trekken we een eindje verder en richten ons op China. Zou jij toch ook doen?' vroeg hij aan de violist-marketeer. 'Denk eens in, een miljard Chinezen tegen enkele miljoenen Russen. Als we aan elke Chinees één reepje per jaar verkopen, bingo. Reken maar uit: meer winst dan we nu wereldwijd maken. Ik weet wel wat ik zou doen als de Company van mij was.'

Onbeschrijfelijk jong en onbesuisd zoals die voor zijn beurt praatte. Maar ook al kloppen hun sommetjes niet, kinderen en dwazen spreken de waarheid. 'Ga hier onze bedrijfsgeheimen verklappen,' grapte Cas. 'Straks komen we elkaar allemaal in China tegen.' De rest van de avond deden de collega-concurrenten met name dat: over zaken praten die eigenlijk geheim waren. Hier troffen ze soortgenoten aan, zielsverwanten met gelijke problemen en uitdagingen. Hier kwamen ze in één avond meer begrip en steun tegen dan in dagenlange besprekingen met de bazen thuis.

Al eerder had Cas gedacht aan mogelijkheden hoe je de Company minder afhankelijk kon maken van de distributie via Moskou. Hij had een verdere ontwikkeling van de Russische Federatie al het jaar daarvoor met Prokopov besproken. 'Ach,' had die toen gezegd. 'Dat is de provincie, daar wil geen enkele goed opgeleide Rus naar toe. Daar is geen cultuur, geen beschaving, niks. Alles voorbij de Oeral staat voor ons gelijk met verbanning. Dat is Siberië.' Er was dus niets van gekomen. Je kunt nu eenmaal moeilijk dwars tegen de zin van je eigen mensen ingaan. Maar nu Moskou en Sint-Petersburg vastzaten en ze daar zelf last van hadden, nu wilden ze misschien wel meewerken. In gedachten reisde Cas al, voorbij de Oeral, door een tienduizend kilometer uitgestrekt Azië.

Reizen bleek een kwestie van geduld te zijn. Met omwegen bereikten ze Novosibirsk. Vandaar Irkutsk, Chabarovsk en ten slotte Vladivostok aan de Japanse Zee. Al die steden waren dichtbevolkt, met Russen, Tartaren, Mongolen, Chinezen, meestal in westerse kleding en soms nog in lokale dracht. Goederen werden te koop aangeboden aan de kant van de weg, midden op de weg, vanaf de laadbak van een truck. Cas en Alex bezochten warenhuizen, sportpaleizen en hallen van beton en staal waar je alles kon krijgen, van de modernste digitale apparatuur tot rioolbuizen, van bontmantels tot kroppen sla. Een en dezelfde koopman kon zulke waar aanbieden. Niemand was uitsluitend groenteman of loodgieter of televisiehandelaar. Ze verkochten datgene waar ze toevallig de hand op hadden weten te leggen. Op een straatmarkt prees een oud vrouwtje Kissy Face aan. Ze had de vruchtenrepen uit hun verpakking gehaald en in plakjes gesneden. Cas kocht een plakje. Overal kwam hij koopwaar tegen die in kleine hoeveelheden was opgedeeld. Een jongetje verkocht aspirines per stuk en aardappelchips per gram vanaf een kleedje op de grond. Zijn rechte ruggetje toonde trots het belang van de taak die hij verrichtte.

Aandachtig bleef Cas staan kijken naar de heen en weer lopende handelaren, naar de zittende, schreeuwende en druk gebarende verkopers. Hij zag sombere blikken, maar ook blije gezichten. Hij hoorde gekrijs, ruzies en af en toe een bulderende lach. Hier speelde het orkest van de nieuwe wereld, waar alle spelers dwars door elkaar bliezen, trommelden, tingelden en streken. Niemand zat meer geordend in de rij en de orkestmeester was in geen velden of wegen te bekennen. Cas zoog de kakofonie in zich op, de lust om mee te doen danste van kruin tot tenen door zijn lichaam. Hij had maanden kunnen blijven.

Reizen bleek ook een kwestie van stalen zenuwen te zijn. Om verder oostwaarts te komen moesten ze vaak eerst weer duizenden kilometers westwaarts. Niets hield zich aan de aangekondigde schema's of regelingen. Bussen reden een dag eerder weg, treinen bleven voor onbepaalde duur op een perron staan, vliegtuigen leken aan de grond genageld. Hoe moeizamer hun reis verliep, hoe vrolijker Cas werd.

Het laatste traject ging per vliegtuig van Chabarovsk naar Vladivostok. Ze zaten op de eerste rij. Bij het reserveren in het reisbureau had dat een luxe plaats geleken. Nu niet meer. In deze Tupolev 134b bevond de voorste rij zich achterin bij de staart. Het was ook de enige rij die achteruitkeek. Alsof ze stout waren geweest en in de hoek moesten staan met hun gezicht naar de muur.

Na twee uur begon het vliegtuig te dalen. Een halfuur later was het nog bezig met dalen. Cas begreep niet waarom hij lichten boven zich zag, een vliegveld hoorde onder je te liggen. Waarschijnlijk daalden ze langs een bergwand naar beneden en was het licht afkomstig van huizen op de berg. Weldra zouden ze in een dal landen. Secondes groeiden uit tot een minuut. Cas' maag vertelde dat ze steeds een stuk vielen en dan weer rechtdoor vlogen. De motoren van de Tupolev kreunden, stampten, raasden. Met een ruk schoten ze omhoog. Passagiers gilden. Ze moesten met kracht achterover in hun stoelen zijn geduwd. Iedereen, behalve Cas en Alex; zij waren van hun zitplaats af gegleden en hingen hulpeloos voorover in hun veiligheidsriemen. Cas probeerde zich met zijn voeten af te zetten tegen de wand en terug omhoog te schuiven op de stoel. Alex hing roerloos af te wachten. Het vliegtuig helde scherp naar links en keerde om. De piloot maakte zich op voor een tweede poging. Cas en Alex konden weer recht zitten.

Het duurde eindeloos. Ook deze keer vielen ze af en toe recht naar beneden. Opnieuw gebrul van de motoren, een scherpe hoek, dit keer naar rechts, en opnieuw hingen ze als marionetten aan hun touwtjes. 'Wat nu weer?' vroeg Alex met de verwrongen stem van iemand die nauwelijks meer lucht krijgt.

'Instrument Landing Systems zullen wel te modern zijn voor Aeroflot,' rochelde Cas, die zijn riem zo strak had aangetrokken dat zijn borstbeen leek te splijten. Ze waren de enigen in het toestel die praatten. Mensen jammerden, kreunden, hijgden.

Het vliegtuig ging veel te snel. Lichten flitsten langs de ramen. De grond spoot vlak onder hen voorbij. Met een noodklap raakten de wielen de landingsbaan. De motoren gierden in de achteruit en het toestel gleed, bokte en zwaaide tot stilstand. In het vliegtuig klonk als uit één mond een luide, langgerekte zucht. Honderd passagiers bliezen tegelijk de ingehouden angst uit hun longen.

Twee uur later strompelden Cas en Alex bekaf het hotel binnen. Te moe om hongerig te zijn, ging Cas meteen naar bed. De kamer was klein. Er stond een smal bed waar een lakenzak en een opgevouwen paardendeken op lagen. Een stoel, een Russische televisie van meer dan een meter breed, een peertje aan het plafond. De badkamer had een eigen wc, zonder bril. De handdoeken waren precies wat de naam aangaf, net groot genoeg om je handen mee af te drogen. Cas waste zich onder de kraan, er was geen bad. Dit was reizen. In alles zo ver mogelijk weg van het bekende. Steeds verder, tot het einde van de wereld. Zonder zich af te drogen ging hij op bed liggen. Nat, moe en gelukkig.

Van Vladivostok vloog Alex terug naar Moskou. Cas reisde via Korea door naar New York. Daar wachtte Dave Kernshaw hem op in zijn luxe kantoor op de bovenste verdieping van de Company. Een en al glimlach en gulle zinnen: 'Goed je weer te zien, we dachten al dat je van de aardbol af gevallen was. Hoe is het met je vrouw?' Dave kriskraste om hem heen en gaf hem klopjes op de schouder die niet hoger kwamen dan halverwege Cas' rug. 'Heb je de nieuwe kwartaalcijfers al ingekeken?' Cas staarde naar de kruin van Daves hoofd en voelde zich nog groter en lomper dan anders.

Opeens waren de plichtplegingen over. Dave wees hem een stoel en bleef zelf tegen het bureau leunen. 'Hoe was je snoepreisje?' vroeg hij schamper.

Afkeuring bij voorbaat. Cas had het kunnen weten. Hij ademde in en uit en nam daar alle tijd voor. Zijn blik zocht een vast punt in de kamer en hechtte zich ten slotte aan de rits van Daves broek. Hij bleef staren en zweeg, net zo lang tot Dave zijn benen over elkaar schoof. Mooi, dacht Cas. Bedek jij je kruis maar. Zo zelfverzekerd ben je dus niet.

'Met recht een snoepreisje,' zei hij opgemonterd alsof hij net eigenhandig zijn baas had weten te ontmannen. 'Ik heb ervan genoten. Maar met ons snoep gaat het daar fout. We moeten veranderen en snel.' In een paar zinnen schetste hij de mogelijkheid Moskou links te laten liggen en de voormalige Sovjet Republieken te zien voor wat ze in hoofdzaak waren: Aziatisch, en ze te bevoorraden vanuit Vladivostok via Korea of Japan.

Vanachter de verschansing van gevouwen armen en gekruiste benen deelde Dave mee niets te willen weten over welke nieuwe vorm van distributie ook. Hij piekerde er niet over vanuit de Verenigde Staten naar Azië te verschepen. Rusland werd bevoorraad vanuit Europa via Moskou, einde bericht.

'Ja ja,' zei Cas. 'Echt een moderne aanpak. Die dateert al uit de tsarentijd.' Hij vergat kameraadschappelijk te lachen en te doen alsof ze het daar vanzelfsprekend over eens waren. 'Toen liepen ook alle contacten met dat onmetelijke rijk via Moskou.'

Daves kaak spande zich. Van oudsher een gevaarlijk teken. Dave vroeg of Cas soms liever historicus was dan manager. Ook al een opmerking die weinig goeds voorspelde. 'En dat idee voor een fabriek in Korea, vergeet het maar.'

'Van daaruit kunnen we heel Azië bewerken,' zei Cas. 'Nu doen we dat vanuit de fabrieken in Nederland en Duitsland. Dat het traditioneel zo gegroeid is wil toch niet zeggen dat het zo moet blijven.'

'Jij moet ook altijd tegendraads zijn.' Dave draaide zich een kwartslag om en deed of hij iets op zijn bureau zocht. Met zijn rug naar Cas toegekeerd vervolgde hij: 'Jij bent pas blij als je een eigen imperium kunt bouwen. Jij past hier niet.'

Een man als Dave Kernshaw begreep werkelijk niets en niemand. Cas weifelde tussen woede en moedeloosheid. Hij stond hier heus niet voor zijn eigen belang te pleiten. Als de nieuwe ideeën ooit zouden doorgaan, kon hij geen imperium opbouwen. Integendeel, dan zou hij zijn liefste en grootste gebied kwijtraken, omdat het niet meer vanuit Europa werd bevoorraad. Dat moest Dave ook kunnen inzien.

'Het is je in je bol geslagen, Block.' Dave liep om zijn bureau heen, ging zitten en maakte secondelang de ene na de andere aantekening op losse gele papiertjes. Al die papiertjes verdwenen in een map. Hij sloeg de map dicht en liet zijn hand erop rusten. Pas toen keek hij Cas weer aan. 'Je bent zeker vergeten dat de Company uit principe zo min mogelijk kapitaalinvesteringen doet en al helemaal niet voor International.'

Dave verwoordde het Company-beleid, niets meer en niets minder. Hij leek flink zo achter zijn bureau, stram rechtop met één hand beschermend op die 'belangrijke aantekeningen'. En toch was Cas niet overtuigd. Aan het einde van elke zin zakte Daves stem, de woorden dropen af als een hond met zijn staart tussen de benen. Beleid ingegeven door angst, met een angstbijter als woordvoerder. Cas verdacht zijn baas ervan te gruwen van alles wat niet Amerikaans en niet vs was. Daves ervaring met andere culturen beperkte zich tot vliegvelden, taxi's en internationale hotels en zelfs daar raakte de man van slag. Cas herinnerde zich hoe zijn baas een jaar eerder in alle staten van ontregeling was tijdens het zuipen van wodka in Moskou en het aflebberen van een del in Seoul. Eerst knalrood van opwinding. Vervolgens dronken, misselijk, ziek. En later opnieuw knalrood, maar toen van schaamte. Zou die ervaring Dave nu parten spelen? Zou hij het niet kunnen zetten dat Cas hem zo gezien had?

'We hebben overigens wel een fabriek in Brazilië gekocht, weet je nog?' Cas had nuchter en neutraal alleen feiten willen noemen; desondanks waren het schampere 'overigens' en 'weet je nog' hem uit de mond gevallen. Tactvol zijn wanneer je iemand minacht! Die kunst zou hij nooit leren. Dan maar een schep erbovenop: 'En in die fabriek hebben we Kissy Face ontwikkeld, het product dat ondertussen veruit de meeste winst in het laatje brengt.' Het was domweg pochen. Dat kon Dave al helemaal niet hebben.

'Exact...' zei Dave. Hij liet de map liggen en wreef zich in de handen. '... en dat willen we zo houden ook. Jouw doldrieste plannen zouden alleen maar geld kosten.'

'Het is nog helemaal geen plan, het is voorlopig alleen maar een idee. Mijn enige vraag is of je je erin kunt vinden dat ik de zaken verder analyseer en ga doorrekenen.' Zinloos. Al bleven ze nog weken aan weerszijden van het bureau praten, de standpunten waren ingenomen. Niets kon hen tot elkaar brengen. Elke zin was een schep waarmee ieder zich nog dieper in zijn stelling ingroef. Met als enig gevolg dat ze per zin nog vaster kwamen te zitten. Dave voelde dat net zo goed als hij. De strakgetrokken spieren rond Daves kaak, de zenuwachtig wrijvende handen, alles duidde erop dat zijn baas hem liever kwijt dan rijk was.

'Je kunt rekenen wat je wilt,' riep Dave hem na. 'Mijn zegen heb je. Maar los eerst die puinbak in Moskou op.'

Die puinbak werd niet opgeruimd, want kort daarop viel de roebel verder naar beneden. De groothandelaar kon zijn schulden niet betalen en Dave greep de kans om Cas te ontslaan. Wat toen alleen door de tussenkomst van George niet doorging.

Cas schrok op van zijn stoel. Zijn benen sliepen, zijn hoofd verbleef nog in een andere wereld. Hij had zitten dutten.

Nu was hij alsnog ontslagen. Zogenaamd omdat hij handelde met Libië, iets wat een Amerikaans bedrijf bij wet verboden was. Zogenaamd, want het was niet de Amerikaanse overheid die de Company op de vingers tikte. De jacht op Cas was een interne zaak geweest, aangestuurd door Dave die jarenlang zelf via Italië de boycot op Libië had omzeild. Cas had alleen zijn beleid voortgezet. Cas was Daves dekmantel geworden. En Daves slachtoffer. Cas' kop moest rollen. Avonturiers op snoepreisjes gingen eraan. Dromers gingen eraan. Zeker dromers die tegen hun bazen een grote bek opzetten.

Verdwaasd liep Cas door de hal. Op zijn horloge was het zes over elf. Dromers gingen eraan. Er moest gewerkt worden. Voor een klein bedrijf dat groot wilde worden. Voor een bedrijf dat juist wel aan exporteren en internationaliseren dacht. 'Verdomme, meneer de headhunter, waarom bel je niet?'

Hij belde zelf, praatte en hoorde hoe zijn stem fel uitschoot. Hij voelde hoe hij terugdeinsde en er direct weer bovenop sprong, hoe twee mannen in hem om voorrang vochten. De een schreeuwde inwendig van schrik en ongeloof en eiste hardop een verklaring. De ander maande tot kalmte en dwong de mond tot het murmelen van woorden vol beheersing en begrip.

Hij hing net op tijd op voor zijn voorhoofd met een bons tegen de muur sloeg.

Muren horen koel en glad te zijn. Deze prikte met stenen doorns. Als hij eroverheen wreef, zou hij zijn vel openhalen, zou er bloed vloeien als bij een aderlating. Dat zou opluchten. Hij moest kapot. Ruw schuurde hij met zijn voorhoofd tegen het pleisterwerk, heen en weer.

Hij wreef en wreef. Een beschermlaag brak. Meer dan alleen bloed drupte naar buiten. Het was alsof alle beelden die hij van zichzelf had gekoesterd, mee wegstroomden. Daar gingen de hardwerkende student, de causeur en praatjesmaker bij zijn vrienden, de minnaar van vrouwen in den vreemde, de verwekker van een zoon bij Bonnie die naar tien kinderen had gehunkerd, de manager met hart voor zijn naaste medewerkers, de man met een onuitputtelijke ervaring waar iedereen om stond te springen. Allemaal verdwenen. Weg ondernemer, wetenschapper, avonturier. 'Ze denken dat u niet geschikt bent. Overgekwalificeerd. Ze vonden u ook iets te nonchalant,' had de headhunter zonet gezegd. 'Nee, ze gaan liever met een ander in zee.' Roerloos bleef hij met zijn voorhoofd tegen de muur leunen. Hij begreep het maar al te goed. Tijdens dat gesprek had hij achteloos en hoogmoedig met zijn kennis gepronkt, louter en alleen om benijd en bewonderd te worden. Ze moesten hem gretig willen binnenhalen, opdat hij hun aanbod had kunnen afwijzen. Wegwuiven die baan. Dat was het gebaar waar hij moed genoeg voor had. Wuiven met het slappe handje van de lafbek die geen vuist durfde te maken tegen zijn echte vijanden. Lucht, zijn status was lucht. Ze hadden er dwars doorheen gekeken, die personeelsmevrouw Berghuis en directeur Van Essen. Hij had vol minachting over de Company gesproken en dat was onvergeeflijk geweest. Hij had rondgelopen in de nieuwe kleren van de keizer. Hij had een show opgevoerd en geleurd met positie en ervaring en om erkenning gebedeld bij mensen die hij niet eens hoogachtte. Daarom had hij het waarschijnlijk juist gedaan. Snel gemakkelijk bijval oogsten, dat had hij gewild met zijn laatdunkende grappen over de Company. Om zo de vuile was buiten te hangen! Cas Block een beheerst en discreet manager? Die illusie kon hij vergeten. Als hij het al ooit was geweest, nu niet meer. Hij was dat minne mannetje uit Andersens sprookje. Die keizer die niets voorstelde, een grote man met buik die naakt paradeerde in de wereld en zijn eigen ijdelheid niet zag. Geen keizer meer, niet eens een koning. En als hij al een koning was geweest, hoe belangrijk was zijn koningschap, hoe groot dat koninkrijk? Moest een man niet weten, wegen en beseffen wat hij verloren had? Welke vragen stelde een ijdeltuit, een clown, een wijze aan zichzelf? Wat moest hij met het antwoord? Zat wijsheid in het antwoord of juist in de vraag?

Wist je?

Wist je hoeveel? Zijn wijze zus, zijn clown van een zus die altijd vragen stelde. 'Weet jij hoeveel engelen er op een speldenknop kunnen dansen?' had ze een keer gevraagd toen ze klein was. Rot op, had hij geantwoord en zijn moeder had teleurgesteld verzocht een beetje aardiger te zijn. Hij had zijn zusje afgewezen. Misschien leerde je veel als je vaak werd afgewezen. Nu was hij aan de beurt. Het leven trakteerde hem op een inhaalcursus voor volwassenen.

Vocht liep langs zijn neus en wang. Hij likte. Het smaakte zoet. Zijn bloed had bitter moeten smaken. Hoeveel engelen? Eén en één is twee en één is drie en zo maar door. Daar valt niet aan te tornen. Eén en één is twee, dat is geen afspraak, dat is zo. Daar is onze waarheid op geënt, onze wetenschap en onze rekensommen voor het leven. Engelen tellen op een speldenknop. Later had hij dat raadsel ook van anderen gehoord: *How many angels can dance on the head of a pin?* Gelukkig maar. Kinderen van amper zeven moeten zulke vragen niet zelf kunnen bedenken. Een enkele engel of miljoenen? Hij zag ze voor zich, mateloos en ontelbaar dansten ze een seconde tot in eeuwigheid. Het was zo eenvoudig allemaal, hij hoefde niet verder te zoeken dan bij de moraal van sprookjes en de vragen van zijn kleine zus.

'Ga maar met de trein,' had hij gisteren gezegd. Les één van de inhaalcursus werd een e-mail met excuses.

DE VEILING

In de auto kreeg Annabel spijt. Ze had Cas niet moeten meevragen. Hij zou haar tijdens de kijkdag alleen maar voor de voeten lopen. Dat eerste moment waarop ze oog in oog zou staan met de Blancus vroeg om serene rust. Niemand erbij, geen afleiding, alle aandacht voor deze onbekende kaart die mogelijkerwijs de schakel vormde tussen de stijl van de jezuïeten en die van de Hollanders.

Naarmate Düsseldorf dichterbij kwam, raakte ze onrustig als een speurhond die de reuk van wild in zijn neus krijgt. Op de grond naast haar stond de tas met haar laptop waarin ze haarscherpe afbeeldingen had opgeslagen van alle kaarten die voor een vergelijking nodig konden zijn. Ze tikte er zacht met haar voet tegenaan in een niet te bedwingen vreugde om wat komen ging. Het voelde heerlijk je te verliezen in de jacht op wat nog niemand wist of wat iedereen alweer vergeten was. Net zo lang zoeken tot je de geheimen aan de geschiedenis had ontfutseld, dat was de verrukking van haar vak. Als ze alleen was geweest zou ze zijn gaan jodelen van pure voorpret. Nu klapte ze in haar handen en blies erop.

'Heb je het koud?' Op de snelweg lag een lange reep autoband. Cas gooide te bruusk het stuur naar links.

'Nee. Jezus, let op wat je doet.'

De betonnen vangrail stoof op hen af. Hij stuurde bij. De auto slingerde. Annabel zag de vrachtauto voor hen groter en groter worden. Ze dook ineen, hoorde de remmen piepen, voelde de achterwielen schuiven. Cas vloekte. Een minuut later zette hij de auto aan de kant. In de berm, niet eens op de vluchtstrook of een parkeerterrein. 'Wil jij misschien rijden?'

'Heb ik soms een aanmerking op je rijstijl gemaakt? Ik zei toch niets.'

'Gelukkig zat er niemand achter ons.' Hij haalde een doos Kleenex uit het handschoenenkastje, veegde zijn gezicht af. 'Wil jij rijden?'

'Ben je ziek?' Hij zag er vreemd uit. Dat kwam niet alleen door de open rode plek die haar direct al bij het instappen was opgevallen. Nu klopte er ook een ader bij zijn slaap en spande de huid wit over het neusbeen. Hier en daar brak een druppel zweet door het vel.

'Ik voel me niet goed.'

Auto's scheerden langs hen. Sommige bestuurders toeterden en gebaarden van doorrijden, daar mag je niet stilstaan. Een tikte op zijn voorhoofd. 'Rot op, klootzak. Mijn broer is ziek,' gilde ze naar de man die alweer honderden meters verder was.

'Zachtjes Annabel,' zei Cas met zijn handen op zijn oren. 'Ik ben duizelig. Laten we van plaats verwisselen.' Hij maakte aanstalten om uit te stappen. Alweer toeterde een auto vlak naast hen. Giftig, indringend.

'Ik kan niet autorijden.'

'Geeft niet. Laat me even rustig blijven zitten. Het gaat zo wel over.'

Een scherpe lucht steeg op uit zijn kleren. Het zweet stroomde nu in dikke kronkelbanen langs zijn wangen. Zijn gezicht had de kleur van stopverf. Dat kon niet van de hitte komen, het was niet warm. Hij had geen lichamelijk werk verricht. 'Is je hart in orde? Je bent toch geen hartaanval of zo aan het krijgen? Heb je ergens pijn? Laten we straks naar een dokter gaan. Of hier blijven wachten tot de wegenwacht langskomt, dan kan die een ambulance bellen. Of...' ze haalde haar mobieltje uit haar tas. Ze wilde bellen omdat de drang haar broer te helpen niet te stuiten was. Tegelijkertijd hoopte ze dat zij hem ziek had gemaakt en dit ongemak over hem had afgeroepen. Hij was eindelijk aan haar overgeleverd. Eindelijk een begin van quitte spelen.

148   Hij stak een hand uit om haar tegen te houden.

'Maar je bent ziek.'

'Dat is het niet.'

'Wat is het dan? Ben je failliet? Is Bonnie voorgoed bij je weggelopen? Blijft ze in Amerika?'

'Hoe kom je daar nou bij, die komt over twee weken weer naar huis. Nee. Herinner je je die eerste middag en avond dat wij elkaar weer zagen.' Toen had ik net een sollicitatiegesprek gehad.'
'Voor een baan als directeur bij een koekjesfabriek ja.'
'Dat je dat nog weet. Die baan heb ik niet gekregen.'
'Die wilde je niet eens hebben, zei je toen.'
'Klopt, en nu ik hem niet heb voel ik me rot.'
'Snap ik best, maar daar hoef je geen bijna-auto-ongelukken of semi-hartaanvallen van te krijgen, lijkt me zo. Jij in ieder geval niet. Jij bent van schokbeton. Je moet straks gewoon je bed in en bijslapen. Kom op, Cas.'
'Sorry dat ik je bijna dood heb gereden.' Hij aaide over haar arm. Minutenlang bleef hij stil achter het stuur zitten voor hij verder reed.

Brunnenmeiers zoon, die door iedereen Und Sohn werd genoemd, draaide voortdurend om haar heen. Hij haalde kopjes koffie en maakte haar aan het lachen met roddels over andere veilinghuizen. Het was hem een eer haar de pronkstukken van deze veiling te tonen. Vol trots bracht hij haar naar een volledige *Atlas Major* van Blaeu. Alle elf delen in het Latijn. Waren ze in perfecte staat geweest, dan had het een godsvermogen moeten opbrengen. Nu zou dat niet lukken, dat was al aan de buitenkant te zien. De banden van blank kalfsperkament waren grauw en op enkele plaatsen lelijk gerestaureerd.

'Mag ik deze bekijken?' vroeg ze, en wees op het deel waarin eenzelfde Amerika-kaart zat die Cas had zoekgemaakt. Nieuwsgierig tilde ze het vijftien kilo wegende boekdeel naar een tafel onder het raam. Ze wilde het eerst niet neerleggen en doorbladeren uit vrees dat de uitgedroogde rug zou barsten wanneer ze het boek opensloeg. Zorgvuldige antiquairs hadden daar een oplossing voor. 'Heb je een zacht kussen?'

Geërgerd schudde Und Sohn zijn hoofd. Daarna werd hij weer handelaar en sperde hij zijn blauwe ogen wijdopen in de gespeelde verrukking van de verkoper die zijn klant toch o zo'n intelligente opmerking hoort maken.

Bij het licht van het raam stelde ze vast dat deze Blaeu inderdaad niet kon tippen aan het exemplaar dat zij van vader had geërfd. Toch vroegen de Brunnenmeiers voor de elf delen maar liefst zevenhonderdvijftigduizend mark. En dan te bedenken dat de atlas toen hij pas uitkwam vierhonderddertig gulden kostte. 'Mmm,' mompelde ze. 'Is er wat?' vroeg Und Sohn.

'Wist je dat de titelpagina van dit deel vervalst is?'

'Welnee, die is echt,' zei hij zonder zijn blik van haar borsten naar de atlas te wenden.

'Ik denk het niet,' zei Annabel die van haar vader had geleerd de verschillen te herkennen tussen echte en vervalste titelpagina's.

Und Sohn pakte het deel van haar over. Zijn hand raakte de hare en bleef daar te lang liggen. Met moeite keerde hij het boekdeel zo dat het zonlicht er recht op viel. 'Het lijkt me echt. Het papier is in ieder geval oud.'

'Dat is het beslist, maar je ziet dat het van een andere kwaliteit is dan de rest.' Als hij goed wilde kijken moest de namaak wel in het oog springen. Ze kon zich tenminste niet voorstellen dat het hem niet was opgevallen. Iemand had een kleurenscan gemaakt op oud papier. 'Moet je hier geen melding van maken? Potentiële kopers behoren het toch te weten: titelblad facsimile.' Haar wijsvinger gleed langs de randen van de titelpagina. Er was geen preegrand te voelen, geen indeuking ontstaan door het in het papier persen van de koperplaat. De andere bladzijden vertoonden wel zo'n moet als keurmerk van echtheid.

Ook al had Und Sohn haar gebaren nauwlettend gevolgd, hij deed of hij haar niet begreep. In plaats van met zijn vinger de gladheid van het papier vast te stellen, streelde hij haar wijsvinger. 'Waarom?' vroeg hij onnozel. 'Je vermoedt het, meer niet.'

'Zoals je wilt.' Ze trok haar hand weg en hief haar armen. 'Misschien moet je je vader er even naar laten kijken,' zei ze liefjes.

Zodra Und Sohn met het deel in de richting van zijn vaders kantoortje verdween, nam ze de gelegenheid te baat om naar de zaal te rennen waar de Blancus-kaart in een plastic hoes te bezichtigen lag. Een tafel om aan te werken was er niet. Ze moest zoeken naar een stopcontact en ging ernaast op de grond zitten. Het duurde te lang naar haar zin voor ze de laptop had opgestart. Zoveel tijd om ongestoord te kijken had ze niet.

Eerst zocht ze de kaarten van Japan op die voor 1617 waren gemaakt. Het waren er heel wat. Ze koos de laatste drie om in beeld te brengen. Het ging om de Ortelius uit 1595, de Wytfliet uit 1605 en die van Hondius uit 1606. Al die kaarten deden Japan geografisch geweld aan door het strak op een oost-west as te plaatsen. Ze gaven vooral de kusten weer. Het binnenland was opgevuld met denkbeeldige bossen, hier en daar bergen en wat huisjes op een al te lege plek. De Blancus-kaart vertoonde aanzienlijk meer gelijkenis met de werkelijkheid. Cartografisch was hij een reuzensprong vooruit. Het viel haar op dat er na Blancus lange tijd niets werd uitgegeven. Pas in 1636 verscheen een Janssonius. Bij stukken en beetjes flitste die kaart in beeld. 'Tsss,' siste ze verrast. Op het scherm was het tweelingzusje van de Hondius van dertig jaar ervoor te zien. Zelfs versieringen als bootjes en dolfijnen stonden op dezelfde plek. Zacht floot ze tussen haar tanden. Janssonius had geen gebruikgemaakt van de inmiddels verbeterde kennis. Meneer Janssen was vast lui geweest en had de koperplaat van meneer De Hond nagemaakt of gestolen. Zodra ze tijd had zou ze daar eens induiken. Dat soort achtergrondgegevens deed het goed bij haar klanten. Maar nu moest ze eerst een verklaring vinden waarom de Blancus-kaart er zo volledig anders uitzag dan alle andere.

Ze klikte verder en een kaart die in 1646 in Rome was gedrukt verscheen op het scherm. De overeenkomst met de Blancus-kaart viel direct op. Nu moest ze goed kijken. Ze was ervan overtuigd dat het antwoord daar vlak voor haar neus te vinden was. Maar waar? Waar zat die overeenkomst in?

Ze vergeleek kustlijnen, plaatsnamen, de loop van de rivieren. Opeens sprong de oplossing zowat van het scherm af. Duidelijk! Overduidelijk! Fijne stippellijntjes gaven de provinciegrenzen weer! Geen van de Hollandse kaartenmakers had de provincies afgebeeld. Hollanders waren handelaren, zij kwamen niet verder dan de kust en trokken niet het binnenland in. De jezuïeten daarentegen waren wetenschappers en administrateurs. Hun missionarissen reisden zo veel mogelijk rond. En de Blancus-kaart was voorzien van alle Japanse provincies compleet met nummers en het was haar in het begin niet eens opgevallen. Het was een kaart zoals de jezuïeten maakten voor ze op de brandstapel werden gezet of het land uit gegooid. Maar hoe kwam Blancus aan die kennis? Hij was geen jezuïet. Ze bleef klikken en zoeken.

Een handgetekende kaart kwam schoksgewijze in beeld. Gemaakt door de Portugees Moreira ten behoeve van de jezuïetenorde. Trillend ging ze centimeter voor vierkante centimeter beide kaarten na, de handgetekende van Moreira en de gedrukte van Blancus. Haar blik pendelde heen en weer tussen het scherm en de kaart in zijn plastic hoes. Even legde ze haar hoofd in haar handen en snoof diep. De Blancus-kaart was identiek aan de veel vroegere kaart van Moreira!

Op slag raakte ze zenuwachtig. Ze was er nog volstrekt niet aan toe haar vondst met wie dan ook te willen delen. Behalve dan met haar klant. Die kreeg een jezuïetenkaart van Japan, en wat voor een. De missing link. De enige bekende gegraveerde versie van de handgetekende Moreira-kaart. Ze zette haar laptop op stand by en bracht de Blancus-kaart terug naar de map waar ze hem had uitgehaald.

Tegen de tijd dat Und Sohn terugkwam, bestudeerde ze ijverig een composietatlas. Hij kwam haar zeer bekend voor. 'Daar zullen de gezusters Vogel wel op bieden,' zei ze.

'Reken maar,' antwoordde Und Sohn.

Pas 's avonds bedacht ze dat ze vergeten was te vragen wat Pa Brunnenmeier en hij besloten hadden met de vervalste titelpagina te doen.

De volgende ochtend besefte ze aan de ontbijttafel dat ze nog meer was vergeten. Ze zat op Cas te wachten. Hij had zich vast verslapen en dat terwijl ze ruim op tijd op de veiling wilde zijn. De vorige avond had ze hem uitgebreid verteld van haar vondst en hij wist dus hoe belangrijk deze dag ging worden. Hij had zelfs nog gezegd dat ze straalde. 'Maakt zoiets vinden je gelukkig?' had hij gevraagd met een allerakeligst matte stem. Ze was vergeten het aandachtige zusje te spelen dat naar zijn gezondheid vroeg en tussen neus en lippen meldde dat er helaas helaas geen Blaeu-kaart geveild ging worden.

'Aandachtig zijn,' mompelde ze. 'Nu in de opwinding van de Blancus niet vergeten wat je met Cas wilt doen.' Het liefst had ze hardop gepraat om haar gedachten beter te ordenen. 'Paaien en flemen en suikerzoet zijn,' zei ze tegen de suikerpot. 'Dat wordt stap één van de te volgen strategie.' Om haar uitspraak kracht bij te zetten, tilde ze de suikerpot op en zette hem met een klap naast haar bord neer. 'Jij gaat mijn broer zo inpakken dat hij zijn afschuw voor dat zusje van achttien jaar geleden vergeet.' Daarna sprak ze de zilveren broodmand toe. 'Als hij dan al zijn achterdocht verloren heeft, maak jij hem af met de doodsklap van de waarheid.' De broodmand was weliswaar stevig en zwaar, maar bij nader inzien vond ze toch dat een klap te snel en pijnloos zou werken. De waarheid moest traag en verpletterend bij Cas aankomen. Ze zocht een geschikter voorwerp, pakte haar glas karnemelk en gooide de inhoud terug in de kan. Daarna legde ze het glas op zijn kant en rolde het naar de suikerpot toe. Er droop een restje melk uit dat zich vermengde met gemorste broodkruimels. Als een deegroller duwde ze het glas over de kruimels heen en weer tot die plat en papperig aan het kleed koekten. Daar lag haar grote broer op tafel, uitgerold als een lap deeg. Week, vormloos, kneedbaar.

Cas kwam de ontbijtzaal binnenlopen in een donkerblauw pak met witte strepen, de banen iets te breed en het wit net iets te wit. Daaronder droeg hij schoenen met glimmend zwarte kwastjes. Ze schoot in de lach. Als ze zo bij de Brunnenmeiers verschenen, zou iedereen menen dat ze een hoge maffioso aan de haak had geslagen. Dan zou al hun medelijden pardoes omslaan in grote bezorgdheid. 'Jammer dat het niet regent,' zei ze. 'Dan kon je je verkleedpartij vervolmaken met een regenjas en slappe zwarte hoed.'

'Eerst koffie. Ik begrijp niet wat je bedoelt.' Hij schoof aan. Het bistrostoeltje kraakte onder zijn gewicht. Hij moest zijwaarts zitten omdat zijn benen niet onder de tafel pasten. 'Goedemorgen zusje. Heb je lekker geslapen? Ik wel. Ja dank je, ik voel me stukken beter.'

Bij voorkeur zat Annabel aan de zijkant, waar ze zowel veilingmeester Pa Brunnenmeier kon zien als alle medebieders. Geleidelijk aan druppelden de belangstellenden binnen. Daar was Benson McGuire uit New York, als enige met Cas en Pa Brunnenmeier in pak. Op afstand leken die pakken wel wat op elkaar; dat was een tegenvaller. Jolstad van de Koninklijke Bibliotheek uit Stockholm droeg een trui, Milou Vincennes van de Bibliothèque Nationale uit Parijs een tijdloze, zwarte tentjurk. Ben Levi uit Londen was er ook, evenals Jürgen Graf uit Bonn, kortom het vertrouwde groepje. Ze verzamelden zich in het gangpad. Op afstand klonk het gesprek meer dan gewoon levendig. Uitschieters van verontwaardiging en dof gebrom in het Engels en de keiharde 'tiens tiens' ertussendoor van Milou, die zo veel mogelijk aan haar moedertaal vasthield.

'Kom, ik ga ze even begroeten en jou voorstellen,' zei Annabel. Ze hield hun stoelen bezet door er een catalogus en blocnote op te leggen.

'Ha Annabel.' Ze keken nauwelijks op.

'Dit is Cas.'

'Ha Cas.' 'Hallo Cas.' 'Bent u een collega of een kennis?'

Niemand schonk verder enige aandacht aan hem of aan zijn maffiapak. Het gesprek keerde direct terug naar waar ze waren gebleven. Iedereen praatte, gebaarde driftig of stond met de kin in een hand ernstig te knikken.

'Heb je je e-mail niet gelezen, Annabel. U meneer?' Ze zagen Cas voor een collega aan.

'Ik heb hem gisteren aan alle leden van de Worldwide Cartographic Society verstuurd,' zei Jolstad.

'Wat dan?'

'Er is een man, een Engelsman, die een publicatie voorbereidt over oude Nederlandse atlassen. Althans, dat zegt hij. Oorspronkelijk hadden zijn keurige manieren en onberispelijke kleding geen enkele verdenking gewekt bij mijn mensen in de bibliotheek. Door louter toeval consulteerde ik een Blaeu die ik de week tevoren nog had ingekeken. Drie kaarten ontbraken. En natuurlijk raden jullie het al, die nette Engelsman had die atlas bestudeerd. Het blijkt dat er nog meer weg is. Ook de Koninklijke Bibliotheek in Den Haag mist kaarten, met name die van continenten. Amerika is het meest in trek. Vroeg of laat moeten die kaarten op veilingen opduiken.'

'Hier niet. Er is geen enkele losse kaart van een continent bij,' zei Annabel, die de dag tevoren had nagekeken of er inderdaad geen Blaeu-kaart van Amerika werd aangeboden. Onwillekeurig zocht ze Cas' blik. Hij keek strak terug. 'Wel de hele *Atlas Major.*'

'Waarom verdenken jullie die Engelsman? Het is niet logisch,' vond Milou Vincennes. 'Hij zou dat allemaal dichter bij huis kunnen ontvreemden. De British Library heeft Blaeus, Collums, Mercator Hondiussen, het hele stel. Daarvoor hoeft die man toch niet naar Zweden. Of naar Nederland. Hemel, ik bedenk me wat. Excuseer, ik ga nu meteen Parijs bellen om te zeggen dat ze alles moeten controleren.'

'Dat klopt en juist daarom vond ik hem verdacht,' zei Jolstad, maar Milou was al weggelopen. 'Ik vroeg me af waarom iemand iets ter bestudering aanvraagt als hij hetzelfde in eigen land kan vinden.'

Enkele vertegenwoordigers van koninklijke bibliotheken bleken naar de veiling te zijn gekomen in de hoop hun ontvreemde bezit aan te treffen. Als dat het geval was, moesten ze er toch gewoon op bieden. Het was altijd moeilijk te bewijzen dat een handelaar als Brunnenmeier willens en wetens gestolen waar had ingekocht.

'Wat doet de politie?' vroeg Cas aan Jolstad terwijl hij Annabel vanuit zijn ooghoek gadesloeg.

Ze verwenste zijn aanwezigheid en had hem het liefst een trap gegeven.

'De zaak is door Scotland Yard opgepakt. Omdat de verdachte een Engelsman is. Ik mag zijn naam niet noemen aangezien we hem niet op heterdaad hebben kunnen betrappen. Scotland Yard verwacht dat het een internationale bende is.'

Geleidelijk aan vond er tijdens het gesprek een scheiding der geesten plaats. Het viel Annabel op dat de bibliotheekmensen aan één kant van het gangpad en de handelaren aan de andere kant gingen staan, schijnbaar zonder dat iemand het in de gaten had.

Benson had de knuppel in het hoenderhok gegooid: 'In de Verenigde Staten hebben wij strakke regels en houden voortdurend toezicht. Op iedereen, zonder aanzien des persoons. Je zei dat jullie geen verdenking koesterden omdat die man er zo netjes uitzag, Jolstad! Hoe onnozel kun je zijn.'

Hadden de conservatoren eerst nog schril van verontwaardiging het vandalisme van kaartendieven gehekeld, zodra Benson en andere handelaren lieten doorschemeren dat ze de veiligheidsmaatregelen beneden peil achtten, sloeg de verontwaardiging om in beledigde onschuld. De conservatoren schoven dichter naar elkaar toe en legden omstandig uit wat ze allemaal aan voorzorgsmaatregelen troffen. Ze klonken verwijtend. 'Je kunt niet tot in het oneindige maatregelen nemen. Als iemand werkelijk kwaad wil, dan kan hij dat. Maar het is nog altijd wel zo dat gestolen waar verkocht moet kunnen worden.' De stemmen schoten fel uit.

Annabel lette niet meer op Cas, ze had alle aandacht nodig voor dit gesprek. Onder de verwijten hoorde ze de dreiging van een regelrechte aanklacht. Mismoedig stelde ze vast dat er altijd weer het moment aanbrak waarop de liefde voor oude kaarten en atlassen onvoldoende was om de wetenschapper en de handelaar bijeen te houden.

'Als jullie handelaren geen gestolen goederen kochten,' vervolgde een conservator, 'als jullie niet kwamen op veilingen als deze, waar niet altijd even secuur wordt nagegaan wat de herkomst van de stukken is, dan bestond er geen diefstal.'

'Ik hoor het al,' zei Benson beledigd. 'Jullie zijn de beschermengelen van 's werelds erfgoed. Maar als jullie wat meer benul van geld hadden, gingen jullie zorgvuldiger met je spullen om.'

Jolstad ontplofte op de beschaafde en onderkoelde wijze die Annabel van hem kende. Zijn stem bleef vriendelijk, maar traag rekte hij de lettergrepen zo dat de goede verstaander er zweepslagen in beluisterde. 'Voorwaar een uitspraak van een zakenman voor wie bovenal de geldelijke waarde telt. Kijkt u maar uit dat u uiteindelijk niet ziel en zaligheid ter wille van geld verkwanselt. Ach, ik besef ten volle hoe weinig u eigenlijk om de cartografische, de historische of de culturele waarde geeft. Het zij zo, alleen wensen wij ons daardoor niet te laten sturen.'

Jürgen Graf viel hem bij. 'Mijn Zweedse collega heeft gelijk. Het gaat om cultuur en wetenschap. Geld is bijzaak.'

'Sinds wanneer?'

'Spreekt hier de cynicus of de materialist? Ik weet niet wie ik meer verafschuw.'

'Dromer.'

'Geldwolf.'

'Ik zal blij zijn wanneer de veiling begint,' zei Annabel. Ze maakte aanstalten om naar haar plaats terug te keren.

'Annabel?' Cas hield haar bruusk tegen.

Ze wachtte tot de anderen waren doorgelopen. Toen legde ze haar handen op haar buik en liet daar alle wilskracht samenvloeien. Waag het niet, beval ze in stilte. Niet opnieuw: Annabel, heb jij...? Een wond bleef altijd waakzaam, een wond herinnerde zich pijn, en als opnieuw een aanval dreigde, gaapte hij open en drupte bloed nog voor hij werd getroffen. 'Voor je stomme dingen zegt,' siste ze, 'nee!'

'Het lijkt me beter dat ik...' Hij stokte, snoof. 'Ik ga.'

Ze vloekte binnensmonds. 'Hoe kan ik het goedmaken?' meesmuilde ze. 'Als dit jouw opvatting van goedmaken is, dan zoek je het verder maar uit, broertje.' Ze liep weg, riep over haar schouder: 'Kijk maar uit dat je onderweg geen ongelukken maakt. Zo briljant is je rijstijl niet.'

Op de wc ging ze staan uithijgen. Plenzen water moest ze over haar gezicht gooien om te kalmeren. Niet nu. Eerst de Blancus. Na achttien jaar moest deze ene dag er ook bij kunnen.

Und Sohn was veilingmeester. Tien minuten na aanvang kwam Helma Vogel binnensluipen. Ze ging zo onopvallend mogelijk achterin zitten. Annabel knikte haar toe. Ze had het goed ingeschat. Helma bood op de nummers waarvan ze had vermoed dat die bij de zusters in de smaak zouden vallen. Benson en Helma boden tegen elkaar op. Het dreef de prijzen op tot bedragen die Helma kennelijk niet meer reëel achtte. Ze stopte. Toen ze merkte dat Annabel haar vragend aankeek, schutterde ze wat ongelukkig met haar schouders in dat eeuwenoude gebaar van niets-aan-te-doen.

Annabels Blancus kwam onder de hamer. Und Sohn zette in op vijfenveertigduizend mark. Dat was laag ingezet. Het kon betekenen dat de Brunnenmeiers geen idee hadden van de echte waarde. Eerst liet ze een aantal rondes voorbijgaan. Deed toen of ze verveeld een poging waagde en stak slapjes haar hand op. Ze kende Und Sohn goed genoeg om te weten dat hij een hoger bod verwachtte. Und Sohn keek altijd scheef langs degene die hij als de hoogste bieder inschatte en dat was niet waar Annabel zat. Zevenenveertigduizend mark. Negenenveertigduizend uitgebracht door een onbekende in de hoek.

'Negenenveertigduizend,' herhaalde Und Sohn. 'Eenenvijftigduizend. Drieënvijftigduizend.'

Annabel bood vijfenvijftigduizend, maar het ontging Und Sohn. Hardop moest ze haar bod herhalen. Harder dan ze wilde, maar in plaats dat de ergernis in haar stem de onbekende bieder aanzette tot een volgend bod, keek Und Sohn haar terloops aan met een gezicht van wil-je-het-nou-hebben-of-niet. Ze knikte nauwelijks merkbaar. Eenmaal, andermaal. De Blancus was van Annabel. Voor vijfenvijftigduizend mark, met daarbovenop tien procent voor Brunnenmeier. Niet duur. Ze hield haar adem in, durfde niet toe te geven aan de blijdschap die in haar keel bonkte. Stel, o stel... Ze duwde haar nagels in haar handpalmen, een magisch gebaar om het ergste van het ergste af te wenden... Pas toen de groeven diep in het vlees stonden liet ze los. Haar adem stroomde mee. Nee, ze had zich niet vergist, ze had juist gekozen, de Blancus was uniek. Het liefst wilde ze meteen de kaart opeisen en verdwijnen, niemand zien en de Blancus bestuderen tot ze hem beter kende dan de lijnen in haar eigen hand.

Tegen enen werd er gepauzeerd. Und Sohn stapte op haar af met een tevreden glimlach. 'Bedank je me niet,' vroeg hij. Op dat moment walgde ze van hem. Omdat je me de Blancus gunde, moet ik zeker vanavond wat terugdoen, dacht ze. Laat naar je kijken, man. Je denkt toch niet dat ik geloof een gigakorting van je te hebben gekregen. Je bent geen type dat een dief wordt van zijn eigen portemonnee. Toch zou ik je gezicht willen zien wanneer ik de Blancus-kaart verder heb onderzocht en een artikel publiceer met als vette kop: de missing link. Dan vraag ik me af of je me nog zo lief vindt.

Benson kwam naast haar staan en brak in het gesprek in. 'Kom je,

Annabel,' zei hij alsof ze allang een afspraakje hadden. 'Ik heb Im Weissen Hirsch een tafeltje gereserveerd.'

Bij terugkomst in het veilinghuis riep Pa Brunnenmeier haar apart. 'Komm even mee, meine kleine Annabel.' Annabel kreeg op slag kippenvel. Waar had ze die aanheftitel aan te danken? Hij loodste haar zijn kantoortje binnen, ging achter een bureau zitten en nodigde haar uit tegenover hem plaats te nemen. 'Ga zitten. Koffie? Sekt?' Annabel keek om zich heen alsof het armetierige kantoortje kon vertellen waarom Pa Brunnenmeier haar gevraagd had mee te komen. Pa's keurige pak stak vreemd af bij de onbeschrijfelijke rommel.

Omstandig legde de heer Brunnenmeier uit dat hij een probleem had, wilde ze helpen, als ze zo vriendelijk wilde zijn, dan zou hij haar eeuwig dankbaar blijven, et cetera en enzovoorts. Hij sloofde zich uit, maar nam ondertussen nauwelijks de moeite haar recht aan te kijken. 'Mein Sohn heeft een fout gemaakt. Der Kerl moet das vak van veilingmeester nog lernen. Gelukkig ist hij joeng en dat zal allemaal recht komen.' Met elke zin leek hij kwader te worden en zijn talen meer door elkaar te halen.

Und Sohn had het goed verbruid, dacht Annabel. En zo jong was hij overigens ook niet meer. Al veertig.

'Kijk, Annabel. U hebt de Blancus-kaart gekocht. Daar hadden we niet op gerekend. We wisten niet dat u geïnteresseerd was in Franse kaartenmakers...'

Annabel hield haar adem in. Brunnenmeier wist meer dan zij. Dus Blancus was geen meneer De Wit, hij was Frans. 'Ja ja, meneer Le Blanc.'

'Weiss, geloof ik. Hij kwam uit Lotharingen.'

De Brunnenmeiers hadden waarachtig wél hun huiswerk gedaan. Weiss? Weiss? Blancus. Opeens meende ze dat haar vader ooit over hem had gesproken. Alleen wist ze niet meer wanneer. Het kon ook zijn dat ze het alleen vermoedde, omdat vader zo ongehoord veel had geweten.

'Nu is het zo dat we een telefonisch bod hadden,' vervolgde Pa Brunnenmeier, 'en dat we tot een maximum van negenenvijftigduizend mark konden gaan.'

De uiteindelijke prijzen waarvoor nummers verkocht waren, moesten gepubliceerd worden. De telefonische bieder zou de vergissing niet in dank afnemen. Annabel was benieuwd hoe Pa Brunnenmeier dacht zich hier uit te redden.

'We misgunnen u die mooie aankoop volstrekt niet. Zoudt u ons een dienst willen bewijzen?' Brunnenmeier zwierde en kronkelde zijn lichaam in een poging innemend over te komen. 'U weet, mijn zoon is zeer op u gesteld. Ik ook, zeer.' Hij sprak te luid, te snel. 'Het zou ons zo helpen als u boven ons telefonische bod wilt gaan zitten. Anders kunnen wij het gebeuren niet verantwoorden.'

'Pardon?' vroeg Annabel. 'Erboven?'

Pa Brunnenmeier krabbelde direct terug. 'Misschien kunnen we dan het verschil delen. Dan vullen wij het officieel aan.'

Wat was tweeduizend mark op het totaalbedrag? Ze stemde vlot toe. Te vlot. Ze leek wel gek. Of in de war. Of te gelukkig met het bezit van de Blancus om enige weerstand te bieden.

'Dat is lief. Sehr lieb,' zei Brunnenmeier stralend.

'Zou ik hem direct mee kunnen nemen. Ik wil hem vanavond bestuderen.'

'Zeker.' Hij stond op en liep naar een kantoorkast toe. 'Dan heb ik ook wat voor u.' Hij haalde er een grote plastic map uit en hield die met een brede lach tegen zijn buik. 'Een aardigheidje,' zei hij terwijl hij de map koesterde.

'Wat is het?' vroeg Annabel in de verwachting dat ze een cadeautje kreeg.

'We hebben gehoord dat je hier naar op zoek bent.' Hij pakte Blaeus kaart van Amerika uit de map.

'Hoe wist u dat?' Cas zou hem er toch niet naar gevraagd hebben?

'Van je Amsterdamse collega Jenssens, die is hier onlangs nog geweest.'

Het was inderdaad de juiste kaart, de Latijnse versie, originele kleur, fraai exemplaar.

'Mag je hebben voor vijfentwintigduizend mark,' zei Brunnenmeier. 'Omdat jij het bent.'

Dat was tienduizend mark te veel. Alsof ze de prijzen niet kende.

Net doen of hij uit dank dat ze tweeduizend extra voor de Blancus betaalde haar een geweldige gunst bewees. Alsof ze de Blaeu zo dringend nodig had dat ze alles zou betalen. En ook nog opeens van u op jij overstappen. De hufter. 'Ik meen dat onze relatie van dien aard is dat u gerust u en mevrouw Block kunt blijven zeggen. Dank u, meneer Brunnenmeier. Het is een boeiende dag geweest.'

'U neemt de kaart niet?'

'Stop hem in je reet,' mompelde Annabel tussen haar tanden. Helaas struikelde ze over haar lange benen toen ze opstond om fier het kantoor uit te schrijden.

Brunnenmeier hielp haar overeind, klopte zelfs haar tuinbroek voor haar af. Hij begeleidde haar naar de deur. Toen ze haar hand uitstak om afscheid te nemen, schudde hij die niet, maar maakte een en al glimlach een overdreven diepe buiging. 'Tot ziens dan maar weer, mevrouw Block.'

In het hotel vertelde ze aan de receptie dat ze voor niets en niemand gestoord wilde worden. Op haar kamer haalde ze de toilettafel leeg, legde de Blancus-kaart neer en ging aan het werk. Ze vergat te eten of te drinken en centimeter na centimeter onderzocht ze het papier, de kleur, de plaatsnamen en de kustlijnen. Ze maakte lijsten van de verschillen en overeenkomsten met de andere kaarten en was urenlang volmaakt gelukkig. Tot ze opkeek en haar eigen beeltenis in de spiegel zag. Onder de lange haren en het smalle gezicht ging ook het gezicht van haar vader schuil. Hij hield zijn hoofd scheef en schaterde geluidloos. Ze wist weer wanneer hij over Blancus had gesproken.

Vaders gezicht verdween, zijn stem klonk even op, stierf weg. Cas kwam ervoor in de plaats. Cas die haar niet vertrouwde, die was weggelopen en nu waarschijnlijk alweer thuis zat.

DEEL DRIE

KAIN EN ABEL

GEEN KIND MEER

'Volgens mijn goed ingelichte kringen kom je hier in New York in de directie,' zei Bonnie. Ze schoof de deken van zich af en slingerde haar benen over de rand van het bed. Met beide handen op haar dikke buik keek ze tevreden in de spiegel. Haar wijsvinger duwde tegen de navel, die flink opbolde. Niet doen, wilde Cas roepen. Als kind was hij al bang geweest dat een navel kon openbarsten en dat er dan baby's door naar buiten zouden tuimelen. Nu Bonnies buik er zo gespannen uitzag, leek dat opnieuw mogelijk.

'De directie,' riep hij. 'Als dat zo is neem ik ogenblikkelijk mijn ontslag.' Hij duwde zijn hoofd dieper in het kussen en trok het laken over zich heen. 'Ze doen hier niets anders dan vergaderen. Urenlang.'

Na hun terugkeer uit Brazilië ergerde hij zich meer dan ooit aan de zelfvoldane taal van het hoofdkantoor. De Company was een glazen stolp geworden waaronder de directie bedrijvig rondscharrelde, af en toe naar buiten keek en meende dat zo'n blik voldoende was om de wereld te begrijpen. Vroeger had Cas het ferme taal gevonden, nu leek het hem kortzichtig. 'Ze snappen hier niets van waar de markt om vraagt. Ik stik hier in New York, ik stik in die directie.'

Bonnie trok het laken van hem af. 'Gewoon adem blijven halen.'

'Ik ga mijn vader opzoeken in Nederland. Even frisse lucht happen.'

'Fris? Tussen jou en je vader? Kom nou.'

Cas stond op, liep op haar af. 'Ga je mee?'

'Kan niet in mijn toestand.' Ze rekte zich langzaam uit met een zijdelingse blik op de spiegel. 'Tien wil ik er,' zei ze. 'Zie je het al voor je, tien op een rijtje in aflopende grootte. Elk jaar een familieportret, elk jaar moeder met een nieuwe baby in de armen en een dreumesje dat aansluit in de rij. Vader trots erachter en steeds een beetje grijzer en bleker van het harde werken om al die mondjes te kunnen voeden.' Ze lachte uitbundig. Bij haar grootouders thuis stonden inderdaad zulke portretten van de ooms en tantes die waren achtergebleven in Italië. Mensen die op hun veertigste al stokoud waren en desondanks doorgingen met kinderen krijgen. Vroeger had Bonnie meewarig naar die foto's gekeken. Maar in de rozengeur-en-maneschijnwereld van haar zwangerschap vormden vroegtijdig verlepte ooms en tantes geen schrikbeeld meer.

'Eentje lijkt me zat.'

Bonnie aarzelde. 'Ben je er wel blij mee?' vroeg ze met een stemmetje dat fleemde en toch geen tegenspraak verdroeg. Gesponnen honing rond een steenboor. Suikerzoet, spijkerhard, een kei van een wijf.

Hij sloeg zijn armen om haar heen, blij om haar blijdschap. Ze straalde vierentwintig uur per dag. Ze gloeide van binnenuit en met geen mogelijkheid kon hij de sterkte van haar gevoelens evenaren. Ze was nog onbereikbaarder dan anders. Onnozel had hij gemeend dat ze samen een kind verwachtten. Dat was onzin. Kinderen krijgen bleek een vrouwenaangelegenheid te zijn, ondanks alle gepraat over samen doen en samen krijgen. Terwijl Bonnies buik warm in zijn kruis drukte, dreven zijn gedachten af naar al die andere mannen die net als hij met hun zwangere vrouw in de armen stonden of gestaan hadden. Hij dacht aan zijn vrienden in Brazilië en Europa, aan zijn vader, en was zich opeens bewust van een nooit eerder gevoelde lotsverbondenheid: wij komen er niet aan te pas, niet echt; wij blijven toeschouwers en buitenstaanders die bezorgd en nieuwsgierig niet verder komen dan rondjes draaien om een bolle buik. 'Dus je gaat niet mee naar Amsterdam,' zei hij met zijn mond in haar haren. 'Mijn vader zal je missen.'

'Jij zult me missen, bedoel je. Niemand meer die als buffer tussen jou en je vader kan optreden.'

Else begroette hem met een kus op beide wangen. Hij kuste haar hartelijk terug. Ze was allang niet meer "die beeldhouwster" met een neerbuigende nadruk op elke lettergreep.

Vader stapte binnen. 'Ha, zoon.' Geen begroeting met een handdruk, geen klopje op de schouder, niet eens even een zwaai met een arm van ha-hoe-gaat-het.

'Ha, vader.' Cas haalde een cadeau uit zijn koffer.

'Kijk hier eens, heb je dit al gelezen.' Vader schoof een krantenartikel onder zijn neus. Cas gaf hem het cadeau. Vader bedankte voor de kasjmier trui door Bonnie uitgezocht en Cas veinsde aandacht voor het artikel. De lijn van hun gesprek was zo voorspelbaar, dat Cas binnensmonds de zinnen prevelde en feilloos de tekst vooruit bleef. Hij schudde zijn hoofd over zoveel tijdverspilling.

Zijn wiegend, weifelend hoofd kwam hem opeens voor als een weegschaal, als een meter die aangaf naar welke kant zijn gevoel doorsloeg. Naar links 'ik houd van hem', naar rechts 'hij doet me niets'; naar links 'wat bewonder ik die man', naar rechts 'ik ken hem nauwelijks'. Zijn hoofd aarzelde rond het midden, wiebelde zacht zonder helemaal tot stilstand te komen. Dat zelfs zijn lijf een compromis wilde sluiten!

Drie dagen lang praatten ze elkaar suf over de toestand in de wereld, namen ze standpunten in om te verdedigen en halverwege weer uit te wisselen, louter en alleen om de ander te bewijzen boven de materie te kunnen staan. Hun twistgesprekken leken fel, maar noch Cas noch vader haalde in werkelijkheid echt uit. Ze zaten muurvast in dit ritueel en Cas betwijfelde of een van beiden ooit het lef zou hebben door de nietszeggendheid heen te breken. De hitte van hun woorden was slechts schijn: koud vuur dat een spoor achterliet in huis. De kilte vrat aan Cas. Hij voelde zich moe tot op het bot, ging steeds dutjes doen of vluchtte de straat op. Hij miste zijn zusje. Ze studeerde nu en woonde op kamers. Af en toe werkte ze met vader in de winkel, maar ze was nog niet op komen dagen. Bij vorige bezoeken had hij zich bij wijze van afleiding tenminste aan haar kunnen ergeren.

Op de derde avond stapte ze de huiskamer binnen als een filmster die een zaal vol bewonderaars betreedt. Ze bleef in de deuropening staan, schudde haar lange zwarte haren naar achteren en riep 'Cas' zonder hem verder aan te kijken.

Else klapte in haar handen. 'Bravo, je ziet er prachtig uit.'

Vader krabde aan zijn slaap en mompelde bezorgd zijn bewondering.

'Holy shit,' zei Cas ter ere van het schoolmeisje dat was uitgegroeid tot seksbom. Zeker een meter tachtig lang torende ze op benen die glad en glanzend in een strak opgerimpeld rokje verdwenen. Een minirok in tijgerprint met dito fluwelen bloes waaronder haar borsten spanden.

'Mam, heb je mijn zwarte truitje gezien, dat met die open hals?'

'Zeg even dag tegen Cas.'

'Je weet wel, we hebben het vorige week gekocht. Dat wil ik vanavond aan.'

'Annabel heeft een feest vanavond,' zei Else. 'Ik ga haar even helpen zoeken.' Ze stond op en gaf Annabel zacht een por richting Cas.

Ze zoenden elkaar. Hij keek recht tegen een middeltje aan zo jeugdig dun dat hij het bestaan ervan vergeten was. Hij dacht aan Bonnies lichaam, dat uitdijde en zacht en rijp niets meer toonde van botten die lenig bewogen onder vel. Bij een zusje hoorde je te denken aan iets eigens, aan een wezen dat je vertrouwd en nabij was en dat je wilde beschermen tegen de boze buitenwereld. Dit zusje zag eruit of de buitenwereld bescherming tegen haar kon gebruiken.

'Dag Cas. Dag pap, ik ga weer.'

'Krijg ik geen kus?'

Ze boog over vader heen, niet om hem te zoenen maar om haar vingers door zijn haren te halen. 'Het wordt ijselijk dun.' Ze pakte een haarstreng van boven het linkeroor en tilde hem hoog op. Daarna deed ze of ze er een ruk aan gaf en legde de pluk zo dicht mogelijk bij het rechteroor. Streng na streng plooide ze over zijn schedel. 'Zo kan het er weer mee door. Niks meer te zien van je kale kop. En niet in de wind lopen.'

'Annabel,' klonk Elses stem van boven. 'Kom je?'

''t Is ook zo'n lieverd,' zei vader zacht terwijl hij zijn kapsel aandrukte. Hij keek haar na met de blinde blik van verrukking.

Cas gruwde. Als vaderschap zo moest zijn, legde hij zijn kind liever te vondeling. Het deed hem denken aan de tijd dat zijn ouders net gescheiden waren. Volgens een dertienjarige Cas slijmde zijn vader door de telefoon: 'Jij bent en blijft mijn zoon, ook al zie ik je nu nauwelijks.' Had hij maar niet moeten weggaan, dacht Cas. 'Laten we er eens samen op uit trekken,' stelde vader voor. 'Wat vind je van een voettocht naar Rome? Een pelgrimage voor vader en zoon.'

'Een boetetocht voor jou, zul je bedoelen,' had Cas geantwoord met onverwachte slagvaardigheid. In de weken daarna had hij elk contact vermeden en de herinnering gekoesterd als aan een gestorvene. Hij nagelde zijn vader vast in de tijd. Vader moest degene blijven die hij was geweest voor hij vertrok. De geslaagde directeur die bakken vol geld verdiende, de ondernemer die verre reizen maakte, de man die alles wist en alles had gelezen. Toen hij later zijn vader toch opzocht, hem achter een kinderwagen zag lopen en roekoekoe-taal hoorde pruttelen tegen de nieuwe baby, keek hij van schaamte de andere kant op. Die sentimentele dwaas was zijn vader niet.

Boven hun hoofd kraakte de vloer. Iemand lachte. Vader luisterde. 'Annabel,' zei hij verheerlijkt.

'Ga je mee naar Rome?' vroeg Cas in een spontane opwelling. 'Kun je je herinneren dat je me jaren geleden vroeg samen naar Rome te gaan?'

'Wis en waarachtig herinner ik me dat. Een voettocht naar Rome. Gevleugelde voeten moeten dat nu worden, anders duurt het te lang.' Ondanks zijn leeftijd had vader een geheugen als een ijzeren pot.

'We vliegen natuurlijk.'

'Ach ja, dat was toen een moeilijke tijd voor jou. Je moeder trok ook zo aan je.'

'Laten we moeder erbuiten houden.'

'Een snoeperige vrouw, maar zo afhankelijk dat ze haar naasten omvormde tot beschermengelen en schutspatronen. Jou al helemaal.'

Zijn vader moest die rappe tong van hem in bedwang houden. Als hij nog één rotopmerking maakte over de vrouw die zolang ze leefde ruimhartig was opgekomen voor haar ex-man, voor haar rivale en vooral voor Annabel, dan ging Rome opnieuw niet door.

EEN JEZUÏET TE ROME

Hij had de gewaarwording door een immense woning zonder dak te dwalen. De straten en steegjes van de stad leken op gangen en gangetjes en de pleinen waren zalen. Stenen banken en fonteinen vormden het meubilair en bomen dienden als boeketten in de vensterbank. De huizen met hun voordeuren en luiken waren slechts alkoofjes waarin mensen zich uitsluitend terugtrokken om te werken of te slapen. Zon en regen hadden het stucco op de muren gerijpt tot wandtapijten van gesleten goudbrokaat met hier en daar verstelde stukken rozerood of oker. Een architect had geen mooier huis kunnen ontwerpen. Verrukt slenterde Cas van kamer naar kamer. Vader ging niet mee in de fantasie. Voor hem bekeken ze plein na plein en restaurant na restaurant. Ieder uur wilde hij stoppen voor een hapje van het een of ander. Ze stopten voor koffie, Romeinse artisjokken of een glas wijn en zodra het etenstijd werd ging hij helemaal breeduit zitten. Als het aan hem had gelegen brachten ze al hun tijd op terrasjes door. Soms hijgde en pufte hij op zijn hardst alleen maar om Cas te verleiden weer ergens neer te strijken.

In Rome woonde Ludovicus, een pater jezuïet en oude vriend van vader die hij wilde opzoeken. Hij raadde Cas aan tijdens dat bezoek de allerlelijkste toeristische attracties te bezichtigen, dan hoefde hij niet mee. 'Je kunt natuurlijk ook volstaan met de ansichtkaarten ervan te kopen. Op kleine schaal zijn ze al wanstaltig.'

In deze stad vol schoonheid raakte Cas bij vlagen oververzadigd. Het vooruitzicht je gek te lachen bij iets foeilelijks lokte. 'Doe een voorstel. Wat staat er op je lijst van de "tien verschrikkingen van Rome"?'

'De Trevifontein in ieder geval, het monument van Victor Emmanuel mag ook meedoen, maar wat mij betreft spant de Sixtijnse kapel de kroon.'

Maakte vader nu een vergissing? Het levenswerk van een genie? Jarenlang op je rug liggen sloven terwijl kalk en pigment in je ogen druipen – deed vader dat af als een ansichtkaartenattractie? Hij wist het bij zijn vader nooit. Vader was een selfmade man die zijn smaak en kennis pas op latere leeftijd bij elkaar gesprokkeld had. Soms maakte hij de gekste fouten. 'Het hele maniërisme is afschuwelijk. Al die opgeblazen mannen met hun gebalde spieren en verdraaide torso's. En dan de schijnheiligheid van zo'n religieuze voorstelling. Alsof Michelangelo diepgelovig was in plaats van verlekkerd op lijven. Wat ik je zweer, als hij nu had geleefd zou hij beslist geen bijbelse figuren of Griekse goden uitbeelden. Dan koos hij zulke engerds als Sylvester Stallone en Mister Universe. Ga jij maar eens kijken en zeg me wat je ervan vindt.'

Ze liepen samen op naar de Vaticaanse musea waar de Sixtijnse kapel zich bevond. Bij de deur gonsde en drong een menigte als een zwerm bijen die zijn korf in wilde. Zover het oog reikte stond er een rij mensen te wachten. Cas sloot achter aan. Na een uur vroeg hij aan het stel naast hem of ze even zijn plaats bezet wilden houden. Hij ging een ansichtkaart voor Bonnie kopen. Achter op de afbeelding van Michelangelo's *Laatste Oordeel* schreef hij: 'Wat vind je van deze bodybuilder? Een verontrustende gedachte dat de zoon van god zulke spieren nodig zou hebben.' Nog verontrustender was het dat Michelangelo zich een *Laatste Oordeel* voorstelde met honderden wringende, wroetende of ten hemel stijgende mensen die allen een overdosis anabole steroïden geslikt leken te hebben.

In de tussentijd was de rij nauwelijks een meter opgeschoten. De lust om Michelangelo's werk te zien was hem vergaan. Hij dwaalde rond het Vaticaan. Op het plein waren werklui bezig tribunes neer te zetten. 'Il Papa,' legde een man uit. 'Domenica.' Daarbij kuste hij zijn gevouwen handen, maakte een pleinomvattend breed gebaar en keek scheel en zalvend naar de hemel. Zijn kornuiten werden kwaad. 'Blasfemo, comunista,' scholden ze.

Zoveel begreep Cas van wat ze verder schreeuwden dat de komende zondag de paus op het balkon zou verschijnen om de gelovigen te zegenen. Honderdduizenden bezoekers werden verwacht. Honderdduizenden afnemers die gelijktijdig een gratis monster kwamen halen van het merk dat christendom heette. Een rilling van bewondering schoot door Cas heen. Zijn blik dwaalde over het zuiver ovaal van het plein, over de omranding van de zuilenrij, langs het trapezium dat naar de trappen van de basiliek leidde. Alles symmetrisch, alles strak uitgerekend. Indrukwekkend, dit hoofdkwartier. Het moest ze nog steeds goed gaan, anders waren ze wel naar een bescheidener behuizing uitgeweken.

Hij stapte de basiliek van Sint-Pieter binnen. Het was er koel en donker. Een ruimte om je verloren in te voelen. Hij wist ook niet wat hij er zocht. Schoonheid, ontroering? Verontwaardiging? Tijdverdrijf? Rechts bij de ingang stond een dame toeristen te gidsen. De groep liep door. Alsof ze een doek hadden gevormd dat nu opzij werd getrokken, verscheen achter de laatste toerist een witmarmeren beeld. Een beeld van vloeiende lijnen en glanzend witte vlakken. Een jong meisje met een dode jongen op haar schoot. Michelangelo's Maria met de gestorven Jezus. *Pietà*. Maria hield haar zoon nauwelijks vast. Ze keek naar hem en liet hem voorzichtig van haar schoot afglijden. Ze liet hem gaan, naar de hemel van God zijn vader. Een hemel niet boven haar, maar onder, aan het einde van haar schoot. Zo anders dan de hemel die voorbij de zon, de maan en de sterren ligt. Een hemel van het leven hier, van de aarde onder haar voeten. Een hemel die onder de voet gelopen wordt. In Maria's blik lag liefde, verdriet zonder snikken, zonder wrok. Liefdevolle herinneringen en overgave. Het afstaan van haar zoon in langgerekte ledematen uitgebeeld. Ijl, licht, hemels. Wit marmer. Witter dan Bonnies vel. Koeler, reiner; in vrede. Cas zag het door een floers van tranen. Hij liep naar buiten en leunde tegen een pilaar. Hij sloot zijn ogen om beter te bewaren wat hij had gezien.

Hij werd opengedaan door een lange gebogen neus waarachter een heksje bleek te zitten in korte rok en strak aangetrokken ceintuur. Ze stelde zich voor als de secretaresse van het Istituto Historico della

Compagnia di Jesù. Via een binnenportaal liepen ze een brede trap op. Het was er duister. Eenmaal boven moest Cas plaatsnemen in een wachtkamer. Hij zat er alleen. Hij wachtte vijf minuten, tien minuten, bladerde nogmaals de gids van Rome door; vijftien minuten. Net toen hij wilde opstappen verscheen het heksje opnieuw. Ze had haar rok een opvallend eind verder omhooggehesen en de ceintuur zat nog strakker. Misschien was dit weinig vroom ogende meisje speciaal aangenomen om de jezuïeten van het instituut te oefenen in het weerstaan van wereldse verleidingen.

'Wilt u pater Ludovicus spreken? Die zit op de vierde verdieping.' Haar Engels klonk zo Italiaans dat Cas eerst dacht opeens de taal vlot te begrijpen. 'Hebt u een afspraak met hem?'

'Nee.'

Ze greep de telefoon en belde. Dit meisje met haar minirokje en knalrood geverfde lippen schermde haar manvolk wel goed af. 'U kunt naar boven,' zei ze nadat ze weer had neergelegd. 'Pakt u de lift naar de vierde verdieping.'

Krakend rammelde de ijzeren kooi omhoog. Hoe hoger Cas kwam, hoe armetieriger de verdiepingen eruitzagen. Op de begane grond had nog marmer op de vloer gelegen, hierboven slechts linoleum. Beneden liep de trap statig en breed naar boven, hier wentelden smalle houten treden rond de liftschacht. Het werd ook steeds donkerder. De liftdeur wenste op de vierde verdieping niet open te gaan. Een oude man in trui en sloffen moest hem komen bevrijden.

'Fijn u te ontmoeten.' De stem klonk zacht en bibberig. 'Ik ben Lodewijk Verbene.'

Bij zijn weten had Cas nooit een jezuïet ontmoet; hij had iemand in een lange zwarte soutane verwacht, met een tonsuurtje en van die kwezelogen zoals hij ooit had gezien op een bidprentje van Ignatius van Loyola. Niets in het uiterlijk van Verbene verried dat hij een priester was. Onder de door motten aangevreten trui was niet eens een rond wit boordje te bekennen. Met aarzelende stappen liep hij voor Cas uit naar een kantoortje. Overal boeken en ordners op de grond gestapeld, een groot bureau met nauwelijks ruimte om iets neer te leggen.

'Uw vader en ik bestuderen net een reisverslag van eeuwen geleden. Uw vader heeft dat boek in het Frans, wij bezitten de Latijnse uitgave. We hebben onenigheid over het aantal kaarten dat in beide versies hoort te zitten. Uw vader wint deze ronde, het is zijn vak. Maar ik win wanneer het op Latijn aankomt. Al ben ik oud, mijn hoofd doet het nog goed.' Hij glimlachte zelfvoldaan. 'Uw vader is zo aardig voor mij geweest om een presentje mee te brengen. Wel twee zelfs. Een fraaie kaart van Japan uit 1617. Zoiets kostbaars kan ik onmogelijk aanvaarden. Maar dat kleine kaartje uit de negentiende eeuw, daar ben ik erg blij mee.'

'Zo snel had ik je niet terugverwacht,' zei vader. 'Hoe was de Sixtijnse kapel?'

'Niet geweest. Te druk.'

'Iets persoonlijks krijg ik niet vaak. Wel wijn, en die drink ik op ook,' vervolgde pater Ludovicus. 'Zodra het groot is of erg waardevol mag ik dat niet zelf houden en daar wilde je vader niet van horen.'

'Vanzelfsprekend niet,' zei vader. Uit zijn tas diepte hij een koker op en hield hem in de lucht. 'Jou gun ik alles Lou, je orde niet. Deze Blancus gaat weer mooi mee naar huis. Kan ik je niet alsnog verleiden?' Hij zwaaide de koker op en neer.

'We krijgen schenkingen van overal, bibliotheek na bibliotheek wordt ons cadeau gedaan.' Pater Ludovicus' hand wuifde aarzelend mee met de bewegingen van de koker. Een hand van bot met aderen en daaroverheen een vliesdun vel. De lange spits toelopende vingers grabbelden in de lucht en vielen toen stil. Verbene was vergeten waarom hij zijn hand omhoogheld. Verbaasd keek hij eerst naar de vingers en daarna naar vader.

'Dus je bedenkt je? Je wilt deze kaart van Japan wel?'

'Willen wel. Mogen niet.' Verbene stak zijn hand in zijn broekzak. 'Ik zou hem moeten afgeven en dan zou die fraaie kaart ergens eindigen op de derde verdieping. Kamer na kamer staat daar volgepropt met papier. Niemand komt er ooit kijken.'

Vader stopte de koker terug in zijn tas en schoof naar het puntje van zijn stoel. 'Dat is zonde, Lou. Daar moeten waardevolle boeken en kaarten bij zitten.'

'Ongetwijfeld. Alleen hebben we niemand die dat uit kan zoeken. Nieuwe instroom is er nauwelijks en wij jezuïeten zijn een arme orde...'

Hmm, schraapte Cas zijn keel. Hij had juist gemeend dat de orde erg rijk moest zijn. 'Wat me doet denken, jongeman. Als u een kop koffie wilt zult u naar het cafeetje op de hoek moeten. Of u moet wachten tot lunchtijd. Ik mag slechts één gast per ochtend een bekertje koffie aanbieden. Maar ik heb wel een lunch voor u weten te regelen.' Pater Ludovicus klonk daar verbaasd over. Die lunch moest iets bijzonders zijn.

'Wat zou ik daar graag rondneuzen,' zuchtte vader.

'Waar?' Pater Ludovicus zocht verstrooid om zich heen.

'In die kamers waar jullie de schenkingen dumpen.'

'Dat is niet toegestaan. Veel vrijheid hebben we hier niet. Bah, Rome, het is hier je reinste bureaucratie; alles is aan regels gebonden. Toch zal ik het jullie laten zien. Even om de hoek kijken kan niet verboden zijn.' Ondertussen rommelde hij in allerlei papieren. 'Hier heb ik ze.' Hij haalde een bruine envelop te voorschijn. 'Kijk, Arnold, een aantal brieven van ordegenoten. Uit de Jappenkampen gesmokkeld. Wil jij ze lezen? Ze zijn interessant. En hier, hier...' Hij graaide verder. 'Ik heb ook ergens dagboeken. Het zijn kopieën. Je mag ze hebben als je er discreet mee omgaat. Ik bedoel dat hun ellende niet voor de verkoop in jouw winkeltje is bestemd.'

'Lou, waar zie je me voor aan.'

Lou Verbene monsterde vader van onder tot boven. Hun blikken haakten ineen. 'Ik ken je langer dan vandaag.' Hij gaf hem een klopje op de schouder. 'Ben blij je te zien, Arnold.' Hij richtte zich tot Cas. 'Jouw vader ritselde van alles in het kamp. Achttien jaar oud en niet kapot te krijgen. Het lukte hem 's nachts buiten de omheining te komen. Hoe heb ik nooit geweten. Ja ja, zonder hem hadden we beslist slechter te eten gehad. Bovendien zorgde hij voor muziek. Een Indisch bandje op zaterdag en koormuziek op zondag. We hebben wat afgezongen niet...' Zijn zin verzandde in afwezig gemompel. Hij knikkebolde dromerig terwijl zijn ogen glommen. Alsof het kamp prachtige herinneringen had opgeleverd.

Vreemd te beseffen dat zijn vader daar had gezeten. Cas wist eigenlijk zo weinig van zijn leven af. Dat hij zingen kon. Nooit iets van gemerkt. Vader in een koortje achter prikkeldraad. 'Tijd voor onze lunch,' kondigde pater Ludovicus aan. Op weg naar buiten mochten ze de kamers zien waar de legaten lagen. Al bij het opendoen van de deur rees een muur dozen voor hen op. Keurig gestapeld. 'Hier heeft niemand ooit een blik op geworpen,' riep vader. Hij peuterde aan een kartonnen deksel. 'Daar zal vast van alles van mijn gading bij zitten.'

Pater Ludovicus ging er ernstig op in. 'Spaar je de moeite. Het meeste is volstrekt niet in jouw lijn, theologische literatuur in prachtband. Raak niet in de verleiding, Arnold, om je vannacht hier te laten insluiten in de hoop iets van je gading te vinden. Ik weet, je staat voor niets, maar dat wordt zoeken naar een speld in een hooiberg.'

'Breng ik cadeautjes voor je mee, word ik nog beticht van snode lusten. Mooie vriend ben jij.'

'Ik wilde je net het compliment geven dat jij als enige ter wereld die speld wel zult vinden.' Pater Ludovicus huiverde en maakte zacht klokkende geluidjes, alsof de genoeglijke rillingen van een dierbare herinnering zijn lijf opschudden. Hij liep zelfs rechter. Cas verwachtte een uitleg, die echter niet kwam. Binnen enkele seconden slofte hij weer langzaam verder. Zo langzaam dat vader vroeg: 'Zat je vanochtend niet wat leugentjes op te hangen toen je zei dat het goed met je ging? Wat is er met je aan de hand, Lou?'

'Wedloop tegen de klok. Ik wil mijn studie over jezuïeten in de kampen afmaken voor ik de kraaienmars blaas. Ik wacht op toestemming om naar Nederland te gaan. Daar zijn nog enige mensen in leven die ik nodig spreken moet. Mijn hart is niet zo goed meer. Ik heb een pacemaker en dat is beslist een fraai ding. Erg knap zijn die doktoren. Ik kon het ziekenhuis niet op eigen benen in en na een week liep ik er zelf weer uit. Nu ik zo oud ben, besef ik pas goed hoe weinig van nut ik ben geweest. Pacemakers plaatsen, gebroken harten repareren, dat is tenminste iets. Wat heb ik nu bijgedragen? Ik ben een onnut mens geweest. Ik gaf om vrijheid en dat kan al helemaal niet als je tot een orde toetreedt.' Hij legde zijn hand op vaders arm. 'Kun je me niet helpen?' Ik wil zo graag naar Nederland. Is er niet een congres waar ze een oude pater jezuïet kunnen gebruiken die praat over zijn ervaringen in het Japan van vlak na de oorlog?' Hij richtte zich tot Cas. 'Ik weet niet of je vader je verteld heeft dat ik direct nadat wij vrij waren naar Japan ben gegaan. Ik wilde de vrouwen en de kinderen zien van degenen die ons overwonnen hadden. De orde leende me uit aan de Amerikanen omdat mijn Japans zo goed was, dachten ze. Het is slechts matig hoor.' Beschaamd schutterde hij wat met zijn bovenlijf. 'Dat wisten noch mijn provinciaal, noch de Amerikanen. Mag ik even zitten en wat uitrusten?' Hij wees naar een bank. Op zijn slaap sidderde een ader als een levend dier. Hij hijgde.

'Zal ik een glaasje water voor u halen?' vroeg Cas. 'Of de secretaresse roepen.'

'Lieve hemel nee. Dan belt ze onmiddellijk de dokter. Straks gaat het wel weer. Help me even.' Verbene stak zijn armen uit om houvast aan Cas te hebben. Het proces van voeten verzetten om steviger te staan, van langzaam achterover leunen en daarna met zijn dijen tegen de bank naar beneden glijden, verliep schokkerig en traag. Op het laatst liet hij zich met een plof vallen. 'Au,' zei Cas bij de gedachte aan die oude botten die te hard in aanraking waren gekomen met de stenen bank. 'Het spijt me, ik had u beter moeten ondersteunen.'

Een tijd bleven ze met zijn drieën zwijgend zitten. Op de verdieping eronder hoorden ze iemand lopen. Van achter een deur klonk het gerinkel van een telefoon. Verder was het stil in het Istituto Historico. Opeens zwaaide een deur open en zeven mannen in burgerkleding liepen in ganzenpas de gang op. Ze groetten met een hoofdknik en daalden zonder een woord te zeggen de trap af. Cas had het zicht op een ruimte vol bureaus met computers. 'Wie waren dat nou?' vroeg hij. 'Zijn dat administratieve krachten of uw ordegenoten?'

'Beide. Ze nemen nu lunchpauze en verdwijnen de straat op om iets behoorlijks te eten. In het Vaticaan zijn wij jezuïeten niet geliefd. Ze zetten ons hier de voet dwars waar ze maar kunnen. Er is steeds minder geld voor alles. Voor de lunch in de kantine mocht ik bij wijze van traktatie een salade van buiten laten komen.' Het klonk als de grief van een oude man die zich vastbijt in zijn gram. 'Wij verdoen hier onze energie en talenten. Je moet je licht niet onder de korenmaat steken, maar hier worden we ertoe gedwongen. Als je altijd in verre landen hebt gewerkt, is het terugkomen op het hoofdkwartier zwaar.'

Het klonk Cas als muziek in de oren, als een herkenningsmelodie: voor een pater jezuïet kon het al net zo liggen als voor hemzelf. Vertoonde het internationale leven van een priester en van een zakenman nog meer overeenkomsten? Hoe moest hij daarnaar vragen, wanneer hij er geen benul van had hoe jezuïeten leefden en wat ze werden geacht te doen of te laten?

Pater Ludovicus praatte alweer door: 'Ach ja. Ons Indië en later Japan. Daar ging ik formeel naar toe om te onderzoeken wat de Jappen in de kampen met onze orde hadden gedaan. Ondertussen koesterde ik de wens het ze eigenhandig betaald te zetten. Ik zag mezelf als een engel der wrake, ook al noemde ik het toen rechtvaardigheid. Er waren momenten – God vergeve het me – waarop ik hoopte die zelfvoldane grijns van hun gezichten te slaan. Maar wat je verwacht en uitstippelt in je leven gebeurt nooit. Het pakte allemaal zo anders uit.'

Hij trok aan vaders mouw en zijn stem zakte tot een fluistering. 'We hebben het er vaker over gehad, nietwaar Arnold, over straf voor zonden, over begrippen als boete of wraak. Naarmate ik ouder word begrijp ik er steeds minder van. In ieder geval verborg ik toen mijn gevoelens van wraak en genoegdoening onder de edelste motieven en het stijlvolle gedrag dat men van onze orde mag verwachten.'

'Wat gebeurde er?' waagde Cas te vragen. 'U zei dat het allemaal zo anders uitpakte.'

Pater Ludovicus spreidde zijn armen. Hij straalde of hij de lege kamer met alle computers daar tegenover hen zegende en de absolutie gaf. 'Hoe kon ik verwachten verliefd te worden op het land, op de kinderen met hun rode wangen, op de bewoners van afgelegen bergdorpen die nog niets wisten van vrede? Sommige van de teruggekeerde bewakers hadden hun familie niet eens verteld dat de oorlog was afgelopen, zozeer waren zij bevreesd hun gezicht te verliezen.' Afwisselend keerde hij zich naar links en naar rechts. Het vocht in zijn verbleekte ogen vloeide uit in tranen. 'Ja ja, dat was me pas een tijd. Daar was ik onafhankelijk.' Zijn armen zakten weer omlaag. De linker-hand bleef op vaders knie, de rechter op die van Cas liggen. De tam-me handen van een verslagen oude man. 'Mijn provinciaal en ordege-noten duizenden kilometers ver weg. En ik op mijn motor naar de meest afgelegen plekken. Soms kwam ik wekenlang niet terug in To-kio.' Zijn hoofd schoot overeind en zijn magere oudemannenborst-kas zwol strijdlustig op in de trui. 'Ik haat het hier. Haal me hier weg, Arnold. Bedenk een congres, een vergadering in Nederland, iets waarvoor je me een officiële uitnodigingsbrief stuurt. Beloof het me. Dan kruipen we weer op een Harley Davidson.'

Vader sloeg zijn handen ineen en schudde ze geestdriftig op en neer alsof hij Verbene gelukwenste met een overwinning. 'Goed zo, Lou. Zo ken ik je weer. Vooruit man, we racen de hele wereld rond, wat jij.'

Pater Ludovicus schrok op. De oude dag kroop terug in zijn stem. 'Dat zal niet meer gaan. Helaas. Kijk jongeman...' Hij probeerde overeind te komen. Cas haastte zich zijn arm als steun aan te bieden. '... daar in Japan had ik vrijheid. Als het even kon nam ik mijn motor en ging op onderzoek uit. Dat hoorde bij mijn werk. Dan kon ik rij-den en de schoonheid van Gods natuur bekijken. Dan kwam ik bij mensen thuis en praatten we. Over alles, niet eens over de oorlog. Over de oogst, over hun kinderen, over het land waar ik vandaan kwam. Daar kwam ik echte mensen tegen. Arnold, heb jij je Harley Davidson nog?' Zijn vingers knepen in Cas' arm ter versterking van de vraag.

'Ik ben Arnolds zoon. Daar zit Arnold.'

'Natuurlijk. Dat weet ik toch.'

'Lou, ik ben bijna zestig,' zei vader.

'Dan ben je in de kracht van je leven. Zelf reed ik tot mijn zeventig-ste. Ik wil bij jou achterop.'

'Heen en weer geklotst worden zeker. Met jouw hart. Waar zie je me voor aan. Ik wil je nog graag lang heel en gezond houden.'

Pater Ludovicus sloeg zijn ogen neer. 'Dat zal toch niet meer lukken.'

Vader maakte een beweging om naar voren te springen en de oude man in zijn armen te sluiten. Hij maakte de beweging niet af. Bij hun afscheid na de lunch deed hij dat wel. Zachtjes klopte hij Lou Verbene op de rug, hield hem lang tegen zich aan.

's Avonds liepen ze per ongeluk twee keer langs de Trevifontein, ondanks het feit dat vader die wilde vermijden. Bij de tweede keer graaide hij in zijn broekzak. Ook Cas gooide iets in het water. 'Dat was een gulden, wat een verkwisting. Ik hoop dat je een gigantische wens hebt gedaan. Voor zoveel geld mogen de goden je wel gunstig gezind zijn.' Cas had helemaal geen wens gedaan. 'Heb jij wat gewenst?' Vader knikte. Ze liepen door. Vader liep ongemerkt langzamer. 'Eigenlijk zou ik aan zijn wens moeten toegeven.'

'Aan wiens wens?'

'Die van Lou, van pater Ludovicus. Ik weet niet wat hij liever wil, Rome ontvluchten of nu mogen sterven.'

'Het is anders nog een krasse kerel.'

'Kras! Een bibberige man van kraakporselein. Ik kan erbij staan janken, Cas. Als ik op die leeftijd door de gangen schuifel en voortdurend vergeet wat ik net heb gezegd, schiet me dan alsjeblieft een kogel door mijn kop. Je had die man in het kamp moeten zien. Iedereen deed wat hij zei, zelfs de meest verstokte atheïst of rebelse puber zoals ik. Hij schold ons allemaal voor rot wanneer we niet de uiterste discipline in acht namen. "En jij," zei hij tegen mij, "ik zal jou wat boeken geven. Jij hebt te veel tijd over om de Jap een poets te bakken en dat is gevaarlijk." Dat klopte. Ik was achttien toen ik het kamp in ging. Ik deugde nergens voor. In Soerabaja was ik van de hbs getrapt en verdiende de kost met spelen in een bandje.' Vader liep met zijn handen op zijn rug en zijn hoofd zakte steeds verder naar voren. Herinneringen ophalen leek hem dodelijk te vermoeien. 'Een gouden leven. Tot ik het kamp in moest. Daar wist ik me geen raad met mijn energie. Dus Lous boeken waren welkom. Hij had een beperkte bibliotheek bij zich: een bijbel uiteraard, de tragedies van Sophocles en verder reisverslagen van zeventiende-eeuwse ontdekkers en veroveraars. Of van missionarissen, zoals hij ze noemde wanneer ze meer zieltjes dan land inpikten. Ik las ze keer op keer. Meer nog dan liefde voor lezen heb ik daar geleerd me te concentreren. Op een houten brits maakte ik mijn eigen wereld. Als ik daar lag ging alles wat zich buiten afspeelde langs me heen. Ik las. Je snapt dat ik mijn leven lang bij Lou in het krijt zal staan.'

Het was de eerste keer dat vader hem een blik gunde op zijn kampverleden. 'Ga je pater Ludovicus uitnodigen?' 'Daar zit ik zwaar over te denken. Voor een congres.' Vader bleef stilstaan. 'Wie zegt dat het groots moet zijn. Bestaan er soms afspraken over het minimum aantal deelnemers waarbij een bijeenkomst nog congres heet? Bij deze verklaar ik een aantal van vijf voldoende. Vijf mensen bij mij in het keldertje, wat vind je daarvan? Vijf Japanspecialisten kunnen immers heel wat wijsheden te berde brengen. En mijn lieve Annabel maakt daar dan een mooi verslag van. Dat kan Lou mee naar huis nemen als bewijs dat het een heus congres was. Als ik geld had gaf ik hem een Harley Davidson cadeau, ook al kan hij er niet meer op rijden. Zijn je die dunne benen van hem opgevallen, Cas? Hoe die trilden. Daarmee kun je nooit een zware motor in bedwang houden. Maar wat zou hij genieten. Hij zou er stralend omheen lopen. Hij zou de lak strelen en onmiddellijk vragen naar alle nieuwigheden die erop zitten.' Vader stopte zijn handen in zijn zakken, trok zijn schouders wat op en verkneukelde zich bij de gedachte. Even later schoot zijn nek weer te voorschijn. 'Tijdens dat congres huur ik er een en dan fabriceren we een kinderzitje voor volwassenen achterop. Dan gespen we hem in en zo jagen we langs polderwegen en over dijkjes. Zul je zien hoe die man geniet van het geronk van de motor en de wind in zijn gezicht. Misschien zou ik hem niet moeten vastgespen en deed ik er goed aan hem in een bocht zomaar van de dijk de sloot in te laten rollen. Volgens mij wil hij het liefst dood. Maar ik durf hem er niet naar te vragen. Zou jij dat durven? Vreemd dat je nooit over de echte dingen in het leven praat, dat je alleen leert er met gloed en verve omheen te praten.'

Cas legde een arm om zijn vaders schouders. Zo liepen ze verder. Ze waren niet de enige mannen die met de armen om elkaar door Rome stapten. In veel landen was dat heel gewoon. Het zo lopen met zijn vader stemde blij en toch bonsde zijn hart tegen zijn ribben. Hij voelde vaders schouders tegen de binnenkant van zijn arm. Terwijl ze verder liepen merkte hij hoe stil en strak hij zijn arm hield. Hoe het krampte in zijn schouderblad en nek. De neiging om op de vlucht te slaan draaide een lus in zijn maag. Hij bleef beheerst doorlopen.

Ze gingen op zoek naar een garage die hun een motor wilde verhuren, terwijl geen van beiden een rijbewijs bij zich had. Uiteindelijk bemachtigden ze een BMW R100 met zijspan door de garagehouder extra geld in de hand te moffelen en een borgsom te storten om u tegen te zeggen. Pater Ludovicus verdiende een waardig afscheid.

'Dit is nog eens wat anders dan de Vespa's of Moto Guzzi's die we tot nog toe hebben bekeken,' zei vader. 'Die knetteren en snerpen. Dat zijn juffershondjes vergeleken met deze bloedhond hier.' Hij sloeg de BMW aan. De motor ronkte en bromde. Zelfs Cas, die zijn vaders liefde voor motoren niet deelde, moest toegeven hoe weldadig zwaar geweld kon klinken. Het deed hem aan oorlogsfilms met nazi-officieren denken. Glimmend zwart plaatwerk, spatborden als militaire helmen, remtrommels groot genoeg om een vrachtauto tot stilstand te brengen, gekruiste spaken. Alles even stevig uitgevoerd. 'Lou zal opkijken,' zei vader.

Ze moesten pater Ludovicus met een smoes naar beneden lokken. Het vereiste voorbereiding. Niet alleen dat Lou toestemming nodig had om het pand te mogen verlaten, hij was ook bang voor de lift terwijl vier verdiepingen trappen lopen te veel voor hem zou zijn. Het meisje met de haviksneus en voor die dag oranje gestifte lippen zat in het complot. Ze had hem voor allerlei karweitjes al sinds negen uur die ochtend elke keer een verdieping lager geloodst. Ten slotte stond hij op de begane grond toen Cas binnenliep.

'Pater Ludovicus, fijn juist u hier te zien. Vindt u het erg ons even te wijzen hoe we bij de bibliotheek van het Vaticaan komen? We zijn al een halfuur aan het zoeken en kunnen het niet vinden. Vader staat buiten te praten met een overbuurman die hem geloof ik helemaal de verkeerde kant opstuurt.'

'Op mijn sloffen,' mompelde Verbene. Maar Cas had hem al een arm aangeboden en samen schuifelden ze de straat op.

Het meisje gaf een knipoogje. 'Succes,' fluisterde ze.

'Rare meid,' zei Verbene, die haar hoorde. 'Alsof het zo moeilijk is de bibliotheek te vinden.' Buiten gekomen stond de BMW-motor met zijspan voor de deur. In de smalle straat zag hij er buitensporig groot uit, of een tank er de weg versperde. Pater Ludovicus keek ernaar, wendde toen het hoofd af als om de verleiding uit de weg te gaan. 'Waar is je vader?' vroeg hij knipperend tegen het zonlicht, terwijl vader op nog geen drie meter naast de motor stond. 'Ah, ben je daar.' 'We gaan uit rijden,' kondigde vader aan.

'Een BMW?' vroeg de pater, weer volstrekt helder van geest. 'Maken ze die nog? Ik dacht overigens dat jij Harley's reed.' Hij schoof dichterbij, maakte zich los uit Cas' arm en legde eerst een en daarna de andere hand op het stuur om de greep uit te proberen. Hij wankelde op zijn benen en desondanks probeerde hij op te stappen.

'Lou, ben je bedonderd. Straks breek je iets voor we goed en wel op weg zijn.'

Ze wikkelden hem in een dikke jas. Helm op. Bril op. Het was een karwei dat broze lijf in het zijspan te krijgen. Vader reed, Cas zat buggy. Bij een stoplicht gilde pater Ludovicus of ze hier de bergen niet in konden. 'Hier, ja hier, gauw, naar rechts, dan komen we uiteindelijk in de Apennijnen.'

'Kunt u wel zo lang weg?' schreeuwde Cas tegen de wind in.

'Reken maar. Dit genoegen laat ik me niet afpakken.'

Ze reden naar de bergen. Drie uur over een stoffige autostrada. Daarna door dorpjes die vergeven waren van de autobussen en caravans. In september was het seizoen nog in volle gang. Ergens moest er worden uitgestapt. Ergens moest Lodewijk Verbene zijn Japans berggevoel vandaan halen en dat zou niet lukken te midden van schreeuwende vakantiegangers. Ze hadden niet veel tijd meer. Het was al vijf uur en ze wilden voor donker terug zijn. Op goed geluk sloeg vader een zandpad in. Na vijf minuten hobbelen en schudden hief pater Ludovicus zijn hand. Zijn oude botten konden het niet meer verdragen. Ze stopten.

Voor hen lagen bergen, al hadden ze alle drie mooiere gezien. Schuin beneden stond een boerderij uit beton en golfplaat opgetrokken. In de verte zoefden onzichtbaar auto's voorbij. Onder een ceder spreidde Cas de picknick uit op een tafelkleed dat hij van het hotel had geleend. Pater Ludovicus keek toe. Met zijn tweeën moesten ze hem uit het zijspan hijsen. Toen hij eenmaal zwaaiend in zijn sloffen tussen hen in wat stapjes deed, vonden vaders en Cas' blik elkaar. Wat nu, waar zetten we hem neer?

'Ik blijf wel staan,' zei pater Ludovicus. Cas haalde het tafelkleed weer onder het brood, de olijven, de duivenpaté en de rode wijn vandaan en vouwde het op tot een kussen.

'Nee niet zo,' zei de oude man kribbig zodra ze probeerden hem toch de lange afdaling naar de grond te laten maken.

'Staat u me toe.' Cas tilde hem op.

'Ik kan het zelf wel.' Pater Ludovicus wrong en spartelde om zich los te wurmen. Hij glipte bijna uit Cas' handen.

'Rustig aan, Lou,' vermaande vader. 'Als je per se je nek wilt breken, doe dat dan met een motorongeluk. Dat is meer je stijl.' Hij ging minder omzichtig te werk dan Cas en duwde zijn vriend met kussen en al tegen de boom aan. 'Zit je zo goed?'

Cas schoof de etenswaren terug en schonk de glazen in. Ze knabbelden op olijven en deden wie het verst de pitten kon wegspuwen. Pater Ludovicus zat binnen de kortste keren niet meer tegen de ceder geleund. Hij keek om zich heen, kneep zijn ogen dicht en snoof de geuren van den en zand op, keek dan weer naar de bergen of naar de lelijke boerderij met het golfplatendak. 'Ha,' zei hij terwijl hij het glas hief. 'Dit is pas leven.'

Na het tweede glas viel hij in slaap. Zijn kin bungelde op zijn borst en zijn bovenlijf wiegde heen en weer op de maat van zijn gesnurk. Vader kroop dichterbij en propte het kussen stevig om hem heen opdat hij niet zou omvallen. Zonder zijn hoofd te heffen of zijn ogen open te doen fluisterde pater Ludovicus: 'Vergeet je mijn congres niet?'

ONTVREEMD

Een man in spijkerbroek en leren jack opende de voordeur. Achter de man verscheen Else. In een paar uur leek ze twee maten te zijn gekrompen.

'Is er wat? Wie is deze meneer?'

'Meneer is van de politie.'

Met een paar stappen beende Cas langs de politieman op Else af. Ze had haar beeldhouwkiel nog aan en door het steenstof op haar gezicht kronkelde een glanzend zwart spoor. 'Heeft iemand een ongeluk gehad? Is er hier een inbraak geweest?' Else schudde haar hoofd. 'Is er iemand dood? Hebben ze je pijn gedaan?' drong Cas aan. 'Wat is er gebeurd?' Hij veegde over de tranen op haar wang. Het kronkelspoor veranderde in een brede streep. 'Kom maar, kom, zeg het dan.' Hij streelde haar hoofd. Ze leunde tegen hem aan. Haar haren roken scherp naar stof en steengruis.

Uit het trapgat naar het antiquariaat beneden dook een tweede man op. Ook in spijkerbroek en leren jack gekleed. Aan een riem op zijn heup hing een pistool. Het zien van dat wapen maakte Cas pas echt ongerust. Wie moest hier met wapengeweld aangevallen of in bedwang worden gehouden? Zat er een dief of voortvluchtige misdadiger in huis? Iemand die via de winkel was binnengedrongen en zich nu ergens had verstopt?

De man groette met een knikje, zei toen tegen de ander: 'Hier is geen beginnen aan. Ik kan met geen mogelijkheid de normale winkelvoorraad onderscheiden van gestolen spul. We moeten er een deskundige bij halen.'

'Arnold en Annabel. Ze worden vastgehouden,' snikte Else, 'op het politiebureau.' Ze maakte zich uit Cas' omarming los en snoot haar neus in haar schort.

'Bent u familie van de heer Arnold Block?' vroeg de eerste politieman.

'Zijn zoon.'

'Uw vader en zuster zijn gearresteerd. De Universiteitsbibliotheek voert al een tijd verdenking tegen hen en nu zijn ze op heterdaad betrapt.'

'Betrapt waarop?' Cas had moeite helder te denken. Wat viel er te betrappen in een bibliotheek? Lawaai maken. De bibliothecaresse naaien tussen de kaartenbakken. Er met de kas vandoor gaan. Bibliotheken zijn meestal zo armlastig als kerkratten. Kerkratten, kerkschatten, oude boeken. Het besef daagde dat er een fortuin te stelen viel. Maar iemand liep niet zomaar met een atlas onder zijn arm langs de portier de deur uit. Zijn vader en atlassen stelen. Vader met zijn diep respect voor boeken? Onmogelijk.

'Uw zuster had een kaart opgerold in haar mouw gestoken.'

'Hè, wat?' Vanbinnen juichte het: Annabel, niet vader, godzijdank. Niet vader, ik zou het niet verdragen als het mijn vader was geweest.

De mannen namen afscheid. Hun gezichten stonden niet ernstig zoals het een politieman betaamde. Ze keken ronduit teleurgesteld. Hoe groot was de stap voor zulke mannen te zorgen dat ze niet teleurgesteld zouden blijven en een volgende keer wel wat vonden? Al moesten ze het corpus delicti ervoor zelf naar binnen smokkelen en ongezien ergens in de winkel achterlaten. Misschien was hij achterdochtig geworden na jaren in het buitenland wonen en gebeurde zoiets niet in de rechtsstaat Nederland.

Zodra ze de deur achter de politiemannen had dichtgedaan, zakte Else langs de muur op de grond. 'Ik heb ze het hele huis laten zien en het antiquariaat. En overal liggen boeken, overal zijn kaarten. Ze vroegen me voortdurend "wat voor kaart is dit", "hoe lang heeft uw man die al in zijn bezit", of "wat betekenen de codes daar in potlood".' Haar stem schoot fel uit. 'Alsof ik dat zou weten. Heb je gezien hoe ze de pest erin hadden?'

Dus Else had hetzelfde opgemerkt.

'Ze zochten naar meer gestolen kaarten.' Else giechelde terwijl ze huilde. Ze moest over haar gezicht poetsen om snot en tranen de baas te worden. Cas hurkte naast haar neer. Hij had geen zakdoek die hij kon aanbieden. Er viel een stilte.

Beneden in de winkel rinkelde de bel. Geschuifel. Else legde een vinger op haar mond, wees op haar betraande wangen en schudde haar hoofd. Meer geschuifel.

'Dieven,' zei Cas.

Else lachte. Ze hikte en lachte opnieuw. 'Dieven,' mompelde ze. Steeds sneller wisselden hikken en lachen elkaar af. Ze legde haar handen op haar buik en liet zich omvervallen. 'Ga nou maar.' Ze bleef op de vloer liggen, schuurde met haar wang over het hout.

Cas liep naar de trap.

Achter hem prevelde Else: 'Een dief zegt tegen zijn liefje: "Kom, laten we samen uit stelen gaan." Heb je die zin vroeger ook geleerd bij Nederlands, Cas? Kom, laten we samen uit stelen gaan. Dat is pas liefde als je een dief bent. Wie was het, denk je? Was het: "Kom, vader." Of stel je je Arnold voor die zegt: "Kom mijn lief kind, kom mijn Annetjepannetje."'

'Waarom vraag je dat? Het was Annabel, zij had die kaart in haar mouw,' zei Cas voor hij het antiquariaat in liep. 'Zij is betrapt. Niet vader.'

Aan de balie van het bureau Warmoesstraat hielp één agent. De rest dronk koffie en trok zich niets aan van de zes mensen die wachtten. Eerst ging Cas braaf op een stoel zitten, maar na twee seconden besloot hij te vragen of zijn vader en zus hier inderdaad waren.

'Op je beurt wachten jij,' beten twee andere wachtenden hem toe.

'Ik moet alleen iets vragen.'

'Ja, wie niet.'

Ook al hield Cas er niet van, hij maakte nu gebruik van zijn postuur. In plaats van schuchter over de balie te leunen of met de staart tussen de benen naar een stoel terug te sluipen, maakte hij zich extra groot. Hij haalde zijn Amerikaanse paspoort uit zijn zak, reikte het de agent aan die het meteen weer teruggaf en vroeg wat hij daarmee moest. 'Om me te legitimeren. Zijn mijn vader en zuster, de heer Arnold Block en mejuffrouw Annabel Block, hier?'

De agent brulde over zijn schouder: 'Zit die Block hier nog?'

Een andere agent zette zijn plastic beker met koffie op tafel en liep op Cas toe. 'Die zijn weer naar huis.'

'Naar huis?' vroeg Cas, die Amerikaanse praktijken van opsluiten en onmiddellijke rechtshulp gewend was. 'Hebben ze dan niets gedaan. Is alles een misverstand?'

'Het spul is toch terecht, meneer. De Universiteitsbibliotheek heeft die kaart terug. En zeg maar tegen uw zus dat ze voortaan iets met wijdere mouwen aan moet doen. Dit was amateuristisch gedoe. Knappe meid, uw zuster. Doe haar de groeten van Klaas, agent Klaas, dan weet ze het wel. Wacht even.' Agent Klaas schoot een lange man aan die net uit een van de spreekkamers stapte. 'Meneer Eerdens, een ogenblik alstublieft. Dit is de zoon van de heer Block, misschien wilt u ook met hem spreken?'

Eerdens bleek het hoofd te zijn van de afdeling zeldzame en kostbare werken van de Universiteitsbibliotheek. Ze liepen samen naar buiten. 'Een onverkwikkelijke zaak,' zei hij.

'In hoge mate,' zei Cas. 'Is er iets wat ik doen kan om... om... het goed te maken? Het spijt mij dat ik me zo ongelukkig uitdruk, toch hoop ik dat u begrip kunt opbrengen voor de schok die dit in de familie heeft veroorzaakt. Volstrekt onverwacht en onvoorstelbaar. Is er schade aan de atlas waar mijn zusje die kaart uit heeft gehaald? Ik ben gaarne bereid...' Cas brak af. In Brazilië, waar hij net een paar jaar had gewoond, zou hij de zin aanvullen met 'te betalen om de eer van onze familie te zuiveren'. Nu eindigde hij slapjes: '... als ik ergens mee helpen kan?'

'Misschien. Wij zijn direct begonnen een onderzoek in te stellen. We kijken na wanneer uw vader, wanneer uw zuster en wanneer beiden atlassen ter inzage hebben aangevraagd en dan controleren we of er iets aan ontbreekt. Gelukkig hebben we de beschikking over computerbanden. Ook de oude, die drie jaar teruggaan, zijn nog ter beschikking. U kijkt verbaasd, meneer Block. Ja, wij zijn redelijk geavanceerd. Bovendien vrezen we dat het niet bij deze ene kaart is gebleven. Morgen weten we meer.'

Morgen. Morgen vloog hij naar huis. Dat moest hij uitstellen. 'Kan ik u morgen bellen, meneer Eerdens? Wat is uw telefoonnummer?'

'U kunt mij bereiken via het algemene nummer van de UB,' zei Eerdens koel. 'Goedenmiddag, meneer Block.' Hij draaide zich om en liep weg.

Cas keek hem na. Een lange man die met elke stap liet zien hoe hoog verheven hij zich voelde boven het rapalje dat Block heette. De hitte vloog hem naar de keel. 'Tot ziens,' mompelde hij. Dat hij hier nu rond moest lopen met het schaamrood op de kaken.

Ze zwegen toen hij binnenstapte. Drie paar ogen wisselden een blik. 'Ik kom net van het bureau Warmoesstraat,' zei hij ten overvloede. Else had hun dat ongetwijfeld al verteld. 'Je moest de groeten hebben van agent Klaas, Annabel. Hij vond je onprofessioneel. Volgende keer moet je een blouse met wijdere mouwen aantrekken.'

Ze zaten hem vanuit hun ooghoeken roerloos op te nemen.

'De politie is tevreden want die kaart is terug bij de UB. De UB is niet tevreden en vermoedt dat je nog veel meer hebt verdonkeremaand. Ze werken vannacht door met een extra team.' Dat verzon hij ter plekke. 'Morgen hebben ze de uitslag van hun onderzoek.' Hij had op zijn minst een beweging verwacht, deemoedig neerslaan van haar ogen, opstandig snuiven, iets, maar zijn zusje zat erbij of ze toevallig even op bezoek was. 'Ze werken met computerbanden en kunnen zo precies nagaan uit welke atlassen iets ontbreekt,' vervolgde Cas. 'Als de Nederlandse politie iets gemeen heeft met de Amerikaanse kun je beter wat je gestolen hebt direct teruggeven. Of is dat al verkocht?' Hier stokte Cas. Als het verkocht was, zat zijn vader in het complot. Alleen hij wist wie voor bepaalde kaarten belangstelling had. 'Is de rest nog hier?' Zijn stem knerste, de woorden schuurden als grind in zijn mond, toch moest hij verder vragen. 'Of heeft ú het soms verkocht, vader?' Het 'u' galmde na in zijn oren.

'Met welk recht neem jij ons een kruisverhoor af?' vroeg vader.

Vader, zijn filosofische vader die hem al als kind ontzag voor oude voorwerpen had bijgebracht. 'Niet met je vingers aan die globe komen Cas, er zitten vetten en zuren in de huid van je vingertoppen.

Niet aanraken.' Dat was in de bibliotheek van Salamanca geweest. Het bestond niet dat vader in deze zaak betrokken was.

'Bonnie heeft gebeld,' gooide Else ertussendoor. 'Of je terug wilt bellen.'

'Ik wil dit graag zelf met Cas afhandelen,' zei Annabel. 'Ik had per slot die kaart in mijn mouw. Is er meer gestolen, wilde je weten? Man, er ligt hier een buit van maanden.' Luidruchtig stond ze op. 'Om niet te spreken over wat we al voor miljoenen hebben verkocht.' De poten van de stoel krasten over de houten vloer. 'Heb je vaders nieuwe Jaguar niet voor de deur zien staan? En onze nieuwe butler, heb je die al ontmoet?' Ze opende de deur naar de gang. 'Kom binnen James, dan kan ik je aan mijn broer voorstellen.' Door de lege gang drongen de geluiden van de straat naar binnen. De brievenbus klepperde en Cas hoorde de krant op de mat vallen. 'Tevreden, Cas?'

'Kind,' zei Else, 'laat toch. Dit is voor niemand goed. Ik wil het er liever niet meer over hebben. Voor vandaag is het welletjes.' Ze klapte in haar handen. 'Zal ik eten maken of is ons de trek vergaan?' Niemand zei iets terug. Ze schoof op haar stoel naar voren en drukte de televisie aan. 'Stil. Het nieuws begint zo. Ik wil weten wat er in de wereld gebeurt.'

Annabel en vader wisselden opnieuw een blik van verstandhouding. Cas begreep niet wat er gaande was. Hij had zijn medewerkers beter weten in te schatten dan zijn eigen familie. Daar zat zijn vader, voorovergebogen, met zijn handen om neus en kin gevouwen. De rechtervoet tikte geluidloos op de grond. Af en toe keek hij op, net zolang tot Annabel bij de deur vandaan kwam en ging zitten. Daarna tuurde hij weer naar zijn vingertoppen of sloot zijn ogen en zuchtte. Hij vermeed Cas aan te kijken.

Annabel ademde gejaagd en draaide een haarlok om en om.

Else zette de televisie harder.

'Het is me een raadsel waarom je het gedaan hebt,' schreeuwde Cas eroverheen. 'Waar was dat nou voor nodig?'

'Waarvoor? Voor de lol. Omdat het zo gemakkelijk is. Om kleren te kopen. Waar denk je dat ik dit allemaal van betaal?' Ze wees op haar schoenen en stak een hand met lange rode nagels in de lucht.

Aan geen van beide kon Cas iets bijzonders ontdekken. 'Harsnagels. Kost een fortuin. Lieve pap en mam, hangende het onderzoek ga ik er toch maar vandoor om me elders te verpozen.' Ze blies haar moeder een kus toe, liep op de televisie af en drukte hem uit. 'Zorg ervoor dat pap gaat slapen. Hij ziet groen en zit te hyperventileren van de zenuwen. Kop op, pap. Alles komt goed. Hoor je me, vertrouw maar op je dochter.'

Haar hoge hakken tikten al door de gang voor Cas opsprong. 'Hé, dat gaat zomaar niet. Wij moeten praten.'

Bij de voordeur draaide ze zich om. 'Dat wordt dan de eerste keer dat jij uit jezelf met mij praten wilt. Tjongejonge, mijn hele leven heb ik mijn best gedaan om aandacht te krijgen van mijn grote broer. Als ik dat had geweten was ik al veel eerder uit stelen gegaan. Alleen hoeft je belangstelling nu niet meer. Ga jij maar mooi terug naar Amerika. Wij zullen hier onze eigen boontjes wel doppen.'

Met haar uitgebreide en heetgebakerde familie had Bonnie al allerlei rampspoeden meegemaakt, van ongewenste huwelijken tot drugsgebruik en moordpartijen toe. 'Natuurlijk is het verschrikkelijk, Cas,' zei ze aan de telefoon. 'Zeker verschrikkelijk als er mooie oude boeken zijn vernield. Voor jou is het ook erg, lieverd, jij denkt nog steeds dat de wereld voor het overgrote deel uit fatsoenlijke mensen bestaat. Maar welbeschouwd is iedereen een dief. Ken jij iemand die nooit iets heeft gestolen? Als kind wat kauwgom uit een winkel, als volwassene de spullen van de zaak? Wij hadden het zelfs zo erg op de uitgeverij dat de wc-rollen verdwenen.' Ze proestte aan de andere kant van de lijn. Bonnie zou altijd zwanger moeten zijn; ze zat in een cocon van heerlijkheid en haar goede humeur was niet kapot te krijgen. 'Beloof me dat je op tijd terug bent voor de bevalling.'

'Beloofd.' Terwijl hij het zei kroop de schim van een gedachte door zijn hoofd: werd hun kind maar iets te vroeg geboren, wanneer hij nog hier was. 'Ik zou het voor geen goud willen missen,' loog hij monter.

De dag na de diefstal belde hij het hoofd van de afdeling zeldzame en waardevolle werken. 'We zijn inderdaad meer kwijt,' vertelde Eerdens. 'Een stuk of tien kaarten van Azië, met name van Nederlands Oost-Indië en Japan zijn verdwenen. Verder een wereldkaart, een van Amerika. Te veel om nu allemaal op te noemen. Sommige zijn onherstelbaar ruw uit de atlassen gesneden.'

Dat was slecht nieuws. Het had erop geleken dat alles met een sisser zou aflopen. Aan de andere kant was die ruwe manier van doen niets voor vader. Hopelijk bewees dat zijn onschuld en liefst ook die van Annabel. Vader deed niets slordig.

'Bij de overige atlassen die door uw vader of zuster zijn ingekeken is uiterst zorgvuldig te werk gegaan. De dief, of dieven, kiezen uitsluitend ongekleurde exemplaren. We denken dat ze deze dan zelf inkleuren.'

De druk op Cas' borst voelde opeens lichter. Het leek of zijn lichaam eerder dan zijn hersens besefte dat er iets belangrijks was gezegd. 'Dan kunnen zij het niet zijn. Mijn vader is sterk gekant tegen het inkleuren van oude kaarten. Dat heeft hij me vaak genoeg verteld.'

'Inkleuren is erg in de mode tegenwoordig, het brengt veel geld op,' antwoordde Eerdens. 'Maar het allerergste, het alleronvoorstelbaarste is de vermissing van kaarten uit de tot voor vier jaar complete serie atlassen van Blaeu. Zo'n schade, meneer Block, laat zich niet meer herstellen. Zelfs als we die kaarten terugkrijgen, dan nog is reparatie een lapmiddel. Dat is geen diefstal meer, meneer Block, dat is vandalisme. Moedwillige vernieling van 's werelds erfgoed.' Als trompetstoten bonkten Eerdens woorden in zijn oor.

'Verdenkt u nog steeds mijn zusje?' Cas probeerde even zakelijk te klinken als wanneer hij een diefstal binnen de Company behandelde. Dat had hij vaak genoeg moeten doen. Zelden waren de dieven uitsluitend uit geweest op geldelijk gewin. Meestal was er meer aan de hand: wrok om gemiste promoties, schulden thuis, drugs. Tot nog toe was de schade voor de Company – afkloppen – beperkt gebleven. Maar hier lag alles anders. In dit geval was er sprake van een cultureel goed, van onvervangbare schatten. 's Werelds erfgoed, had Eerdens gezegd. Nu pas drong het tot Cas door hoe machteloos zijn vader en Else zich moesten voelen. Het greep zoveel dieper in dan hij zelf ooit had meegemaakt op zijn werk. Hij dacht aan Annabel en stelde zich voor hoe elk verwijt, elke kreet van pijn of afschuw van haar zou afglijden als waterdruppels van een glazen wand. 'In al die jaren hebben anderen toch ook die atlassen doorgekeken.' Zijn stem klonk aanzienlijk kalmer dan hij zich voelde.

'Dat is zo en de bewijsvoering is ook niet rond, dat mag u gerust weten. Als we bij de naam Block kijken en controleren welke atlassen en boeken onder die naam zijn aangevraagd, dan is het overgrote deel daarvan goddank intact. Alleen, hoe verklaart u dat alle atlassen waar iets uit ontbreekt in de afgelopen drie jaar door uw vader of uw zuster zijn geraadpleegd? Trouwens, meneer Block, uw vader is een aannemelijker kandidaat dan uw zusje. Drie jaar geleden was dat meisje... nou, hoe oud zal ze toen geweest zijn?'

'Zestien jaar.'

'Jong voor vakkundig snijwerk. Erg jong om al zo'n uitgelezen keuze te maken.'

Het lag Cas op het puntje van zijn tong te zeggen dat er vast geen datum van uitsnijden door de dieven was achtergelaten, dat alle verdwijningen ook recent konden zijn.

'U zei mij gisteren dat u wilde helpen,' vervolgde Eerdens, en Cas slikte zijn scherpe opmerking in. 'De inspecteur die op deze zaak gezet is, wil graag met u spreken.'

Die avond werd opnieuw het huis overhoopgehaald door dezelfde mannen die de dag tevoren ook al waren komen kijken. Het bleken de inspecteurs te zijn die op het onderzoek waren gezet. Dit keer hadden ze een schrijven bij zich van de officier van justitie met toestemming tot huiszoeking.

'Had u dat gisteren niet?' vroeg vader. Hij wendde zich tot Else. 'Heb je ze dan binnengelaten zonder daarnaar te vragen?'

'Ze zeiden dat ze van de criminele recherche waren,' zei Else. 'Ik heb wel gevraagd of ze zich konden legitimeren. Dat was toch goed, of niet soms?' Ze zag grauw van de spanning en de angst.

Vader liep met een veerkrachtige pas op de inspecteurs af. 'Daar ga ik werk van maken. Gisteren hier binnenkomen zonder huiszoekingsbevel. Gebruik maken van mijn vrouws onwetendheid. Schan de, heren.' De verontwaardiging was gespeeld. Cas was zelfs bang dat de heren inspecteurs zouden merken hoezeer ze in de maling werden genomen. De ondertoon van vaders stem miste niet alleen de zwaarte van echte kwaadheid, zijn zinnen huppelden en sprongen als jong vee dat wordt losgelaten in een lentewei. 'Bovendien hebt u aanzienlijke schade aan mijn goederen toegebracht. Mag ik u verzoeken niet dezelfde rommel te maken als gisteren. Hebt u wellicht katoenen handschoenen bij u?'

De inspecteurs schudden verbaasd hun hoofd.

'Mag ik uw handen eens zien?'

Ze deden het waarachtig ook nog; die grote kerels, macho in hun spijkerbroek en leren jack, die mannen van de wet en machthebbers in naam der koningin, staken hun handen uit ter inspectie.

'U rijdt zeker motor,' zei vader. 'Het moet me van het hart dat u een te goedkope olie gebruikt. U, ja u, hebt nog de sporen ervan op uw handen zitten.'

'Leuk geprobeerd,' zei een inspecteur. 'We zijn niet eens met de motor gekomen.'

Vader was niet van de wijs te brengen. 'Dat kan zijn. Maar het laat onverlet dat de resten van olie nog op uw vingertoppen zitten en ik sta niet toe dat u mijn kaarten vernielt. Ga eerst uw handen wassen, dan zal mijn vrouw u dunne latex handschoenen verschaffen. Ik neem tenminste aan dat u in de winkel wilt rondneuzen. Als ik u ergens mee helpen kan?'

'Voorlopig niet nee. Straks wel, dan willen wij graag met u allen afzonderlijk spreken.' Anders dan de dag tevoren sprak de inspecteur nu vriendelijk en volstrekt niet op een toon waarin verdenking doorklonk. Het versterkte Cas' geloof in vaders onschuld. 'Als u nu in de huiskamer wilt gaan zitten.'

Agent Klaas bleef bij hen. 'Is uw dochter er niet?' vroeg hij aan Else.

'Nee.'

'Wanneer komt ze thuis?'

'Geen idee.' Waarom zei ze niet gewoon dat Annabel op kamers woonde. Of zou de buit daar liggen en wilde ze haar dochter niet verraden. 'Agent, wanneer dit een verhoor is...'

'Geen sprake van, mevrouw. Ik vraag zomaar wat, want we zullen hier nog wel een tijdje zitten niksdoen, duimendraaien, en dan is een gezellig gesprek leuker dan stommetje spelen.'

'Ik heb liever stilte in mijn eigen huiskamer. Nietwaar Arnold, Cas?'

Ze knikten.

Na een tijd kon vader het zwijgen niet meer volhouden. 'Ik begrijp jullie niet,' zei hij. 'Klaas eh, hoe heet je verder?'

'Klaas Verwoert, meneer.'

'Klaas, als jullie nu eens je gezond verstand gebruikten. Jullie hebben dus die lijst met atlassen waar kaarten uit zijn verdwenen en tegelijkertijd weten jullie dat mijn dochter of ik die boeken hebben geraadpleegd. Tot zover de feiten, maar nu het gebrek aan logica in jullie verdenkingen jegens ons. Ten eerste zijn er spullen verdwenen waar wij zelfs nooit bij in de buurt zijn geweest. Ten tweede is het zo dat er kaarten en boeken ontvreemd zijn die niet op jullie lijst staan.'

Klaas opende zijn mond om iets te zeggen.

'Zeker weten doe ik dat niet,' vervolgde vader. 'Alleen mag je dat gerust aannemen. Ten derde, op jullie net gemaakte lijst staat niet alleen onze naam. Meer mensen hebben dezelfde atlassen ingekeken. Dus waarom denken jullie aan één dief? Er kunnen volstrekt onafhankelijk opererende mensen aan het werk zijn. Kijk niet zo verbaasd, agent Verwoert. U denkt toch niet dat wij vannacht lekker geslapen hebben. Nee, ik heb me de hele nacht afgevraagd wat er gebeurd kan zijn, afgezien natuurlijk van de volstrekte misser van mijn dochter. Dat is onvergeeflijk, zonder enige twijfel. Maar agent, u hebt haar gezien. Ze lijkt wel heel groot en volwassen, toch is ze nog erg jong. Een jeugdzonde, dat mogen wij als ouders hopen. Hier is sprake van een eenmalige jeugdzonde. Ze is in ieder geval erg geschrokken.'

Agent Klaas had even vrolijk opgekeken bij het noemen van Annabels naam, daarna duwde de ernst van zijn ambt de glimlach weer uit mond en ooghoeken. 'Wij zijn ook met onderzoek in de UB bezig. Daar worden gesprekken met verschillende medewerkers gevoerd. Weest u niet bang, we gaan heus niet over één nacht ijs voor we u of uw dochter formeel in staat van beschuldiging stellen.' Hij schoof naar voren op zijn stoel en zei onverwacht scherp: 'Bent u niet verder dan twee redenen gekomen waarom u het niet hoeft te zijn?'

Vader krabde tussen zijn wenkbrauwen. De lachplooien bij zijn slapen waren verdwenen. Hij stond op en liep naar de deur.

'Zoudt u hier willen blijven?' vroeg de agent.

'Man, rustig. Ik denk alleen na.' Vader keerde om en leunde tegen de muur. Er viel een stilte.

Cas luisterde naar de kleine geluiden die nu alle aandacht vroegen. Else die haar neus snoot. Agent Klaas die zijn handen vouwde, omkeerde en zijn vingers liet kraken. Toch, en dat bevreemdde Cas, heerste er geen dreigende stemming, geen sfeer van gespannen afwachten wat de huiszoeking op kon leveren. Het leek bijna of ze met zijn vieren in vergadering waren, met vader en niet de politieman als onbetwist voorzitter.

'Het kan ook doorgestoken kaart zijn,' zei vader plotseling. 'Een concurrent die zorgt dat mijn naam staat ingeschreven voor het boek waaruit hij iets steelt. Iemand die me vijandig gezind is en die uitsluitend kaarten verwijdert uit atlassen waarvan hij weet dat ik ze heb geraadpleegd.'

'Of een inside job,' zei Cas. 'Dat is zeer aannemelijk. Een medewerker van de UB heeft immers alle gelegenheid.'

Agent Klaas legde Cas' bijdrage naast zich neer. Hij bleef vader scherp aankijken. 'Hebt u dan vijanden, meneer Block?'

'Mijn man is een bij ieder geliefd mens,' zei Else, die tot nog toe teruggetrokken in haar leunstoel had gezeten. 'Maar jaloerse mensen bestaan er altijd.'

'U moet hier beslist met de inspecteurs over spreken.'

'Dat zal ik heus niet laten, jongeman. Ik wil niemand in een kwaad daglicht stellen, want ik heb nu gemerkt hoe buitengewoon kwetsend het is valselijk beschuldigd te worden.' Vader liep terug naar de luie stoel, aaide in het voorbijgaan Else over haar wang en ging met een plof zitten. Tevreden vouwde hij zijn handen over zijn buik en liet zijn duimen om elkaar heen draaien. Zijn kortstondige ongerustheid was voorbij. Vader genoot weer van zijn rol als de man die redelijk blijft onder de druk van een verdenking. 'Tja ja,' schudde hij peinzend het hoofd. 'De UB lijkt me het waarschijnlijkst, mijn zoon heeft gelijk. Het verklaart namelijk ook waarom er zo gevarieerd te werk is gegaan. Handelaren zouden iets kiezen binnen hun eigen specialisatie. Neem mijzelf, ik handel in atlassen en reisverhalen met als specialisatie Zuidoost Azië. Dat is niet eens een commerciële overweging. Ik ben een Indische jongen en mijn keuze is een emotionele. Ik doe bijvoorbeeld niets in titelpagina's, in Amerika, in China of Japan. Er zijn dus legio vermiste kaarten waar ik nooit iets mee zou kunnen of willen doen.'

Zowel Else als Cas veerde op. Vader handelde niet in titelpagina's, vader had alleen een markt voor Zuidoost Azië. Dat waren feiten, dat was hard te maken. Zijn vader had het niet gedaan. Vader was onschuldig.

VAKBROEDERS

Cas stond niet op de lijst van gastsprekers die waren uitgenodigd voor de exclusieve wijnproeverij. Begrijpelijk, pas op het allerlaatste ogenblik had George hem voorgesteld naar dit congres in Straatsburg te gaan, omdat er een spreker was uitgevallen.

'Als het iemand lukt snel een verhaal in elkaar te flansen over conserveren met zoetstof, dan ben jij het wel,' had George aan de telefoon gepleit. 'Wij zullen hier ondertussen goed op Bonnie letten. Bel je haar overigens vaak genoeg?'

'Man, elke dag!' riep Cas verontwaardigd.

'In haar toestand verwacht ze nu vast dubbele aandacht. Twee keer bellen of zo. Doe het nou maar. Die lezing bedoel ik. Straatsburg ligt op een steenworp afstand van Amsterdam, kun je tegelijkertijd die diefstalzaak goed in de gaten houden. Verdomd vervelende aangelegenheid voor je overigens. Houd je taai.'

'Dank je, zal wel lukken. Groeten aan Alice.' Pas nadat hij had opgehangen besefte Cas de flater. George was allang niet meer met haar samen. Kort geleden was hij met nummer vier getrouwd. Vrouwen vielen voor kleine onooglijke George. Omdat hij ze aan het lachen bracht, zeiden ze. George was rijk, dat hielp vast ook. Helaas namen per ronde de stijl en charme van zijn vrouwen af. Cas verlangde naar de dagen van Alice.

Nu stond hij bij een meisje aan de balie zijn beklag te doen. Het mocht dan wel verklaarbaar zijn dat ze zijn naam niet meer hadden toegevoegd, maar een goed congresorganisator hoorde zelfs op de valreep veranderingen ongemerkt en naadloos in te kunnen passen. Met onverwacht veel nadruk las hij haar de les, tot in het kleinste onderdeel zette hij zijn misnoegen uiteen. Ze blikte schaapachtig terug en veegde voortdurend lange zwarte haren uit haar gezicht. Net toen hij besefte hoe belachelijk hij overdreef, werd hij aan zijn mouw getrokken. Naast hem stond een Arabisch uitziende man in een gifgroene boernoes en een plat zwart hoedje op zijn hoofd.

'Cas,' zei de man. 'Ik heb je lezing beluisterd. Die riep evenveel vragen op als hij beantwoordde, waaruit je dus mag afleiden dat het een goede lezing is geweest.' De stem klonk spottend en welwillend tegelijk. Met die stem had Cas tijdens zijn promotiejaren in MIT dagenlang gedebatteerd. De stem kende hij, de boernoes niet.

'Wat zie je eruit.' Hij greep de man bij de schouders. 'Laat me eens naar je kijken.' Onder het lange gewaad en het fluwelen hoedje, achter de zwarte baard die als een dichte heg het gezicht verborg, moest ergens de oude Jeff Basset van de spijkerbroeken en blote voeten in gympen schuilgaan. Cas speurde het gezicht af naar trekken van de geniale professor die volgens iedereen ooit de Nobelprijs zou winnen. Hij zocht in het lange zijden gewaad naar de vriend die met rauwe grappen over olie, over de Vietnamoorlog en the *American way of life* had bewerkstelligd dat Cas iets van wereldpolitiek begon te begrijpen. Zijn blik bleef hangen bij het naamplaatje op Jeffs borst: *Yusuf Al-Basset, minister van Landbouw, Libië*. In een opwelling drukte hij Jeff tegen zich aan en klopte hem op de rug. Een gebruikelijke Latijns-Amerikaanse, mediterrane en ook Arabische begroeting, maar Cas deed het om zijn schrik te verbergen. Arme Jeff. Als de Company al aan elkaar hing van gekonkel en gekuip, hoeveel erger moest dat dan niet zijn in een land waar je afhankelijk was van de gunsten en de willekeur van een dictator als Kadhafi.

'Ik leef weer als moslim,' zei Jeff op een toon waaruit Cas niets kon afleiden.

Dat maakte hem nieuwsgierig. Waar zat dat 'als moslim leven' in? Hij verdacht het woordje 'als'. Als, alsof, niet echt. Een verkleedpartij, zou dat het zijn?

'Geen halve maatregel. Ik herkende je eerst niet. Bovendien...' Cas aarzelde, ging toen door in de onomwonden stijl van destijds, '... hoort dit bij jullie traditionele dracht, deze bonbondoos op je hoofd?'

'Moet je een kijkje komen nemen bij onze regeringsbijeenkomsten, die lijken soms net een modeshow. Moammar neemt het voortouw en iedereen leeft zich uit in de wildste fantasieën.'

Wie was Moammar? 'Het lijkt me niets voor jou.'

'Als het erger niet is,' antwoordde Jeff.

'Meneer Block, mag ik u nog even storen?' vroeg het meisje achter de balie. 'U wilt dus wel mee naar die wijnproeverij? Dan zal ik kijken of ik u alsnog op de lijst kan krijgen.'

'Stond jij er ook niet op?' vroeg Jeff.

'Ach, meneer Al-Basset,' riep het meisje klagerig. 'Ik heb u toch proberen uit te leggen dat wij uit respect voor de gewoonten van hun land de officiële afgevaardigden van islamitische staten niet uitnodigen.'

'Sta je tegenwoordig droog?' vroeg Cas. 'In onze MIT-tijd dronk je anders stevig.'

'Mijn leven is inderdaad veranderd. Maar dat weerhoudt me er niet van een glas met je te drinken.'

'Mag dat wel, één glas?'

'Alles of niets, is dat wat je denkt? Zo zijn de voorschriften helemaal niet. Wanneer je te gast bent, gedraag je je zonder aanstoot te geven. Zoals op het congres, waar ik het bidden urenlang heb overgeslagen. Tijdens jouw lezing over zoetstof als conserveringsmiddel heb je mij toch niet opeens zien opstaan om mijn matje in het gangpad uit te rollen en me ter aarde te werpen.'

'Wat vond je van mijn lezing?' Cas hoorde de ijdelheid in zijn vraag.

'Interessant. Ik zou er graag meer over weten. Laten we er samen op uitgaan en onze eigen wijnproeverij houden. Na het congres heb ik afspraken met wijnboeren in het zuiden. Als minister van Landbouw ben ik verantwoordelijk voor het ontwikkelen van onze wijnindustrie. Ga je mee? Er zijn enkele mooie namen bij.'

Dat klonk anders dan een glaasje uit beleefdheid. 'Jammer, morgen moet ik terug naar Amsterdam. Familieaangelegenheid.'

Jeff trok een grimas, greep Cas bij een arm en liep met hem de draaideur door naar buiten. 'Daar gaan we op drinken, familie! En op ons weerzien.'

'Pure nostalgie,' zei Jeff. Hij had zich verkleed en zat trots in spijker-broek en MIT-sweatshirt aan de bar. 'Even een tiental jaren terug in de tijd.' Maar zo feilloos werkte zijn tijdmachine niet, het heden dreigde door de spijkerbroek van vroeger heen te barsten. Het denim spande om zijn eens zo broodmagere benen en de buik deinde er in drie la-gen bovenuit.

Op de bar stond een rij glazen halfgevuld met verschillende cré-mants d'Alsace. Voor wie alleen wilde proeven en niet drinken was een kom met deksel en gat neergezet. Daarin kon elke slok worden uitgespuugd. Cas lette op hoe Jeff een glas hief, de bleekgele vloeistof nauwlettend gadesloeg, het glas iets scheef hield en wachtte tot er wat meer belletjes naar de oppervlakte waren gestegen. 'Ik eet, drink en snoep te veel. Wij allemaal in Libië. Maar, we zijn aan het veranderen. Daarom vond ik jouw verhaal over Kissy Face zo interessant. Gekon-fijte vruchten zijn van oudsher een geliefd snoepgoed in islamitische landen. Zoethoudertjes voor verveelde dikke dames en die bezitten we in ruime mate.'

'Hebt u wat brood?' vroeg Cas aan de sommelier. Ze zaten in hun tweede 'cave de dégustation' en het tempo van innemen was rap.

De man schudde het hoofd. 'Als u hier bent om te kopen en zorg-vuldig te kiezen, moet u niet doorslikken.' Hij wees op de spuugbak.

Cas had lang niet alles doorgeslikt, maar desondanks kleefde er een ratjetoe van smaken tegen zijn gehemelte, notensmaak voorin, li-monade en perendrups meer achterin. Zijn keel prikte. Jeff scheen nergens last van te hebben. Hij hoorde Cas uit over Kissy Face.

Ze vergaten hun wijn. Na al die jaren in marketing en management was het een genot weer eens diepgaand over de chemische mogelijk-heden en beperkingen van suikers en zoetstof te kunnen praten. Cas betrapte zich er op dat hij ettelijke keren bijna te ver ging en zijn oude professor zaken wilde vertellen die bedrijfsgeheim waren.

Ten slotte zei Jeff voor tonnen een order te zullen plaatsen. 'Ik ge-loof in jouw product. De medische wetenschap is nu ook tot ons doorgedrongen en onze vrouwen raken caloriebewust. Het lijkt me dus geweldig, een vruchtje dat gekonfijt is met zoetstof, dan denken ze meteen dat ze er niet dik van worden.'

'Precies, jij snapt hem.' Hij bedacht zich. 'We kunnen je geen Kissy Face leveren, niets in feite.'

'Waarom niet?'

De sommelier kwam tussen hen in staan. Twee schone glazen werden neergezet en volgeschonken. 'Dit is onze mooiste crémant,' zei hij. 'Duurder dan wat u tot nog toe hebt gedronken.' Hij prees de Joseph Gruss aan als fruitig, zacht mousserend met kleine belletjes, vol van smaak, een smaak die zich ontplooide in de mond en lang bleef hangen. Het deed Cas aan reclameteksten denken. Jeff proefde, mompelde wat over de afdronk en knikte goedkeurend.

'Mijn baas Dave Kernshaw heeft aan jullie geleverd zonder betalingsgarantie,' legde Cas uit zodra de sommelier buiten gehoorsafstand was. 'Vraag me niet hoe dat kan. Waarschijnlijk was hij erg blij met de order, het ging om twee miljoen dollar. Hoe het ook zij, die levering is nooit betaald. Het spijt me het je zo bruut te moeten zeggen, maar Libië staat daarom op onze zwarte lijst.'

Jeff maakte een nijdig gebaar. De bleekgele wijn klotste in het glas. Cas slikte een uitleg en verontschuldiging in. Hij had geen zin er verder over te praten, ook al voelde hij zich als Company-man vaag verplicht te informeren of er een kans bestond het geld alsnog te kunnen innen. Zonder iets te kopen stapten ze in de auto.

Ze reden de Vogezen in. Glooiende hellingen onder een laaghangende schelle lucht. Gebroken waterlicht dat de oogleden verzwaarde en Cas deed knikkebollen. Zodra de zon doorbrak, steeg de nevel op en verschenen bergruggen boven wat eerst de top van de heuvels had geleken. Jeff wees ernaar. 'Onverwacht een geheel nieuwe dimensie.' In een bocht van de weg, waar een riviertje onder een brug door liep en koeien tussen bloemen graasden, stopte hij, stapte uit en ging met zijn rug tegen de auto staan kijken.

Cas bleef zitten, ingegeven door het gevoel niet te mogen storen. Daarbuiten stond zijn eens zo bewonderde hoogleraar, de man die van Nobelprijsmateriaal gemaakt was, alleen met zijn heimwee, zijn spijkerbroek en zijn dikke buik die beroepshalve vol zat met verboden alcohol.

Jeff schoof weer achter het stuur. 'Wat een hoeveelheid groen, wat een water.' Hij kende de weg, reed trefzeker over steeds smallere paden en stopte bij een gat in een metershoge heg waar onder een afhangende tak een bord hing: *Les Vignerons de Muller*. Jeff parkeerde op een betonnen binnenplaats.

Een vrouw in schort met afgestroopte kousen en overschoenen aan stond hen in een garagedeur op te wachten. 'Meneer Basset, u had gebeld.' Binnen lagen wijnflessen langs alle muren opgestapeld. Drie grote tonnen op hun kant bezetten de halve vloer. Geen stoel te bekennen. De vrouw haalde een aantal flessen uit een kastje, zette glazen op een hoge tafel en ratelde onafgebroken in onverstaanbaar Frans. Jeff leek het te begrijpen. Hij sprak over bouquet en neus, op eiken fust gelegd, tannine, houdbaarheid. Binnen vijf minuten hadden ze vier witte en drie rode wijnen geproefd.

'Dit gaat me te snel,' zei Cas. 'Ik moet even een frisse neus halen. Ze kunnen me nu water laten drinken en ik zou het geblinddoekt niet meer herkennen.'

Een kwartier later maakte Jeff hem wakker. Cas lag met zijn hoofd op de met mos aangeslagen picknicktafel die in de tuin van het wijngoed stond. Jeff ging tegenover hem zitten. 'We hebben nog een lange weg te gaan,' zei hij.

Cas mompelde dat het zo ver niet was naar Straatsburg.

'Onze Libische wijnbouw, bedoel ik, die stelt momenteel bijna niets voor. Maar dat gaat veranderen met alle irrigatieprojecten van Moammar. Tenminste,' voegde hij er weinig hoopvol aan toe, 'als we meer vrijheden krijgen bij het produceren. We houden het probleem dat ons hete klimaat wijnen met een te hoog alcoholpercentage oplevert.'

'Dat is toch mooi, een volle zware wijn,' vond Cas slaperig.

'De smaak van de markt is anders. Mensen drinken geen zoete, zware wijnen meer. Bovendien is de onze te dik, te saai, te slaapverwekkend. Zo'n beetje als onze vrouwen. Ze moeten nodig wat frisser en levendiger worden.'

'Kun je geen wijnsteenzuur toevoegen?' Niet dat Cas verstand van wijnproductie had, maar de chemicus in hem leek dat een logische oplossing.

Jeff weidde breedsprakig uit over de wijnindustrie. Mocht het chemisch al een complexe materie zijn, juridisch was het een doolhof, zo niet een slangenkuil. De grote wijnproducerende landen legden allerlei verboden op. Ze stonden niets toe aan een nieuwkomer als Libië, terwijl ze hun eigen wijnindustrie in alles beschermden. 'Neem Frankrijk. Dacht je soms dat de wijnen die wij vandaag gedronken hebben een natuurproduct zijn?' vroeg Jeff schamper. 'Ik heb de jaren uitgekozen met een koude zomer. Te koud voor een goede oogst. En weet je wat, opeens is het dan wel toegestaan suiker toe te voegen. Die suiker interesseert me uiteraard niet, wel hoe je iets opeens legaal krijgt. Hoe...'

De roes in Cas' hoofd klaarde op. Losse gedachten schoten door hem heen. Hij moest helpen en ideeën spuien, al waren ze voorlopig niet meer dan vragen zonder antwoord. Zinnig of onzinnig, hij wist het niet. Maar ergens tussen alle onzin kon iets zitten dat een lichtere rode wijn voor Libië beloofde: hoe kweekte Libië een buitensporig zuur druivenras dat bij vergisting niet te zoet werd? Hoe tastte je het suikermolecuul zo aan dat de zoetkracht afnam? Hoe kreeg je de regelgeving veranderd? Hoe kon je de regelgeving en de keuringsdiensten van waren omzeilen? 'Proost,' zei hij met een denkbeeldig glas in de hand. 'Op de Libische wijnen van de toekomst. Het is toch te gek dat je technisch een mooi product kunt maken en dat je wordt dwarsgezeten uitsluitend en alleen om de gevestigde orde in stand te houden.' Hij snoof, rook water in de lucht. 'Misschien krijgen we regen.'

Jeff keek omhoog naar de wolken die van onderen uitzakten en loodgrijs waren geworden. Zijn blik daalde verder en hechtte zich aan een rij bomen in de tuin. 'Groen, zo groen,' fluisterde hij. 'Zoiets zal bij ons altijd onbereikbaar blijven.'

'Hoe doe je het? Weer aarden in je vaderland?'

'Met heimwee, zoals je al begrepen had. Alhoewel, de woestijn is prachtig.' Een glimlach begon als een bijna onzichtbare rimpeling in Jeffs baard, schoof in een paar plooien over de wangen, om bij de ooghoeken uiteen te spatten tot vrolijke fijne lijntjes. 'Van een uitgestrektheid die altijd lokt.'

'Ging je daarvoor terug?'

'Ik moest. Moammar al-Qaddafy is een neef van me.' Kadhafi bleek een bijna pathologische angst voor vreemdelingen te bezitten en niet in staat te zijn zelfs maar één zinnig woord uit te brengen in het bijzijn van een westerling. Jeffs familie had alles in het werk gesteld om iedereen naar huis te halen die het Westen wel begreep en als bemiddelaar kon optreden. 'In een Arabische wereld krijgt niet één persoon de macht, maar al zijn bloedverwanten. Je beschermt en bevoorrecht iedereen die tot jouw clan behoort.'

'Dat is nepotisme tot de n-de macht.'

Een dikke regendruppel kletste op de houten tafel. Even later weer een. Boven hun hoofd dreef in de grijze mist een enkele zwarte wolk voorbij.

'Laten we blijven zitten. Ik hou van regen,' zei Jeff. 'Overigens is het bij ons geen zonde wanneer je je familieleden gunsten verleent. Integendeel, dat hoor je te doen, anders ben je ontaard.'

'En hoe doe je dat wanneer je familie zich gedraagt op een manier waar je volstrekt niet achter staat?'

'Je staat altijd achter ze. In ieder geval tegenover anderen.'

Cas liet de woorden bezinken. Hij telde hoe snel het hout de nieuwe regendruppels opzoog, bestudeerde de vorm die ze achterlieten.

'We zouden drinken op familieaangelegenheden, weet je nog?' vroeg Jeff. 'Ik heb een zoon die in Londen studeert.' Een gemanicuurde nagel roffelde op tafel. 'Mijn zoon heeft een ongeluk veroorzaakt, hij wilde showen hoe snel zijn nieuwe auto op kon trekken bij een stoplicht. Het licht stond nog op rood.'

'Ernstig?'

'Naast hem zat een Libisch meisje. Ik vertel haar ouders dat ze op weg naar college waren terwijl het middernacht was.'

'Een leugentje om bestwil.'

'Een ingreep om de eer te redden en die ouders niet nog zwaarder te belasten.' Jeff peuterde aan het mos. 'Sectie na het ongeluk heeft uitgewezen dat ze zwanger was van mijn zoon.'

'Jezus,' zei Cas.

'Ik heb betaald om te voorkomen dat het sectierapport zo bij haar ouders zou komen. Ik heb betaald om getuigen hun verklaring aan de politie te laten herzien.'

'Je bent bereid de waarheid te verdraaien?' vroeg Cas onthutst. Hij kende Jeff als een eerlijk mens. 'Waarom? Zou zijn verdiende straf je zoon geen deugd doen?'

'Hij heeft maar één vader. Ik heb maar één zoon.' Jeff leunde achterover, vergat dat de picknickbank geen leuning had en viel bijna op de grond.

'Hoe verenig je dat met jouw godsdienst? De islam straft immers elk vergrijp heel hard. Hoe...' Cas wist niet hoe de islam dood door schuld strafte. Hij dacht aan diefstal die gestraft werd met de hand afhakken. Cas keek naar Jeffs armen, naar zijn eigen mouw en zag de mouw waarin Annabel had geprobeerd de kaart de UB uit te smokkelen. Een hele arm eraf. Hij rilde. 'De wet staat boven het individu. Betekent dat niet dat als iemand die je na staat een wettelijke overtreding heeft begaan, je nog steeds moet willen dat hij of zij straf krijgt.'

'Straf krijgt of straf verdient, wat bedoel je?' Jeffs hand drukte hard op Cas' arm.

'Als je er liever niet over praat,' hakkelde Cas.

'Het doet me juist goed. Ondanks Allahs wetten, die streng zijn en boven alles staan, beschermen wij toch altijd eerst de eigen familie. Daar zullen we voor liegen en bedriegen en zelfs Allah misleiden, al zullen we dat ontkennen. Wij steunen onze kinderen, onze ouders, onze broers...'

'Je maakt er een idylle van. Kom nou, Jeff. Als je alle gevolgen voor je zoon weghaalt, leert die jongen niets.'

'Hij leert liefde. De liefde van zijn vader.'

Lopen door Rome. Zijn arm om vaders schouders. Ongemakkelijk, gespannen, vol verwachting.

'Een vader bemint zijn zoon met heel zijn hart, prijst zijn kind hemelhoog, verwent hem en houdt hem altijd een hand boven het hoofd.'

'Zou jouw zoon jou op dezelfde manier steunen?'

'Vanzelfsprekend. Bij ons zijn ouders heilig. Een vader al helemaal.'

Nu luisterde Cas aandachtig, nog geen twee weken daarvoor zou hij Jeffs woorden nauwelijks hebben gehoord. Primitief, zou hij hebben gedacht, zo was Europa vroeger, zo is Latijns-Amerika nog steeds. En tevreden zou hij vaststellen dat je in de moderne tijd godzijdank kon ontsnappen uit het nest waarin je was geboren. Een nest is te klein wanneer je de hele wereld voor het kiezen hebt.

Zo was Cas Block geweest tot het moment waarop een politieman de voordeur van zijn vaders huis opende en zei: 'Wij hebben de heer Arnold Block en zijn dochter gearresteerd. Bent u familie?' Tot het moment waarop hij antwoordde: 'Ja, ik ben zijn zoon.'

'Ik kan het niet verdragen als mijn vader een dief zou zijn.' De opmerking was Cas ontglipt.

'Wat?' vroeg Jeff.

'Als mijn vader een misdaad zou hebben begaan.'

'Je ouders zijn je pas echt heilig wanneer je alles kunt verdragen.'

IN STUKJES

Hot cookie, dacht hij toen hij Annabel de volgende ochtend in vaders winkeltje aantrof. Ze stond aan de tafel spullen in te pakken. 'Krijg ik geen ochtendzoen van je? Ik ben nog altijd wel je zusje,' zei ze, en hief haar gezicht naar hem op. Haar wang voelde koel tegen zijn lippen. De zwarte haren dropen water op zijn overhemd. Ze moest zo onder de douche vandaan zijn gekomen. Toch roken het nat van haar haren en de damp van haar huid nog naar bed en vrijen. Het leidde hem af. Dit was niet het moment om aan vrijen te denken, zeker niet aan het vrijen van je zusje. Hij had haar graag kleiner en jonger en vooral niet zo verdomd aantrekkelijk willen zien. In zijn verbeelding had hij al hele gesprekken met haar gevoerd waarin hij beheerst en welbespraakt was geweest en zij het kleine zusje dat vol bewondering naar hem opkeek. Hij zou precies vertellen hoe de zaak met de UB afgehandeld moest worden en zij zou gretig instemmen. Nu ze naast hem stond klopte er niets meer van dat kleine en kinderlijke. Luidruchtig blies hij de geur van haar haren uit zijn neus.

'Ben je ziek?' Annabel was op de bureaustoel gaan zitten. Ze wreef over het paars van haar nagels. 'Het is me de familie wel zeg. Vader voelt zich allerbelabberdst en zit nu bij de dokter. Hij doet wel stoer, maar ik denk dat hij om slaappillen gaat vragen. Arme moeder doet ook al geen oog dicht.'

'En jij, slaap jij wel lekker? Dringt het eigenlijk wel tot je door dat jij de oorzaak bent van alle ellende?' Jij jij wees zijn vinger haar aan. Dat begon goed. Ga mensen iets verwijten, geef ze de schuld en ze zullen zich steevast verdedigen, ongeacht of het verwijt terecht of onterecht was.

'Zeker, en dat schept verantwoordelijkheden.'

Ze bleef onaangedaan en poeslief. Alsof het inderdaad niet tot haar doordrong. Een glazen wand, glad en hard; een oppervlak dat niets opzoog, niets vasthield en alles van zich af liet glijden. Stukslaan, erdoorheen beuken, dat was het enige dat bij haar werken zou.

'Vandaag pas ik op de winkel. Gisteren ook en toen kwam er geen enkele klant. Wel een stel collega's en twee journalisten voor een artikel. Zie je het al voor je in *De Telegraaf*? "Bekend antiquair op heterdaad betrapt. Waardevolle atlassen gestolen".' Annabel sprak indringend, ook al fluisterde ze bijna. 'Kranten overdrijven natuurlijk altijd. Ik had één kaart en geen hele atlas in mijn mouw gestopt. Bovendien luisteren ze niet eens naar wat je zegt.' Haar vingers peuterden aan een knoop van haar jasje.

'Wat heb je dan gezegd?'

'Fout fout fout, heb ik gezegd. Mea maxima culpa.' Ze trok aan de draad waarmee de knoop was vastgehecht, trok harder tot de draad meegaf en de knoop in haar hand viel. 'Ongeveer in die trant heb ik met die journalisten gesproken. Dat lijkt jou toch ook het beste.' Ze keek op met een aanhankelijke kleine-meisjesblik. 'Ik heb gezegd dat het heel fout is wat ik heb gedaan. En dat het me erg speet. Vooral omdat ik hiermee mijn vaders goede naam in gevaar breng.'

'Klinkt goed.' Het klonk goed, maar hij herkende Annabel er niet in. 'Hoe staat het onderzoek ervoor? Wisten die journalisten al dat er sprake is van meer dan één kaart?'

Annabel stak de knoop in haar zak, pakte een doos op die vlak bij de deur stond en liep ermee naar het hok achter de winkel. 'Ze zijn gisteren weer geweest,' riep ze.

'Wie?'

'De politie met een echte deskundige! Iemand uit Londen!'

'Waar zoekt die dan naar?' Het gegil over en weer ergerde Cas.

Annabel had daar geen last van. 'Hij heeft de lijst met wat is verdwenen, maar nu voorzien van fotokopieën! Dus zoeken ze bij ons naar kaarten die identiek zijn, om vervolgens te proberen aan te tonen dat wij ze hebben ontvreemd!' Het leek wel of ze genoegen schepte in dat geschreeuw op afstand. 'Klaas heeft me de lijst laten zien! Dom! Als ik inderdaad meer had gestolen helpt me dat mijn geheugen op te frissen en te weten wat verdwijnen moet!'

Hij liep haar achterna. 'Je hebt meer gestolen.'

'Wie zegt dat?'

'Dat heb je zelf gezegd.'

'Wanneer? Tegen wie?' Ze klonk achterdochtig.

'Tegen mij.'

'Gelukkig.' Annabel zocht in laatjes, sloot ze weer, zocht ergens anders.

'Waar zoek je naar?'

'Karton. Nu ik toch op de winkel pas, ga ik een paar bestellingen inpakken.'

'Laat die bestellingen met rust. We moeten praten.' Hij probeerde haar het hok weer uit te drijven door steeds dichter naar haar toe te stappen. De meeste mensen begonnen dan als vanzelf ook te lopen. Annabel niet. Hij legde een hand tussen haar schouderbladen en duwde haar de winkel in. 'Ga eens zitten.'

Er was maar één stoel achter het bureau, dat bezaaid lag met papieren. Cas bleef tegen het bureaublad leunen en telde na hoeveel gesprekspunten ze al hadden aangeroerd in de twee minuten dat hij hier was. Wat een warhoofd was die zus van hem. Gelukkig, had ze gezegd. Wat bedoelde ze? Dat het gelukkig was dat ze alleen tegen hem en niet tegen de politie had gezegd dat er meer was ontvreemd?

'Annabel, ik moet weten wat er is gebeurd, anders kan ik niet helpen. Zoals je tegen die journalisten zei, is het ernstig wanneer vaders reputatie geschaad raakt. Dat moeten we koste wat het kost voorkomen.'

'Inderdaad,' zei ze. 'Ik ben er druk mee bezig.'

'Mooi, daar zijn we het dan over eens. Ik wil graag helpen. Ook financieel. Maar om de UB een voorstel te kunnen doen moet ik weten wat de waarheid is. Was die kaart in je mouw de enige, of heb je in de loop van de tijd meer ontvreemd? Als het er meer zijn, geef ze dan alsjeblieft terug. Of als ze al verkocht zijn, kunnen we ze nog terugkopen?' Zodra hij dat gezegd had, vroeg hij zich af waarvan dat betaald moest worden. 'Over welke bedragen praten we eigenlijk?'

'Je verdenkt me er toch niet van al die vijfentwintig kaarten op de lijst gestolen te hebben?' Ze trok haar neus op en praatte overdreven langzaam verder. Haar lippen openden en sloten zich met de nadrukkelijkheid waarmee je een dove toespreekt. 'Bovendien zegt hun lijst niets. Het betreft de populairste atlassen, zoals die van Mercator, Hondius, Ortelius. Allemaal bekende namen. Een beetje handelaar kent ze en heeft kaarten die oorspronkelijk uit zulke atlassen komen.'

'Hou op. Ik vroeg je wat. Ik wil niet dat vader te schande wordt gemaakt. Ik bedoel dat ik wil helpen.'

'Begrijp het nou, Cas. De aantijging aan ons adres is zo ongeveer hetzelfde als wanneer er een pak melk bij Albert Heijn is gestolen. Ze onderscheppen een willekeurige mevrouw die net de winkel verlaat, zien melk in haar mandje en concluderen triomfantelijk dat ze de dief te pakken hebben.'

'De vergelijking slaat nergens op. Jouw gedachtegang is krommer dan een hoepel.' Ze bedacht weer kletsverhalen net als toen ze een kind was. Gewoon afleidingsmanoeuvres. 'Mijn vraag is simpel, Annabel. Heb jij meer kaarten uit atlassen van de UB gescheurd, ja of nee?'

'Je vraag dient nergens toe.' Ze stond op, bedacht zich en ging weer zitten. 'Maar mijn antwoord is even simpel. Er zat één kaart in mijn mouw en die is teruggegeven. Geen inspecteur en geen deskundige heeft hier meer kunnen vinden.'

'Hier niet. Ligt het soms bij jou?'

'Bij mij? Op mijn studentenkamer met al die andere meiden die ook in het huis wonen en alles van je gebruiken of kapotmaken? Daar zou nog geen autokaart van Nederland veilig zijn.'

'Waar dan?'

Ze gaf geen antwoord. Haar vingers speelden behendig met een potlood, draaiden het om en om zonder de tafel te raken. Zo gemakkelijk kwam ze niet van hem af. Hij bezat meer geduld dan zij.

'Waarom stal je die ene kaart? Je weet dat het vaders goede naam kapot zal maken, dat hij misschien zelfs wel dit antiquariaat moet sluiten. Dat kan hij zich niet veroorloven, dan gaat de man failliet. Wil je dat soms?'

'O Cas.' De lange vingers met het potlood wreven over haar gezicht. Zat ze tranen weg te vegen? 'Je overdrijft. Ik ben de dochter van de antiquair, niet de antiquair zelf. Ze zullen hem niet straffen. Ik ben de dief, niet hij en iets anders valt er niet te bewijzen. Nu niet en nooit niet.' Haar hand beschreef een boog van links naar rechts langs de muren vol boeken, langs de rekken met kaarten in het midden van de vloer. 'Op de lijst staat bijvoorbeeld dat er een wereldkaart en die van Oost-Indië uit een Ortelius-atlas is verdwenen. De politie komt met een deskundige hier bij vader zoeken. Stel dat die deskundige goed kijkt, dan vindt hij daar,' Annabel wees naar een rek achterin, 'twee wereldkaarten en drie van Nederlands-Indië die identiek zijn aan wat de UB mist. Is één daarvan daarom van de UB? O ja. Welke dan? Waaraan zouden ze dat moeten zien? De UB zet geen stempels op de kaarten in hun atlassen zoals de British Library dat wel doet. Dat vinden ze een verminking. Er is dus niets waardoor je zou weten of een kaart al dan niet van hen afkomstig is.'

'Als een stempel al een verminking is, wat is dan het kapotmaken van een atlas wel niet? Het wegsnijden van kaarten? Dat is zoiets schandaligs als, als... Herinner je je die psychopaat die in het Rijksmuseum *De Nachtwacht* in stukken sneed?'

'Als mijn verhaal van de melk bij Albert Heijn nergens op sloeg, dan heb jij het nog erger mis. Mensen die kaarten verwijderen uit waardevolle atlassen zijn geen psychopaten. Ze doen dat om geldelijk gewin, om te laten zien dat ze het kunnen, om...'

'En jij? Waarom deed jij het?'

Het potlood tikte driftig op het bureau. 'Dat heb je me al gevraagd. En je hebt alle antwoorden al gekregen.' Ze wees op haar kleren. 'Om dit te kunnen betalen. Vader stopt alles in boeken en ik heb een toelage van niks.'

'Om medelijden mee te krijgen.' Haar T-shirt kon nog geen tien gulden hebben gekost. Hij dacht aan de blik waarmee vader haar had nagekeken nadat ze zijn haren op orde had gebracht, hoe hij vertederd de dunne plukken die zij net had aangeraakt nogmaals aanraakte. 'Ik wil wedden dat je alle geld van de wereld van hem kunt krijgen. De man is dol op je.'

Ze legde het potlood neer en staarde naar haar handen. Aandachtig wreef ze over het glimmend paars van haar nagels. 'Eigenaardig, vind je niet, hoe het in het leven loopt. Ik ben nu negentien en ik begrijp er niets van. Jij zegt dat vader dol op me is. Ik vertel je dat hij juist naar jou heeft verlangd terwijl jij niets om de man gaf. Nu wil je hem beschermen tegen de gevolgen van mijn schandelijke daad louter en alleen omdat je sinds een week, sinds Rome, hebt gemerkt dat hij je verre van onverschillig laat. Misschien besef je zelfs dat je van hem houdt. Dat is even wennen, hè, erachter komen dat je wel degelijk gevoelens in je donder hebt.'

Cas hief zijn hand.

'Spreek me niet tegen, ik heb mijn ogen niet in mijn zak. Moeder is het ook opgevallen. En vader geniet. Ik gun het hem van harte, want hij heeft er lang genoeg op moeten wachten. Als je maar weet dat alles wat ik heb gedaan uit... uit liefde is.'

'Uit liefde. Liefde voor wie? Voor vader! Waag het niet dat te beweren.' Hij wilde haar in elkaar rammen. Van woede begon hij in het Engels te tieren. 'It would be the fucking bloody limit. Je gaat me toch niet vertellen dat je voor hem geld wilde verdienen of of... Ach hoe kan ik ook raden wat er in die zieke geest van jou omgaat. Je verschuilen achter een rechtschapen mens. Wat min, wat walgelijk. Alsof vader iets te maken zou willen hebben met vernielingen en diefstal.' Hij stond op en ging met zijn armen over elkaar gevouwen bij de winkeldeur staan. Hij moest ze tegen zijn borstkas persen om het bonzen van zijn hart tegen te gaan. Zijn blik klampte zich vast aan de regen buiten.

De straat lag op ooghoogte en het viel hem op dat regendruppels óf vier óf slechts één centimeter omhoogsprongen, afhankelijk van of ze op een trottoirtegel of in de voeg ertussenin vielen. Hij zag voeten voorbijsnellen, benen in broekspijpen, benen in met modder bespatte panty's. De vreemde, te lage hoek waaronder hij vanuit het souterrain slechts halve mensen zag, leek hem tekenend voor zijn rol. Een gevoel van onwerkelijkheid bekroop hem. Een déjà vu zonder dat zich iets herhaalde. Een ingeving dat de waarheid zich afspeelde in die bovenste helft die hij niet zag.

'Laten we zeggen uit liefde voor de medemens,' zei Annabel achter zijn rug. 'Uit sociaal gevoel, daarvoor deed ik het. De Nederlandse samenleving heeft recht op haar erfgoed. Boeken horen voor iedereen toegankelijk te zijn. Kunst ook. Die hoort niet thuis in een universiteitsbibliotheek zolang een universiteit slechts voor enkelen is weggelegd. Ons erfgoed is voor iedereen en het minste wat we kunnen doen is delen en opdelen. Hoor je me, Cas, delen en opdelen. Ik ben voor de revolutie.'

Hij hoorde het prima. Welke revolutie? Ze zat te raaskallen en liep twintig jaar achter. Dit was 1983. Mensen waren nu doordrongen van een nieuw materialisme. Wie had het nog over delen en opdelen? Dat was verleden tijd. Door het jagen van haar stem met van die hijgerig hysterische uithalen vermoedde hij dat ze een loopje met hem nam.

'Laten we die psychopaat van jou en zijn *Nachtwacht* eens onder de loep nemen,' vervolgde zijn zusje. 'De man had best een goed idee. Hij was alleen te slordig en te gek. Dat schilderij hangt daar in het Rijksmuseum, een joekel van een doek, met twee heren in het midden en de rest van de compagnie erachter. Heel saai. Alleen dat meisje met die bleekschele oogjes in dat gele licht is leuk. Wat denk je, zouden we er niet veel meer van genieten wanneer we het ding in stukken sneden?'

Verbluft keek Cas op. Zijn zusje zat er volstrekt rustig bij. Ze had het potlood weer gepakt en tekende krullen op papier. Haar gezicht droeg de peinzende en afwezige uitdrukking van iemand die langzaam maar zeker een gedachtegang ontwikkelt.

'Een soort groepsfoto moest Rembrandt maken, maar hij zou liever al die heren apart hebben geportretteerd, dan kon elk gezicht de volle aandacht krijgen. We vinden dat *De Nachtwacht* als schilderij een geheel vormt. Daarom mogen we het niet opdelen. Deden we dat wel, dan konden veel meer mensen in verschillende musea over de hele wereld van Rembrandt genieten. Dat geheel, dat zo heilige geheel, is uitsluitend ontstaan doordat de schilder ertoe werd gedwongen. Laten we het zo opsnijden dat elke schout of kapitein of wie Rembrandt dan ook afbeeldde er individueel op staat. Bovendien, zelfs al was het doek heilig, heiligen worden bij voorbaat in stukjes gesneden. Wanneer je zo'n heilige opdeelt hebben meer mensen er iets aan. Neem al die christenen die om het hardst tanden uit de mond van een gestorven heilige trokken of zijn doodskleed in stukken scheurden en dan allemaal met zo'n relikwie tegen het hart gedrukt naar huis snelden, dol van blijdschap met hun stukje van een stukje, met hun splintertje van zaligheid. Heb je weleens uitgerekend hoeveel mensen met zo'n splintertje gelukkig zijn gemaakt?'

Ze was niet alleen vandalistisch, ze was ook morbide.

'Past ook goed in de leer van Christus. Er moest toch gedeeld worden? Brood, vissen, rijkdom. Zoiets ging door mijn hoofd toen ik die kaart uit de atlas scheurde.'

Hij deed of hij niet luisterde en bleef strak naar buiten kijken. Een meisje van een jaar of drie liep langs in een knalgeel regenjasje en gele kaplaarzen. Een oogverblindend hoopje zonneschijn en levenslust dat vol overgave door de plassen stampte. Ze verdween uit zijn gezichtsveld. Haar plaats werd ingenomen door de wielen van een kinderwagen en de stevige schoenen van een vrouw. Ook zij verdween uit beeld. De straat was weer in bruin en grijs gedompeld. 'Je bent hartstikke gestoord.'

Uit zijn ooghoek kon hij haar zien tekenen. Ze hield het potlood aan het einde van een lange arm en leunde achterover. Een jonge vrouw, verwijderd van haar eigen tekeningen en haar eigen woorden.

'Integendeel, ik ben volstrekt normaal,' zei ze. 'Wij mensen beleven bij uitstek genot wanneer zaken op maat zijn gesneden. Dat bedoel ik letterlijk. Jij geniet niet van het eten van een koe, maar van een stukje vlees dat van het beest is afgesneden. Jij beleeft genoegen aan een boeket bloemen zonder te jammeren dat de eenheid van die plant geweld werd aangedaan. Waar is de hele plant, waar zijn de wortels, waar is de kluit aarde die nodig was om de plant te laten groeien? Daar zit je niet mee.'

'Een plant is wel iets anders dan een kunstvoorwerp. Een *Nachtwacht* stuksnijden...'

'Niet stuksnijden, zorgvuldig opdelen zodat er meer Rembrandts zijn om meer mensen van te laten genieten.' Ze tekende met snelle handbewegingen en ratelde door zonder hem aan te kijken.

'Hou in godsnaam op met dat zenuwengedoe. Leg dat potlood neer en kijk me aan wanneer je met me praat.'

'Moet jij nodig zeggen. Wie staat daar uit het raam te staren.'

'Dat komt omdat jij begon te tekenen.' Hij ging zich zowaar verdedigen. Met haar geschift gepraat ondermijnde ze elk gevoel voor goed en kwaad, voor zin en onzin. Ze was gevaarlijk. Met één stap stond hij naast het bureau en griste de tekening onder het potlood vandaan. 'Hou op en voer eens een echt gesprek. Tot nu toe heb ik moeten luisteren naar de monoloog van een geestelijk gestoorde.'

'Tuttut broertje,' zei Annabel. Het leek of ze stiekem lachte. 'Wat mij betreft is dit een boeiend gesprek. Je komt niet elke dag iemand tegen met wie je het kunt hebben over destructie als daad van liefde en democratisch inzicht.' Haar kattenogen loerden naar hem. Speelde ze dat ze gek was, of was ze het echt?

Hij bekeek haar tekening. Rijen vierkantjes met contouren en wat krabbels. 'Wat moet dit voorstellen?'

'Dat zie je best.'

Cas bekeek het papier van verschillende kanten. Ineens zag hij het: zestien vierkantjes in vier rijen van vier. In elk vierkantje had ze een werelddeel of een land getekend.

Ze pakte hem het papier af en vouwde het ettelijke malen dubbel tot het een dik pakje van ongeveer zes bij acht centimeter was geworden. 'Een band eromheen, bladen opengesneden en je hebt een atlas. Een mini-atlas. Of niet soms?' Met het pakketje hoog geheven in een hand zocht ze met de andere tussen de paperassen. 'Daar heb ik het.' Ze haalde een mes te voorschijn waarmee ze vliegensvlug de vouwen opensneed. De blaadjes vielen op het bureau. Lange vingers spreidden ze uiteen en draaiden ze om zodat de tekeningen boven kwamen te liggen. 'Kijk, nu hebben we zestien losse kaarten. Hier.' Ze reikte hem er een en hij pakte het nog aan ook. 'Voor jou. En hier een voor de buurman. Een voor een museum. Een voor mijn tante.' Snel deelde ze ze verder uit aan denkbeeldige afnemers. 'Zie je, Cas, hoe sociaal. Zo kunnen zestien mensen genieten.' Vol verwachting keek ze hem aan.

Onrust knaagde aan Cas. Van zijn borstbeen tot zijn navel vrat de gedachte dat ze inderdaad niet toerekeningsvatbaar was. Als kind sprak ze al overdreven en bezat ze meer kennis dan goed voor haar was. Nu was dat kind uitgegroeid tot een jonge vrouw die niet langer wist wat ze zei of dacht. Ergens onderweg had zijn zusje haar zin voor werkelijkheid en het besef van goed en kwaad verloren.

Hij stond nog besluiteloos met het tekeningetje in de hand toen hij vader voor de deur zijn paraplu zag uitschudden. Met een schok kwam Cas bij zinnen. 'Oké, nu snel een paar dingen afspreken,' fluisterde hij. 'We willen allebei vader helpen en ik heb geen zin meer in gesprekken die nergens toe leiden. Ik ga met de UB praten en maak dat ze afzien van verdere vervolging.'

Vader stapte naar binnen en zette de paraplu in een hoek. Onhandig ontdeed hij zich van zijn jas. Zijn arm bleef in een mouw steken. Hij zag er bleek uit. De afgelopen dagen begonnen hun tol te eisen. Cas liep op hem af om te helpen.

'Wat zei de dokter?' vroeg Annabel.

'Voor negenennegentig procent ben ik oergezond. Mijn ogen, mijn gehoor, mijn gewrichten, alles prima in orde.'

'Heb je gezegd dat je niet goed slaapt? Heb je slaappillen gekregen?'

'Nee, dat niet. Kan ik even op jouw stoel zitten? Ik ben teruggelopen door de regen en moet eerst bijkomen. Zijn er nog mensen langs geweest?'

Annabel pakte de tekeningen bij elkaar en gooide ze in de prullenmand. 'Niemand. Ik haal er de twee stoelen uit het hok bij.'

Vader wenkte Cas dichterbij. 'Niet tegen Else of haar zeggen.' Zijn ogen volgden Annabel. 'De dokter wil dat ik morgen naar het ziekenhuis ga. Hij heeft een afspraak voor me gemaakt bij de cardioloog.'

'Heb je last van je hart? Wist je dat al langer?'

'Het is niet duidelijk wat er aan de hand is. We vallen wel van het ene onderzoek in het andere,' mompelde hij kwaad. 'Annabel, wil jij koffie zetten nu je daar toch bent,' riep hij. 'Ik heb gebak gekocht. Appelpunten met extra veel slagroom. Daar was Cas' moeder zo dol op.' Hij hijgde wat na op de stoel. 'De laatste tijd moet ik steeds aan haar denken. Ze was zeventien toen ik haar ontmoette, een popperig blond meisje dat eruitzag als twaalf. Een kind dat haar ouders in het

Jappenkamp verloren had, net als ik.' Vaders stem trilde. 'Ze trok door het naoorlogse Indië met maar één beeld voor ogen: naar Holland, naar een huisje met geraniums in de vensterbank en een mand vol jonge honden bij de kachel en voor altijd Kerstmis. Vrede, voor altijd vrede op aarde. Jouw lieve moeder riep de beste gevoelens in me op, weet je dat? Ach, mijn allerliefste kleine Popje.'

Als Cas zich hun ruzies niet zou herinneren, niet zou weten hoe hun huwelijk was geëindigd, zou hij denken dat vader een intens geliefd kindvrouwtje ten grave had gedragen.

'Ik wist niet hoe gevaarlijk vertedering kon zijn. Kassian dacht ik, en voor ik het wist had ik zo'n huisje voor haar gekocht, compleet met geraniums en een pup met zachte oren en zondags appelpunten bij de thee.' Vader veegde tranen uit zijn ogen.

Dat hij schaamteloos overdreef, was tot daaraan toe, dat was Cas gewend. Dat de diefstal hem zo hard had aangegrepen dat hij er nu ook last van zijn hart door had gekregen, vervulde Cas met medelijden. Tegelijkertijd ergerde hij zich aan de bibberstem die mierzoet herinneringen ophaalde aan dat allerliefste Popje. Alsof hij zou geloven dat zijn vader om haar huilde. 'Ze leerde me taart eten met mes en vork en door het leven zweven op een wolk van...'

'Slagroom,' zei Cas hard.

Vader plaatste zijn handen op zijn knieën, opende een paar keer zijn mond voor hij verder praatte. 'Die appelpunten waren oké, maar ik hou niet van slagroom. Jij? Waar zijn die punten nou?' Verstoord schoof hij rechtop in zijn stoel. 'In mijn regenjas zeker. Daar zal dan niet veel meer van over zijn.'

DEUREN

Cas dwaalde door de gang van het hotel. Er leek geen einde aan de deuren ter weerszijden te komen. Hij sloeg willekeurig een hoek om en opnieuw strekten zich honderden meters gang voor hem uit. Met een pasje opende hij een deur. Achter de deur lag een volgende deur en weer een volgende; deuren die allemaal achter elkaar openzwiepten. Met een akelige klik viel de laatste deur achter hem in het slot. Een hoge witte muur schoof op hem af. Hij keerde om en rukte aan de deur. Hij klopte, bonkte, schreeuwde. Het kaartje dat tot sleutel diende paste opeens niet meer. De gleuf was een sleutelgat geworden. Cas rolde het pasje op om er een steeksleutel van te maken. Onder zijn handen veranderde het in een tekeningetje van Annabel. Iemand klopte aan de buitenkant op de deur. 'Cas! Cas!'

'Ik kan er niet uit!' riep hij terug.

'Cas. Wakker worden.' Else stond naast zijn bed, trok de deken van hem af. 'Cas, gauw. Je vader heeft vreselijke pijn.' Ze rende weg. Met een laken half omgeknoopt volgde hij haar naar de slaapkamer. Vader zat voorovergebogen in bed.

'Else wil een ambulance bellen. Misschien is het overdreven. Misschien maak ik me bang om niets.' Hij stak zijn rechterhand uit, hield zijn linkerarm tegen zijn borstkas gedrukt. 'Linkerarm, dat is mijn hart. Of ik heb te veel gedaan de laatste dagen. Op trapjes klimmen en al die boeken terugzetten die de politie doorkijkt.' Hij deed een poging er een grapje van te maken. Wat als lachje begon eindigde in een grimas van pijn.

Over het bed heen knikten Else en Cas elkaar toe. 'Arnold, ik ga je aankleden.'

'Waarom wikkel ik vader niet in een grote deken. Hoe minder vermoeienis hoe beter, lijkt me.'

Else belde een ambulance. 'Ze vragen of dit een noodgeval is,' fluisterde ze met de hoorn tegen haar kamerjas gedrukt. 'Anders moeten we een taxi nemen. Zeg ik dat het een hartaanval is, of is dat de goden verzoeken?'

'Dit is een hartaanval,' zei Cas, en deed een schietgebedje dat hij het mis had. 'Laten ze voortmaken.' Hij haalde de kussens onder vaders hoofd vandaan en liet hem voorzichtig achteroverzakken. Er lagen twee dekens op bed. Een haalde hij weg en de ander vouwde hij in de lengte over de kant waar Else had geslapen.

'Waarom doe je dat?' vroeg vader.

'Daar wil ik je op schuiven en hem dan om je heen slaan.'

'Die ambulancemensen zullen toch wel een brancard hebben? We moeten gewoon even wachten.'

Ze moesten anderhalf uur wachten. Vader stierf op weg naar het ziekenhuis.

'Wat zelfmoord!' schreeuwde Cas tegen de patholoog anatoom die op last van Justitie een lijkschouwing moest uitvoeren. 'De huisarts heeft mijn vader gisteren nog onderzocht. Hij heeft toen al een hartaanval vermoed. Vandaag moest mijn vader in dit ziekenhuis zijn voor nader onderzoek.'

'Dat mag allemaal waar zijn, maar wanneer de gestorvene betrokken is bij diefstal van voorwerpen van kunst en wetenschap hoort een lijkschouwing erbij. Standaardprocedure, meneer Block. Trekt u het zich alstublieft niet zo aan. Ga naar huis en wanneer alles achter de rug is kunt u uw vader zien. U zult thuis genoeg te regelen hebben.'

'Als alles achter de rug is. Opensnijden en rondgraaien in een lijk, bedoelt u.' De gedachte dat die man straks een mes in zijn vader zou zetten en steeds verder zou graven in zijn zoektocht naar aanwijzingen voor een onnatuurlijke dood, was te veel. Hij moest slikken en weer slikken om niet te kokhalzen. 'Hebt u enig idee hoe mensonterend dit is? Hoe vernederend? Kunt u dan niets en niemand ontzien?

En waarom weet de politie binnen vierentwintig uur dat mijn vader gestorven is? Hoe kan het dat u zo snel met uw mes klaarstaat?'

'Ik handel gewoon in opdracht, meneer Block, en ik begrijp dat dit zeer moeilijk voor u is.'

Cas zag de mond van de arts bewegen, zag daaromheen een witte vlek die een gezicht moest voorstellen. Het was barbaars, zijn vader onwaardig. Hij moest daar een eind aan maken. Achter de mond, de vlek, de man, zag hij de deur die zijn vader verborgen hield. Hij moest de man opzij schuiven, de deur openduwen en vader meenemen voor hij in stukken werd gesneden en weer dichtgenaaid terug werd gegeven aan de zijnen. De zijnen. Else die niet zijn eigen moeder was en een halfzus die zijn vader de dood had ingejaagd.

'Kom,' zei de arts en legde zijn hand op Cas' mouw. 'Gaat u naar huis.'

'Haal je vuile poten van me af. Hebben ze je niet geleerd dat een arts niet moet proberen vertrouwelijk te worden door zijn patiënt aan te raken.'

'U bent toch geen patiënt?'

Cas droop af.

Thuis deed Else wat nodig was. Verfomfaaid en kromgebogen van verdriet regelde ze alles, van vrienden en kennissen op de hoogte stellen tot bellen met de begrafenisonderneming. Toen de mevrouw van het uitvaartbedrijf langskwam wilden Cas en Annabel erbij zijn om haar te steunen. Ze zou het alleen afhandelen. 'Jullie vader had al jaren nauwkeurig op schrift staan hoe hij begraven wenste te worden. Met welke muziek, wie er mocht spreken en wie niet.'

'Misschien wil ik wel iets zeggen,' zei Cas. 'Mag dat?'

'Daar heeft je vader zeker op gehoopt.'

Ze weigerde hulp bij het schrijven van de enveloppen. Ze stond de politie bij de voordeur te woord en verzocht ze zo kies te zijn voorlopig weg te blijven. Af en toe troostte ze Annabel, die niets anders deed dan huilen.

Cas liep Else overal achterna, zelfs tot in haar slaapkamer. 'Kan ik iets doen? Was Bonnie maar hier, zij zou weten hoe ze je moest helpen. Ze wilde komen voor de begrafenis, maar de dokter vond een vliegreis onverstandig. Laat me alsjeblieft iets voor je doen.'

Samen haalden ze het echtelijk bed af. 'Ik wil die lakens niet meer,' fluisterde Else. Ze propte ze in een sloop. 'Zet dit maar buiten op straat. Vuilniszakken liggen in de la links van het gootsteenkastje. Als je beslist meer wilt doen kun je zijn klerenkasten uitzoeken. Of ben ik nu de boel aan het overhaasten?' Ze veegde over haar voorhoofd en plofte op bed neer.

Door de open deur naar de gang zagen ze Annabel naar boven stuiven. Op de gang boven keerde ze om en kwam weer naar beneden rennen. Ondertussen kreunde en huilde ze. 'Dit blijft ze doen tot ze volledig buiten adem is en geen traan meer over heeft,' zei Else. 'Wil jij niet proberen of je haar kunt troosten?'

'Dat zal niet eenvoudig zijn. Ze voelt zich schuldig, en terecht.'

'Kun je niet een beetje begrip opbrengen.' Het was geen vraag, eerder een vermaning.

'Hoe moet ik dat voor een dievegge en erger. Als zij niet al deze ellende had veroorzaakt leefde vader nog.'

'Cas, genoeg.' Else liet zich achterover op het bed vallen. 'Laat me alleen.' Ze gebaarde dat hij moest verdwijnen. Voor hij de deur achter zich dichttrok wenkte ze hem terug. 'Annabel heeft net als jij haar vader verloren. Je kent je zusje slecht. Wat je straks ook doet of gaat zeggen op de begrafenis...' Hier stokte ze. Cas zag de tranen in haar ogen staan. De eerste tranen sinds vaders dood. 'Wees voorzichtig met je oordeel.'

Cas besloot het politiebureau in de Warmoesstraat op te zoeken. Hij had gehoopt daar de rechercheurs aan te treffen. Die waren volgens een collega buiten de deur. 'Zijn ze bezig met de zaak-Block?'

'Dat zou ik niet weten, meneer,' antwoordde de agente. 'Kan ik u misschien helpen?'

'Kunt u agent... agent Klaas Verwoed of Verwout of zoiets voor me vinden?'

'Die is met lunchpauze,' zei ze. 'Als u na tweeën terugkomt zal ik hem zeggen dat u geweest bent. Hoe is uw naam?'

'Block. Is er een mogelijkheid hem sneller te spreken of liever nog de rechercheurs op onze zaak? Mijn vader, een van de verdachten, is namelijk overleden.' De laatste zin klonk Cas als volstrekt onmogelijk en onjuist in de oren. Mijn vader, verdacht, overleden. Wat er de laatste dagen was gebeurd, leek een uit de hand gelopen grap van de voorzienigheid. Foutje van Onze-Lieve-Heer. Het was maar goed dat hij geen geloof bezat, anders stapte hij nu een kerk binnen om zijn god ter verantwoording te roepen. Zonder er een woord aan vuil te maken overigens. Want je kon goden aanklagen tot je blauw zag, daar trokken ze zich niets van aan. Ze moesten voelen. Hij zou laten zien wat hij ervan dacht. In zijn eentje zou hij daar een nieuwe beeldenstorm aanrichten en Gods altaar met Christus, kruis en al aan stukken slaan. Cas opende en sloot zijn handen tot vuisten. Hij ving de blik van de agente op die naar zijn handen op de balie keek.

'Als het erg dringend is?'

Cas ontspande zijn vuisten, leunde voorover op beide handpalmen en knikte.

'Klaas Verwoert gaat vaak naar de tostibar op het Rokin. Vlak naast de Bonneterie. U kunt het niet missen.'

Bij de Bonneterie hing een jurk in de etalage die Bonnie goed zou staan. Zwart met lange mouwen en een open hals. Als ze die droeg zou haar huid nog witter lijken. Straks ging hij die jurk kopen. Het bevreemdde hem dat zoiets alledaags als een jurk in een winkel tot hem doordrong, want hij liep over straat als waadde hij blind en bevroren door een poolnacht.

Agent Klaas Verwoert zat achter de ruit van de tostibar. Cas tikte tegen het glas en zag de schrik op het gezicht van de agent verschijnen. Met gebaren gaf Cas aan dat hij moest praten. Verwoert klopte op de lege kruk naast hem, duidelijk een uitnodiging.

'Gecondoleerd, meneer Block. Een vreselijke gebeurtenis.'

Cas knapte af op die beleefdheidszin. 'Het medelijden is van uw gezicht af te lezen,' zei hij. 'En voor wie vindt u het vreselijk? Voor ons of voor jullie. Raakt jullie onderzoek nu in de war? Wat ik graag wil weten is wie er bij jullie op dat onzalige idee van een lijkschouwing is gekomen? Zelfmoord! Waar slaat dat op?'

Klaas Verwoert gebaarde naar de jongen achter het espressoapparaat dat hij twee koffie moest brengen. 'Ook een tosti?'

'Nee. Ja.' Cas merkte dat hij uitgehongerd was.

Geduldig legde Verwoert uit wat de overwegingen van de politie
waren geweest. 'Een hartaanval kan door stress komen en dat is een
droevige zaak. Maar uw vader kon ook pillen of iets anders hebben geslikt omdat hij de verdenking, de huiszoekingen of de schande niet
aankon. Op zich interesseert ons dat niet zo. We gaan pas tot een lijkschouwing over, wanneer we de kans op moord niet mogen uitsluiten.'

Cas gromde geschrokken. Hij beet zich vast in de tosti.

'Misschien staat deze diefstal in verband met andere ontvreemdingen uit bibliotheken. Misschien is er sprake van een internationaal
circuit. Dan kon uw vader uit de weg zijn geruimd.'

Met volle mond praten dempte de opkomende woede. 'Dus zelfmoord laat jullie koud. Opgeruimd staat netjes. Weer een verdachte
minder. Maar mij laat het niet koud. Straks klaag ik jullie aan wegens
het intimideren van mijn vader. Wie weet wat voor ondervragings-
technieken jullie hebben toegepast. Als hij zelfmoord heeft gepleegd,
hebben jullie zijn dood op je geweten.'

'Het was geen moord en ook geen zelfmoord. De uitslag is al bekend.'

'Wat! Dat weten jullie en wij niet.' Kruimels brood sproeiden rond.

Verwoert reikte hem een servetje aan. 'Het kan zijn dat uw moeder
het nu al wel weet. Het was inderdaad zijn hart, de kransslagader was
gebarsten. Als u me toestaat, meneer Block, wil ik graag nogmaals
zeggen hoezeer het me spijt en dat mijn condoleren gemeend is. Wij
van de politie, de rechercheurs en ik, vonden uw vader een geweldige
man.'

'Ik dacht dat u alleen oog voor mijn zus had.'

'Die is ook geweldig. Wij voelden beslist bewondering voor ze.
Knappe mensen. Uw vader was erg geleerd en zeer beschaafd. Als u
het eerlijk wilt weten, meneer Block, dan vinden wij dat de veiligheidsmaatregelen bij de UB te wensen overlaten. Begrijpelijk, hou me
ten goede, meneer Block.' Agent Verwoert hief zijn handen ter verontschuldiging. 'Te weinig mensen, te weinig... nou ja afijn, maar zo-

als het daar is geregeld, bind je de kat op het spek. Bovendien maak je het zowat onmogelijk na te gaan wie wat heeft gestolen.'

'Gaat u me iets vertellen, agent Verwoert?'

'Dat hangt van u af, meneer Block. Wij zullen nu uw vader is gestorven ons terughoudend opstellen. U kunt hetzelfde van de UB vragen. Als ik u was zou ik van deze droevige gelegenheid gebruik maken om ze van strafvervolging te doen afzien.'

Drie dagen later vond de begrafenis plaats. Tijdens zijn toespraak had Cas moeite niet in huilen uit te barsten en Annabel ten overstaan van iedereen vaders dood te verwijten.

Vier dagen later ontving hij bericht dat de regering van Libië de schuld van twee miljoen dollar plus rente had betaald. Volgens hun zeggen naar aanleiding van het onderhoud dat hun minister Al-Basset met de heer Block in Straatsburg had gevoerd. De Company was dolblij en George als financieel man al helemaal. De schuld was allang afgeschreven en dit bedrag vormde dus pure winst. Cas zou een grote bonus krijgen en zijn nieuwe aanstelling was die van manager voor het Midden-Oosten en Noord-Afrika. Hij kon immers goed overweg met moslims. 'Hou op, George. Ik ken één man, meer niet. En laat me nu in godsnaam met rust. Mijn vader is net overleden. Mijn vader, hoor je, ik heb wel iets anders aan mijn hoofd.'

Een week later was er overeenstemming met de UB bereikt. Annabel zou de toegang tot de UB worden ontzegd en ze zou haar studie aan de universiteit zogenaamd uit vrije wil staken. Cas betaalde de schade van de restauratie van de atlas. Of er sprake was van meer ontvreemdingen door een Block bleef in het ongewisse bij gebrek aan bewijs. Om het onderzoek definitief te kunnen afsluiten zegde Cas – 'niet bij wijze van schuldbekentenis, laat dat duidelijk zijn' – de UB een schenking van honderdduizend gulden toe. De bonus kwam nu als geroepen. 225

Annabel verzette zich niet toen Cas meedeelde wat er besloten was. Hij kondigde het als voldongen feit aan. Moeder en dochter luisterden zonder tegenwerpingen of vragen. Else hield Annabels hand vast. Het enige wat Else zei was: 'Dank voor je hulp, Cas.' Daarbij streelde ze troostend Annabels vingers. Het enige wat Annabel zei was: 'Je hebt voor een grotere doofpot gezorgd dan we ooit hadden mogen hopen. Heb je enig idee wat er allemaal in verdwenen is, Cas?'

Cas vertrok naar New York. Hij omhelsde en zoende Else tot afscheid, liep op Annabel af zonder te weten of hij haar een zoen ging geven of ging slaan. Toen hij voor haar stond schrok hij van de kattenogen met de rood opgezette randen. Ogen die je naar zich toe trokken. Ogen als gaten, als monden die hun voedsel naar binnen zogen. Annabel had hun vader opgeslorpt. Ze had hem meegezogen en gedood, zo waar als hij hier stond.

Huilend liep hij de kamer uit.

Bij de voordeur bekroop hem de onvrede over hoe onbeholpen hij deed en hoe onaf hij de zaak achterliet. Hij moest terug naar binnen om dit afscheid te verzachten. Niet alleen voor Else, ook voor Annabel. Buiten toeterde een auto. Hij opende de deur. Achter zijn taxi stond een auto stil, een volgende kwam aanrijden die ook wachten moest. Hij gaf zijn koffers aan de chauffeur en bleef op de drempel aarzelen. De chauffeur sloeg de achterbak met een klap dicht. Cas stapte de deur uit en trok hem achter zich in het slot.

NAAR BOVEN VALLEN

Op een overdekt terras in een winkelcentrum van Düsseldorf beleefde Cas opnieuw die laatste weken met zijn vader. Hun verblijf in Rome, de diefstal uit de UB, vaders overlijden in de ambulance, de lijkschouwing.

Zijn zusje zat ondertussen op een veiling en probeerde eenzelfde
kaart te bemachtigen als hij was kwijtgeraakt. 'Annabel, heb jij...' Half
uitgesproken had hij haar opnieuw van diefstal beschuldigd. Ze was
langzaam doorgelopen, steeds langzamer tot haar voeten tot stilstand kwamen. Door de blouse prikten de schouderbladen.

Minutenlang zat hij daar en roerde in zijn koffie. Het toefje slagroom was allang verdwenen. De Cas van achttien jaar geleden ont-
stelde hem. Die vreemde was als een stoomwals over ieders angst,
verdriet en zorgen heen gerold. Die Cas was vervuld geweest van
woede en had zijn eigen wraaklust niet gezien.

Door de glazen koepel viel zonlicht naar binnen. Het scheerde
langs de liften en de roltrappen, die vlak naast hem op en neer zoefden. Om hem heen zaten mensen te eten, te drinken en gesprekken te
voeren in die kooi van licht. Hun monden kauwden en praatten en
hun armen maakten gebaren. Cas tilde een hand op en bewoog zijn
lippen. Niets. Geen geluid. Zijn vingers betastten zijn mond. De vingers beefden. Als hij doorduwde zou zijn mond opengapen tot een
diep gat; hij zou achter zijn hand aan naar binnen vallen in het niets.
Er was geen vlees of bot meer dat hem kon tegenhouden. Hij bestond
niet, zijn lichaam deed slechts alsof. Eén onverhoedse beweging en
dan zou zelfs die schijn voorbij zijn. Dan zag de hele wereld dat Cas
Block nooit iets had voorgesteld.

Hij durfde nauwelijks adem te halen. Weg, over, krijste het in zijn hoofd. Niet ademen, doodstil blijven zitten.

Het begon vlakbij en greep razendsnel om zich heen. De vloer kantelde en zakte weg in een wolk van stof. De muren weken, de glazen koepel klapte open en steeg ten hemel. De mensen in hun stoelen gleden met een razende vaart naar de einder toe, waar ze over de rand stortten en verdwenen. De wereld bleef leeg achter. Een onmetelijke platte wereld met alleen maar gras. Het gras rimpelde en kabbelde als de zee. De golfslag riep met duizenden wenkende handen. Midden in dat groen dobberde een mannetje dat zich vasthield aan een tafeltje. Een tafeltje van marmer dat niet drijven kon. Een mannetje ver verwijderd van allen die hem dierbaar waren. Als hij nu opstond en zijn handen uitstak, als hij ging zwemmen of lopen en bleef waden zou hij niet weten hoe hij hen moest vinden. Hij kon blijven lopen en nooit iemand bereiken. Geen Dirk, geen Bonnie, geen George.

Cas hoorde een piepend geluid. Hij luisterde. Het was zijn adem. Hij ademde uit.

Wel Annabel.

'Je kent je zusje slecht,' had Else gezegd.

Hij had haar gestraft en zijn vader beschermd.

Cas hief een hand. Een ober kwam naast hem staan. De ober zei iets, zei weer iets, wees toen op de lege kop. Zodra de nieuwe koffie voor Cas stond dronk hij gejaagd. Door het koele van de room heen proefde hij de hitte van de drank. Veel te heet. Het schroeide zijn keel. Ik ben een rechtschapen mens, had hij gedacht. Zonder die verwaandheid zou hij eerder hebben gezien wat hem werkelijk dreef.

Hij was dertien jaar. Vader was de week tevoren weggegaan en zou nooit meer terugkomen. 'Dit is iets tussen je moeder en mij,' had hij gezegd. 'Het heeft met ons tweeën niets te maken. Jij bent mijn kind en ik houd van je.'

'Ik ook van jou.' Cas zou hem in zijn nieuwe huis in Amsterdam opzoeken. Hij moest bellen zodra hij wist hoe laat de trein aankwam, dan haalde vader hem van het station op.

De stem aan de telefoon klonk blij en opgewonden. Cas warmde zich aan die vrolijkheid, ging ervan gloeien. 'A propos, je zult ook El- se ontmoeten en zij is zwanger. Zeven maanden. Je zult gauw een broertje of zusje krijgen.'

De wereld kantelde. Cas stond met de hoorn in de hand. 'Cas,' riep vader aan de andere kant van de lijn. De stem van een verrader. Zijn vader die zich over een baby boog, over een kleuter, over een ander kind. Bij elk beeld zag hij alleen nog maar vaders rug. Al keek hij nog zo indringend, al dwong hij zijn blik tot een uiterste krachtsinspan- ning, vader keerde zich niet om.

'Ik kom niet,' hoorde hij zichzelf zeggen. 'Ik kan niet komen. Ik heb te veel huiswerk.'

Het lepeltje kletterde van de schotel op de rand van de tafel en viel op de grond. Cas raapte het op, maar de ober bracht al een nieuw lepel- tje. Hij moest het hotel zien te vinden en Annabel bellen. Hij wilde dat ze bij hem was, en rustig, heel rustig zou hij alles uitleggen. 'Wist je,' zo zou hij beginnen. De koffie lag bitter in zijn maag. Hij nam nog een slok. Bitterheid paste, niet voor niets was het de smaak van nijd en afgunst.

Na de laatste slok golfde het om hem heen. Bij het opstaan schoot de stoel te luid achteruit. Mensen keken op. Was het te zien dat hij zich niet goed voelde? Was hij bleek, zweterig? Het moest wel, zijn voorhoofd voelde nat en klam en in zijn nek bonsde wee de duizelig- heid. Het draaide voor zijn ogen. Hij moest hier weg.

Boven aan de roltrap raakte hij verstrikt in de lichtbundel die door de koepel naar binnen scheen. Even zag hij niets meer, moest met zijn ogen knipperen voor hij het begin van de roltrap weer kon onder- scheiden. De metalen treden draaiden, draaiden weg en glinsterden als schichtig water. Hij zette een stap, zijn hand miste de leuning. Hij graaide, greep de rubberband zonder zijn voeten te verplaatsen. Te laat besefte hij dat hij lopen moest, zijn hand achterna. De band gleed verder en hij deed een sprong om zijn hand bij te houden. Zijn knieën knikten en hij hield zich met moeite staande. In zijn buik trilde de schrik. Onder hem gaapte de duisternis. Ver weg, te ver weg, lag de la- gere verdieping. Zijn ogen zochten houvast aan de treden. Ze golfden,

deinden – een zwaaiende ladder naar de afgrond. Hij moest terug, terug naar boven waar het zonlicht scheen. Haastig, star van angst stapte hij achteruit. Zijn hiel miste een tree, hij voelde hoe hij viel. Zijn rug
raakte iets hards. Pijn sneed door zijn billen. Achter in zijn schedel
klonk een droge tik. Mensen gilden, alle beweging stopte. Langzaam
gleed hij langs de binnenkant van zijn oogleden, langs het groene licht
dat daar doorheen schemerde, af tot in de stilte onder de pijn.

Hij kwam bij toen er mensen aan hem sjorden, mensen die praatten; wat ze zeiden drong niet door. Ze zetten hem op een stoel en hij
kreunde van pijn. Ze hielpen hem overeind en alles werd opnieuw
zwart.

De eerste hulp bij ongelukken had alleen een jonge assistent ter beschikking. Cas weigerde zoveel onervarenheid. De ambulance reed
door naar een privékliniek. In tegenstelling tot de soaps die hij in de
maanden na zijn ontslag op tv had bekeken, lag deze kliniek niet als
een groot buiten met zijvleugels en fonteinen midden in een bos,
maar onopvallend in een herenhuis aan het einde van een doodlo-
pend straatje. De artsen stelden een lichte hersenschudding vast, op-
pervlakkige schaafwonden en fikse sneden waar de roltraptreden
happen uit zijn vlees hadden genomen. Ze waren lang bezig met kle-
dingresten uit de wonden te verwijderen. 'Niets ernstigs,' zeiden ze
na afloop. 'Alleen ongemakkelijk en het duurt wel even voor u helemaal genezen bent.'

Ze legden hem op een hoog bed in een zonnige witte kamer. Daar
moest hij een paar dagen op zijn buik blijven rusten. Pas na een poos
kwam een verpleegster de kamer verduisteren. Ze had er niet eerder
aan gedacht dat hij een hersenschudding had. Cas doezelde en sliep
ondanks scheuten pijn. Hij verloor alle gevoel voor tijd, wist zelfs niet
meer met wie hij had gesproken en of er iemand was gewaarschuwd.

Toen het in de verduisterde kamer echt donker werd, wist hij dat
het avond was geworden. De arts die zo zorgvuldig alle vezels uit zijn
rug en billen had gepeuterd, stapte binnen. Hij pakte een stoel en ging
bij het hoofdeinde van het bed zitten. Ze babbelden wat. 'Kunnen wij
dan werkelijk niemand voor u bereiken? Waar is uw familie?'

'Mijn vrouw zit in Amerika. Mijn zoon ook.'

'Bent u hier alleen?'

'Met mijn zuster, maar die is druk bezig met een veiling. Die is op zijn vroegst pas vanavond laat weer in het hotel te bereiken.'

'De receptie zal haar bellen. Heeft ze een mobiel nummer?'

'Stoor haar maar niet, ze heeft het druk. Ik lig hier goed.' Cas zweeg en dommelde weg. De arts bleef zitten. Cas deinde in en uit een halfslaap en aan de randen van die slaap zag hij de dokter soms duidelijk en soms alleen als schaduw. Geluiden van de gang bereikten hem als speldenprikken, kleine scherpe geluidjes die meteen uitdoofden.

Hij zakte weg in een kuil die hem nu niet met angst vervulde. Hoe hij ook viel of gleed, het voelde weldadig aan. Zijn lichaam rustte in de koestering van doeken, dons en zachte handen. Zo was het heerlijk vallen. Tot hij wakker schrok van de doffe droge tik die door zijn achterhoofd snerpte en de vlijmende pijn van de roltrap die in zijn billen sneed. Hij schrok, weifelde waar hij was, rook de geruststellende geur van schone lakens en ontsmettingsmiddel. Naast zich vermoedde hij de dokter, ook al had die niet bewogen. Als een kind zo veilig voelde hij zich met deze dokter aan zijn bed. Een mens die over hem waakte.

Hij wilde de arts bedanken, maar hoorde zichzelf snauwen. 'Zit u er nog? Hebt u niets anders te doen?' De Cas Block die zo sprak was verachtelijk. Die moest óf veranderen óf voorgoed verdwijnen. Schamper dacht hij terug aan de man die verder en verder had willen reizen, zover de einder reikte. Alleen zag hij nu hoe achter het einde een afgrond gaapte. Een koel niets, stiller dan de dood.

'Dokter?' vroeg hij de schaduw in zijn ooghoek. 'Is er medisch een verklaring voor het zien van beelden en het horen van stemmen?'

'Hoort u stemmen, meneer Block?' Ondanks zijn schemertoestand bemerkte Cas de schrik in de toon.

'Geen stemmen. Ik ben niet krankzinnig. Maar ik zie wel beelden. Droombeelden, herinneringen, indrukken op mijn netvlies. Ze lokken me.'

'Wat ziet u dan? Wat lokt u?'

'De wereld. De wereld met een einder waar ik op af stuif, ook al weet ik dat het onzin is. Ik ben overal geweest, dokter. Overal waar je komt is er land, zijn er mensen, huizen. Hoe ver je ook trekt, je vindt uiteindelijk altijd weer hetzelfde. Waarom de schepping de aarde rond wilde hebben is me een raadsel. Dan krijg je dat soort dingen, dan keert het einde terug tot het begin en hoef je geen genie te zijn om aan de zin ervan te twijfelen. Ik ben meer voor een platte wereld, ook al is dat oneerlijk omdat maar één kant bruin kan bakken.' De woorden stroomden uit Cas' mond. Hij was zo daas dat hij ze niet binnen houden kon. 'Als ik God was flipte ik die wereld af en toe een keertje om en stookte ik de zon op tot zijn heetste stand...' Buiten adem liet hij zijn gezicht in het kussen zakken.

'Meneer Block, wat is het beeld dat u zo lokt?'

'Een platte wereld waar ik vanaf kan lazeren,' zei Cas gesmoord. 'Vanaf gelazerd ben, moet ik zeggen. Ach, laat me maar dokter, ik sla onzin uit.'

'Hoe kwam u er zo bij achteruit een neergaande roltrap op te lopen? Dat zijn dingen die een kind doet, geen volwassen man.'

'Ik wilde weer naar boven.'

'Dat snap ik. Maar achteruit lopen zonder je zelfs maar om te draaien is om ongelukken vragen.'

'Ik voelde me duizelig en kreeg opeens hoogtevrees.'

'U was al duizelig voor u viel? Bent u vaker duizelig?'

'De laatste tijd.'

'Is daar een reden voor?'

'Reden! U vraagt me naar de reden! Zelfs nadat ik u net heb verteld over zin en onzin?' Cas krabbelde overeind en probeerde op zijn ellebogen te steunen. Het ging niet, het deed te veel pijn. 'Mijn hele leven loopt fout om de foute reden. Achttien jaar geleden kreeg ik om Libië de grootste bonus aller tijden. Niet mijn verdienste, dat had ik aan mijn vriend Jeff te danken. Nu ben ik om datzelfde Libië ontslagen dankzij mijn baas Dave. Het kan verkeren, nietwaar. Baan weg, zoon weg, vrouw weg. Ik werd ontslagen om de foute reden. Ik haatte mijn zusje om de foute reden.' Wat wilde hij nu uitleggen aan deze dokter, aan deze vaderlijke man die jonger was dan hij en die desondanks zich zo overduidelijk bezorgd maakte? 'Wat is de reden? Niets heeft een reden, dokter, ik doe alles fout, zelfs een simpel sollicitatiegesprek.' Zijn hoofd werd zo zwaar dat hij het diep in het kussen moest duwen om tegendruk te vinden. Hij draaide en woelde. 'Grootheidswaan om te willen dat de dingen zin hebben. Wat geeft het ook. Gaat u toch weg, ik wil slapen.'

DEEL VIER

NA DE LEEGTE

NEE

Ze zat aan de toilettafel in haar hotelkamer de Blancus-kaart te bestuderen. Urenlang was ze volmaakt gelukkig geweest. Tot ze haar hoofd ophief en een gezicht in de spiegel tegenover zich zag. Haar gezicht en tegelijkertijd dat van vader. Vader lachte geluidloos en duwde Cas naar voren. Cas die haar niet vertrouwde.

'Heb jij...' had hij gevraagd vlak voor hij van de veiling bij de Brunnenmeiers wegliep. Hij durfde de zin niet af te maken. Had hij dat wel gedaan, had hij wel gevraagd of zij de handlanger was van die Engelsman die kaarten en atlassen uit bibliotheken stal, dan was ze hem aangevlogen en had ze zijn ballen onder hem vandaan geschopt. 'Nee,' had ze geantwoord, met een beheersing haar broer waardig.

'Heb jij...?' vroeg het gezicht in de spiegel opnieuw.

Zijn woorden sneden dwars door haar heen. Tevergeefs had ze jaar na jaar een limbo van vergeten dingen om zich heen gebouwd. Die beschermlaag van vergetelheid bleek fliesterdun te zijn en niet bestand tegen dezelfde vraag van achttien jaar geleden.

Eigen schuld, ze had zelf het verleden teruggeroepen. Had ze maar geen plan moeten smeden waarin ze vergeten en wreken in evenwicht dacht te kunnen houden. Had ze vanochtend aan de ontbijttafel maar niet moeten uitbeelden hoe ze Cas de genadeklap ging geven met de waarheid. Ze had geen suikerpot en broodmand in stelling moeten brengen, geen deegroller moeten gebruiken om haar broer mee te verpletteren op het tafelkleed. Als je magische handelingen verrichtte, kon je niet doen of het een spelletje was. Je moest vol gifgroene gedachten recht op je doel afgaan en geen seconde weifelen.

Deed je dat toch, dan keerde het noodlot zich tegen je. Nu was niet zij degene die aanviel, maar Cas.

'Nee, ik heb het niet gedaan,' had ze hem beheerst geantwoord.

Of had ze juist geschreeuwd?

Ze kon haar aandacht niet meer bij de Blancus-kaart houden, ze stond op en liep de kamer door. Vier stappen naar het bed, vijf naar de ramen. Buiten motregende het. Grijs nevelden de druppels door de lucht, geel dansten ze als stofgoud in het schijnsel van de straatlantaarns. Vanaf het kantoor aan de overkant staarden rijen gelijkvormige vensters haar aan. Elke ruit een glimmend zwart vierkant waarin het licht van de lantaarns opvlamde. Steeds dezelfde gele gloed in een dood zwart vlak. Arm kunstlicht dat 's nachts de zon nadeed en zich te pletter kaatste tegen het harde glas van ruit na ruit na ruit.

Ze sloot de gordijnen, telde de vijf stappen terug naar het bed, schopte haar schoenen uit en kroop met kleren aan tussen de lakens. Ze verlangde naar haar eigen bed onder het zolderdak, waar je de regen op de pannen hoorde tikken en katten 's nachts krols door de dakgoot renden. In deze onpersoonlijke hotelkamer in Düsseldorf werd dat ene nee het sleutelwoord van al haar verweer. 'Nee, beschuldig me niet opnieuw. Nee, speel niet weer voor inquisiteur en rechter. Nee, waag het niet me nog eens onderuit te willen halen.' De nee's wonnen aan kracht, ze knetterden van haar lippen. 'Nee, niet verder, bijt op je tong, slik je verdachtmakingen in.' Kwaad worden hielp. Met gebalde vuisten en de woorden 'vuile klootzak' als een mantra op haar lippen viel ze ten slotte in slaap.

Al na een uur was ze weer wakker. Ze stapte uit bed, kleedde zich uit en sloeg een badjas van het hotel om. Op blote voeten ging ze op zoektocht door de gangen. Benson moest hier ook logeren. Ze meende dat ze hem op nummer 95 naar binnen had zien gaan. Voor de deur aarzelde ze. Het kon de verkeerde kamer zijn. Stel dat hij met een ander lag te vrijen. Of hard snurkte en niets hoorde. Of zo vies uit zijn mond stonk dat ze op slag genas van alle verlangen. Ze klopte aan.

'Who that?' bromde een stem. Benson opende de deur, verstrooid met bril op en nog keurig in pak. Ze zag de loep in zijn hand; hij was kennelijk aan het werk. 'Wat is er met jou?' Het was niet de vraag die ze van een potentiële minnaar verwachtte. 'Je ziet er vreselijk uit. Is er iets gebeurd?' Hij trok haar naar binnen, zette haar in een stoel. Op de tafel naast haar lagen atlassen. Ze had ze eerder gezien, maar was te moe om er de namen bij te bedenken.

Benson wees erop. 'Ik heb zo mijn verdenkingen tegen Brunnenmeier,' zei hij opeens met een stemverheffing of Pa Brunnenmeier het thuis moest kunnen horen.

'Wat!' Annabel slikte van schrik een geeuw weg en zocht in haar daas geheugen naar een aanknopingspunt. 'Dat ze die in Zweden gestolen spullen verkopen?'

'Daar weet ik niets van. Ik zou ze er niet te goed voor achten. Nee, wat ik bedoel is dat ze onder één hoedje spelen met de Vogels. Is het je opgevallen dat Helma en ik steeds tegen elkaar opboden en dat ik alle stukken heb gekregen? De composietatlassen van Covens & Mortier, die van Ottens. De kaart van Californië als een eiland. Weet je voor welke prijs die vorige maand bij Sotheby's van de hand is gegaan? Deze hier was bijna een kwart duurder. Mij kan het niet schelen, deze keer koop ik in opdracht. Maar voor mij staat vast dat de Vogels en Brunnenmeier opzettelijk de prijzen opdrijven.'

'Hoezo met opzet? Ik heb anders mijn Blancus voor een spotprijs gekregen. Het zit je gewoon dwars dat je hoger moest gaan dan je wilde.'

'Snap het dan. Een derde van alles wat op de veiling werd aangeboden kwam van de gezusters Vogel. Ze hebben een dealtje met Brunnenmeier gesloten. Het zijn uitgekookte zakenvrouwen. Ze stelden de volledige Blaeu-atlas alleen ter beschikking om meer handelaren naar de veiling te lokken. Het was nooit de bedoeling dat hij verkocht zou worden, en hij is dus ook niet verkocht. Is je dat niet opgevallen?'

'Jawel,' zei Annabel slaperig. 'Het was een lelijke.'

'Hoe dan ook,' zei Benson. 'Het overgrote deel doen ze maar wat graag van de hand. Voor veel geld. Helma zit hier alleen om de prijzen op te voeren. Ik heb het al vaker meegemaakt. Soms zit zij er, meestal sturen ze een stroman.'

Heimelijk gaapte ze achter haar hand. Ze wilde niet over de Helma's en Brunnenmeiers van deze wereld praten. 'Wat dan nog?'

Benson maakte een ongeduldig gebaar. 'Jullie kunnen in Europa toch zo laks zijn. Het is zo illegaal als de pest. Oneerlijke concurrentie. Daar zijn wetten tegen.'

'Wat wil je doen? Naar de politie rennen? Een rechtszaak aanspannen?' Ze zag een achttien jaar jongere Cas met politiemannen praten. Ze dacht aan die agent, die Klaas, die verliefd op haar was geworden. Van de verhoren herinnerde ze zich amper iets, alleen nog sfeer in kleur. Wit, ijzig wit en tinten dreigend bruin en blauw. Maar Klaas was haar bijgebleven als goedmoedig blond en roze.

'Eerst moet ik het bewijzen. Keihard en op grond van meer dan de losse aanwijzingen die ik nu heb.'

'Als je mij laat zien wat je hebt gekocht kan ik waarschijnlijk zeggen of het inderdaad van de Vogels afkomstig is. Ik kom er regelmatig en maak dan aantekeningen. Bovendien heb ik een goed geheugen.'

Benson drukte haar de loep in de hand en schoof een atlas over de tafel naar haar toe.

Annabel legde de loep neer. 'Daar ben ik nu niet voor gekomen. Ik wil in jouw bed slapen.'

'En ik dan?'

'Je past er wel bij. Heb je iets te drinken?' Ze bleef wachten, stapte noch het bed in, noch de deur weer uit. Benson had een verklaring verdiend.

'Whisky, water, glaasje melk? Wat heb je nodig?'

'Een arm om me heen. Ik ben razend op Cas.'

'Ik zag wel dat jullie ruzie kregen. Trek het je niet aan, liefdesruzies worden gauw bijgelegd.'

'Hij is mijn broer.'

Benson schonk haar een glas whisky in uit een miniflesje. 'Waar maakten jullie dan ruzie om?'

De whisky smaakte scherp, naar desinfecteermiddel. Ze dronk het glas leeg, stak haar arm uit voor meer.

'Rustig aan. Je hoeft me niets te vertellen en je hoeft ook niet zo te drinken. Wil je water?'

'Nee,' snauwde ze. Het nee echode na. 'Hij verdenkt mij van die diefstal, van betrokkenheid bij het werk van die Engelsman.'

Benson pakte het lege glas uit haar hand, zette het op tafel.

'Ga jij je alsjeblieft niet als mijn grote broer gedragen. Ik heb er al een.' Haar handen strengelden zich ineen. Ze draaide ze binnenstebuiten en liet de kootjes van haar vingers knakken. 'Zijn achterdocht maakt me razend. Ik heb er niets mee van doen. Zijn verdenking stamt uit het verleden. Ik zit er aldoor over na te denken. Die diefstal vroeger, de diefstallen nu, het maalt maar door mijn hoofd. Ik kan er niet van slapen. Ik wil met jou naar bed. Als slaapmiddel.'

Hij hielp haar uit de stoel, bracht haar naar het bed, trok de sprei op tot haar kin en verdween in de badkamer. Ze lag te wachten, benieuwd hoe hij er naakt uit zou zien. Hij kwam terug met zijn kleren nog aan, een glas water in de ene hand en een pil tussen duim en wijsvinger van de andere. 'Mond open, hier heb je een echt slaapmiddel.'

Toen ze de volgende ochtend terugging naar haar eigen kamer, lag er een boodschap. Of ze een kliniek in de stad wilde bellen. Haar broer had een ongeluk met een roltrap gehad. Cas was dus niet in de auto gestapt en zonder haar naar huis gereden. Hij had haar niet de rug toegekeerd. Hij had urenlang op nog geen tweehonderd meter afstand zitten wachten.

'Heeft de receptie al met u gesproken?' vroeg de behandelend arts.

Annabel knikte. 'Als het goed blijft gaan kan mijn broer maandag naar huis. Ik vraag me alleen af hoe dat moet.'

'Dat vraag ik me ook af. Als u even met mij mee wilt lopen naar mijn spreekkamer.' Hij leidde haar een vertrek binnen dat het midden hield tussen een koele badkamer en een galerie voor kindertekeningen. Aan de muren hingen vellen kleurrijk papier, elk voorzien van een enkele slordig opgeplakte driehoek. Een aaneenschakeling van driehoeken, de hele kamer vol. Ze hoopte voor de dokter dat dit geen voor tonnen aangeschafte kunstwerken waren. 'Gaat u zitten.' Annabel mocht plaatsnemen in een Mickey Mouse-stoel, die weliswaar kinderlijk oogde, maar waarvan ze wist dat het een peperduur design betrof. Ze leunde eerst tegen het grote roze linkeroor van Mickey en daarna tegen het gele rechteroor. Mickey zat gemakkelijk. 'Leuk,' zei ze.

'Ja,' zei de arts. 'Ik was eerst bang dat het ontwerp me zou vervelen, gelukkig is het tegendeel waar, ik raak er steeds meer aan gehecht. Maar terzake, uw broer. Hoe is uw verstandhouding met uw broer? Kent u hem goed?'

De veel te kalme toon van de arts maakte Annabel op slag argwanend. Ze trok haar wenkbrauwen op, duwde haar mondhoeken naar beneden en schutterde wat met haar schouders en handen. Met die gebaren van gespeelde onnozelheid won ze tijd om na te denken. Vanuit een ooghoek viel het haar op hoe knalgeel Mickeys rechteroor was. Een blij oor vol onbevangen aandacht. Ze besloot eerlijk te zijn. 'Sinds kort beter. We hebben jarenlang geen contact gehad.'

'U vroeg zich af hoe dat moest wanneer uw broer naar huis gaat.'

'Ja, hoe komen we daar. Kan hij wel rijden? Hij heeft toch allerlei hechtingen op onhandige plaatsen en ik heb geen rijbewijs.'

'Zo nodig met een ambulance. Dat is te regelen. Ik wil graag iets ernstigers met u bespreken. Is uw broer van nature zo cynisch en mat?'

'Hij is helemaal niet cynisch. Mijn broer is een doener wiens ondernemingslust en slagvaardigheid een opdoffer hebben gekregen. Een intelligente doener overigens.'

'Daar was ik al bang voor. Dat zijn de gevaarlijkste.' De arts bleef bij het raam staan, vermeed haar aan te kijken terwijl hij sprak. 'Ik vraag me af of uw broer niet ernstig depressief is, zo niet suïcidaal.'

Hitte sloop langs haar ruggengraat omhoog. Deze slimme arts had een oordeel over haar broer geveld: somber, niet willen leven. Dan zou hij Cas dwingen te praten, zijn ziel uit te storten in een groot geel oor en een pilletje per dag te slikken, omdat hij daar o zo van zou opknappen. Hij zou vrolijk worden en geil geel dansen door de dag. En daaronder langzaam sterven. Niemand die het zou merken. 'Nee,' zei ze. 'Nee, dat past niet bij hem.' Ze kreeg de neiging de kamer uit te rennen, Cas op te eisen, mee te nemen en ergens te verstoppen. 'In wezen is hij niet uit het lood te slaan.'

De arts keerde om van het raam, liep bedaard naar zijn bureau.

'Het zit uw broer niet mee. Zijn vrouw is weg, zijn zoon is weg. Geen baan, heeft hij me verteld.' Hij rekte de woorden 'geen baan', boog zijn hoofd naar voren en knikte nadrukkelijk. 'Straks zit hij in een leeg huis.'

'Zijn vrouw is niet weg, niet weggelopen. Ze is met vakantie. Ik zal proberen haar te bereiken.'

'Het zou niet onverstandig zijn als uw broer met een psychiater of een psychotherapeut ging praten.'

'Daar is hij allergisch voor. Volgens zijn zeggen speelt zijn vrouw thuis altijd al voor psycholoog.'

'Jammer.' De man ging zitten, verplaatste wat papieren op zijn bureau, zweeg. Kennelijk verwachtte hij dat zij iets zou voorstellen.

'Denkt u echt dat hij zulke hulp nodig heeft? Wist u dat hij al duizelig was voor we hier in Düsseldorf aankwamen? Hij heeft bijna een ongeluk met de auto gemaakt. Misschien kunt u hem goed nakijken en is het gewoon iets fysieks.'

'Daar heeft hij over gesproken. Hij zei dat hij uit zijn doen was omdat hij een nieuwe baan niet heeft gekregen. Is er geldnood? Had hij die baan nodig om financiële redenen?'

'Dat geloof ik niet. Mijn inschatting is dat zijn ijdelheid gekwetst is, meer niet.' Nu viel ze hem zelf aan, ze moest op haar woorden letten. Ze nestelde zich wat dieper in de Mickey Mouse-stoel en antwoordde in het roze oor. 'Mijn broer heeft tegenslagen gehad, dat wel. Hij is somber ja, heel somber, ziet weinig uitweg nu, ja ook daarin moet ik u gelijk geven. Maar ik zie hem niet als psychiatrisch geval en al helemaal niet als iemand die met zelfmoordneigingen rondloopt. Echt niet, het wil er bij mij niet in.'

'Drie uur lang heeft hij volgens de obers op dat terras gezeten. Misschien heeft hij wel al die tijd overwogen hoe hij van die roltrap kon vallen.'

Ze schoot rechtop uit haar stoel. Die dokter praatte Cas nog de vernieling in. Daar had een wildvreemde het recht niet toe! 'Dat is toch nog geen zelfmoord willen plegen, dokter, daarvoor heeft hij te veel waar hij aan hecht.'

'Als ik zo onbescheiden mag zijn, wat dan?'

Het lag op haar lippen om 'werk' te antwoorden, toen dacht ze erover 'zijn vrouw' te zeggen, maar ze zei: 'Hij hecht aan zijn zoon' en in gedachten voegde ze daaraan toe: 'En aan mij.' De kindertekeningen dwarrelden in een waas door de kamer. Ze knipperde met haar ogen en het leek of de kleurige vellen als slingers langs het plafond deinden en feestvierden.

'U moet niet huilen. Iedereen heeft een fikse waarschuwing gekregen. Voor uw broer weggaat zal ik proberen nog een paar keer met hem te praten.'

Hoe moest ze deze arts uitleggen dat ze huilde van blijdschap. Cas had op haar zitten wachten. Hij had spijt van zijn verdachtmaking van gisteren. Spijt die hem aan het denken had gezet. Cas had urenlang aan een tafeltje gezeten om de weg naar de waarheid te vinden, met als enige aanwijzing zijn kersverse wroeging en twijfel.

Door het kleine ronde venster in de deur keek ze in een wit aquarium. Witte wanden. Een wit geschilderde ijzeren constructie met tentakels als een bleke onderwaterplant waaraan klokken en metertjes en een triangel hingen die geen van alle in gebruik waren. Op een hoog bed bolde een lichaam onder een laken. Ze zag alleen zijn achterhoofd met de bos krullen, en zelfs die waren onherkenbaar. Het blonde haar leek grijs, zo vaal was het geworden. Hij verroerde zich niet. Ze zag zelfs het laken niet op en neer bewegen. Voorover, verslagen, bijna dood, al afgedekt. Zo had ze zich hem bij vlagen voorgesteld.

Ze tuurde door het raampje en durfde niet naar binnen. Nu was hij dan waar ze hem hebben wilde, hier had ze naar verlangd. Deze verongelukte, aangespoelde walvis ondervond eindelijk hoe het voelde om vernietigd te zijn. Nu zou hij begrijpen hoeveel pijn het deed wanneer de zee je kapot beukte op de rotsen, je neerkwakte op het strand, waar je met je laatste krachten probeerde terug te glijden naar zee. Maar je lag vast in het zilte zand. Verdreven uit je element. Kom, kom, je overleeft het wel. Je zult het fijn vinden in Italië. Zeker, net zo fijn als de walvis die uit zee verdreven wordt.

Dit was het moment om in luid geschater uit te barsten, om hier voor het ruitje te staan joelen van de pret. Om daarna weg te lopen en in haar rug de afdruk te koesteren van Cas onder een wit laken. Niet verwond door haar, niet gedood door haar. O nee. Wat een prachtzet van het noodlot, wat een juweel van een tragedie. De goden hadden voor haar gehandeld. Vrouwe Justitia had dwars door haar gesloten oogleden gezien wat recht en rechtvaardig was. Die overwinning moest ze door de straten schreeuwen. Huppelen moest ze langs de Königsallee en lachen, lachen tot ze erbij neerviel.

Toe dan, ga dan, maande ze zichzelf.

Maar de vloedgolf van vreugde, het jubelgevoel van bevrijd-zijn bleef uit. Ze keek weer door het ruitje en voelde zich ellendig. In plaats van weglopen wilde ze hem juist overeind hijsen, naar buiten trekken de straat op, de wereld in om te kunnen toekijken hoe hij weer stevig rondliep, om te horen hoe zijn basstem uitweidde over de dingen waar hij van hield, over reizen, werken, nieuwe dingen doen. Hij moest hier weg.

'Je hebt een rok aan,' zei Cas met zijn hoofd in het kussen. De stem baste niet, de stem bibberde. Hij zocht haar hand. Ze pakte zijn vingers. Die voelden koud en klam. Hadden ze hier geen dekens voor de arme jongen.

'Het is zaterdag, dan heb ik altijd een rok aan.'

'Waarvoor dat dan?'

'Zaterdags ga ik uit vrijen.'

'Gaat dat niet met een broek?'

'Niemand kan beweren dat mijn tuinbroeken sexy zijn.'

Cas grinnikte zacht. Een gesmoord gegniffel in het kussen.

Ze luisterde, met haar hoofd scheef, aandachtig en opgelucht. Die pleegde geen zelfmoord. Iemand die hardop lachte kon toneelspelen, maar wanneer je bij jezelf giechelde was dat gemeend, dan zat je van-binnen nog vol levenslust. 'Ik ben blij je te zien. Ik was bang dat je te-rug naar huis was gereden.' Zijn vingers drukten haar hand. Ze legde haar andere hand boven op de zijne. 'Je hebt het koud. Zal ik een de-ken halen?'

'Hoeft niet. Jij hebt het warm en bloed stroomt door. Ken je dat spelletje nog van vroeger: bloed stroomt door? Als je gevangen was en elkaars hand vasthield hoefde de bevrijder maar één kind aan te raken en dan waren we meteen allemaal vrij. Dat zou ik graag willen.' Hij trok langzaam zijn hand onder de hare vandaan en lag nog stiller dan daarvoor. 'Daar op dat terras heb ik lang nagedacht. Ik weet nu pas wat er toen is gebeurd. Het is te ingewikkeld om hier uit te leggen. Als ik me wat beter voel wil ik het graag proberen. Ik hoop dat je me dat toestaat?' Hij draaide zijn hoofd een kwartslag op het kussen. Zijn gezicht had nauwelijks meer kleur dan de witte kussensloop, over de ogen schemerde een waas. 'Je kunt er toch wel komen met je antiquariaat, je verdient toch wel genoeg? Zo niet, dan...'

Het waren de woorden die ze ooit had willen horen. Hij was lief zo mild, maar ze kon wel janken bij het zien van haar sterke broer die er nu murw en lam bij lag. Het hoeft niet, wilde ze zeggen, als je het weet hoef je verder niets uit te leggen. 'Het gaat goed met me, Cas. Maak je geen zorgen. Ik doe wat ik fijn vind. Ik was de eerste met een website in plaats van een winkel. Daar heb ik meer ervaring mee dan iemand anders in het vak. De wereld is mijn afzetgebied. Dat is groot genoeg, zou ik denken. Het leven draait. Straks ga ik uit met een leuke kerel. Maandag gaan wij samen naar huis. Ik zal Bonnie en Dirk bellen als je me hun nummers geeft. Alles sal reg kom, zoals vader zei.'

'Dat zal dan niet aan mij te danken zijn.' Moeizaam schoof hij heen en weer op bed. 'Wat een gekluns.' Hij snoof verachtelijk. Hij opende zijn mond en sloot hem weer. Annabel haalde adem en zon op iets om te zeggen. Beiden zwegen.

Onder het verduisterde raam viel schuin het licht naar binnen. Zelfs in deze brandschone en van onder tot boven gedesinfecteerde kliniek danste het stof in de baan zonneschijn.

'Heb je ooit geweten hoe heerlijk het is wanneer je op je rug kunt liggen?' zei hij plotseling.

'Zal ik dat rolgordijn omhoogtrekken? Je hebt toch geen zware hersenschudding en in de zon liggen is lekkerder. Word je vrolijk van.'

'Ooit moet je me maar eens uitleggen waar je dat grenzeloze incas-seringsvermogen van je vandaan haalt.'

Toen ze afscheid nam streelde zijn wijsvinger de stof van haar rok.

'Zijde?'

'Namaak, maar wel echt rood.'

'Wie gaat het worden? Benson, vader of zoon Brunnenmeier?'

'Jasses, de Brunnenmeiers. Dan neem ik liever Benson.'

Vandaag was het zaterdag. Het zou moeilijk zijn hier een café met bezemkast en bijbehorende jongen te vinden. Ze kon zich Benson niet voorstellen klem geperst in een nauw gangetje – zijn broek zou uit de vouw raken – maar ze popelde om het uit te proberen.

OPGETUIGD

Terug op haar hotelkamer besefte ze dat de dag al half om was. Twaalf uur en nog geen Benson gezien. Ze hadden geen afspraak gemaakt. Wat zou ze nu eens gaan doen? Wat doet een mens zoal in Düsseldorf. Op de Königsallee, waar het veilinghuis van de Brunnenmeiers stond, had ze horden diepgebruinde en met goud behangen dames winkel in en winkel uit zien lopen.

In haar toilettas zaten de juwelen die ze had meegebracht. Ze hing ze allemaal om. Een gouden schakelketting, een Indisch zilveren rammelding, een medaillon dat van haar grootmoeder was geweest. Vier armbanden, vijf ringen. Haar gezicht was te wit voor Düsseldorf. Omdat ze geen foundation of bruin poeder had meegenomen, moest een bruinige lippenstift uitkomst brengen. Met ferme vegen streek ze ermee over haar wangen en voorhoofd en wreef het uit. Haar spiegelbeeld bevestigde wat parfumeriezaken altijd beweren: je kunt niets half doen. Het leek of ze witte ringen rond haar ogen had geschilderd: een wasbeer in diapositief, een clown.

Mocht er geen foundation zijn, er was des te meer mascara en oogschaduw in alle schakeringen. Zwaar zette ze haar wimpers aan met zwart, penseelde er zeegroen boven en stiftte haar lippen paars, dat stond lekker heftig boven het rood van haar mantelpak. De rok werd nog even extra omhooggetrokken en toen die weer afzakte bond ze er een panty omheen bij wijze van ceintuur. In haar koffer zaten schoenen met torenhoge hakken voor 's avonds aan een diner. Prachtige hoge hakken. Zo angstwekkend sierlijk dat Annabel er als een blok voor was gevallen toen ze ze in een etalage aan de P.C. Hooftstraat had gezien. Ook al werd tijdens de aankoop al bewezen dat ze er niet op lopen kon. 'Schoenen zijn niet alleen om mee te lopen,' had de verkoopster troostend beweerd, 'ook om op te staan.'

Annabel pakte de schoenen en trok ze aan. Wat een rot klein hotelkamertje. Tussen de spiegel en het bed was nauwelijks anderhalve meter loopruimte. Zo kon ze haar eigen benen nooit voluit bekijken. 'Als u een beetje zijwaarts gaat staan,' had de verkoopster gezegd, 'ja zo, uw been net iets opzij. Nou, dat is toch beeldig, zegt u nu zelf. Als u de pijpen van uw broek wat ophijst,' en ze had de daad bij het woord gevoegd en de pijpen van Annabels tuinbroek opgerold. 'Ik snap niet waarom jij zulke broeken draagt,' zei ze ineens vertrouwelijk. 'Als ik jouw benen had liet ik ze voortdurend zien. Kijk eens naar de mijne.' Inderdaad had de verkoopster mollige pootjes, maar wel kordaat en in feite beter dan die te dunne stelten van haarzelf. In deze geelgouden hotelspiegel oogden haar benen goed.

Ze hield de schoenen aan. Zo zou ze de Königsallee op en neer lopen en ondertussen tellen hoeveel aantrekkelijke mannen ze tegenkwam. Waren dat er meer dan tien, dan bleef ze in Düsseldorf, anders pakte ze de trein naar Keulen om de Dom dag te zeggen en een hap te eten. In Keulen kon ze ook nog altijd de gezusters Vogel opzoeken. Shit, ze moest ogenblikkelijk Benson bellen! Als ze nog naar zijn atlassen wilde kijken, als ze vandaag samen nog de zusters Vogel gingen opzoeken, moesten ze opschieten. Dat Benson daar niet aan had gedacht. Nu moest zij weer achter hem aan lopen, terwijl ze juist van plan was om pak-me-dan-als-je kan te spelen en Benson te laten rennen. Of verstoppertje, ze kon een boodschap achterlaten en dan moest hij haar maar zien te vinden. Ze draaide het nummer van zijn kamer. Niets. Ze belde de receptie of die wist waar de heer Benson McGuire was. Dat trof, die had net zijn sleutel afgegeven en stond op het punt door de draaideur te vertrekken. Of ze hem even wilden tegenhouden.

Snel vlocht ze haar anders ontembare haren tot een losse vlecht op haar rug, hees de rok wat op die onder de tot ceintuur geknoopte panty was uitgezakt en aaide tevreden over benen in spiegelgladde lycra kousen. Ze wierp een laatste blik in de spiegel. Zo bij kunstlicht was het effect adembenemend. Een ster, een diva. Als zij straks buitenliep, voorbijschreed of wervelde, al naargelang de ingeving van het ogenblik, zouden mannen de een na de ander als dominostenen languit achterover op straat vallen, plat van bewondering. Plof, plof, beng. Dan zou ze, als een veldheer die het overwonnen leger monstert, het spoor van de ter aarde gestorte heren volgen. Aan het eind gekomen zou ze bij de allerlaatste neerknielen en superelegant een lange wijsvinger onder zijn rug steken; ze zou luchtigjes een duwtje geven en als bij toverslag schoot dan de hele rij weer van achter naar voren in de benen.

Had ze alles? Sleutel, tas, mobieltje. Nog iets? Alhoewel ze nodig moest, durfde ze niet te plassen uit vrees voor het vernietigend schelle licht van de badkamer. In het ergste geval zag ze eruit als straathoer op te hoge hakken of als kind dat voor indiaantje speelt met moeders lippenstift.

'Annabel! Annabel!' In de hal stonden oude bekenden van de Brunnenmeier-veiling. Ze riepen en zwaaiden uitbundig om haar aandacht te trekken. 'We hebben je vanochtend nog gebeld of je meeging. Van Benson hoorden we dat de man die je gisteren bij je had, die Cas, een ongeluk heeft gekregen. Toch niets ernstigs?'

Milou trok aan haar mouw. 'Ik had gedacht dat hij jouw minnaar was. Knappe man, maar hij is jouw broer, nietwaar. Kan ik hem niet krijgen?'

Misschien, dacht Annabel. Wie weet. Cas kan best wat vertier gebruiken. 'Waar gaan jullie naar toe?' Benson was nergens te zien.

Buiten scheen de zon met de ragdunne warmte van de nazomer. De bomen aan de Königsallee begonnen al geelgroen te worden en in het middenstuk waar gras groeide en gietijzeren hekken voetgangers tegenhielden, trokken lange schaduwen over de grond. Weer voor een herfstwandeling. Met Benson de Taunus inrijden, van het pad af gaan en dwars tussen de bomen door slenteren en de geur van paddestoelen opsnuiven.

Ondertussen was hun Duitse collega Jürgen Graf al vooruitgelopen met Levi uit Londen. Ze stapten stevig door. De klanken van Jürgens knauwerige Engels slierden door de lucht. Milou en Annabel volgden. Milou probeerde op afstand mee te doen aan het gesprek. Tevergeefs. 'Valt het jullie niet op,' schreeuwde ze, 'dat er al binnen een minuut een scheiding der seksen heeft plaatsgevonden?' Ze wilde naar voren stuiven.

'Hé, blijf bij me.' Annabel hield haar tegen. 'Het lijkt me eerder een scheiding van schoeisel. Heb je gezien waarop ik loop?'

'Trek ze uit,' stelde Milou voor.

Op zwikkende enkels die noch schrijden noch wervelen toelieten, ploeterde Annabel voort. De mannen raakten steeds verder voorop.

'Aangenaam wandelingetje zo,' zei Milou. 'Altijd onderhoudend om met die kerels op stap te gaan.'

'Je kan me wat,' riep Annabel plotseling giftig vanwege een pijnscheut in een teen. 'Jürgen,' krijste ze, zodat niet alleen hij maar verschillende voetgangers opkeken. 'Waar is de dichtstbijzijnde Kneipe. Mijn voeten hebben een drankje nodig.'

Het kroegje was ongezellig vol namaakhout en posters, precies zoals een kroegje in een achterafstraatje eruit hoorde te zien. Onooglijke en lawaaiige mannen in werkkleding stonden bij de tap. Annabel nam plaats op een barkruk, liet haar voeten bengelen en voelde zich direct weer in een goed humeur. Hier had je tenminste ander volk dan die protsers op de Königsallee. Het was ook anders dan in de Ulver. Geen jassen in de gang, geen bezemkast, geen scharreltje, geen Piet. Als die haar zo gezien had in het knalrood met al die oorlogsverf op haar wangen, had zijn stem door het café geschald: 'Hi schoonheid van me!' en zijn walrussnor zou erbij dansen. Hier keek iedereen somber en in de hoek van het café kreeg een jonge ober zowaar ruzie met een mevrouw. De mevrouw werd kwader en kwader. Ze stond dreigend op, haar grote borsten deinden amechtig en haar dikke achterwerk gooide de stoel om. Ze schold de ober uit en de ober schold terug.

'Dat is gemeen,' zei Annabel.

'Ja, grof hè,' vond Jürgen, 'om zo te spotten met iemand die dik is.'

'Dat bedoel ik niet. Wat ze daar naar elkaars hoofd gooien is een Amsterdamse mop en in het plat-Amsterdams is het pas echt leuk.'

'Vertel.'

'Dat kan je niet vertalen.'

'Probeer toch maar. Nog een wijn, bier?' Jürgen nam de bestellingen op.

'In een Amsterdamse tram met zo'n echte Amsterdamse tramconducteur...' begon ze.

'Wat is een echte Amsterdamse tramconducteur?'

'Iemand die je met een uitgestreken smoel lik op stuk geeft, al doe je nog zo je best om zelf adrem te zijn. Wie het langste doorgaat zonder lachen wint.'

'En dat noemen jullie humor?' vroeg Milou. 'A priori niet lachen en dat is humor?' Ze hief beide handen met een gebaar van hoe-is-het-mogelijk. 'Ik ben verbaasd. Maar ook weer niet hè, die Hollanders zijn ook zo zwaarmoedig.'

'Laat haar nou vertellen.'

'Dus die tram is overvol. Het is spitsuur en iedereen die er nieuw bij komt moet achter instappen en het schuift maar niet op. De conducteur roept over de luidspreker: "Doorlope astublief, doorlope daar achterin. Ja ook u daar, ja u die dikke mevrouw daar achterin. Doorlope." De dikke mevrouw blaast zich op, wordt nijdig en pikt dat niet. Ze schreeuwt terug zo hard dat de hele tram mag meegenieten: "Ach man, lik me reet." Even stilte in de overvolle tram. Dan brengt de conducteur zijn mond dicht bij de microfoon en het antwoord schettert door de tram. "Nou, daar ken ik dan wel een snipperdag voor opneme."' Annabel keek stralend om zich heen, klaar om bij de eerste mondhoek die omhoog zou schieten mee te lachen. Klaterend lachen en jezelf helemaal los schuddebuiken op het ritme van aanstekelijk gehinnik en geschater. Maar Jürgen staarde naar het restje schuim in zijn glas en Levi krabde in zijn stralenkransje haar. 'Ik vind hem hartstikke leuk,' zei ze koppig.

'Zullen we gaan lunchen?' vroeg Milou. 'Wie heeft er honger?'

'Ik heb alleen maar dorst,' zei Annabel. Ze bleef achter haar biertje zitten terwijl de anderen haastig de laatste slokken door hun keelgat goten. 'Daag,' zwaaide ze ze minzaam na. Twee minuten later verliet ook zij het café en ging terug naar het hotel.

'Block! Dirk Block!' Zijn stem klonk versufd. Het was twee uur 's middags in Düsseldorf, acht uur 's ochtends in New York en ze had hem uit zijn slaap gehaald. Zonder omwegen legde ze uit waar ze voor belde.

'Mijn moeder wil niet terug naar Europa,' zei Dirk. 'Zeker niet voor een paar schaafwonden. En waarom bel jij, kan mijn vader dat zelf niet?'

Hij klonk niet bemoedigend. Ze had al haar bedenkingen voor ze hem opbelde. De nacht met hun tweeën zat haar dwars en ze wist niet of ze die moest doodzwijgen of juist niet. Vanwege die twijfel had ze eerst ettelijke keren Bonnie geprobeerd. Maar die nam niet op en liet ook haar e-mails onbeantwoord. 'Je krijgt mij aan de lijn omdat ik een paar dingen wil bespreken die hij zou verzwijgen.'

'Wat is er dan?' Hij klonk zo kortaangebonden of hij direct weer wilde ophangen.

'Kan je niet een beetje aardiger doen? Ik bel niet voor mezelf, weet je. Het is meer dan alleen een ongelukje. Er is veel gebeurd sinds je weg bent.'

'Dat mag je wel zeggen. Weet vader het al?'

'Wat?' vroeg Annabel verbluft.

'Moeder wil niet terug naar Europa, dat zei ik al. Ze meent het. Ze blijft hier. Ik ga er ook niets meer over zeggen. Het is aan haar om dat met mijn vader te bespreken.'

'Hier zijn ook dingen gebeurd. Je vader blijft somber. Het komt en gaat in golven. Soms leeft hij op, om de volgende dag weer in elkaar te zakken. Dat hij de baan bij die fabriek in Alkmaar niet kreeg heeft hem aangegrepen. Hij was zo in de war dat hij bijna een ongeluk heeft gemaakt op de snelweg. En later is hij dus van de roltrap gevallen. De behandelend arts hier maakt zich ernstig zorgen. Die meent dat je vader niet alleen depressief is, maar ook suïcidaal.'

'Mijn vader? Waarom denkt hij dat? Ik...' Dirk zocht naar woorden. 'Het lijkt me niks voor mijn vader.' Opeens klonk hij klaarwakker.

'Dat zei ik ook tegen de arts, maar zeker kun je nooit zijn. Die dokter vond het vooral vreemd dat een volwassen man achteruit een roltrap op rent. Een neergaande roltrap welteverstaan. Jezelf letsel willen toebrengen is pathologisch volgens hem.'

'Jezus,' zei Dirk. 'Ik wil zulke dingen helemaal niet over mijn vader horen.'

Annabel werd kwaad. Als maagzuur brandde de ergernis in haar strot. 'Dan ben je wel je vaders zoon. Die wilde ook nooit iets zwaks over zijn eigen vader horen. Dat is verkeerd, Dirk. Je vader is geen reus, geen man uit graniet gehouwen. En al was hij een reus, dan een met lemen voeten. De man is nu omvergerold en zal weer overeind geholpen moeten worden. Zijn voeten zijn immers niet alleen van leem gemaakt, ook van ijzer. Hard en broos tegelijk, dat is jouw vader.' Ze wist dat ze sterk begonnen was, alleen dreigde het nu uit de hand te lopen, haar toon werd hoe langer hoe zalvender. 'Maar het hoofd is van goud, het lijf van zilver...'

'Sta je weer wat voor te dragen? Zeker de bijbel.'

Het was inderdaad de bijbel, maar ze vertelde het verhaal verkeerd. Wat kon het schelen, Dirk zou dat niet merken. 'Ja, uit het boek Daniël. Daniël kon koning Nebukadnezar van Babylon zijn droom uitleggen zonder eerst te horen wat de koning had gedroomd. Dat is knap: iemands dromen zien en begrijpen zonder dat hij je er iets over heeft verteld.'

'Waar slaat het op? Je moet bij het Leger des Heils of je bent nog steeds even geschift.'

'Geen van beide. Het komt van de zenuwen. Nu ratel ik over Daniël, toen over het gouden kalf. Het spijt me van die ene nacht samen, ik had je niet moeten verleiden.'

'Daar was ik nog altijd zelf bij.' Het bleef even stil. 'Oké,' gaf Dirk daarna toe, 'dat was stom van ons. Maar wereldschokkend is het niet. Ik kan er tenminste niet mee zitten.'

'Fijn, dat is een opluchting. En wat je moeder betreft, als ze weigert te komen, moeten die twee dat maar uitvechten. Voorlopig zal ik wel bij je vader blijven en een beetje voor hem zorgen.'

'Waarom doe je dat? Jullie konden elkaar toch niet uitstaan?'

'Dat is verleden tijd. We zijn nu beiden in Düsseldorf om een vervanging van de verdwenen Blaeu-kaart te vinden.'

'Is dat nog wel zo belangrijk?'

'Je vader wil hem hebben voor die George hierheen komt.'

'Moet je opschieten. Volgende week reist George voor zaken naar Europa.' Haar neefje was humeurig. Was zijn stem eerst nog vol aandacht voor zijn vader geweest, nu klonk hij ronduit prikkelbaar. Zou hij haar ervan verdenken expres niet op te schieten? Maar hoe kon die jongen iets vermoeden van haar plan om Cas betaald te zetten? Onmogelijk.

'Dus je moeder komt in geen geval? Zou je haar willen vertellen dat je vader een ongeluk heeft gehad en wat de behandelend arts zei?'

'Doe ik. Misschien kom ik trouwens zelf wel. Ik zit er tenminste over te dubben om toch in Amsterdam scheikunde te gaan studeren. Het is hier ook niet alles.'

'Het zal je vader goeddoen als je ook voor hem terugkomt.'

'Onzin, Annabel. Hij zou zich zwaar opgelaten voelen.'

Iemand klopte op de deur van haar hotelkamer. 'Een ogenblikje, Dirk.' Het was Benson. Ze gebaarde dat hij binnen kon komen en liep terug naar de telefoon. 'Ja, ik houd je op de hoogte. O, die arts vroeg ook nog of je vader een goede huisarts heeft, of een vertrouwensman.'

'Niet dat ik weet. George is zijn enige vertrouwensman en vriend. Maar dat was vroeger,' voegde Dirk eraan toe. 'Ik weet niet of dat zo blijven zal.'

'Nee, ja, inderdaad.'

Benson was op haar bed gaan zitten.

'Ja, dag, tot gauw.' Ze hing op.

'Hoe is het met je broer?' vroeg Benson. 'Gaat het weer een beetje met hem? Heb je nu tijd om te kijken naar wat ik bij Brunnenmeier heb gekocht?'

'Eerst iets gemakkelijkers aantrekken.' Ze had haar schoenen al eerder uitgedaan. Vlak voor Bensons neus ontdeed ze zich van de lycra kousen. Met opzet liet ze haar handen van onder naar boven glijden, langzaam onder de rok verdwijnen en been na been een kous afstropen. Vergeefse moeite. Benson had de glinstering in zijn ogen van de echte kaartengek. Die zag haar benen niet, die wilde dat ze opschoot en meeging om zijn schat te bekijken.

Ze lagen op de tafel van zijn hotelkamer opengeslagen, net als de afgelopen nacht. Annabel ging zitten, bladerde door de atlassen. Een schoof ze terzijde. 'Deze hadden de Vogels een paar maanden geleden nog niet. De Covens & Mortier wel.' Die bestudeerde ze nader. Sommige platen herkende ze ogenblikkelijk, van andere was ze niet zo zeker. Toen herinnerde ze zich de staat waarin de atlas had verkeerd. 'Kom eens kijken. Twee maanden geleden was deze atlas een breker waar zowat niets meer in zat. Een leeggehaald vod op deze paar kaarten na.' Ze wees ze aan. 'Voor het overige waren alle stroken leeg. Je weet wat dat betekent, zowat alles is dus sindsdien toegevoegd.'

Bensons gezicht drukte eerst ongeloof en daarna verontwaardiging uit. Ten slotte zakte hij verslagen neer op bed. 'Tsss. Wat nu. Wat heb ik in 's hemelsnaam gekocht? Dat zou ik de dames Vogel weleens willen vragen. Je weet zeker dat je deze Covens & Mortier eerder bij hen hebt gezien?'

'Dat durf ik te zweren.' Ze pakte de atlas op.

'Hoe weet je dat het dezelfde is?'

'Dat zie je gewoon.'

'Feiten, Annabel. Is er iets hard te maken.'

Ze legde haar hand op een bladzij en sloot haar ogen. Waardoor wist ze dat ze deze atlas twee maanden geleden had gezien met bijna niets erin? Hoe kon ze zo zeker zijn dat dit volle prachtboek inderdaad diezelfde Covens & Mortier was? Nou ja, dezelfde! Gerestaureerd, verfraaid, opgetuigd. Of vervalst? Dat was een boeiende vraag. 'Jij weet toch ook wat je onder handen hebt gehad. Ik ken het papier, de binding, het leer, de titelpagina en de index. Wacht eens even.' Beiden bogen zich over de atlas. 'Zie je dat. De index is verdwenen.'

'Dat mag je niet verbazen. Veel te veel werk om precies dezelfde kaarten van honderden jaren geleden terug te kopen. Zolang ze er maar kaarten in stoppen die Covens er ook in gestopt kon hebben, lijkt alles in orde.' Benson bladerde verwoed door de atlas.

'Hé, zachtjes aan. Dat arme boek kan het niet helpen dat jij je door de dames Vogel genomen voelt.'

'Knap gedaan hoor,' riep Benson uit. 'Het zijn inderdaad allemaal kaarten die Covens zelf ook gebruikte. Had kunnen gebruiken, bedoel ik.' Op zich zaten er aardige kaarten in, ook al waren ze niet heel bijzonder. Juist het feit dat ze in een atlas zaten moest Benson hebben verleid te geloven dat hij een authentiek exemplaar kocht. Er verscheen een scherpe lijn tussen zijn ogen en de spieren in zijn nek bolden op. Toch luisterde hij naar haar vermaning en zijn vingers sloegen voorzichtig de bladzijden om. Annabel keek mee. 'Hier hebben ze toch een kleine vergissing begaan,' zuchtte hij bijna opgelucht. 'Kijk maar, deze kaart is van veel later datum. Covens' uitgeverij bestond toen allang niet meer.'

'Postuum erin gestopt door de geest van de heer Covens,' zei Annabel met een uitgestreken gezicht. 'Erg postuum, zo'n tweehonderdvijftig jaar later.'

Hij klapte de atlas dicht. 'Wat doen we nu?'

'Vrijen.'

'Naar de dames Vogel gaan.'

'Straks, eerst dit.' Ze strekte haar arm en aaide over zijn borst. 'Anders komt er niks meer van.'

'Nee, straks zijn ze dicht.' Benson trok haar overeind. Ze liet zich languit tegen hem aan vallen. Hij stapte opzij en ving haar op in zijn arm zoals een toreador zwenkt en een stier in zijn muleta lokt. Daarna draaide hij haar een kwartslag richting deur. 'Op naar de gezusters Vogel in Keulen.'

'Wij zijn hier met de auto. Als ik Cas bel mogen we zijn auto zeker lenen.' Dan kon Benson vast wennen; ze was van plan hem te vragen op maandag voor chauffeur te spelen.

'Rij jij?' vroeg ze tien minuten later in de garage. 'Ik kan niet rijden.' Ze reikte hem het sleuteltje.

'Graag, als het maar een automaat is.' Op afstand klikte hij de auto open, wierp een blik naar binnen alvorens in te stappen. 'Dat kunnen we vergeten.'

Haar zoveelste plannetje dat niet doorging. Cas' auto bezat handbediening.

Ze liepen terug naar boven. Benson ging een auto huren en Annabel zou de gezusters Vogel bellen om zeker te zijn dat die er waren. Ruth nam aan. Ze was verrukt Benson te zullen ontmoeten, ze had al veel over hem gehoord. Haalt je de koekoek, dacht Annabel.

'Ik heb met hem bekeken wat hij bij Brunnenmeier heeft gekocht.' Ze aarzelde, zou ze voorzichtig vragen of die Covens oorspronkelijk bij hen vandaan kwam of doen alsof het de gewoonste zaak van de wereld was? 'Die Covens & Mortier die nu zo fraai is opgetuigd en die ik twee maanden geleden bij jullie zag.'

'Dat kan,' zei Ruth. 'Wij kopen van Brunnenmeier, zij kopen van ons.'

'Mijn zaak is het niet, Ruth. Maar tegenover mij hoef je niet de on-nozele uit te hangen.' Ze besloot door te stoten, al moest ze daarvoor doen alsof ze op hun hand was. 'Het lijkt me een slim idee van jullie. Tegenwoordig levert een atlas meer op dan dezelfde kaarten los ver-kopen. Dat is weleens anders geweest. Er is niets tegen in te brengen, zolang je er maar in stopt wat Covens ook gebruikt zou hebben. Een composietatlas is immers per definitie een samenraapsel en hij is nu prachtig geworden.'

'Beluister ik enig cynisme, Annabel?' vroeg Ruth. 'Vreemd. Het idee komt per slot van jouw vader. Met zo'n composietatlas kun je veel doen: helemaal kaalplukken, optuigen zoals wij doen en dan als prachtatlas verkopen, of tijdelijk wat kaarten in onderbrengen waar-van je even wenst dat ze niet gevonden worden, zoals jouw vader wil-de. Ja, van hem hebben we veel geleerd. Jij toch ook?'

Ze legde de hoorn in haar schoot en staarde naar de gaatjes waar-uit Ruths stem borrelde. De murmelgeluiden van een waarzegster die niet de toekomst, maar het verleden voorspelde.

BEGEERTE

De grote begeerte trof vader toen ze zestien was. Toen hij het voorwerp van zijn liefde voor het eerst zag, begon hij over zijn hele lichaam te beven. De drang het aan te raken en te bewonderen en hees van hebzucht te fluisteren 'van mij, van mij' was niet meer te keren. Dit moest en zou hij bezitten.

Annabel zag hoe het begon.

Else werkte die lente aan de beelden in het park van de familie Kloet van Wildervank in Salland. Ze zat in het slop met haar eigen werk en had afleiding nodig. De Kloets namen Else omdat ze geen geld hadden voor beroepsrestaurateurs. Alles in kasteel Wildervank was aan vervanging toe: de muren, het dak, de stallen, het bos. En dat was dan nog alleen wat Else van buitenaf kon zien.

Af en toe mochten vader en Annabel met haar mee. De heer Kloet had een fraaie verzameling boeken geërfd waar hij naar eigen zeggen weinig aan hechtte. 'Ik ben geen boekenman. Ik ben een boer. Wij werken ons hier rot om rond te komen van onze vijftig koeien en wat bosbouw. Kijk maar eens naar mijn handen.' Hij toonde kleine handen die rood waren en vol eeltplekken zaten. 'Sommige stukken zijn zo kostbaar dat ik er met mijn knuisten niet eens in durf te bladeren. Maar zo te zien hebt u fluweelzachte handen, meneer Block. Uw vrouw vertelde mij dat u een antiquariaat in oude boeken en kaarten bezit. Voor ik u uitnodigde heb ik, u zult mij dat vergeven, uw reputatie nagetrokken bij mijn vriend Eerdens. U kent hem misschien wel, hij doet wat bij de Universiteitsbibliotheek. Hij kende u tenminste wel. U bent honderd procent betrouwbaar volgens hem.' Hier lachte de heer Kloet uitbundig. Wat er zo geestig was kon Annabel niet volgen. 'Laat mij u voorgaan naar de bibliotheek. Daar bent u toch voor gekomen?'

'Hebt u de heer Eerdens gevraagd of ik ook honderd procent betrouwbaar ben?' vroeg ze. 'Ik zou graag meegaan.'

'Ach, de onschuld van de jeugd. Hoe kan ik daaraan twijfelen. Jij heet toch Annabel? Weet je wel zeker dat je je in die boeken wilt storten? Onze kinderen gaven altijd de voorkeur aan paardrijden. Kun je paardrijden?'

'Een paard is me veel te hoog. Dat vind ik eng.'

'Dan gaat straks tweederde van de bibliotheek aan jou verloren. Wiebelen op een ladder is gevaarlijker dan paardrijden. Kom, ik zal het jullie laten zien.'

De trap naar boven was breed genoeg om met zijn drieën naast elkaar te lopen, terwijl de overloop waar de trap op uitkwam niet meer voorstelde dan een smalle gang. Dat gaf een benauwde sfeer aan de eerste verdieping. Het gebarsten marmer en de grauw geworden verf van de lambriseringen maakten het er niet vrolijker op. Nu was het zomer, hoe somber zou dit huis wel niet zijn in november of december.

In de bibliotheek leek het al winter met de blinden dicht, de Venetiaanse kroonluchters aan en een vuur dat loeide in de open haard. De boeken zouden uitdrogen van de hitte en stoffig worden van de ronddwarrelende deeltjes as. Maar verder was het een vertrek waar je opgewonden op je tenen rondliep om boek na boek eerbiedig te bekijken, of waar je juist één titel uitkoos om je urenlang mee terug te trekken in een luie stoel.

'Dit hier is literatuur en filosofie,' zei de heer Kloet. 'Daar aan de overkant staat het geografische werk: de reisverhalen en de atlassen.' Vader liep naar de aangegeven plek. Hij wees ettelijke boeken in kalfsleer aan die zo groot waren dat ze niet rechtop konden staan. Ze lagen net iets boven handbereik. 'Zou ik die mogen inzien?' Zijn stem trilde en Annabel wist dat het niet door verlegenheid kwam.

'Zeker, daar bent u toch voor. Uw dochter is langer dan u, die kan er wel bij. Anders pak ik het trapje.' Hij wees op een lange stok naast de boekenkast. De stok was in de lengte doorgezaagd en toen hij hem openschoof klikten de sporten van een ladder op hun plaats.

'Dat vind ik nu nog eens mooi,' riep Annabel, en klapte in haar handen.

'Bij gelegenheid zal ik je meer laten zien. Onze voorvaderen maakten allemaal van die vindingrijke dingen.' Ze moest hem zo nieuwsgierig hebben aangekeken dat hij eraan toevoegde. 'Goed, nu dan. U vindt het wel, meneer Block?'

Hij nam haar mee op rondtocht door het kasteel en toonde haar de Wildervankse rariteiten. Laden en kasten met dubbele bodems. Een verstuifdoos die vier pruiken tegelijk kon poederen. Een vaatwasmachine uit 1900 zo groot als een pingpongtafel. Veruit het leukst was het middeleeuwse intercomsysteem. In verschillende kamers zaten op ooghoogte deurtjes in de wand. De heer Kloet opende er een. In de muur liep een schacht schuin omhoog. 'Zeg maar wat,' zei hij.

'Aap, noot, mies.'

Stilte.

'Dan zit je vader er niet meer.'

Ze gingen naar een andere kamer waar net zo'n deurtje een nauwe schacht verborg. 'Heleen,' fluisterde hij in het gat. 'Heleen.'

'Zijn onze gasten er nog,' kwam het antwoord helder terug. 'Vergeet je niet dat er over een halfuur gemolken moet worden?' Alsof mevrouw Kloet naast hen stond.

Toen Annabel terugkwam in de bibliotheek lag er een kolossaal boek op de tafel bij het raam. 'Ze hebben hier de mooiste *Atlas Major* van Blaeu die ik ooit heb gezien,' riep vader nog voor ze goed en wel binnen was. 'Wat moet baron Kloet een gelukkig mens zijn zoiets te bezitten. Ik zou regelmatig 's nachts mijn bed uitstappen om elk deel stuk voor stuk aan te raken en me ervan te verzekeren dat mijn mooie atlas er nog was.'

'Die neiging heb ik nooit gevoeld,' zei de heer Kloet in de deuropening. 'Hebt u ook iemand aap, noot, mies horen zeggen?'

'Inderdaad, maar er was niemand. Ik dacht dat ik het me verbeeldde.'

De heer Kloet knikte Annabel toe met een trots of hij zelf die akoestische gangen had aangelegd.

Al tijdens dat eerste bezoek zwolg vader in het genot van elf delen

Blaeu. Soms verloor hij zichzelf minutenlang in de aanblik van een enkele kaart, dan weer beroerden zijn vingers de bladzijden uitsluitend om het papier te voelen en contact te maken met zoveel kennis en schoonheid. Die zomer ging hij herhaalde malen terug naar Wildervank om de *Atlas Major* beter te bestuderen. Vaak kwam Annabel mee. Dan trof het haar hoe voorzichtig hij met de Blaeu omging. Nooit raakten zijn vingers een kaart aan onder een rechte hoek, altijd alleen met de kussentjes van de vingertoppen, geen nagel mocht op het papier komen: een kat die zijn klauwen introk en met een vederlicht pootje het nieuwe speeltje betastte.

Vader had nagevraagd wat een *Atlas Major* in perfecte staat moest kosten en maandenlang verveelde hij thuis iedereen met sommen die nooit goed uitkwamen. Zelfs als hij al zijn bezittingen te gelde maakte had hij te kort. 'Verloren moeite,' zei Annabel, 'de atlas is niet eens te koop.' Maar ze had het mis. De Kloet van Wildervanks besloten hun kunstschatten te verkopen om de hoognodige restauraties te kunnen betalen. Vader begon een slopend offensief. Hij rustte niet voor hun geliefd koophuis was verruild voor een huurpand met winkel in het souterrain en moeder de briljanten oorbellen die al honderd jaar in haar familie waren ook had verkocht. Nog kwamen ze vijfenzeventigduizend gulden tekort. Het werd lenen bij de bank. Vader bofte dat de economie aantrok en mensen wilden investeren in antieke kaarten. Binnen twee jaar was de Blaeu helemaal van hem. Op de tweede verjaardag van zijn liefste eigendom gaf moeder hem een kast waarin de elf delen precies pasten. Twee sloten en een grendel zaten op die kast. Vader droeg de sleutels altijd bij zich.

Het bezit van de Blaeu-atlas veranderde ook Annabels leven. Voortaan dacht ze over zichzelf als verbonden aan die elf delen, verbonden aan een boek, hét boek, aan elf boeken mooier dan enig ander. Het was een magisch gevoel. In die boeken lag de hele wereld beschreven en uitgetekend. Kennis en ambacht, kunstzin en handelsgeest kwamen er bij elkaar. Wanneer op school een leraar riep: 'Annabel. Annabel Block', dan voegde zij er in stilte aan toe: 'De Block van de Blaeuatlas.' Het moest in stilte zijn, niet alleen omdat er op school niemand zat te wachten op een Annabel van de Blaeu-atlas, maar omdat vader panisch was dat zijn bezit gestolen zou worden. 'Nooit nooit aan iemand zeggen dat we die atlas hebben. En ik wil ook niet meer dat iemand hier in huis rookt. Brand! Stel je voor dat dit huis afbrandt net als de werkplaats van de Blaeu's zelf. Alles weg: voorraad kaarten, papier, koperplaten, letters. Dat was het einde van de familie Blaeu. Soms heb ik nachtmerries dat mijn Blaeu ook zo aan zijn einde komt.'

'Leg hem dan in een kluis,' raadde moeder aan.

'Dat is zo koud, zo afstandelijk. Stel je voor, iets bezitten en het niet kunnen aanraken wanneer je dat wilt.'

Na haar eindexamen besloot Annabel fysische geografie te studeren en later ook in het vak te gaan. Ze ging op kamers wonen en werkte af en toe in vaders winkel. Hij nam haar mee naar veilingen, naar verzamelingen van kennissen, naar bibliotheken en vooral naar de UB van Amsterdam. Daar wees hij haar in de kaartenzaal op precies dezelfde kast als ze thuis hadden. Ze tuurde verbaasd door het gaas naar binnen. Er lag ook een *Atlas Major* in.

'Je moeder heeft deze kast laten kopiëren, met als verbetering een diefbestendig slot. Deze kast hier werkt op mijn zenuwen. Jan en alleman kan erlangs lopen en in een onbewaakt ogenblik de Blaeu stelen.'

Alsof iemand elf olifantformaat boeken zomaar wegmoffelde onder zijn trui. Vader begon aan een idee-fixe te lijden.

Op een ochtend na zo'n bezoek aan de UB nam hij haar thuis apart. Hij legde zijn A3 aantekenblok op het bureau in de winkel, voelde tussen de vellen en haalde een kaart te voorschijn. In een ogenblik van hoop dacht ze dat ze zich vergiste.

'Kijk niet zo ernstig. Ik laat het alleen jou zien. Ik heb een meesterplan bedacht. Wie niet horen wil moet voelen. Nee jij niet, de UB. Dat is de hele grap.' Hij droeg een uitdrukking op zijn gezicht die ze niet kon plaatsen. Gespannen leunde hij over het bureau, gulzig naar haar reactie. Tegelijkertijd kronkelden er rimpels rond zijn neus die ze alleen kende van schaterende lachbuien.

Ze wendde haar blik af. 'Hier wil ik niets mee te maken hebben.'

'Het is maar een probeersel, een practical joke. Je wilt het vak toch leren? Je zult goed worden,' vleide hij. Hij legde zijn hand onder haar kin en draaide die naar zich toe. 'Vertrouw je oude vader nu maar.' Zijn stem zakte tot een fluistering en ze voelde hoe ze week werd. 'Ik moet iets bewijzen, kindje, ik denk namelijk dat het jaren zou duren voor ze iets in de gaten kregen. Ga eens na wat een schande dat is? De verantwoording hebben voor zoveel moois en het dan onvoldoende beschermen. Ze hebben een lesje nodig bij de UB. Anders blijven de meest fraaie exemplaren beschikbaar voor de eerste de beste vandaal die er iets uit wil scheuren. Nee,' hij weerde haar af, 'laat me uitpraten. Deze hele onderneming heb ik tot in de kleinste details doordacht.' Uit een van de mahoniehouten ladekasten haalde hij een map te voorschijn.

'Wat wil je me zo nodig laten zien?' Annabel hoorde de snauw in haar stem.

'Schreeuw niet zo.' Hij legde de map naast de kaart op het bureau. 'Maak maar open.'

Met trage vingers peuterde ze aan de twee strikken. Ze klapte het roodgemarmerde schutblad open. Wit vloeipapier. 'Moet ik hier echt aan meedoen?'

'Je moet even bewonderen hoe meesterlijk je vader zijn plan uitvoert.' Zijn ogen hingen aan haar gezicht, ze schitterden fel. Te fel. Ze waren als het harde glas van een ruit. Je kon je ertegen te pletter vliegen. Als ze goed keek zou ze zich omgekeerd in zijn pupillen zien. Op haar hoofd. 'Kijk, pap, hoe goed ik op mijn handen kan staan. Ook op mijn hoofd, tegen de muur.' 'Heel knap, Annetjepannetje.' 'Later ga ik bij het circus.' Aan de overkant van het bureau sloeg vader zijn ogen neer.

In de map zaten kaarten van Hondius, Ortelius, Blaeu en van minder bekende goden. Grote en kleine kaarten die alle in een allesbehalve goede staat verkeerden. De een bevatte scheuren, de ander watervlekken. Wat bezielde vader? De drang om te vluchten drukte met een misselijkmakende vuist tegen haar middenrif, maar ze bleef staan en tuurde ingespannen naar de watervlekken. 'Als je dan goddomme een grap uithaalt of leent of wat voor rotsmoes je maar wenst op te hangen, waarom kies je dan zo'n waardeloze kwaliteit?'

Vader legde weer vloeipapier tussen alle kaarten en sloot de map. Terwijl hij de strikjes dichtbond met een aandacht die strikken niet verdienen, verkneukelden de lachplooitjes bij zijn neus zich tot diepe voren. 'Jij hebt het door.' Hij legde de map terug en bleef voor de kast heen en weer lopen. 'Deze middelmatige stukken zijn met opzet gekozen. Als ik echt waardevolle boeken kapot moest maken zou ik eraan onderdoor gaan van ellende. Wat ik nu doe is gerechtvaardigd. Hoe leg ik je dat uit?'

Ze zou college krijgen, naar een betoog moeten luisteren. Als ze niet oplette en zichzelf afschermde voor de warmte van zijn stem, voor de met zorg gekozen opeenvolging van klanken, zou ze hem gaan geloven. Als ze gedurfd had, als ze niet al jaren zijn trouwste maatje in kaartenland was geweest, zou ze nu om moeder hebben geroepen. Maar moeder begreep niets van kaarten, gaf niets om de UB, niets om mooie of lelijke atlassen.

'Om aan te tonen dat stelen mogelijk is, hoef je niet het mooiste van het mooiste te kiezen. De situatie vroeg erom, geloof me. Het was gewoon te gemakkelijk, ik kon het niet laten. Kijk nou maar niet zo geschrokken. Ik bewijs je juist een gunst door je optimaal voor te bereiden op de schurken die er in ons wereldje rondlopen. Een praktijkles zoals er weinig worden gegeven. Zie hier, je meester: Arnoldus Andreas Block, boef, schelm, schurk ten dienste van de goede zaak.' Hij boog spottend en nam zwierig een denkbeeldige hoed voor haar af. 'Een meesterschelm zo op het oog, maar een die in wezen het tegendeel van een schurk is. Een dief die slechts door en voor de gelegenheid is geboren, een erudiet man die eerder avonturier is dan opportunist en in de toekomst geprezen zal worden als *de* hervormer van het bibliotheekwezen. Alles wat hier ligt gaat terug. Het is alleen maar een probeersel om te kijken of ze iets merken. Om aan te tonen dat een hele Blaeu stelen moeilijk zal zijn, maar dat het kaart voor kaart best kan.' Hij verborg zijn gezicht in zijn handen, snoof tussen zijn vingers door.

'Wat heb je het zwaar.' Zijn manier van denken begon duidelijk te worden. Ze pakte de losse kaart, legde die in de map en schoof hem ruw van zich af. 'Ik kan zien hoe je lijdt.'

Hij trok zich niets aan van haar spot. 'Ja, vreselijk. De gedachte dat zo'n prachtige onvervangbare atlas ooit uit elkaar gescheurd gaat worden is onverdraaglijk. Oorspronkelijk wilde ik een jaar wachten met deze spullen terug te brengen en eerst een hele casus opbouwen. Alleen denk ik sinds vandaag dat die medewerker iets vermoedt. Ik heb de pest aan de man, dus gun ik hem het genoegen niet mij te vangen. Daarom is sneller handelen geboden. We beginnen met deze geslaagde onderneming vast te leggen. We gaan foto's maken als bewijs.'

'We? Voor wie zijn die foto's?'

'Uiteindelijk voor de UB. Als jij nu eens gaat staan en de kaarten een voor een omhooghoudt.' Alle kaarten kwamen weer uit de map. Minutenlang maakte hij foto's met een polaroidcamera.

'Wat moet dit nou bewijzen?' Ze duwde hem de opnames onder zijn neus. 'Zo scherp zijn ze niet en de kaarten hebben niets bijzonders. Hier kan niemand aan afzien dat ze van de UB komen. Deze zouden we ook kunnen gebruiken bij wijze van kerstgroet. Leuk, dochter Block met kaart. Alleen mag je dan wel iets beters laten zien dan dit.'

'Gelijk heb je,' juichte hij bij wat hij meende dat haar instemming betekende. Een kreet die trilde en jubelde, de roep van een vogel hoog in de lucht. Een leeuwerik. Ze liet de foto's vallen. Een buizerd. 'Trek je jas aan. Nu.' Ze sjorde aan hem, duwde hem de map in handen. 'Naar de UB. Het spul moet terug. Vandaag nog.'

'Kindje toch, gebruik je hersens. Dat moet bij stukjes en beetjes. Pas als alles achter de rug is, komen we met het hele verhaal op de proppen. Denk je hun gezichten eens in, als geslagen honden, schuldig, beschaamd en helemaal rijp voor mijn plan ter verbetering van de veiligheid. Ja, ja, dat heb ik ook al opgesteld. Ik zei je toch dat ik dit secuur heb voorbereid.' Hij legde de map terug op het bureau, vouwde zijn handen voor zijn kruis, wachtte af. Ook Annabel bleef zwijgen. Vader kuchte, zijn rechtervoet draaide op de hiel een slag naar links en een slag naar rechts, steeds opnieuw. De hak knerpte over de vloer.

'Schiet eens op.'

Met afhangende schouders en slome gebaren zocht hij een paar kaarten uit en schoof ze tussen het A3 blocnote. 'Waarom ben je opeens zo streng? Zie je er de grap dan niet van in? Ik had nog wel zo op je gevoel voor humor gerekend.' Hij klonk niets eens teleurgesteld. Hij klonk verongelijkt.

De eerste atlas waar ze om vroeg was opzij gelegd voor iemand anders. Ook een tweede boek waarin ze een kaart terug wilde stoppen was uitgeleend. Annabel speurde de kaartenzaal af of ze degene zag die met dat boek aan het werk was. 'Ik ga beneden kijken of iemand ermee bezig is,' fluisterde ze.

'Kindje relax, morgen is er weer een dag. Je kunt dat boek toch niet uit iemands handen rukken.'

'Maar wel vragen of die persoon het nog lang nodig heeft.' Van de zenuwen wipte ze van de ene voet op de andere.

'Ga in godsnaam ergens anders naar toe. Zo verraad je me nog. Mijn plan moet aantonen dat hun systeem niet veilig is. Maar als jij hier alle aandacht staat te trekken, maak je het ze wel erg gemakkelijk. Waarom ga je niet weg, zelf wat leuks doen. Laat mij nu rustig mijn spelletjes spelen. Ik heb in tijden niet zoveel plezier gehad.'

Ze geloofde hem. Hij zag er jong en veerkrachtig uit. Ondertussen pende hij ijverig in zijn aantekenblok en wees terloops op een druk uit Antwerpen. 'Dat is een gestolen uitgave,' verklaarde hij voldaan. 'In Antwerpen zaten piraten van uitgevers, die jatten van alles bij hun Amsterdamse collega's. Ach kind, afpakken en bevechten en laten zien dat je iets kunt is van alle tijden. Hoe knap of schurkerig de omgeving dat vindt, hangt af van de plaats en de tijd waarin je leeft. Tijdens oorlog en bezetting is het zelfs legitiem. De wilde jongen heet dan held. In de kamptijd stal ik voedsel en andere zaken voor mijzelf en mijn kampgenoten en ik werd erom vereerd.'

'Ik ga.'

Bij de uitgang werd haar tas gecontroleerd. Dat gebeurde wel vaker. Maar dit keer kon er geen praatje met de portier meer van af.

Cas kwam over uit New York en nam al vaders tijd in beslag. Ze zag vader nauwelijks. Tot de avond waarop hij haar belde en vroeg of hij even langs mocht komen. 'Met Cas?'

'Alleen. Ik moet je iets moois laten zien.'

'Heeft Cas iets meegebracht?'

Hij had al opgehangen. Hij kwam, stommelde beladen met kartonnen en kokers de trappen naar haar kamer op. Eenmaal binnen draaide hij de deur achter zich op slot.

'Waar is dat nu voor nodig. Wat zit daarin?' Ze zei het haastig, probeerde een grapje, alles om de wetenschap wat er in de koker en de map zat uit te stellen. 'Zelfs al zou er een gestolen Mona Lisa in zitten, mijn huisgenoten – als ze al binnenkomen – zouden toch denken dat het een reproductie was.'

'De Mona Lisa niet. Wel iets prachtigs.'

Uit de koker kwam een grote rol te voorschijn. Aan de achterkant van het papier zag ze door de wijze waarop het groen erdoorheen was getrokken dat het een zeer oude kaart in oorspronkelijke kleur betrof. Dat dikke papier, lobbig als dun karton waar vaag de omtrekken doorheen schemerden, lokte en lonkte. Het daagde haar uit te raden welke kustlijn daar te zien was. Het was niet te harden. Ondanks de vrees te moeten aanhoren waar dit schoons vandaan kwam, sprong ze toch overeind. 'En ik wil niet weten hoe je eraan komt.'

Daar gaf vader niet eens antwoord op. Hij pakte een theedoek van het aanrecht en gooide die daarna geërgerd op de grond. 'Heb je iets dat niet vuil is om de tafel mee af te vegen. Ik heb wat fraais op de kop getikt.'

Ze herademde. Op de kop getikt. Dat betekende dat hij het had gekocht. 'Was het duur? Wat is het?'

'Twee paskaarten voor de West-Indische Compagnie. Nog gebruikt door Johan Maurits van Nassau.'

'Wie is dat?'

'Van Nassau Siegen, gouverneur van Brazilië toen dat Nederlands was. Leren jullie dan helemaal niets meer op school? Zelfs ik, die nauwelijks school heb gehad, weet meer.' Hij lachte trots. Zijn stokpaardje. Ze reikte hem een schone handdoek aan waarmee hij zorgvuldig het tafelblad poetste. Met bijna aanbiddende zorg rolde hij daarna de kaart open en legde stapels tijdschriften op de hoeken om terugkrullen te voorkomen. Op tafel lag een kaart van het Caribisch gebied. Hij rolde het tweede vel open, pakte het weer op en legde het aan de andere kant. Annabels hart klopte tot in haar buik van opwinding. 'Zo zie je het beter. De Golf van Guinea en de oostkust van Brazilië. Wat zeg je ervan? Ja ja, onze voorouders wisten er weg mee. De slavenhandel in kaart gebracht.'

Op beide kaarten waren de zeeën doorkruist met lijnen en was het kustgebied van boven tot onder volgeschreven met de namen van plaatsen, rivieren, baaien en kapen. Kaarten om te gebruiken, een zeeman kon er zijn bestemming mee vinden. Kaarten voor een welgesteld man, want ze waren rijkelijk versierd met afbeeldingen in warme kleuren en belegd met bladgoud.

'Waar heb je ze vandaan?'

In plaats van antwoord te geven, pakte hij de map. 'Ik heb iets meegenomen dat nog veel zeldzamer is. Uniek zelfs. Een Blancus. Wil je hem zien?'

'Nee. Waar heb je ze vandaan? Sotheby's, Brunnenmeier? Je hebt ze toch gekocht? Dat zei je! Op de kop getikt, dat is kopen, ja toch, dat betekent dat je ze eerlijk hebt verkregen.' Ze ratelde verder. Ze wist wat het antwoord was.

'Eén ervan zat toch al los in de atlas. Hij vroeg er eigenlijk om. Het moest gewoon gebeuren.'

'Eén! De andere niet? Je hebt me voorgelogen. Je wilde iets nuttigs bewijzen, voor de veiligheid van alle oude waardevolle boeken. Voor alle soortgenoten van jouw Blaeu. Alleen de allerlelijkste, zei je. Niet iets bijzonders, niets waardevols.' Ze zweeg verward, voelde hoe ze al verstrikt zat in vaders web van waarheid en verdichtsels. Lelijk of mooi, veel of weinig waard, alsof dat de zaak veranderde.

'Het was een koud kunstje de andere er met een scheermesje uit te snijden.'

'Waar, wat scheermes?'

'Luister dan. Aan wie moet ik het anders uitleggen dan aan jou. Ik heb het goed gedaan, toch heb ik spijt. Ik moest de paskaarten namelijk dubbelvouwen, anders kon ik ze niet in mijn blocnote verstoppen. Thuis heb ik ze gladgestreken met een lauwe strijkbout. Doodsangsten heb ik daarbij uitgestaan. Stel dat de verf ging lopen of dat papierdeeltjes onder de druk en warmte pardoes verpulverden. Maar ik geloof dat het gelukt is, dat je niets meer van de vouwen ziet. Knap, vind je niet?' Naast haar stond een kind te drammen, een man naar bijval te hengelen. 'Kijk eens goed, ik wil je mening weten.'

'Dit is geen grap meer, geen probeersel zoals je eerst beweerde.' Ze liep naar de bank en zakte erin neer. 'Dit zijn waardevolle stukken uit een nog waardevollere atlas. Die heb je verminkt.'

Ze zag voor zich hoe haar vader in de kaartenkamer zat met een opengeslagen zeeatlas op tafel. Hoe hij een groot vel uit zijn aantekenblok boven op de atlas legde. Hoe hij met een scheermesje op de tast de kaart eronder probeerde los te snijden. Hij had haastig moeten werken en had vast het papier beschadigd. De strook waar de kaart uit was gesneden doemde leeg voor haar ogen op. Een lange snee. Een gapende wond. Blind had hij de atlas bewerkt; vader die altijd zo zorgvuldig en respectvol met een boek omging. Haar verstand haperde. 'Waarom doe je dit? Ik begrijp je niet meer.' Alles trilde vanbinnen, alles beefde.

'Kom nu even kijken, Annetjepannetje. Doe niet zo verschrikkelijk flauw.' Als een opgetogen kind draaide hij om de tafel heen. Annetjepannetje, het koosnaampje dat dateerde uit een ander leven, toen hij nog vader was en zij kind. 'Ik heb je toch uitgelegd hoe we mijn plan gaan aanpakken.'

Zeker, maar daarbij had hij met geen woord gerept over doorgaan met kaarten te ontvreemden. Toen, en dat was nog maar een paar dagen geleden, had hij zelfs vol afschuw over het losscheuren van bladzijden gepraat. Moest ze hem soms gaan aanklagen? Op hem inpraten? Behendig afleiden zoals je een kind afleidt en dan aan de hand meevoert naar een veiliger oord.

'Je bent niet blij met me, hè?' zei hij. 'Ik zal je een poosje van mijn pijnlijke aanwezigheid verlossen. Morgen gaan Cas en ik naar Rome.' Hij rolde de kaarten weer op en stopte de koker in de kast. 'Dit laat ik voorlopig hier.'

Ze zou moeten opspringen, de koker uit de kast rukken en woedend in zijn armen duwen, maar de bank vormde een diep gat dat haar gevangenhield. Ze moest hem uitschelden. 'Hoe kon je,' jammerde het in haar hoofd. Haar tong weigerde in beweging te komen. Dik en lam lag hij tegen haar gehemelte.

'Het is wel zo goed als ik eventjes niet op de UB verschijn,' zei hij. 'De Blancus neem ik weer mee. Ik was nog wel van plan geweest hem je te schenken. Helaas, nu zal ik hem aan iemand anders cadeau moeten doen. Dag Annetjepannetje van me, tot over een week.' Hij gaf haar een zoen op haar haren. 'Als je een liever bent, breng jij in de tussentijd nog meer van die lelijke kaarten terug. Beloof me dat je in je kwaadheid op je oude vader niet zo onverstandig wordt alles tegelijkertijd terug te leggen. Dan luis je ons erin. Nee, voorzichtig, een voor een, niemand mag het merken.'

Ook daarop gaf ze geen antwoord.

Tijdens zijn verblijf in Rome bracht ze elke dag kaarten naar de UB. Per dag werd ze zenuwachtiger. Toen ze toekwam aan de kaarten uit de koker in haar kast, waren haar bewegingen van angst traag en onhandig geworden. De behoefte om naar iemand van de UB toe te gaan en te zeggen: 'Kijk, hier zijn ze. We hebben ze gestolen. Doe maar met me wat je wilt', was bijna overweldigend. Ze gunde zichzelf de tijd niet uit te vinden waar de twee kaarten uit de koker thuishoorden. Haar kans kwam toen de medewerker met de enige andere bezoeker even de kaartenzaal verliet en een grote map op tafel liet liggen. Daar schoof ze ze in, ook al hoorden ze er niet. Duizend schietgebedjes begeleidden de map de rest van de middag: laat de twee kaarten niet direct ontdekt worden.

In de winkel doorzocht ze alle kasten, laden en dozen, op zoek naar meer gestolen waar. Vader gebruikte codes om zowel de prijs, de aankoopdatum als de plaats van herkomst aan te duiden. Als ze op die codes afging kwamen tientallen stukken uit Amsterdam. Dat zei nog niets, want een vermelding als 'gestolen van de UB' stond er uiteraard niet op. Verslagen kroop ze op de stoel achter het bureau en steunde haar kin in haar handen.

De aanwezigheid van haar moeder verraste haar. Ze stond boven aan de trap. 'Dit,' zei Annabel en wees naar de kaarten. 'Dit, pap heeft... weet jij...' Ze veegde de tranen van haar wangen.

'Heeft vader een troep achtergelaten die jij mag uitzoeken? Vreemd, hij is altijd zo netjes.'

'Ken je deze kaarten? Kijk er eens naar. Heeft hij je ooit verteld waar ze vandaan komen?'

'Aan mij?' Haar moeder lachte. 'Ik vind je vaders enthousiasme voor zijn vak hartverwarmend. Verder gaat mijn belangstelling niet, dat weet je toch.'

Moeder wist van niets.

Vader kwam stralend terug uit Rome. Cas ook. Ze verkeerden in een vreugderoes. Het vertederde, twee grote kerels als schooljongens samen te zien kletsen en lachen. Aan tafel voerde vader het hoogste woord en dat was op zich niet zo bijzonder, maar Cas baste nu lustig mee. Zelfs in de keuken zonder Cas was vader niet stil te krijgen.

'Luister, Hieronymus van Alphen, moraaldichter, vergeten in ons tijdperk zonder zeden.

Mijn vader is mijn beste vriend,
hij noemt mij steeds zijn lieve kind,
'k ontzie hem zonder bang te vrezen
en ga ik huppelend aan zijn zij...'

'De moraal ontgaat me,' zei moeder. 'Hier, droog dit glas eens af.' Vader sloeg de maat met zijn afdroogdoek, het glas viel bijna uit haar hand.

Hij is ook somtijds weleens stout,
maar als zijn ondeugd hem berouwt,
dan wordt mijn kinderhart bewogen.

Hij droeg het ene na het andere rijmpje voor alsof hij dronken was. Zijn teksten klopten en klopten niet. Zijn stem klom hoger en hoger. Ze zette zich schrap tegen het gehamer waarmee hij zijn boodschap in haar kop probeerde te nagelen.

'Houd eens op met voor clown spelen,' verzocht moeder.

'Onze Annabel houdt van clowns. Hier is nog een aardige. Bredero:

Nu heb ick 't al versocht,
Soo dol, als onbedocht,
Soo rauw, als onberaden.
Och Godt, ick heb te blind,
En al te seer bemind,
De dingen die mij schaden.'

'Dat heb ik nu eens toevallig op school gehad bij Nederlands, pap. Bredero zoop en verslingerde zich aan vrouwen. Een onschuldige bezigheid in vergelijking met wat jij uitvoert.'

Moeder wierp haar een stomverbaasde blik toe.

'Moet je niet terug naar Cas? Die zit binnen op je te wachten,' vervolgde Annabel. 'Of geef hem anders een theedoek, dan kan hij ook eens zijn handjes laten wapperen.'

Vader legde de droogdoek neer. 'Met Cas ben ik op reis geweest. Met jou beleef ik avonturen. En wat voor avonturen. Luister maar, misschien heb je dit pareltje van Oud-Hollandse wijsheid ook op school geleerd. "Een dief zegt tegen zijn liefje: Kom, zullen we samen uit stelen gaan."'

Moeder ging rustig verder met afwassen. Waarschijnlijk dacht ze dat vader alleen maar kolder uitsloeg. 'De slechterik,' zei Annabel koel.

'Het is een liefdesverklaring, kindje. Als je moeder van iemand houdt gaat ze met hem uit beeldhouwen, een dief gaat uit dieven.'

'Hoe kom je daar nou bij,' vond moeder terwijl ze haar handen afdroogde en haar schort afdeed. Ze was klaar met afwassen. 'Met jou ga ik nooit uit beeldhouwen.'

'Misschien hou je niet genoeg van me.' Hij zette een stapel borden in de keukenkast, draaide zich om en besloop moeder van achteren. Abrupt sloeg hij zijn armen om haar heen. 'Zweer dat je van me houdt.'

'Ik zweer het. Ga nou maar.' Toen hij verdwenen was zei ze: 'Die is door het dolle sinds hij uit Rome terug is. Ik ben blij voor hem.'

Moeder had werkelijk niets in de gaten.

Op de kaartenzaal bekeken ze Mercators. Zijn vertoon van slordig-zijn en overal grote vellen vol aantekeningen neerleggen maakte haar onrustig. Ze zat te schuiven op haar stoel en zette geen letter op papier. Maar vader merkte niets, hij schreef ijverig verder of besprak iets met de medewerker die af en toe langs liep. Ze deed geen poging het gesprek te volgen. Alle aandacht was nodig om haar voorgevoelens te onderdrukken en zichzelf wijs te maken dat het ergste voorbij was. Ze somde de ene na de andere overweging op die haar moest helpen niet meer bang te zijn: vader had genoeg kaarten gefotografeerd om een casus te hebben; na Rome was Cas zijn nieuwe speeltje geworden; al die grote vellen overal, dat betekende niets. Werkelijk, ze maakte zich nodeloos ongerust. Bovendien wilde vader zelf dat ze de gestolen kaarten teruglegde en het lukte haar elke keer weer, al was het moeilijk. Eerst moesten ze in haar mouw de UB worden binnengesmokkeld, daarna onder een stapel papier op tafel worden geschoven, uitgerold en gladgestreken. De juiste atlassen moesten worden aangevraagd en als vader niet wilde zeggen waar de kaarten uit kwamen, moest ze ernaar raden. Zodra de desbetreffende atlas voor haar lag, ging het erom te wachten op een gelegenheid de kaart er ongemerkt in te schuiven, precies in de lege strook waar hij was uitgesneden. Soms vond ze geen lege strook en dan duwde ze hem zo ver mogelijk tegen de rug aan, zodat hij niet uitstak. Angst maakte steeds vaker haar vingers dood. Soms kon ze niet eens voelen of het goed ging.

Onder tafel gleed opeens een hand over haar dij. 'Hier, stop in je mouw,' siste vader zacht. Hij legde een rol op haar schoot. 'Jouw mouw is een goede verstopplaats.'

'Nee,' zei ze. Maar hij was al opgestaan en naar de medewerker gelopen. Ze kende hem: hij zou niet terugkomen. Hij genoot van dit avontuur. Een dief zegt tegen zijn liefje: Kom, zullen we samen uit stelen gaan. Ze kon de kaart op tafel leggen, opgerold en al. Dan was het direct duidelijk dat Arnold Block de Mercator-atlas die hij zo nijver bestudeerde, had misbruikt, verkracht, geschonden. Dan was vader ontmaskerd.

De medewerker keek over zijn schouder in haar richting. Hij zou haar verdenken. Haar vader was knap, behendig, onverantwoordelijk. De tafel was nu leeg; als er straks een kaart op lag had zij die daar neergelegd, niet vader. Als ze hem meenam, kon ze hem later terugleggen. Zodra ze thuis was ging ze met Cas praten. Misschien kon die vader tot inkeer brengen. Misschien was vader ziek, geestesziek, en kon het hem niet aangerekend worden.

De portier vroeg beleefd of hij in hun tassen en jaszakken mocht kijken. Nog voor hij haar verzocht haar armen uit te steken wist ze dat hij het wist. 'Het spijt me,' zei hij toen hij de kaart uit haar mouw haalde. 'De kaartenzaal heeft me gewaarschuwd. U moet blijven.'

Vader deed verontwaardigd, wilde doorlopen.

'U ook, meneer Block.'

Er kwam geen overvalwagen zoals Annabel half had verwacht, geen agenten die haar armen op haar rug wrongen en met verbeten gezicht handboeien omdeden.

In het politiebureau begon het verhoor. Rustig, aardig; je zou bijna denken dat ze vrienden waren. 'Hoe komt die kaart in jouw mouw? Leg eens uit.'

Eerst gaf ze geen antwoord. Naast haar rechtte vader zijn rug. Nauwelijks merkbaar gooide hij zijn hoofd naar achteren. Vader op oorlogspad. Zijn bovenlip iets hoger opgetrokken, de neusgaten gesperd. Zo zag hij er ook uit wanneer het loven en bieden op een veiling begon en hij zijn zinnen op een stuk had gezet. Annabel haalde diep adem. Klaar voor de strijd; met vader als generaal en zij als gemeen soldaat. Generaals staan op een heuvel en overzien het slagveld, soldaten worden de frontlinie in gestuurd en sneuvelen. Zo hoort het. Generaals zijn knap en ervaren en kunnen niet gemist worden. Soldaten zijn vervangbaar.

'Hoe komt die kaart in jouw mouw? Heb jij die erin gestopt?'

'Ja, wie anders. Wat dacht u? De kaboutertjes zeker.'

De ondervraging ging door en na een uur was de politie niet wijzer dan dat Annabel Block die ene kaart gestolen had omdat... omdat... en hier had ze zichzelf vastgepraat tot vader hielp. 'Ik denk dat ik te veel van mijn dochter heb gevergd,' zei hij, en het lukte hem de bezorgde vader in zijn stem te laten doorklinken. 'Zij is betrokken bij mijn onderzoek, zij ziet de fraaiste dingen en ondertussen houd ik haar erg kort, financieel te kort moet ik zeggen.' Vol gespeeld zelfverwijt beet hij peinzend op zijn lippen. 'Ze krijgt een buitengewoon kleine toelage.'

'Zit u in geldproblemen, meneer Block?'

'Dat niet. Als u het nodig acht kunt u dat ook in onze boekhouding nakijken. Nee, ik denk dat we zuinig zijn uit traditie, dat mijn vrouw en ik geloven in matiging en discipline.' Vader zette een mooi rolletje ouderwetse ouder neer. Die inspecteurs moesten eens weten, ze kreeg alles waar ze om vroeg, zolang het in haar ouders macht lag het te geven. Het was onwerkelijk hier zo te zitten met zowel die inspecteurs als vader, die net deden of ze een gewoon gesprek voerden. Wisten ze dat vader toneelspeelde, speelden ze zelf ook een rol? Annabel wilde meespelen, kijken of ze vrij bewegen en praten durfde. Nergens meer aan denken, alleen maar in de huid van het meisje kruipen dat zo kort gehouden werd. Als je snel de juiste toon trof liep de rest vanzelf. Dan versterkten elk woord en elk gebaar je eigen geloof in wie je uitbeeldde. Vader deed het. Zij kon het ook.

Ze wees naar het oude leren jack dat ze droeg. 'Het spijt me,' zei ze. 'Ik wilde graag iets mooiers hebben. Van zacht leer. Ik had het niet moeten doen. Van die kaart bedoel ik.'

'Aan wie zou je die kaart dan gaan verkopen?'

'Dat dat... zover had ik nog niet nagedacht. Maar ik zou vast wel iemand weten te vinden, hoor,' voegde ze er met een gretig en onnozel stemmetje aan toe.

Dus besloot de politie dat Annabel Block een kaart had gestolen omdat ze jong, impulsief en hebberig was geweest.

Zodra ze weer thuiskwamen stond moeder te wachten. Ze had gehuild en geprobeerd de rode vlekken weg te werken met poeder. 'Wie?' vroeg ze, en keek daarbij Annabel slechts even aan. Haar blik bleef op vader rusten.

'De kaart zat in haar mouw,' zei hij.

Onbeweeglijk bleef moeder staan.

'Die kaart is terug.'

Moeder zette een stap achteruit. 'De waarheid, Arnold. Nu meteen alsjeblieft. En ik wil haar uit jouw mond horen.'

'Annabel heeft...'

Moeder boog haar hoofd en mompelde zo zacht dat vader stopte om te luisteren: 'Een dief zegt tegen zijn liefje: Kom, zullen we samen uit stelen gaan. Dat was een liefdesverklaring zei je gisteren in de keuken. Wat voor een vader ben jij?' Ze liep op Annabel af en omhelsde haar. Met korte rukjes drukte ze haar tegen zich aan, als om haar moed in te pompen.

'Ik kan alles uitleggen,' zei vader kalm. 'De hele opzet was alleen maar om dat lakse gedoe bij bibliotheken aan de kaak te stellen.' Hij loodste zijn vrouwvolk naar de keukentafel, trok een fles wijn open, schonk glazen in. Alles met de afgemeten gebaren van een ritueel. 'Proost, op onze toekomst.'

Moeder schoof haar stoel een kwartslag opzij. Haar ogen liepen vol tranen. Ze raakte het glas niet aan. Annabel dronk het hare achter elkaar leeg.

'Luister goed, het is belangrijk dat we één lijn trekken. Onze strategie is als volgt.' Hier was de voormalige directeur van de papierfabriek aan het woord. Met weloverwogen woorden schetste hij waar ze nu stonden, welke gevaren ze liepen en waar ze naar toe moesten. Terwijl moeder steeds verder wegggleed in de willoosheid van tranen, praatte vader maar door. Hij legde uit hoe de situatie onverwacht was geëscaleerd. Aantonen dat de veiligheidsmaatregelen ontoereikend waren ging niet meer. Ze waren immers gepakt. Hij glimlachte bij de gedachte aan de grotere uitdaging, zei zich te verheugen op een leuker avontuur. Het was hem een genoegen niet alleen de UB, maar ook de politie te slim af te zijn. Als Annabel wilde meewerken zouden ze tot in het oneindige kunnen volhouden dat alleen die ene kaart gestolen was. 'Wat moest ik zonder jou, kindje. Jij bent mijn maatje. Ze komen nooit achter alle andere die we hebben ontvreemd.'

'Die hebben wé ontvreemd? Wé?' vroeg Annabel.

'Pluralis majestatis. Je vader lijdt aan hoogmoedswaanzin,' zei moeder door haar tranen heen. 'Besef je wat je aan het doen bent, Arnold? Je gebruikt je dochter. Onze dochter. Als Annabel ervoor opdraait, ga jij de bak niet in, kun jij je winkel hier behouden. Wil je dat?'

Ondanks vaders rechte rug, ondanks de fierheid van zijn woorden, voelde Annabel dat alles bluf was. Vader was bang.

'Het is goed, mam. Bijna alle kaarten zijn al teruggelegd. We hebben toch zowat niets meer, pap? Ik speel wel mee als dat je helpt.'

Hij knikte en vermeed haar aan te kijken. Schaamde hij zich dat zij hem beschermen moest?

'Wat vertellen we Cas?'

'Laten we voorlopig zo min mogelijk zeggen,' vond vader, 'en kijken hoe hij reageert.'

De felheid waarmee Cas haar bij de UB, de politie en thuis veroordeelde, maakte dat ze haar rol van zondebok nauwelijks volhield.

'Dat Cas jou verdenkt en erom minacht, werkt juist in ons voordeel,' zei vader opgewekt. 'De politie hecht geloof aan zijn onwankelbare overtuiging. En ik heb er uiteraard voor gezorgd dat ze hier niets zullen vinden. Dan kunnen ze ons, jóú dus, alleen die ene kaart aanwrijven.'

Dat 'jou' had hij met vreemde nadruk gezegd. Ze begreep het niet. Zijn stem veranderde te snel van klank en ritme, van langzaam vleiend tot gejaagd, van opgewonden tot triomfantelijk, en in elke stemming zat een ondertoon van verbetenheid en dreiging. Het maakte dat ze aan haar gehoor twijfelde. Het was of ze naar een geliefd orkest luisterde dat opeens vals leek te spelen, noten miste, de hele toonsoort van een stuk verdraaide. Ze moest zich vergissen. Straks stond daar weer de vader die haar hartverwarmend kon begroeten met een stem als een bazuin: Hallo mijn allerliefste kind, wat ben ik blij om je te zien.

'Nu niet opgeven, Annetjepannetje,' fleemde hij.

Woorden als een lasso waarin ze zich vangen liet, een halsband waaraan hij haar leiden zou. Of moest ze hem leiden? Ze wist het niet meer. Schoothond, waakhond – wat was haar taak? Vader moedigde haar aan, ze mocht van hem niet opgeven. Hij deed het voorkomen als steun aan haar. Alsof ze daar nog op hoopte! De bezorgdheid om een verkeerde afloop betrof hemzelf, voor wat zij voelde was geen plaats meer. Hij wilde voor geen goud ontmaskerd en voor schut worden gezet, hij wilde Cas niet opnieuw verliezen. Arnold Block, de meesterschelm, plotte en plande en was iedereen te slim af, ook zijn handlanger en frontsoldaatje. Mistroostig besefte ze dat ze mee zou spelen.

Vader was naar de dokter en zij lette op de winkel. Ze had zich moeten haasten en was zo onder de douche vandaan op haar fiets gesprongen om op tijd te zijn. Eenmaal binnen ging ze niet direct aan het werk, maar pakte eerst het kinderboek waar ze al eerder in had gelezen. Het boek stamde uit haar grootouders jeugd. *Om de schatten van Il Tigretto*. Een schurk van een piraat als vader en een slijmerig zoet lief dochtertje dat zelf het rechte pad verkoos. Toepasselijk onderwerp. Kon ze fijn bij zitten janken. Met het boek in de hand kroop ze in de stoel achter het bureau, dat ook als toonbank en als kassa dienst deed. De bladzij waar ze was gebleven bleek onvindbaar. Ze bladerde van voor naar achter en terug. De zinnen die ze gisteren nog gelezen had, kwamen haar nu alweer onbekend voor. Onrust draaide in haar maag. Ze klapte het boek dicht.

Gedachteloos nam ze een potlood en begon krabbels op papier te zetten. Het werden codes. Lettercodes. Het moest mogelijk zijn te achterhalen wat vader had gedaan. Nu had ze er de mogelijkheid toe. Straks zou hij er weer zijn en wat ze hem dan ook vroeg, zijn antwoorden zouden haar twijfels smoren. Ze kende zijn bravoure en de indringendheid van zijn gebaren. Zijn aanwezigheid alleen al volstond om haar daadkracht lam te leggen. Ze moest voortmaken.

Weer haalde ze het kasboek en de voorraadtabellen te voorschijn. Voor de zoveelste keer zocht ze in de kaartenbak naar namen en adressen en de codes die het geheim moesten prijsgeven. Woorden in de linkerbovenhoek schreeuwden stom en onbegrijpelijk de gegevens: aalc-cod-klaa-oo, eedb-cod-kloo-oo... In die bleke letters had vader de datum, prijs en plaats van aanschaf weggestopt. Ze hoopte dat diefstal ook in de categorie 'aanschaf' viel. Aalc-cod-klaa-oo, de ronde a's schaterden van het lachen om haar onvermogen en de bolle pret van de o's was helemaal niet te verdragen. De tijd drong. Ze puzzelde en vergeleek met codes van kaarten waar ze alles van afwist. Dat bracht geen uitkomst. Nadenken, beval ze zichzelf. Hoe zou vader handelen? Opeens kwam het antwoord helder door. Wanneer hij inderdaad stelselmatig de fraaiste kaarten ontvreemdde van deze UB of van elders, dan zou hij op zijn goede geheugen vertrouwen en geen administratie van zijn wandaden bijhouden. Als ze hem nogmaals naar de waarheid vroeg zou hij ontkennen. Het enige wat zij daarna kon doen was naar de politie stappen en dat ging niet, ze kon haar vader niet verraden. Hij moest zichzelf aangeven.

Een duizeligmakende druk kroop uit haar maag omhoog. Het duwde en pookte in haar keel en deed haar kokhalzen. Dit was geen angst meer, ze was ziek. Ze had iets onder de leden. Ze ruimde het kasboek en de voorraadtabellen weg. Om zeker te zijn dat ze niet voor de honderdste keer in de verleiding zou komen ze weer door te pluizen, draaide ze de la op slot en legde de sleutel op de trap naar boven. Laat moeder die maar in bewaring nemen.

Voor het eerst sinds dagen dacht ze aan hun klanten. Er waren bestellingen gedaan die ze moest inpakken en naar het postkantoor brengen. De doos voor de zusters Vogel moest worden klaargezet, want die zou de volgende dag worden opgehaald. Het was een troost gewoon aan het werk te gaan. Langzaam schreef ze hun naam en adres op het etiket en tekende er een piepklein vogeltje naast. Ze kende de zusters niet en wist niet of ze zo'n beeldgrapje zouden waarderen. Met de dunste kalligrafeerpen die ze kon vinden priegelde ze onderaan haar eigen naam: Annabel Block. De letters leken vreemd, de naam zo onbekend of hij aan niemand toebehoorde. De a's, de b's, de c draaiden voor haar ogen en tolden door haar hoofd. 'Annabel Block,' zei ze luid. Ze drukte de pen in haar arm. Duwde hard. Het prikte. Ze bestond.

Cas kwam van boven de trap af lopen. Ze schrok rechtop, schudde haar geest wakker. Erbij blijven. Hij zag al net zo groen als vader. 'Hoe is het met je?'

Hij gaf niet eens antwoord. Met zijn armen voor zijn borst stond hij daar breeduit. Zijn voeten schuifelden wat heen en weer voor ze stevig stonden. Stevig genoeg voor wat?

'Krijg ik geen ochtendzoen van je?' vroeg ze. 'Ik ben nog altijd wel je zusje.'

Alsof ze stonk, zo wrevelig gaf hij de gevraagde zoen. Hij snoof luidruchtig.

'Ben je verkouden, ziek? Heb je niet goed geslapen? Niemand doet hier de laatste tijd een oog dicht.'

'En jij, slaap jij wel lekker? Jij bent de oorzaak van alle ellende.'

'Inderdaad, mea maxima culpa.' Ze had een intelligentere aanpak van hem verwacht. Hij trok wel erg snel zijn conclusies. Zij de oorzaak van alles! Als hij daar zo vast van overtuigd was, kon hij het krijgen zoals hij het hebben wilde. Vader had gelijk hem niet in vertrouwen te nemen, nu voelde ze opluchting dat ze daarin was meegegaan. Als haar rechtlijnige broer wist hoeveel vader had gestolen, zou hij hem ogenblikkelijk laten vallen en de gevangenis in wensen. Noch vader, noch zij zouden op enige welwillendheid mogen rekenen. 'Dat van die kaart in die mouw was dom,' vervolgde ze. 'We moeten vader beschermen, hij trekt het zich allemaal erg aan.'

Aan de ruk van Cas' hoofd merkte ze dat hij haar niet geloofde. Ze moest het over een andere boeg gooien en hem net zo aanpakken als vader haar. Gewoon van de wijs brengen. Als je voor dief wilde spelen, moest je een dief nadoen. Langzaam opbouwen, eerst redelijkheid. 'Laten we nu eens verstandig praten en ons aan de feiten houden. Er was die ene kaart die ik in mijn mouw had zitten. En die is terug.'

'Je hebt zelf gezegd dat er meer is ontvreemd.'

'Ik?'

'Ja jij.'

Ze vluchtte naar het hok met de doos voor de zusters Vogel. 'Even steviger inpakken,' schreeuwde ze over haar schouder. 'Van deze doos is het karton te dun.'

'Laat die doos met rust. Je wilde toch praten.' Hij sleepte haar het hok uit en duwde haar in de stoel achter het bureau.

De baas spelen, dat kon hij. Ze zou hem eens wat laten zien, hij kreeg haar niet klein. Als afleiding ging ze zitten tekenen. Cas bleef tegen het bureau leunen. Hij torende onaangenaam massief boven haar uit.

'Waarom heb je het gedaan?'

'Uit liefde.' Het antwoord was haar ontsnapt.

Cas gromde en stampte naar de winkeldeur. Daar bleef hij staan met zijn rug naar haar toe. Boven haar hoofd hoorde ze moeder over de houten vloer lopen. Er klonk een klik en de stofzuiger begon te zoemen. Moeder maakte haar huis op orde. Alsof het jaren geleden was en alles nog normaal. Alsof er geen atlassen kapot waren gesneden, alsof hun leven niet in duigen lag. Ze schoof recht, niet overdrijven, misschien zou alles met een sisser aflopen.

Opeens daagde het hoe Cas elk spoor naar vader bijster zou kunnen raken. Ze moest wél overdrijven! Juist belachelijk overdrijven!

'Ja, waarom heb ik het gedaan?' Zorgvuldig ontvouwde ze een pleidooi voor het groter genot van in stukken gesneden dingen. Ze sprak over *De Nachtwacht* in losse portretten en over tot relikwie versneden heiligen. 'Wij willen alles op maat, Cas. Mondjesmaat. Jij eet geen hele koe, jij eet een stukje vlees. Cultuur is in stukken knippen en beheersen. Daar hebben we een term voor: verdeel en heers, maar ik denk dat het dieper zit. Verdeel en geniet. Nou, zoiets ging er door mijn hoofd toen ik die kaart uit de atlas scheurde.'

Het werkte. Cas had zijn voorhoofd tegen het glas van de winkelruit gelegd. Hij stond doodstil. 'Je bent gestoord,' zei hij zacht.

'Helemaal niet. Waar denk je dat de kaarten vandaan komen die in de afgelopen eeuwen zijn verkocht?' Met opzet liet ze haar stem kirren, alsof ze een dol verhaal vertelde. 'Veruit de meeste zijn uit atlassen of reisverhalen gesneden.' Vader had gesproken over een praktijkles, alsof dat zijn handelen rechtvaardigde. Op zo'n les kon ook zij Cas onthalen. Ze vouwde het papier waar ze werelddelen en landen op had getekend ettelijke malen dubbel. 'Een band eromheen en je hebt een atlasje. Of niet soms?' Ze zocht naar het mes dat onder de papieren lag. 'Daar heb ik het.' Behendig sneed ze aan vier kanten de vouwen open. 'Kijk, atlas kapot en nu hebben we zestien kaarten. Hier, voor jou, uit liefde. En hier een voor de buurman. Een voor een museum. En een voor vader, uit liefde.' Snel deelde ze ze verder uit aan de inktpot, de hoek van het bureau, de tafellamp. 'Zie je, Cas, hoe sociaal.'

'Oké, heel sociaal,' zei Cas met schichtige ogen. 'Nu snel spijkers met koppen slaan. We willen immers allebei vader helpen.'

Die nacht stierf hij. Er was geen vader meer om te helpen.

En er was niemand die haar hielp. In het begin wilde moeder nog wel mee zoeken naar meer gestolen kaarten. Met de dag raakte ze daar echter somberder van. Op het laatst smeekte ze Annabel op te houden. 'Zo maak je bij mij de herinnering aan je vader kapot. Daar valt niet mee te leven straks. Zet het toch uit je hoofd. Je bent aldoor aan het zoeken en je vindt niets. Er is vast niets.' Annabel wilde antwoorden dat er in ieder geval ergens een Blancus moest zijn. Dat had vader zelf gezegd. Maar moeder pakte haar gezicht tussen beide handen. 'Ook ik moet in liefde aan hem kunnen blijven denken. Elke minuut die ik langer zoek versterkt mijn weerzin. Ik houd me vast aan de hoop dat het een uit de hand gelopen grap was. Die hoop voel ik verschrompelen. Als ik zo doorga blijft er niets over. Ik hield van hem, Annabel. Dat wil ik zo houden.'

Annabel zweeg.

Ze zweeg helemaal toen ze zag hoe opgelucht moeder was dat Cas de UB van strafvervolging liet afzien. Moeder voelde zoveel dankbaarheid dat ze klakkeloos aanvaardde wat hij voorstelde. Ook toen hij ongevraagd en eigenmachtig bepaalde dat Annabel toch gestraft moest worden. Weg van de universiteit, weg uit Amsterdam en Nederland, het was allemaal zijn idee.

Moeder en zij vertrokken naar Italië en Cas weigerde verder alle contact. Voor hem had ze net zo goed dood kunnen zijn.

Ruth Vogels stem murmelde niet meer. De telefoon in Annabels schoot zweeg. De waarheid was gezegd. 'Het idee komt per slot van jouw vader. Met zo'n composietatlas kun je veel doen, ook er tijdelijk kaarten in onderbrengen wanneer je ze even onvindbaar wenst.'

De bestelling voor de Vogels! De doos! De doos in vaders winkel! De dag voor zijn dood had ze er een klaargezet omdat die opgehaald zou worden. Dat wist ze, maar haar geheugen weigerde de doos in zicht te brengen. Voor haar geestesoog trokken allerlei dozen voorbij, grote en kleine, met en zonder deksel, maar ze vond de doos voor de gezusters Vogel niet. Waar stond die doos? Wat had ze ermee gedaan? Had ze erin gekeken en atlassen gezien? Zat haar Blancus-kaart erbij en was die zo met alle andere kaarten de winkel uit gesmokkeld? Na vaders dood moesten de Vogels jaren hebben gewacht voor ze stukje bij beetje de gestolen waar verkochten.

De gaatjes van de telefoonhoorn grijnsden haar aan. Venijnige kleine gaatjes. Opeens herinnerde ze zich het vogeltje dat ze op het etiket had getekend. Ze zag weer hoe Cas binnenstapte, hoe ze met de doos het hok in was gevlucht. De ochtend na vaders dood was ze teruggegaan om de atlassen die erin zaten over te pakken in steviger karton. Weer voelde ze de gewaarwording van haar handen die zich verbaasden hoe dik die oude brekers waren geworden. Maar haar hersens waren leeg van verdriet geweest en hadden er geen aandacht aan besteed.

Het suisde in haar hoofd. Het prikte in haar neus en boven alles voelde ze zich moe tot in haar botten. Ze legde de hoorn van de telefoon terug op de haak en strompelde naar de badkamer. Daar vulde ze de wasbak met water, dompelde haar hoofd onder. Het zwart en groen boven haar ogen liep uit tot brede vegen. Het bruin van de lippenstift en de kou van het water kleurden haar neus en wangen donkerrood. 'Hi, clown,' zei ze tegen de rode kop. 'Huil maar niet, daarvoor is het te lang geleden.' Ze ging op bed liggen met een natte handdoek op haar voorhoofd.

Er werd geklopt.

Ze bleef stil liggen.

'Annabel.' Het was Benson.

'Ik ga niet mee naar de Vogels,' gilde ze door de dichte deur. 'Ga maar alleen.'

'Annabel, doe open.'

'Nee,' zei ze, en begon te huilen. 'Ik ga niet,' zei ze zodra ze hem had binnengelaten. Met de handdoek voor haar gezicht zocht ze de weg naar het bed en stortte zich erbovenop. 'Ruth...' Ze haperde.

'Is Ruth kwaad geworden, of onbeschoft? Heb je haar soms meteen verteld dat we haar verdenken? Nee, wat dan? Kom nou maar.' Onbeholpen aaide hij over haar rug.

Ze wenste dat hij haar alleen zou laten, zodat ze onder de dekens kon kruipen om niets meer te horen, niets te voelen, om te slapen. Droomloos, zonder herinneringen, leeg. Een snik scheurde door haar keel, zo luid dat ze eerst niet besefte dat hij door haar werd voortgebracht. Ze schoot overeind tegen het hoofdeinde van het bed.

'Annabel toch. Mijn composietatlas kan wachten. Laat waaien.'

Alsof ze om zijn composietatlas moest huilen. 'Mijn vaders composietatlas,' stamelde ze. 'Ruth... Ruth heeft haar truc met die composietatlassen van mijn vader geleerd.'

Benson stak een wijsvinger tussen het boordje van zijn overhemd en krabde in zijn hals.

Ze duwde zijn hand daar weg, trok hem aan de lapellen van zijn jasje naar zich toe. 'Snap het dan, mijn vader was als die Engelsman. Hij stal uit universiteitsbibliotheken en verborg de gestolen waar in de lege stroken van brekers.'

'Wat heeft Ruth daarmee te maken? Wat bedoel je, Annabel?'

'Ze bewaarden die brekers voor hem. Ik herinner me dat ik van mijn vader een zending naar ze moest versturen.'

'Dan hebben ze niet alleen iets van hem geleerd, dan waren ze zijn bondgenoten, zijn medeplichtigen.'

Het was of hij haar tussen de ogen had gestompt. Haar handen vielen slap langs haar zij, haar hoofd wiegde duizelig heen en weer. 'Niet opgeven, Annetjepannetje,' hoorde ze duidelijk zeggen. 'Wat moest ik zonder jou, mijn maatje.' Ooit was die stem in staat geweest haar aan te lijnen als een lastdier.

'Hier, til je gezicht eens op.' Benson raapte de handdoek van het bed.

'Ik dacht dat mijn vader juist mij daarvoor nodig had, als bondgenoot,' fluisterde ze. 'Zelfs dat was ik niet. Ik heb me laten gebruiken en wist het niet. Ik was zijn braaf soldaatje, zijn zondebok.'

Met de natte handdoek wreef Benson over haar wangen. 'Eerst die verf weg,' mompelde hij. 'Helemaal schoon worden.' Zijn gezicht kwam dicht bij het hare, zijn lippen vormden fluisterwoordjes die ze niet verstond. Hij poetste verder, eerst hard, toen zacht en ten slotte zo voorzichtig of hij een wond droogdepte. Voor ze in slaap viel merkte ze nog net dat hij haar kleren uittrok. Haar laatste gedachte was: nu gaat hij zich ook uitkleden. Ze was te moe om haar ogen open te doen en te kijken hoe hij er naakt uitzag.

Een hand gleed over haar nek, haar rug, haar dijen. Zacht, zo zacht.

Ze werd wakker toen ze hem in zich voelde.

NAAR HUIS

Nog voor ze hem in een jas kon hijsen, zei hij dat hij iets bespreken moest. Het klonk stuntelig en hij schutterde er verlegen bij. 'We kunnen mijn creditcard wel gebruiken,' zei ze, 'of is de kliniek hier onbetaalbaar? Trek je jas aan, buiten wacht een auto met chauffeur. Je zult blij zijn weer naar huis te kunnen gaan.' Ze hielp hem zijn arm in de mouw te steken.

'De rekening is betaald of wordt betaald. Dank je. Nee, ik moet iets rechtzetten.' Hij snoof en veegde langs het puntje van zijn neus. 'Natuurlijk had ik een goed moment moeten afwachten. Ik had het moeten inleiden en de juiste sfeer scheppen, alleen lukt me dat niet.' Zijn handen fladderden op en vielen toen stil voor zijn kruis. Over zijn gezicht trok hulpeloos een glimlach. Als het aan haar lag, mocht hij minutenlang zo ontroerend zenuwachtig blijven staan. 'Ik ben bot, weet je. Altijd al geweest. Daar wil ik het over hebben. Dat me dat spijt en zo.'

'Zeg dan wat je op je hart hebt. Draai er niet zo omheen.'

Hij schurkte zijn hoofd tussen opgetrokken schouders. Een onhandige leeuw die aanstalten maakte kopjes te geven en niet wist hoe hij dat met zijn bonkige kop moest doen. 'Het gaat over die gestolen kaarten. Wat jouw collega's bespraken bij Brunnenmeier bracht natuurlijk herinneringen boven. Toen ik wegliep bij de veiling vroeg ik me echt af of jij ook deze diefstallen gepleegd zou hebben. Daar schaam ik me voor. Daar schaam ik me dubbel voor. Ik heb je vroeger geen kans gegeven en bijna was ik weer zo ver gegaan. Kijk Annabel, stelen is stelen en dat blijft verkeerd, maar ik heb er toen totaal geen rekening mee gehouden hoe jong je was.'

Hij dacht nog steeds dat zij het had gedaan! Beelden van vroeger drongen zich op. Ze hoorde de ruk waarmee de huiskamerdeur opengetrokken werd en Cas op de drempel verscheen, zijn ogen alleen op haar gericht. Moeder die de televisie harder zette. Cas die daarbovenuit schreeuwde: 'Jij, jij!'

'Ik zou weleens zorgen dat jij je verdiende straf kreeg. Ik kon het niet verdragen dat jij bestond.'

Ze snapte niet waar hij op doelde. Uit de manier waarop hij houvast zocht aan de bedrand zag ze dat dit gesprek hem zwaar viel. Maar het kon ook zijn dat zijn lijf hem pijn deed en dat het daarom leek of hij de woorden uit zijn binnenste moest wringen. 'Wil je zitten?'

'Dat moet nog de hele rit naar Nederland. Staan is beter.' Hij spande zijn spieren, alsof hij nauwelijks waarneembaar in de houding sprong. 'Vanaf het moment waarop vader mij vertelde dat er een nieuw kind zou komen, jij, ben ik kapot gegaan van haat. Dat hij wegging bij mijn moeder was hun zaak, hij bleef nog altijd míjn vader. Maar dat stopte toen jij kwam. Hij was niet meer van mij alleen.' Cas haperde, trok met zijn mond. 'Ik ben er niet trots op Annabel: mijn beschermen van vader, mijn afbetalen van de UB, mijn inspanningen om Else en jou naar Italië te krijgen, al die hulp was uiteindelijk ingegeven door afgunst.' Hij hief zijn hoofd, hield het scheef alsof hij luisterde naar voetstappen op de gang. Zo ingespannen stond hij daar dat Annabel onwillekeurig haar hoofd naar de deur wendde om ook te luisteren. 'Nu weet je het,' zei hij haastig tegen haar achterhoofd. 'Cas Block een nette, eerlijke vent? Helaas niet. Een fatsoensrakker met zijn eigen motieven. Fraaie broer ben ik geweest.'

Ze aarzelde, stak toen haar hand uit.

Hij greep die niet stevig vast, maar hield hem losjes in zijn open palm. 'Mooie vingers, altijd gehad.'

Zijn eigen fouten zaten hem dwars, niet haar vermeende schuld. Misschien was dat wel zo goed. Mooier, puurder kon niet. De waarheid over hun vader kon wachten.

De auto met chauffeur zette hen in de regen voor het huis in Oosterbeek af. Ze had iets stevigs en moderns verwacht bij Cas en iets tuttigs met riet en koperen lantaarns bij Bonnie. Maar het huis was negentiende-eeuws, groot, gammel, en net als bij haar thuis lekte het er. Al bij het binnenstappen lag er een plas water achter de voordeur waar de post in dreef. Cas bukte ongemakkelijk, raapte de boel op en keek teleurgesteld.

'Had er iets moeten zijn?

'Eigenlijk niet. Als Bonnie niet heeft gebeld naar Duitsland zal ze wel een e-mail hebben gestuurd. Vind je het goed als ik daar zo snel mogelijk naar kijk?' Hij was voorkomender dan ooit.

'Trek je van mij niets aan.' Annabel popelde om te vragen of Dirk hem had gezegd dat Bonnie niet terug wilde komen. 'Ik vind het zelfs leuk alleen door jouw huis te dwalen. Dat mag toch wel?' Ook zij liet haar stem op en neer deinen in de zachte golfslag van beleefdheid. Ze spraken zo voorzichtig alsof ze met woorden de net gevonden genegenheid aftastten.

Cas verdween de trap op, naar zijn studeerkamer waarschijnlijk. Annabel opende op goed geluk een deur. Het was de keuken. Er stond een reus van een koelkast. Toen ze erlangs liep schrok ze van een geluid alsof een legertje muizen bezig was. Het bleek de ijsblokjesmachine te zijn. Die spuugde voortdurend kubusjes uit in een plastic doos en zodra die vol was kruiden ze als lopend ijs over de rand. De hele koelkast puilde trouwens uit en stonk vreselijk. Gauw deed ze de deur weer dicht.

Wat nu? Koffie zetten maar. Nee, eerst de zwemband waar Cas in de auto op had gezeten naar boven brengen. Die had hij vast nodig en aangezien lopen nog niet lekker ging zou hij er waarschijnlijk niet voor naar beneden komen.

Met twee koffers en de zwemband onder een arm geklemd stommelde ze de donkere trap op. Boven was het aanzienlijk lichter. Trap en overloop vormden een vreemdsoortige hal: hoog en naargeestig. Alleen op de eerste verdieping zaten glas-in-loodramen, waar onwerkelijk licht door naar binnen scheen. De trap leek op te stijgen uit een donkere kuil. Schaduwen gleden langs de wanden, traag en steels als in een angstdroom. Ze zette de koffers neer, liet de zwemband vallen en rende de trap weer af. Gejaagd knipte ze schakelaar na schakelaar aan en bij elke lamp die brandde ademde ze iets vrijer. Het was nog niet genoeg. Ze trok de voordeur open om echt lucht te krijgen.

'Annabel,' riep Cas van boven. 'Kun je het vinden?'

'Ja,' gilde ze terug. 'Ik heb je zwemband op de overloop gelegd.'

'Waar?'

'Op de overloop,' gilde ze harder. 'Ik ga even koffie zetten. Heb je daar zin in?' Het leek wel of ze huisje aan het spelen was. Zusje moedert over broertje, of was Cas in dit spel vadertje? Dat moesten ze niet te lang doen. Zelfs met alle lampen aan, hingen hier nog de schaduwen van Bonnie en Dirk. Zat ze maar hoog en droog op haar eigen zolder in Amsterdam.

Allerlei kastjes moesten overhoop worden gehaald om koffie te vinden. Ze prutste met de machine of ze nog nooit een espressoapparaat had bediend. Onder de kraan waste ze twee bekers af waar de schimmel van dagen in stond. Met schuurmiddel en pannenspons schrobde ze haar voorgevoelens weg. Elk moment kon Cas achter haar staan en zeggen: 'Bonnie komt niet.' Waarom haar dat beklemde wist ze niet. Als haar schoonzus niet terug wilde naar Nederland, zou Cas wel weer in Amerika gaan wonen. Zo simpel was het.

Met de twee bekers koffie zonder suiker, want ze kon geen suiker vinden, beklom ze de trap. 'Waar zit je?'

'Hier.' Cas zat achter een bureau in een boek te lezen.

Zijn studeerkamer stond vol boeken. Zoveel had ze er bij een zakenman niet verwacht. Twee luie stoelen voor een lege open haard, een lage tafel en open deuren naar een balkon. Buiten floot een vogel. Het kwam haar als een afwijking van een natuurwet voor; ze kon zich niet voorstellen dat een vogel wilde zingen in de regen. 'Waar zet ik je beker?'

Cas knikte naar het bureaublad.

Ze zette de koffie naast zijn boek. Het lag opengeslagen bij een afbeelding die ze direct herkende als Rembrandts *Bathseba met de brief van Koning David*. Ze kon het niet laten: 'Heb je al wat gehoord van Bonnie?' vroeg ze met een knikje naar de afgebeelde vrouw. 'Komt ze?'

'Dus jij vindt ook dat Bonnie op Bathseba lijkt?'

Daar had Annabel zich geen rekenschap van gegeven, ze was alleen nieuwsgierig geweest. 'Wie gaat er nu met zulke juwelen aan in bad? Heb je die lange oorbellen gezien? Bovendien mag ik voor je hopen dat jouw Bonnie mooier is. Deze vrouw bobbelt aan alle kanten, ze is zwaar van gezwollen vlees.'

'Ze is prachtig. Kijk, wat een vertederend lieve blik ze in haar ogen heeft,' zei Cas. 'Ik moet aldoor aan haar denken.'

'Aan Bonnie of aan Bathseba?'

'Beiden. Voor mij zijn ze dezelfde, ze gonzen in me rond. Waarom ontgaat me. Dit schilderij hangt in het Louvre, waar ik in geen eeuwen ben geweest.' Bedachtzaam dronk hij van de koffie. 'Bonnie heeft een e-mailtje gestuurd waar ik niet goed wijs uit word. Ik geloof niet dat ze overkomt voor zoiets gerings als een paar snijwondjes. Ze zegt dat ze me pleisters voor de wonden zal sturen. Overigens komt George, je weet wel mijn vriend George van de Company, met zowel goed als minder goed nieuws, volgens zijn zeggen.'

'Wanneer komt hij?'

'Dat is het probleem. Vandaag is het maandag. Hij heeft me al donderdag gemaild toen wij in Düsseldorf zaten en hij zal hier morgenmiddag zijn. Tenzij ik laat weten dat het niet goed uitkomt. Jammer, intens jammer dat we die kaart niet op tijd konden bemachtigen. Er was mij veel aan gelegen gewoon te doen of ik hem nog had. Juist voor George schaam ik me toe te geven dat ik het cadeau heb kwijtgemaakt. Mijn afscheidsfeest was zijn idee.'

'Er is er een te koop.'

'Waar?' Cas' stem schoot blij uit.

'Toch Düsseldorf. Pa Brunnenmeier bood me er een aan voor een schandalig hoog bedrag, dus weigerde ik.'

'De prijs kan me niet schelen. Als ik hem maar heb.'

'Ik weet wel een manier om hem op tijd hier te krijgen.'

'Je bent een schat dat je al die moeite wilt doen.'

Ze dronken hun koffie. Cas tuurde in zijn beker. 'George zei dat hij ook goed nieuws had. Misschien komt hij wel met een nieuwe baan aanzetten. Lange tijd heb ik daarop gehoopt; vooral dat het een baan in de Company zou zijn. Dan verlekkerde ik me met de gedachte dat

Dave Kernshaw was ontslagen en dat ik in al mijn oude eer en glorie hersteld zou worden. Kinderlijk, vind je niet?' Hij zei het meewarig, alsof hij een mens beschreef van wie hij afstand had gedaan.

'En nu? Wat zou je nu willen?'

'Er zit een nieuwe man in mijn plaats op International en voor het hoofdkwartier werken is niets voor mij. Elke baan binnen de Company zou een neergaande of hooguit zijwaartse ontwikkeling zijn; dat moet ik dus niet willen. Ik ben nu vijftig, te jong voor vervroegd pensioen en te oud om me omhoog te vechten naar de top van een nieuw bedrijf.'

Het viel Annabel op dat hij dit vonnis over zichzelf met het tegenovergestelde van een doodgraversgezicht bracht. 'Je ziet eruit of je je verkneukelt van de voorpret. Heb je zonder iemand iets te zeggen al een andere baan aangenomen?'

'Dat niet. Maar ik denk dat ik over het dieptepunt van mijn somberheid heen ben.'

'Wil je nog koffie?'

'Hoe is het mogelijk, je doet precies als Bonnie.' Cas lachte vergenoegd. 'Is dat iets vrouwelijks, dat gaan zorgen en moederen op het moment dat iemand met iets wezenlijks aankomt? Ja, ik wil graag koffie, maar eerst mijn gedachtegang afmaken.' Aanzienlijk vlotter dan hij tot nog toe had bewogen, stond hij uit zijn stoel op. 'Waar heb ik het?' Hij liep op de kast af, graaide met zijn hand achter een rij boeken. 'Hier. Kijk.' Het was een foto van hun vader op een jongere leeftijd dan Annabel hem had gekend. 'Deze is zo ongeveer genomen toen hij bij mijn moeder en mij wegging en jou heeft gemaakt.'

Daar begint hij weer over zijn afgunst en zijn schuldgevoelens, dacht Annabel. Ze kroop dieper in de stoel, voelde hoe ze haar spieren spande.

'Toen was hij van middelbare leeftijd, net als ik. Ga eens na wat een geweldige man. Ongeveer op mijn leeftijd heeft hij zijn baan als directeur vaarwel gezegd en is opnieuw begonnen. Hij is mijn baken in zee, mijn voorbeeld. Juist nu.'

Deze wending had ze niet vermoed.

'Hij heeft een beroep gekozen waarbij je zonder status of glamour leeft,' vervolgde Cas. 'Wat een ommezwaai, van een op de buitenwereld gericht leven naar binnen keren. Van reizen en mensen aansturen, aan een tafel gaan zitten onder een lamp met een boek. Alleen jezelf aansturen en reizen door de ogen van anderen. Dat lef wil ik ook hebben. Ik denk dat ik net als hij iets heel anders ga doen. Een bijzonder mens, onze vader. Hier...' Hij overhandigde haar de foto. 'Heb je deze? Wil je hem hebben? Nu ik erop terugkijk, bewonder ik hem ook omdat hij altijd van je heeft gehouden en geen seconde aan je goedheid heeft getwijfeld. Hij had een ruim hart, ook na wat er was gebeurd hield hij intens veel van je. Dat onvoorwaardelijk houden van, dat willen beschermen, dat is liefde. Dat wil ik ook kunnen.'

Cas had nog steeds geen idee! Hij prees vader de hemel in. Vader zou daarvan genoten hebben. De kraaienpoten bij zijn slapen zouden van het lachen zijn omgekruld en de pretlichtjes in zijn ogen zouden zijn opgelaaid tot vuurwerk. 'Zie je wel dat ik gelijk had,' zou hij haar triomfantelijk toefluisteren, 'wat ze van je vinden hangt af van de omstandigheden. Zij maken van de zwendelaar een held.'

Ze legde de foto naast de lege beker.

Het was stil geworden in de kamer. Buiten floot dezelfde vogel. Zijn lied wervelde in steeds schellere tonen omhoog, vrolijk, aanstekelijk, tot het ijl en dun verstierf en de stilte in de kamer weer hoorbaar gonsde.

Arnold Block als lichtend voorbeeld. Waarom niet? Cas had veel verloren de laatste tijd. Zij zou hem niet ook nog zijn vader afpakken. Vader mocht zijn held blijven. 'Ja,' zei ze. 'Het was een bijzondere man.'

'Helaas, meine kleine Annabel,' zei Pa Brunnenmeier door de telefoon. 'De Blaeu van Amerika heb ik intussen verkocht.'

Die kleine Annabel wist wat haar te doen stond.

LOSGESNEDEN

De oude restaurateur Merkens verwelkomde haar in de deuropening van zijn atelier aan de Amstel. 'Blij je te zien. Dat is lang geleden.' Merkens was een vriend van vader geweest, die twee hadden elkaar vanaf hun kinderjaren gekend. 'Je zei dat je langskwam met een atlas waar ik een kaart voor je uit moest snijden. Maar waarom wil je dat ik het voor je doe? Dat kun je toch prima zelf?'

Ze antwoordde niet en liep met een pak in een vuilniszak gewikkeld langs de archiefkasten en voorbij de trap naar zijn werktafel achterin. Daar legde ze het neer en haalde een boek te voorschijn. Langzaam aaide ze over het bleke kalfsleren perkament. Merkens kwam naast haar staan. 'Mag ik?' Hij bladerde erin. 'Prachtig exemplaar. Weet je zeker dat je de kaart van Amerika eruit wilt hebben?' Omzichtig zette hij een bril op en bladerde opnieuw. 'Dit is volstrekt geen breker. Wat ben je aan het doen, Annabel? Dit maakt deel uit van jouw vaders atlas.'

Ze knikte en sloeg de atlas open op de plaats waar de kaart van Amerika uit de strook gesneden moest worden. 'Ik durf het niet,' zei ze ten slotte. 'Te bang dat ik bij vaders atlas ga bibberen. Er mag niets beschadigd worden. Hij moet er ook weer in terug. Onzichtbaar.'

Merkens schoof de bril hoger op zijn neus en boog aandachtig voorover. Met zijn vingers voelde hij langs de strook, betastte de streep dik papier, bestudeerde de binding opnieuw. De strook stak een centimeter of drie uit de rug naar voren. Zo konden de kaarten plat liggen als je het boek opensloeg. Zonder zo'n uitstekende strook zou het midden van de afbeelding in een gleuf vallen en slecht zichtbaar zijn. De kaart was in prima conditie, de vouw waarlangs hij tegen de strook lag was nog even onbeschadigd als op de dag dat Joan Blaeu hem in 1662 in de atlas had gestopt.

Met het puntje van een klein mes voelde Merkens op een paar plaatsen aan het papier. 'Kijken hoe en waarmee het geplakt zit. Moet goed los te maken zijn. Waarom doe je dit, Annabel? Hij moet er ook weer in terug, zei je?'

'Het is maar voor een paar dagen.' Ze boog zich over de atlas heen. 'Lukt het u de kaart er straks precies in terug te krijgen?'

De oude man legde zijn bril op tafel en rechtte zijn rug. Hij plantte zijn voeten wijder uiteen. Als hij niet wilde helpen, dan zou ze het zelf moeten doen. Ze kon het, dat vond hij ook. 'Ja, dat lukt me,' zei Merkens geërgerd en voor ze het goed en wel besefte had hij het boek dichtgeklapt en in haar armen gestopt. 'Neem mee en stel me nooit meer zulke onmogelijke vragen. Natuurlijk lukt het me, natuurlijk zie je er niets meer van.' Hij benadrukte elke lettergreep. 'Maar daar heeft het niets mee te maken. Dit is jouw vaders *Atlas Major*, degene die hij nog van Wildervank heeft gekocht. Ja toch? Nou?'

Annabel knikte.

'Een van de fraaiste die we kennen. Zelfs al kan ik de kaart er weer in stoppen zodat niemand het ziet, dan nog is het niet hetzelfde. Het is niet de oude lijm, het is... zonde. Een compleet onaangetast nooit geschonden boek is iets anders dan een perfect hersteld of gerestaureerd exemplaar.'

Annabel knikte.

'Je staat hier de hele tijd maar te knikken en het met me eens te zijn. Kindje, waar ben je mee bezig, je vindt het vreselijk, dat zie ik. Neem die atlas mee naar huis en bedenk iets anders. Hier. Doe de groeten aan je moeder.' Hij pakte het zware deel van haar over, legde het op tafel.

'Mijn moeder woont nog in Italië. Die komt hier niet meer terug.'

Merkens maakte een schraperig keelgeluid dat tegelijkertijd begripvol en afkeurend klonk. Hij begon de vuilniszak om de atlas heen te schuiven. 'Jij moest beter dan iemand anders weten dat snijden en scheuren van zoiets fraais schandalig is.'

'Ik was het niet,' krijste ze opeens razend. Dat ook deze oude man nu iets meende te moeten zeggen over haar verleden, over die vermeende jeugdzonde die haar bleef achtervolgen. 'Ik heb nooit iets losgesneden of ontvreemd. Dat was mijn vader.' Ze schrok van wat ze net had gezegd.

'Dat weet ik toch.'

Ze staarde naar zijn handen op de vuilniszak. Na jaren zwijgend de waarheid met zich mee te hebben gedragen, doemde er nu iemand op die het al die tijd geweten had. Waarom had Merkens dat niet eerder verteld? Was hij vaders vriend of vijand? Ze rukte aan de vuilniszak om die verder over de Blaeu-atlas heen te trekken.

'Ga zitten, Annabel.' Merkens pakte haar bij haar schouders en zette haar neer op een tree van de trap. 'Wist je dat niet?'

Ze schudde haar hoofd.

'Je vader en ik kenden elkaar heel lang en heel goed. Zijn vader was opzichter op onze plantage. Stinkjaloers waren we op elkaar.' Merkens wankelde en leunde met beide handen op haar schouders. Hij woog niet veel. Zijn gezicht kwam dicht bij het hare, alsof hij een geheim vertelde. 'Je vader kon elke meid krijgen die hij hebben wilde en ik moest het met zijn afdankertjes doen. Neem me maar niet kwalijk dat ik dat zo zeg, maar zo was het wel. Daar stond tegenover dat ik van mijn ouders een ruime toelage kreeg en hij bij de zijne niets kon halen. Na de oorlog waren we beiden even arm. Daar beleefde je vader buitensporig veel plezier aan. Heb je ooit begrepen waarom je vader deed wat hij deed?'

'Nee.' Ze weerde hem af, duwde tegen hem aan om onder zijn beklemmende nabijheid vandaan te komen. Hij rook naar oude man, zijn geur hield haar gevangen in een verleden dat ze voorbij wenste. 'Waarom, waarom deed vader het?' Ze moest een hand voor haar mond slaan en op haar bovenlip bijten om kalm te blijven.

'Ik was zijn vertrouwensman, altijd geweest. Ook in die zaak met de UB. Toch zul je nooit iemands motieven volledig kennen. Waarschijnlijk is er ook niet één motief, maar zijn er verschillende. Eén ding weet ik zeker: onze jeugd heeft er alles mee te maken. Mijn rijk zijn, zijn arm zijn en het samen niets meer hebben na de oorlog. Karakter speelt ook mee. Je vader heeft altijd al gedaan wat God en iedereen verboden heeft, alleen maar om te laten zien dat het hem zou lukken. En hem lukte het ook. Het ging niet om geld, hij wilde niet rijk zijn. Hij wilde alleen niet dat anderen iets bezaten dat hij niet kon hebben. Hij moest altijd aantonen dat hij het ook veroveren kon. Langs de randen van het fatsoen lopen, de grenzen opzoeken van het betamelijke, oversteken naar wat volstrekt ontoelaatbaar is en niemand laten merken dat je heen en weer pendelt tussen deugdzaamheid en wangedrag – daar raakte je vader opgetogen van. Vroeger al, of hij nu in de kamptijd goederen en eten stal om in leven te blijven of door vensters klom van vrouwen die hem niet toebehoorden. Later in de bersiapperiode heeft hij het nog veel bonter gemaakt. Daarna leek hij rustig geworden, tenminste, dat heb ik lange tijd gedacht. Tot die affaire met de UB. Zelf denk ik dat de politie meer wist dan naar buiten is gekomen. Dat moet wel. Behalve met mij heeft je vader met niemand zo uitgebreid gesproken als met hen. Hij heeft daar een soort handleiding van diefstal en ontvreemding gedicteerd en ik zweer je dat ze hem bewonderden. Ik bewonderde hem ook. Mijn vriend Arnold was niet zozeer een dief als wel een goochelaar. Iemand die de samenleving te vlug af was. Je moet het me niet kwalijk nemen dat ik het zo zeg, maar zijn meesterstuk bij uitnemendheid was toch de verdwijntruc van net op tijd sterven. Die Arnold.' Merkens snoof en knikte. 'Ik zou natuurlijk wel de waarheid verteld hebben als de politie mij er ooit naar had gevraagd. Maar ze zijn nooit bij me geweest en ik voelde me niet geroepen je vader aan te klagen. Ik heb je altijd zeer bewonderd dat je als een schild voor hem bent gaan staan. In het vak hebben degenen die vermoedden dat het jouw vader was en niet jij ook altijd achter je gestaan en je geholpen.'

'Geholpen! Ik heb alles op eigen kracht gedaan. Vanuit Italië, nu hier, zonder winkel, alleen maar met een website. Wie heeft mij ooit geholpen?' Ze wist dat ze gilde en straks nog harder zou gaan brullen. Ze had het beter verdragen wanneer hij had gezegd dat iedereen haar als een baksteen had laten vallen. Dan had ze ten minste nog de eer gehad er op eigen kracht te zijn gekomen.

'Dat klopt. Maar waar wij konden hebben je collega's hier in Nederland en daarbuiten je aankopen op veilingen gegund. Niet iedereen natuurlijk; en toen je eenmaal de spullen terug had van de Vogels was het ook niet meer nodig.'

'Ik heb nooit spullen van Ruth of Helma gekregen.'

'Hoezo niet? Dat heeft Ruth mij bezworen. Je ging toch vaak naar ze toe? Ze zei dat ze alles aan jou terug had gegeven.'

'Meneer Merkens, neemt u van mij aan dat het nooit is gebeurd. En al was het zo gegaan, dan zou ik ermee naar de politie zijn gestapt. Ik wil het er niet meer over hebben.' Ze verhief haar stem. 'Het is te lang geleden, meneer Merkens.'

'Ik geloof je, kind.'

Ze haalde de Blaeu weer uit het plastic. 'U moet me hierbij helpen. Ook dit heeft met vader te maken, maar nu betreft het een goede zaak. Het is maar voor een paar dagen.'

Het was zo eenvoudig. De atlas openleggen. Controleren dat hij zo plat mogelijk lag. Schel licht boven de werktafel aanknippen. Met een ouderwets scheermesje uit de losse hand snijden.

Thuis vond Annabel een mahoniehouten lijst met de juiste maat. Voor het passe-partout koos ze appelgroen, dat stond aardig tegen het mahonie en deed de versierde randen van de kaart goed uitkomen. Zelfs voor het snijden van zoiets simpels als karton trilden haar handen te veel. Op verschillende plekken schoot ze uit. Geen tijd om het te verbeteren, ze moest terug naar Oosterbeek.

Zodra ze het huis binnenstapte hoorde ze de stemmen. Haastig haalde ze de ingelijste Blaeu-kaart uit de map. De deur van de huiskamer werd met een ruk opengegooid. Cas stond op de drempel met verwilderde haren en een rood gezicht. 'Kom binnen, zusje. Kom binnen. Laat me je aan mijn allerbeste vriend voorstellen. *My very best friend.*' Zijn stem schalde en het Amerikaans klonk haar hard en vals in de oren. Het leek wel of hij stomdronken was en nog groter dan anders.

Ze volgde hem naar binnen. Nog voor ze de beroemde George had opgemerkt, zei ze luid en duidelijk: 'Ik heb je afscheidscadeau even van boven gehaald, want ik dacht dat George dat wilde zien.'

'*George, meet my sister.*' Cas schreeuwde, pakte haar de lijst uit handen en zette hem tegen de muur. 'Zusje, ik heb het genoegen je te mogen voorstellen aan de man die al vijfentwintig jaar lang zich uitgeeft voor mijn beste vriend.' Hij sleurde haar aan haar arm naar een luie stoel waarvan ze alleen de achterkant zag. Opzij was een broekspijp met een haarscherpe vouw en een uiterst elegante schoenpunt zichtbaar. 'Wat zeg je van dit heerschap, van dit stuk vuil.' In de stoel zat een kleine man met het voorkomen van een Italiaanse bankier zijn best te doen de maat van een muis aan te nemen. Hij stak een hand uit zonder op te durven staan. 'Dit goor stuk vullis komt mij vertellen dat hij een geweldige baan voor me heeft in Australië. Goed ver weg zoals ik dat fijn vind. Zodat hij onbekommerd mijn vrouw kan naaien. Sta je van te kijken, hè Annabel. Dit heerschap hier, dit miezerige mannetje blijkt al jaren van mijn vrouw te houden. Zij niet van hem hoor, o nee. Pas sinds kort, wordt mij bezworen. Pas sinds ik heb afgedaan als kostwinner, denk ik zo.'

Cas liep naar het dressoir, haalde drie glazen te voorschijn en schonk ze tot de rand vol whisky. Met zijn ogen strak op de vloeistof gericht tierde hij verder. 'Al jaren houdt hij van haar, al vanaf een vakantie op Long Island. Meneer hier wilde geen kinderen en zij wilde er tien. Vandaar dat ik het werd. Ik zou wel meewerken. Fout gegokt van mijn lieve Bonnie. Slechts één heb ik er uit mijn ballen kunnen persen.' Hij hief een vuist en liet die langzaam en dreigend tussen de glazen dalen. Geen druppel gutste over een rand. De vuist opende tot een vlakke hand die snel en venijnig twee glazen uit elkaar mepte. Whisky stroomde over het dressoir. Hij reikte Annabel een halfvol glas.

'Ik hou niet van whisky.'

'Niks mee te maken,' zei hij, en liep door naar George in de stoel. 'Hier, drink op.'

'Je weet dat ik geen whisky drink,' zei George. 'Bovendien Cas, ik ben je vriend, geloof me, zulke dingen gebeuren.'

'Inderdaad.' Cas duwde hem het glas in handen. Daarna veegde hij over zijn ogen en knipperde alsof George onverwacht een felle lamp had aangeflitst. 'Je liegt,' hijgde hij. 'Je liegt. Bathseba. Het schilderij van Bathseba. Waar hangt dat?'

George maakte aanstalten op te staan.

'Blijf zitten, klootzak. Zegt je dat wat? Het Louvre. Rembrandts schilderij van Bathseba. Ze lijkt op Bonnie, vond jij dat ook?'

'Ze... we...' stamelde George. Zijn vingers plukten aan de vouw in zijn broek.

'Nou, vertel op.'

'Voor Pasen. Voor Dave jou...'

'Ik wist het. Ik heb het gezien,' mompelde Cas. 'Ik ben opnieuw haar gedachten binnengewandeld, net als toen op Long Island en ik heb het me niet beseft.' Hij leegde zijn glas, hield het tussen duim en middenvinger in de lucht.

'Ze, we... zijn in Parijs geweest. Ik heb haar daar opgezocht.'

'Alleen naar Parijs, dat wilde ze,' fluisterde Cas. 'Het heeft er echt gesneeuwd, vertelde ze me nog. Ze droomde van jou nadat ze de laatste keer met mij vree. Ik wist het, ik heb het opgeroepen door aan dat Eiffeltorentje op haar nachtkastje te schudden.' Het glas trilde in zijn hand. 'Vooruit verder. Bathseba,' krijste hij opeens en liet het glas vallen. In de falsetstem hoorde Annabel hoe de spanning ieder ogenblik kon knappen. Daar stond geen onttroonde koning, maar een gesneuveld veldheer. Koning David was het kleine mannetje daar in die stoel.

'Dat schilderij hangt in het Louvre.'

'Dat zei ik al. Nou, vooruit.'

'Bonnie vond de oorbellen met lange peervormige parels mooi.'

'Dus heb je die voor haar gekocht,' zei Cas. Zijn kopstem was weer afgedaald tot de diepte van gefluister. 'Je hebt niet alleen mijn vrouw afgetroggeld met je geld, was die beurs bemachtigen voor Dirk jouw achterbakse manier om ook mijn zoon te stelen? Wie kan dat geloven.' Hij schuifelde achteruit en liet zich in een stoel vallen. 'Au, godverdomme.' Hij greep naar zijn billen. 'Houd het dan helemaal niet meer op.'

In Annabels buik kromp en zwol de lust tot vluchten. Hier hoorde ze niet bij te zijn. Dit was tussen Cas en George. Omzichtig liep ze naar de deur.

Cas keek op. 'Blijf staan,' zei hij met nadruk. 'Ik heb een getuige

nodig wanneer ik dit onderkruipsel ga vermoorden.' Hij kwam overeind en rukte George uit zijn stoel. De man reikte haar broer nog niet
eens tot zijn kin.

George hief zijn handen. Niet om af te weren of zich te verdedigen.
Eerder als bezwering. 'Cas toe, ik ben je vriend ondanks alles.'

'Hou je rotkop voor ik hem dichtsla.' Cas tilde hem op, klemde
hem tegen zijn borst zoals je een tegenspartelend kind optilt. Alleen
dit kind spartelde niet tegen. Vanuit de omstrengeling van Cas' armen
zocht hij met zijn ogen Annabel. Annabel staarde terug. Het waren
grote grijze ogen waarin geen angst maar juist berusting stond. Of
George alles wat Cas hem mocht aandoen bij voorbaat gerechtvaardigd vond.

Haar broer liep met George in zijn armen verder. Bij elke stap
kreunde hij meer. Het moest hem vreselijk pijn doen. Bij het raam gekomen drukte hij George tegen de sponning aan. Cas hijgde, probeerde hem daar klem te houden. Het hijgen veranderde in steunen.
Cas liet los.

Nu moest ze handelen. Weg zijn of helpen. Ze wurmde zich tussen beide mannen in. 'Genoeg. Het is genoeg zo.' Ze voelde een keiharde klap tegen haar hoofd en tuimelde omver.

'Lul! Je hebt mijn zusje pijn gedaan,' brulde Cas. Annabel bleef verdwaasd zitten. Het was Cas die haar had geslagen. 'Nu heb je ook nog
gemaakt dat ik haar pijn deed.' Hij pakte George weer beet, tilde hem
tot ooghoogte en kwakte hem daarna met een dreun tegen de muur.

'Cas.' Er kwam onvoorstelbaar veel geluid uit het kleine lijf van
George. Gezaghebbend, kalm. 'Cas. Ik ben je vriend.'

'Daar gaat het juist om. Heb je dat dan nog niet in de gaten? Zak
dat je bent. Dat je mijn vrouw naait. Goed. Niet goed, bedoel ik, daarvoor zal ik je hersens inslaan en dat is dan je verdiende loon. Maar
George... George, je was mijn vriend. Ik ben door mijn vriend verraden.'

Op Cas' rug kleurde het overhemd rood. De snijwonden moesten
open zijn gesprongen. Hij stond onverwacht doodstil en hapte naar
adem. Zijn gezicht trilde. Annabel zag hoe mond en ogen ineens hun
vaste vorm verloren en vloeibaar leken te worden. Hoe de trekken

van het gezicht begonnen te drijven, het grote lijf ineenkromp. Traag deed Cas een stap opzij. 'Ik heb niets meer van jou nodig,' zei hij zo dromerig en koel alsof George een vlek op de einder was geworden. Hij pakte de lijst met de kaart van Amerika die naast hem tegen de muur stond, draaide hem zo dat de man die eens zijn vriend was geweest het goed kon zien. 'Niets hoef ik meer van jou. Je vriendschap niet, je zogenaamde hulp niet, je baan al helemaal niet.' De lijst schudde in zijn handen. 'Dit hoef ik ook niet meer. Kijk, kijk eens wat ik denk van jou en jouw cadeautjes. Hier.' Hij hief de lijst. George weerde af door een hand op te steken en achteruit te deinzen. Cas sloeg. Hout splinterde, glas brak. Karton en papier scheurden open tegen de muur en op Georges hoofd. Tussen de scherven door rukte Cas de kaart los. 'Hier, hier.' Met beide handen trok hij hem verder aan stukken.

Iemand gilde, gilde nogmaals hoog en snerpend. Annabel merkte pas dat zij het was toen ze haar lichaam voelde schokken.

Met de snippers in zijn handen bleef Cas stokstijf staan. 'Dit is niet de kaart uit Düsseldorf? Dit is...?

Ze knikte.

De snippers vielen op de grond. Cas bleef nog enkele tellen staan. Daarna zakte hij ineen. Met zijn hoofd zo laag dat de haren over de vloer veegden, kroop hij naar haar toe. Log, onhandig, op zijn knieën.

TREIN

Hij stapte de treincoupé binnen met een enorme tas in zijn hand en een rugzak om. Bij de eerste de beste vrije plaats plofte hij neer. Hij wreef in zijn ogen, over zijn gezicht, leunde achterover en was in slaap nog voor zijn hoofd de rugleuning raakte.

'Koek, thee, koffie, cola?' riep een man die met een wagentje door het gangpad ratelde. 'Koffie, thee, koek, cola!' herhaalde hij luid. De jongen sliep door.

Buiten gleden de weilanden voorbij. Drassig groen. Dijken, hekjes, knotwilgen en rijen kale populieren. Voorbij Utrecht schoot de jongen wakker alsof hij daar al de zandgeur van thuis rook. Bij Ede stond hij op en haalde alvast zijn bagage uit het rek. Even keek hij of hij niet een koker zag liggen. Toen moest hij lachen. Kokers bleven geen maanden rustig in een rek liggen.

De trein minderde vaart zodra ze het station van Oosterbeek naderden. Over de ventweg reed een BMW, dezelfde die ze vroeger thuis hadden. De jongen leunde tegen de ruit en keek ernaar. Op de achterbank haalde iemand een laptop uit een aktetas, zei wat tegen de chauffeur achter het stuur en begon razendsnel te tikken.

Zo had zijn vader ook vaak gezeten. In zo'n BMW. Van vergadering naar vergadering. Een zakenman, een directeur die over de hele wereld reisde, een mens die ontdekkingen deed en genoot. Zo ging hij later ook worden.

De trein stopte.

De jongen duwde de deur open, zette zijn bagage op het perron en sprong er naast. Hij haalde diep adem. Op naar huis.